속삭이는 살인자

THE WHISPER
MAN

속삭이는 살인자

위스퍼맨

알렉스 노스 지음 | 김지선 옮김

THE WHISPER MAN

흐름출판

할리우드가 당장 낚아채 간 심리스릴러. 당연하다!　　_《더 선(The Sun)》

알프레드 히치콕이라면 이 등골이 오싹한 소설을 사랑했을 것이다.

_《데일리 메일(Daily Mail)》

근 10년 내 최고의 범죄소설.
알렉스 노스는 불가능에 가까운 과업을 달성했다. 《위스퍼 맨》은 끔찍하게 공포스러우면서도 너무나 마음 아픈 스릴러다. 최면을 거는, 거장의 솜씨. 처음에는 오싹하다. 그 후 무시무시해진다. 그 후 끔찍해진다. 친애하는 독자 여러분, 계속 읽을 생각이면 위험을 감수하시길. 야심차고 심오하게 만족스러운 스릴러. 할런 코벤, 스티븐 킹, 그리고 토머스 해리스의 매끈한 조합. 휘몰아치는 플롯으로 독자를 사로잡고 놓아주지 않는 책!

_《가디언(Guardian)》

단순히 최고로 소름끼치는 것을 넘어, 아름다운 스릴러. 여러분의 마음을 찢어놓을 것이다.　　_《히트(Heat)》

오싹오싹한 동시에 가슴 아픈, 놓치면 안 될 책!

_《우먼스 위클리(Woman's Weekly)》

부자관계의 복잡성이라는 감성적 테마를 중심으로 하는 이 스릴러는 그 흠잡을 데 없는 플롯과 유려한 문체로 특별히 언급할 가치가 있다.

_《더 피플(The People)》

다섯 명의 어린 남자애를 납치 살인해 영국의 한 작은 마을을 공포에 떨게 한 연쇄살인범은 이미 10년째 감옥살이 중이다. 그렇다면 6살짜리 닐 스펜서를 납치한 건 누구인가? 무시무시하고 책장이 잘 넘어가는, 그리고 그 이야기의 중심에 아버지가 된다는 것에 대한 복잡성을 담고 있는 책.

_《커커스(Kirkus)》

맙소사, 알렉스 노스는 정말 글을 잘 쓴다! 소름끼치면서도 유려한 글로 독자를 놓아주지 않는 이 책은 마지막 장을 덮은 후에도 오랫동안 여러분 곁에 머물 것이다. 그리고 밤에 문과 창문이 전부 잠겼는지 두 번씩 확인하게 만들 것이다.

아버지와 아들의 관계, 배신, 납치와 살인을 탐구하는 이 책은 여러분이 올해 읽게 될 가장 놀라운 스릴러이다. 독자로 하여금 숨이 차고 목이 막히고 공기를 찾아 허우적대고 기진맥진하게 만드는 동시에 충격과 즐거움과 흥분을 선사할 것이다. 고통스럽고 감동적인 소설.

_《리터러리 리뷰(Literary Review)》

피가 차갑게 식을 만큼 어둡지만 너무나 유려하게 쓰여서 결코 이 책을 내려놓지 못할 것이다. 전적으로 탁월하다. 토머스 해리스와 스티븐 킹의 그림자를 가졌으면서도 그 자체로 빛난다. 소름끼치는 초자연적 요소가 너무 인간적인 괴물들의 위협과 한데 섞여, 진정 독자의 피를 차갑게 식게 만든다. 사랑이라는 테마를 바탕으로 쌓아올린, 탄탄한 플롯을 가진 스릴러.

_《선데이 미러(Sunday Mirror)》

〈식스센스〉의 할리 조엘 오스먼트를 기억하는가? "난 죽은 사람이 보여요"라고 말하던. 하지만 그 아이는 7살짜리 제이크 케네디에 비하면 아무것도 아니다. 제이크는 죽은 사람을 보기만 하는 게 아니라 듣기도 하고 말도 거니까.

이 책에는 두 가지 실타래가 있다. 초자연적인 것과 경찰수사물. 그리고 노스는 그들을 솜씨 좋게 한데 엮어 짜낸다. 노스의 가장 뛰어난 점은 긴장감을, 처음에는 거의 감지할 수 없을 정도로 조금씩 높이다가 갑자기 그 강도를 확 올려버리는 것이다. 무서운 이야기를 좋아한다면 이 책 《위스퍼 맨》은 여러분의 것이다. 하지만 귓갓길에 깜짝깜짝 놀라는 것이 일상이라면, 마룻바닥이나 창문이 삐걱거리고 덜그럭거리는 소리에 경기를 일으킨다면, 이 책을 건너뛰는 편이 좋을 수도 있다.

_《뉴욕타임스(New York Times)》

최상의 스릴러. 독자들은 얼핏 초자연적인 요소들을 통해 부서지고 위험한 인간들의 정신을 들여다보게 해주는, 진정으로 불안감을 자극하는 이 이야기를 내려놓기 힘들 것이다

_《퍼블리셔스 위클리(Publishers Weekly)》

노스의 이 첫 소설은 아동 유괴 사건 때문에 난장판이 된 마을에서 아내를 비극적으로 잃고 혼자 어린 아들을 키우는 아버지의 삶을 다룬다. 작가는 마지막 장을 덮은 후에도 오랫동안 독자들을 놓아주지 않을 강렬하고 무서운 이야기를 써 냈다. 무시무시한 악당과 실제 인물처럼 느껴지는 등장인물들은 공포를 더해줄 뿐이다. 시적인 산문 또한 이야기를 진정 뇌리에 새기는 데 도움을 준다. 케빈 오브라이언의 팬들이라면 서스펜스의 새로운 목소리를 들려주는 이 책에 즐겁게 뛰어들 것이다.

_《라이브러리 저널(Library Journal)》

이 흠 잡을 데 없는 스릴러는 여러분의 심장을 울리고 기억 속에 오래 살아남을 것이다.

_《데일리 익스프레스(Daily Express)》

차례

제이크.

하고 싶은 말은 너무 많지만, 우린 서로 대화하는 게 늘 쉽지 않았지. 안 그러니?

그래서 대신 이렇게 편지를 적어본다.

리베카와 내가 널 처음 병원에서 집으로 데려오던 날이 기억난다. 날은 저물었고 눈발이 날리고 있었는데, 차를 그렇게 조심조심몬 적은 내 평생 처음이었을 거야. 넌 태어난 지 이틀째였고, 뒷좌석의 베이비시트에 매여 있었지. 리베카는 네 옆에서 꾸벅꾸벅 졸았고. 난 네가 잘 있나 싶어서 드문드문 룸미러를 들여다봤단다.

왜냐하면, 너 그거 아니? 그때 난 *겁나서 까무러치기 직전이었거든*. 외동아들로 자라서 아기랑은 거리가 멀었던 내가 이제 덜컥 내 아기의 보호자가 됐으니까. 터무니없을 정도로 작고 약한 내 아기의. 하나도 준비가 안 된 나한테 병원에서 널 내주다니, 말도 안 된다고 생각했지. 우리, 그러니까 너랑 나는 아주 처음부터 그리 잘 맞지는 않았어. 리베카가 널 안는 걸 보면 그렇게 수월하고 자연스러울 수가 없었지. 마치 네가 자기한테서 태어난 게 아니라 자기가 네 몸에서 태어난 것처럼 말이야. 하지만 난 늘 어색함을 떨칠 수 없었단다. 내 품에 안긴 이 가냘픈 무게가 겁이 났고, 네가 울면 왜 우는지 도무지 알 수 없었지. 널 전혀 이해 못 했어.

그건 끝내 달라지지 않았지만.

네가 좀 더 크고 나서, 리베카는 오히려 너와 내가 너무 닮아서 그런 거라고 했지만, 그게 정말인지는 모르겠다. 아니었으면 좋겠는데. 난 늘 네가 나보다는 더 낫기를 바랐거든.

하지만 그게 정말이든 아니든 우린 서로 대화하는 게 그리 쉽지 않으니까, 그 대신 이 모든 이야기를 글로 적어보려고 한다. 피더뱅크에서 일어난 모든 일에 관한 진실을.

한밤중의 신사. 바닥의 그 남자애. 나비들. 이상한 옷차림을 한 그 여자애.

그리고 당연히 위스퍼 맨에 관해서도.

쉬운 일은 아니겠지만, 우선 네게 미안하다는 말부터 해야겠다. 그동안 줄곧, 난 네게 겁낼 건 아무것도 없다는 말을 참 많이도 했었지. 괴물 같은 건 세상에 없다고.

거짓말해서 미안하다.

제1부
7월

1

낯선 이에게 아이를 유괴 당한다는 것은 온 세상 부모들의 가장 끔찍한 악몽이다. 하지만 통계적으로 볼 때 그런 사건이 일어날 가능성은 매우 드물다. 실상 아이들이 다치거나 학대당할 위험이 가장 큰 곳은 가정이다. 진실은, 바깥세상이 아무리 위험해 보여도, 길에서 마주치는 모르는 사람들은 대부분 무해한 반면 가정이야말로 가장 위험한 곳이기 쉽다는 것이다.

지금 황무지에서 여섯 살짜리 닐 스펜서를 몰래 따라가고 있는 남자는 그 사실을 누구보다도 잘 알았다.

남자는 가지런히 자란 덤불 뒤에 몸을 숨긴 채 소리 없이 아이와 발맞추어 움직이며 아이에게서 한시도 눈을 떼지 않았다. 한편 닐은 자신이 어떤 위험에 처했는지 꿈에도 모른 채 느릿느릿 걷고 있었다. 아이의 운동화가 이따금씩 흙바닥을 걷어차 흰 분필가루 같은 안개를 피워 올렸다. 그보다 훨씬 조심스럽게 걷고 있는 남자는 아이의 매 *발자국* 소리를 들을 수 있었다. 그리고 자신은 전혀 아무런 소리도 내지 않았다.

따뜻한 저녁이었다. 거의 온종일 거침없이 내리쪼이던 햇볕도 6시가 된 지금은 흐려졌다. 기온이 뚝 떨어졌고 공기는 황금빛으로 물들었다. 파티오에 앉아 차가운 백포도주라도 홀짝이며 해넘이를 구경하면 제격일 법한 저녁이었다. 문득 추워져서 집에 들어가 외투를 가지고 다시 나올까 하는 생각이 들 즈음엔 이미 너무 어두워져서 에라 말자 싶어질 그런 저녁.

호박색 햇살에 멱을 감고 있으니 황무지조차 아름다워 보였다. 그곳은 작은 관목지로, 한쪽은 피더뱅크의 마을 변두리와, 다른 쪽은 폐쇄된 옛 채석장과 맞닿아 있었다. 경사진 땅 곳곳에 뒤엉켜 자란 거친 덤불은 미로를 방불케 했지만 대부분 바싹 메말라 죽어 있었다. 그다지 안전한 곳이라고는 할 수 없었지만 마을 아이들은 종종 이곳에서 놀았다. 그리고 예전이나 지금이나 채석장으로 기어 내려가려는 유혹을 이기지 못하는 아이들이 많았는데, 가파른 비탈은 무너지기 십상이었다. 의회에서 담장과 경고판을 세웠지만, 그 정도로는 부족하다는 게 지역민들의 중론이었다. 그리고 아이들은 결국 담장을 넘을 방법을 찾아냈다.

아이들에게 경고판은 무시하라고 있는 거였다.

남자는 닐 스펜서에 관해 아는 게 많았다. 아이와 아이의 가족을 마치 무슨 사업을 기획하듯 아주 상세히 연구했다. 아이는 학교 성적, 교우관계 모두 엉망이었고, 읽고 쓰는 능력과 수학 실력이 또래보다 한참 밑돌았다. 옷은 대체로 남이 입던 거였다. 나이 치고 너무 조숙해 보이는 행동거지는 이미 세상을 향한 분노와 원망을 드러내고 있었다. 몇 년만 지나면 아이는 폭력적인 문제아로 낙인이 찍히겠지만, 아직은 어려서 문제 행동을 저질러도 너그럽게 넘어갈 수 있었다.

"그러려고 한 게 아니야."

사람들은 그렇게 말할 것이다.

"그 애 잘못이 아니야."

닐은 아직 자기 행동을 전적으로 책임져야 한다고 여겨지는 나이에 도달하지 않았고, 그래서 사람들은 그냥 못 본 척해줘야 했다.

하지만 남자는 다 보았다. 어려운 일은 아니었다.

닐은 그날 아버지 집에 가 있었다. 아이의 양친이 별거 중이라는 사실은 남자에게 유리하게 작용했다. 양친 모두 알코올 중독자로, 그럭저럭 일상생활은 가능한 수준에서 위태로운 수준으로 가고 있었다. 둘 다 아들이 상대의 집에 있을 때 훨씬 마음 편해했고, 자기 집에 와 있으면 어떻게 놀아줘야 할지 몰랐다. 대체로 닐은 혼자 시간을 보내며 알아서 자기 앞가림을 해야 했고, 남자가 본 아이의 거친 성향은 분명 어느 정도는 그 탓일 수도 있었다. 닐은 부모가 계획하고 준비해서 낳은 아이가 아니었다. 확실히, 그 애는 사랑받지 못했다.

이번이 처음은 아니었다. 닐의 아버지는 아이를 제 엄마 집까지 차로 태워다주기엔 너무 취해 있었고, 걸어서 바래다주기엔 분명히 너무 게을렀다. 그리고 아마도 아이의 나이가 한 일곱 살쯤 됐다고, 종일 혼자서도 잘 노는 나이니 괜찮을 거라고 생각했으리라. 그래서 닐은 집까지 혼자 걸어가고 있었다. 자신이 전혀 다른 집으로 가게 되리라는 생각은 꿈에도 하지 못한 채. 남자는 자신이 마련해둔 방 생각에 솟구치는 흥분을 애써 억눌렀다.

황무지를 절반쯤 가서 닐은 멈춰 섰다.

남자는 근처에서 따라 멈추고, 뭐가 아이의 주의를 끌었는지 보려고 검은딸기나무 덤불 틈새로 엿보았다.

덤불에 기대어 버려진 낡은 텔레비전이 보였다. 갈색 화면이 불룩하게 부풀어 올랐지만 깨진 곳은 없었다. 닐은 시험하듯 발끝으로 화면을 툭툭 건드려보았다. 하지만 텔레비전은 너무 무거워서 꿈쩍도 하지 않았다. 화면 옆 아래쪽에 스피커와 버튼이 있고 뒷면은 드럼통만 한 그 텔레비전은 닐에게 틀림없이 다른 시대의 물건처럼 보였으리라. 길 반대편에 돌멩이 몇 개가 보였다. 남자는 닐이 그리로 건너가 돌멩이 하나를 집어 들고 유리를 향해 있는 힘껏 던지는 모습을 홀린 듯 바라보았다.

뻑.

요란한 소리가 주위를 뒤덮은 침묵을 깨뜨렸다. 돌은 유리를 박살내지 못했지만, 화면을 관통해 가장자리에 마치 총알 자국 같은 별 모양 구멍을 냈다. 닐은 다시 돌멩이를 집어 들어 같은 동작을 되풀이했지만, 이번에는 빗나갔다. 다시 시도하자 화면에 구멍이 또 하나 생겼다.

아무래도 아이는 이 놀이가 마음에 든 모양이었다.

그리고 남자는 그 이유를 이해할 수 있었다. 이 가벼운 파괴행위는 아이가 학교에서 보이는, 점점 커져가는 공격성과 흡사했다. 자신의 존재 따위 알지도 못하는 듯한 세상에 충격을 주려는 행위였다. 제발 날 봐달라는, 내 존재를 알아달라는, 날 사랑해달라는 외침이었다.

세상 모든 아이가 원하는 건 그게 전부였다. 마음속 깊은 곳에서 원하는 건.

그 생각을 하자 마음이 아파 왔다. 이제 심장이 한층 더 빨리 뛰고 있었다. 남자는 아이 등 뒤의 덤불에서 가만가만 걸어 나와 아이의 이름을 속삭였다.

2

널, 널, 널.

피트 월리스 경위는 황무지를 샅샅이 살피고 다니며, 실종된 남자애의 이름을 일정한 간격으로 외치는 주위 경관들의 목소리에 귀를 기울였다. 그 외침을 제외하면 절대적인 침묵이 그곳을 뒤덮고 있었다. 피트는 고개를 들고 그 말들이 머리 위 암흑 속으로 날갯짓하며 날아가는 상상을 했다. 널 스펜서가 그 아래의 지상에서 완벽히 자취를 감췄듯, 그 말들은 밤하늘 속으로 흔적도 없이 사라져버렸다.

흙바닥 위에 손전등으로 원뿔형 패턴을 그리며, 남자애의 흔적을 찾는 동시에 자신의 발밑을 확인했다. 파란 운동복 바지와 속옷, 마인크래프트 티셔츠, 검은 운동화, 밀리터리 디자인의 책가방, 물병. 수색 경보가 발령됐을 때 피트는 애써 차린 저녁을 먹으려고 막 자리에 앉은 참이었다. 한 술 떠보지도 못하고 그대로 식탁 위에서 식어가는 음식을 생각하니 위가 꼬르륵거렸다.

하지만 어린 남자애가 실종되었다면 수색은 당연한 일이었다.

다른 경관들은 어둠에 가려 보이지 않았지만 그들이 들고 있는 손전등 빛은 그 지역을 부채꼴로 뒤덮고 있었다. 시계를 보았다. 저녁 8시 53분. 하루가 거의 다 가버렸다. 오후의 더위는 언제 그랬냐는 듯, 지난 두 시간 사이 기온이 훅 떨어졌다. 차가운 공기에 오한이 들었다. 서두르느라 외투를 깜빡했는데, 셔츠 바람으로 추위를 막기엔 역부족이었다. 56세의 삭은 뼈 또한 한몫 했겠지만, 젊은 사람들이라 해도 바깥을 쏘다닐 만한 밤은 아니었다. 특히 혼자 길을 잃었을 때는. 게다가 다쳤을 가능성이 높을 때는.

닐, 닐, 닐.

피트도 목소리를 보탰다.

"닐!"

반응은 없었다.

실종사건은 실종된 후 첫 48시간이 가장 핵심이다. 아이는 그날 저녁 7시 39분에 실종 신고됐는데, 이는 아버지 집을 나선 지 대략 1시간 반 후였다. 6시 20분까지는 집에 왔어야 하지만, 양친은 아이의 귀가 시간에 관해 딱히 합의해둔 바가 없었다. 기다리던 아이의 어머니가 마침내 전남편에게 전화를 했고, 그제야 아이의 실종이 확인됐다. 경찰이 현장에 도착한 저녁 7시 51분 무렵엔 이미 그림자가 길어지고 있었고, 중요한 48시간 중 2시간 가까이가 허비되었다. 그리고 이제는 거의 3시간이 지나고 있었다.

수많은 사건을 바탕으로, 실종 아동은 대부분 곧 아무 일 없이 발견되어 가족에게 돌아간다는 걸 피트는 알고 있었다. 아동의 실종 사건은 총 다섯 범주로 나뉜다. 유기, 가출, 불의의 사고, 가족의 유괴, 타인의 유괴. 현재로서 확률 법칙에 따르면 닐 스펜서의 실종은 사고로 밝혀질 가능성이 높았다. 아이는 곧 발견될 것이다. 다만 시간이 지날수록 피트의 직감은 다른 말을 하고 있었다. 불편한 느낌이 심장에 똬리를 틀었다. 하지만 그건 아이의 실종 사건이 일어날 때마다 늘 느끼는 기분일 뿐, 아무 의미도 없었다. 그저 20년 전의 나쁜 기억이 수면으로 떠오르면서 나쁜 감정을 함께 데려오는 것뿐이었다.

손전등 빛이 뭔가 회색 물체를 스쳤다.

피트는 즉시 걸음을 멈추고 그쪽을 다시 비췄다. 덤불 아래쪽에 낡은 텔레비전이 놓여 있었다. 누군가가 과녁으로 이용한 것처럼, 화면에 몇 군데 깨진 곳이 있었다. 피트의 눈길이 잠시 거기 머물렀다.

"뭐 있어요?"

누구인지 모를 목소리가 한쪽에서 외쳤다.

"아니."

피트는 되받아 소리쳤다.

피트는 다른 경관들과 동시에 황무지 반대편 끝에 도달했다. 수색대는 아무것도 발견하지 못했다. 가로등의 새하얀 조명이 등 뒤의 어둠과 대비되어 이상하게 현기증을 일으켰다. 황무지의 침묵 속에는 존재하지 않던 나지막한 웅웅거림이 허공에 감돌았다.

잠시 후, 당장 달리 할 일도 없고 해서, 피트는 뒤돌아 자기가 온 방향으로 돌아갔다. 어디로 가는 것인지 자신도 몰랐지만, 어쩐지 발길이 저절로 한쪽을 향했다. 황무지 가장자리의 옛 채석장 방향으로. 어둠 속에서 돌아다니기엔 위험한 지형이라, 채석장 수색팀이 작업을 시작하려고 모여 있는 곳으로 향했다. 다른 경관들은 변두리를 수색하고 있었고, 여기 있는 경관들은 지도를 참고해 채석장 바닥으로 이어지는 험한 길을 내려갈 준비를 하고 있었다. 피트가 다가가자 두어 명이 고개를 들고 쳐다보았다.

"경위님?"

그중 한 사람이 피트를 알아보고 불렀다.

"오늘밤 당직이신 줄은 몰랐네요."

"아니야."

피트는 철조망을 들추고 고개 숙여 그 밑을 통과해 그들에게 합류했다. 여기서는 발밑을 더한층 조심해야 했다.

"난 이 근처에 살거든."

"네, 경관님."

경관은 내심 의아한 눈치였다.

경위가 이런 단순 작업에 모습을 보이는 일은 흔치 않았다. 어맨다 백 경위는 서에 남아 급히 시작된 수사를 위한 작전을 짜는 중이었고, 이곳의 수색팀은 주로 일반 경찰들로 이루어졌다. 피트는 자신이 이 중 최고참일 거라고 생각했지만, 오늘밤은 그저 군중의 일부일 뿐이었다. 한 아이가 실종됐다. 그리고 실종된 아이는 반드시 찾아내야만 한다. 이 경관은 20년 전의 프랭크 카터 사건을 기억하기에는 너무 나이가 젊은 것일까. 그렇지 않다면 이런 상황에서 피트 윌리스가 출동한 게 그리 놀랄 일도 아니라는 걸 알았을 텐데.

"조심하십시오, 경위님. 이곳은 발밑이 약간 불안정합니다."

"난 괜찮아."

피트를 단순히 노인네 취급하는 걸 보면 아무래도 나이가 너무 젊은 모양이다. 짐작건대 경찰서 체육관에서 피트를 본 적이 없었으리라. 피트는 매일 출근 전 체육관부터 들렀다. 나이 차이에도 불구하고, 피트는 자신이 모든 운동기구에서 그 젊은 경관을 압도할 수 있다고 확신했다. 발밑이라면 이미 충분히 잘 살피고 있었다. 모든 걸 주의해 살피는 건 피트의 제2의 천성이었고, 그 살피는 대상에는 자신도 포함됐다.

"경위님, 음, 저희는 이제 내려가려고요."

"나한테 보고할 필요 없어."

피트는 손전등으로 길을 비추며 거친 지형을 훑었다. 빛기둥은 오로지 짧은 거리밖에 밝히지 못했다. 아래의 채석장 바닥은 막대한 블랙홀을 연상시켰다.

"자네 상관은 내가 아니라 벡 경위니까."

"알겠습니다, 경위님."

피트는 채석장 바닥을 내려다보며 닐 스펜서를 생각했다. 그 아이가 택했을 가능성이 가장 높은 경로는 이미 확인이 끝났다. 거리 수색도 이루어졌다. 친구들 대부분한테도 이미 연락이 갔지만 소득은 전혀 없었다. 그리고 황무지엔 아무것도 없었다. 정말로 단순한 불의의 사고로 실종된 거라면 아이가 발견될 곳은 채석장밖에 남지 않았다는 게 합리적 결론이었다.

그러나 아래의 검은 세계는 완전히 텅 빈 것처럼 느껴졌다.

피트의 추론은 아무것도 명확히 말해주지 않았다. 하지만 피트의 본능은 여기서 닐 스펜서를 찾지 못할 거라고 말하고 있었다.

어쩌면 영영 찾지 못할지도 모른다고.

3

"내가 한 말 기억해?"

여자애가 물었다.

그야 당연했다. 하지만 제이크는 지금 여자애를 무시하려 안간 힘을 쓰고 있었다. 567클럽[1]의 다른 아이들은 전부 밖으로 나가 햇살 아래에서 뛰어놀고 있었다. 고함 소리와 타맥 위로 잽싸게 구르는 축구공 소리 그리고 공이 건물 옆면에 팡 하고 부딪치는 소리가 드문드문 들렸다. 반면 제이크는 실내에 앉아서 그림을 그리고 있었다. 아무의 방해도 받지 않고 혼자 남아 그림을 그리는 편이 훨씬 좋았다.

여자애랑 노는 게 싫은 건 아니었다. 당연히 좋아했다. 여자애를 제외하면 제이크와 놀고 싶어 하는 애는 거의 없었고, 평소 같으면 이렇게 여자애를 보는 게 너무 기뻤을 것이다. 하지만 오늘 오후 여자애는 그다지 놀 기분이 아닌 것처럼 보였다. 아니, 그 정도가 아니라 완전히 심각해 보였고, 제이크는 그게 영 마음에 들지 않았다.

"기억하느냐고."

"아마도."

"그럼 *말해봐*."

---

1 영국의 아동 돌봄 서비스.

제이크는 한숨을 쉬고 연필을 내려놓은 후 여자애를 마주 보았다. 늘 그렇듯 여자애는 파란색과 흰색 체크무늬 원피스 차림이었고, 오른쪽 무릎에는 전혀 나을 기미가 없는 찰과상이 보였다. 이곳의 다른 여자애들은 머리를 어깨 길이에서 자르거나 말총머리로 빡빡하게 당겨 묶어서 단정해 보이는데, 이 아이의 머리는 한쪽으로 되는 대로 뻗쳐 있었고 오랫동안 빗질을 안 한 듯했다.

표정을 보아 하니 여자애는 포기할 마음이 없는 게 분명했다. 그래서 제이크는 여자애가 가르쳐준 말을 되풀이했다.

"문을 반쯤 열어두면···."

제이크가 그걸 전부 외운다는 건 놀라운 일이었다. 딱히 기억하려고 일부러 노력한 적도 없었으니까. 하지만 어떤 이유에서인지 그건 기억에 남았다. 리듬에 무언가가 있어서였다. 때로 CBBC[2]에서 들은 노래가 머릿속에서 몇 시간이고 끝없이 맴도는 것처럼. 아빠는 그걸 *귀벌레*라고 불렀다. 그 말을 들으면 제이크는 그 소리가 머리통 한쪽으로 파고들어 머릿속에서 꿈틀대며 돌아다니는 모습이 떠올랐다.

제이크가 말을 마치자 여자애는 흡족한 듯 혼자 고개를 끄덕였다. 제이크는 다시 연필을 집어 들었다.

"그건 그렇고, 그 말이 무슨 뜻이야?"

제이크는 물었다.

"경고야."

여자애는 콧잔등에 주름을 잡으며 대답했다.

"음···, 뭐, 그런 비슷한 거야. 내가 어렸을 때 아이들이 하고 다니

2 영국 BBC 방송국의 아동 전문 채널.

던 말이지.”

“그래. 근데 그게 무슨 뜻이냐고.”

“그냥 알아두면 좋은 충고야.”

여자애는 말했다.

“세상에는 어차피 나쁜 사람들이 잔뜩 있잖아. 나쁜 일들도 잔뜩 일어나고. 그러니까 기억하는 게 좋아.”

제이크는 얼굴을 찌푸린 후 다시 그림을 그리기 시작했다. 나쁜 사람들. 여기 567클럽에는 칼이라는 이름의 나이가 조금 더 많은 남자애가 있었는데, 제이크는 그 애가 나쁘다고 생각했다. 지난 주, 칼이 레고 성을 쌓고 있던 제이크를 구석으로 밀어 넣고는 바짝 붙어 서서 마치 커다란 그림자처럼 제이크를 내려다보았다.

“왜 너는 맨날 너희 아빠가 데리러 오는 건데?”

칼은 따지듯 물었다. 이미 답을 알고 있으면서도.

“너희 엄마가 죽어서 그래?”

제이크는 대답하지 않았다.

“네가 엄마를 처음 발견했을 때 어때 보였어?”

다시금, 제이크는 대답하지 않았다. 악몽을 꿀 때를 제외하면 그 날 엄마를 찾아냈을 때 상황을 떠올리지 않으려 했다. 그걸 생각하면 호흡이 이상해지고 숨이 제대로 쉬어지지 않았다. 하지만 엄마가 이제 없다는 사실만은 어떻게 해도 피할 수 없었다.

그걸 생각하면 오래전 기억이 하나 떠올랐다. 부엌 문간에서 고개를 빼고 그 안을 들여다보던 기억. 엄마는 커다란 피망을 반으로 썰어 속을 빼내고 있었다.

“어이, 우리 왕자님.”

엄마가 제이크를 보고 말했다. 엄마는 늘 제이크를 그렇게 불렀다. 엄마가 죽었다는 사실을 떠올릴 때면 제이크의 가슴속에서는 그 피망에서 나던 것 같은 소리가 났다. 뻑 소리와 함께 뭔가가 뜯겨나가고 텅 빈 공간만 남는 것 같았다.

"네가 아기처럼 앙앙 우는 걸 진짜 보고 싶은데."

칼은 그렇게 내뱉고는 제이크 따위는 안중에도 없다는 듯 그대로 가버렸다.

세상이 그런 사람들로 가득 차 있다고 상상하면 기분이 썩 좋지 않았고, 그게 사실이라고 믿고 싶지 않았다. 제이크는 이제 종이 위에 동그라미를 여러 개 그렸다. 거기서 싸우고 있는 작은 막대기 사람들을 둘러싼 힘의 장(force field)이었다.

"너 괜찮니, 제이크?"

제이크는 고개를 들었다. 567클럽의 직원인 샤론이었다. 아까는 방 반대편 구석에서 설거지를 하고 있었는데, 어느새 다가와 허리를 숙이고 무릎 사이에 양손을 끼운 채 제이크를 굽어보고 있었다.

"네."

제이크는 대답했다.

"그림 잘 그렸네."

"아직 다 안 그렸어요."

"뭘 그린 건데?"

제이크는 자기가 그리고 있는 전투를 어떻게 설명할지 고민했다. 사람들이 여러 편으로 나뉘어 제각기 싸우고 있고, 그 사이에 그어진 선들은 검이고, 직직 그어 지운 건 죽은 사람들이고…. 하지만 너무 어려웠다.

"그냥 전투예요."

"혹시 밖에 나가서 다른 애들이랑 놀고 싶지 않니? 날이 너무 좋잖아.”

“아뇨, 괜찮아요.”

“선크림 남은 게 좀 있는데.”

샤론이 주위를 둘러보았다.

“아마 여기 어디 모자도 있을 거야.”

“전 그림을 마저 그려야 해요.”

샤론은 다시 허리를 세운 후 혼자 나직이 한숨을 내쉬었지만, 표정은 상냥했다. 샤론은 제이크를 걱정해줬다. 비록 쓸데없는 걱정이었지만, 그래도 제이크는 그런 샤론이 착하다고 생각했다. 제이크는 사람들이 자신을 걱정하는 걸 금세 알아차렸다. 아빠도 자주 그랬지만, 더러 인내심을 잃을 때가 있었다. 가끔은 소리를 질렀고, 이런 말도 했다.

“그냥 네가 아빠한테 다 말해줬으면 해서 그래. 아빤 네가 무슨 생각을 하고 무슨 기분을 느끼는지 알고 싶어.”

그럴 때면 제이크는 겁이 났다. 아빠가 자신 때문에 실망하고 슬퍼하는 것 같았기 때문이다. 하지만 자신이 어떻게 달라져야 하는지는 알 수 없었다.

둥글게 둥글게…, 또 다른 힘의 장. 겹치는 선들. 아니, 어쩌면 이건 문일까? 안쪽에 있는 그 작은 형체들이 전쟁터를 벗어나 멀리, 더 좋은 곳으로 갈 수 있게 해주는 차원 이동의 문. 제이크는 연필 꽁무니에 달린 지우개로 작은 형체를 주의 깊게 지우기 시작했다.

됐다.

넌 이제 안전해. 어디 있든.

한번은 아빠가 그렇게 화를 낸 후에 제이크의 침대 위에 쪽지를 놓아둔 적이 있었다. 쪽지엔 아빠와 제이크의 웃는 얼굴이 그려져 있었는데, 그 그림은 제이크의 마음에 쏙 들었다. 그리고 사진 밑에 아빠는 이렇게 썼다.

아빠가 미안해. 말다툼을 할 때조차 우리가 서로를 무척 사랑한 다는 걸 기억하렴. 사랑한다.

제이크는 자신에게 중요한 것들을 전부 모아두는 *보물 꾸러미* 에 그 쪽지도 넣었다. 지금도 보물 꾸러미는 제이크 앞의 테이블 위에, 그림 바로 옆에 있었다.

"넌 곧 새 집으로 이사를 가게 될 거야."

여자애가 말했다.

"그래?"

"너희 아빠가 오늘 은행에 가셨어."

"알아. 하지만 아빠가 될지 안 될지는 모른다고 하셨어. 그 사람 들이 아빠한테 필요한 걸 안 줄 수도 있댔어."

"*대출.*"

여자애가 인내심 있게 말했다.

"하지만 줄 거야."

"네가 어떻게 알아?"

"너희 아빠는 유명한 작가잖아. 안 그래? 그분은 이야기를 잘 지 어내시잖아."

여자애는 제이크가 그리고 있던 그림을 보고 슬며시 웃음을 지 었다.

"너랑 똑같이."

제이크는 그 웃음이 무슨 뜻일지 궁금했다. 어떻게 보면 기뻐 보이고 어떻게 보면 슬퍼 보이는 이상한 웃음이었다. 생각해보면 제이크가 이사에 관해 느끼는 감정 역시 그랬다. 이젠 더 이상 그 집에서 살고 싶지 않았고 아빠 역시 그 집에서 불행해한다는 걸 알았지만, 그래도 이사한다고 생각하면 뭔가 해서는 안 될 일을 하는 기분이었다. 아빠의 아이패드로 같이 이사 갈 집을 찾을 때 새 집을 점찍은 것이 *제이크 자신*이었는데도.

"이사 간 다음에도 우리 볼 수 있는 거지, 응?"

제이크가 물었다.

"당연히 볼 수 있지. 다 알면서 뭘 물어?"

그 후 여자애는 앞으로 몸을 숙여 더 다급한 투로 말했다.

"하지만 앞으로 무슨 일이 일어나든, 내가 한 말 기억해. 중요한 거니까. 꼭 약속해줘야 해, 제이크."

"약속할게. 그런데 그게 무슨 뜻*이야*?"

제이크는 여자애가 더 자세히 설명해주기를 기대했지만, 이내 방 반대편 끝에서 부저가 울렸다.

"너무 늦었어."

여자애가 속삭였다.

"너희 아빠가 오셨어."

4

567클럽에 도착했을 때, 아이들은 거의 다 밖으로 나와 놀고 있는 것 같았다. 차를 세우는데 아이들의 뒤섞인 웃음소리가 들려왔다. 다들 행복해 보였고, 더없이 *정상적*으로 보였다. 잠시 나는 그 애들 사이에서 제이크를 찾을 수 있길 바라며 아이들을 훑어보았다.

하지만 당연히 내 아들은 거기 없었다.

실내에 들어가자 제이크가 보였다. 내게 등을 돌린 채 허리를 잔뜩 숙이고 그림을 그리는 중이었다. 아이를 보자 가슴이 미어졌다. 가뜩이나 또래보다 작은 몸뚱이가, 그러고 있으니 더욱 작고 더욱 가냘파 보였다. 마치 앞에 놓인 그림 속으로 사라져 버리고 싶은 것 같았다.

누가 제이크를 탓할 수 있을까? 난 제이크가 이곳을 싫어하는 걸 안다. 하지만 그 애는 안 가겠다고 버티는 일도, 끝나고 집에 와서 투덜대는 일도 절대 없다. 그리고 내게 무슨 다른 선택의 여지가 있는 것도 아니다. 리베카가 죽은 후로 견디기 힘들 때가 많았다. 아이를 처음 미용실에 데려가야 했을 때, 교복을 주문해야 했을 때, 그 애의 크리스마스 선물을 포장하는데 눈물로 눈앞이 흐려져서 애를 먹었을 때. 하나하나 들자면 끝도 없었다. 하지만 어떤 이유에서인지 가장 힘든 건 방학이었다. 제이크를 아무리 사랑해도, 아이와 매일 24시간을 함께 보낸다는 건 도저히 내가 감당할 수 있는 일이 아닌 것 같았다. 그 모든 시간을 나 혼자서 채우기엔 역부족이랄까. 아이가 필요로 하는 아버지가 되어 주지 못하는 자신이 한심하지만 나도 때로는 혼자만의 시간이 필요하다. 그 애와 나 사이에 가로놓인 거대한 만을 잊기 위해서. 점점 커져가는 내 무능함을 잊기 위해서. 그 애가 갑자기 방에 들어와서 날 보면 어쩌나 하는 두려움 없이 잠깐이라도 다 내려놓고 울기 위해서.

"어이, 친구."

난 제이크의 어깨에 한 손을 얹었다. 아이는 고개를 들지 않았다.

"오셨어요, 아빠."

"뭐 하고 있었니?"

"별로 아무것도요."

내 손 밑에서 아이의 어깨가 아주 미약하게 들썩거렸다. 그게 아니면 제이크의 몸이 거기 있는지조차 의심스러웠으리라. 그 애의 몸은 어쩐지 입고 있는 티셔츠의 옷감보다도 더 가볍고 약하게 느껴졌다.

"누구랑 잠깐 놀고 있었어요."

"누구?"

난 물었다.

"어떤 여자애요."

"잘했구나."

나는 허리를 굽혀 그림을 보았다.

"그리고 그림도 잘 그렸네."

"마음에 드세요?"

"당연하지. 아빠 마음에 쏙 드네."

사실 뭘 그린 그림인지 짐작도 가지 않았다. 뭔가 전투 장면 같긴 한데, 어느 편이 어느 편인지 그리고 무슨 상황이 벌어지고 있는지 전혀 분간이 안 갔다. 제이크는 정적인 걸 그리는 일이 거의 없다. 그 애의 그림은 종이 위에서 살아 움직이는 애니메이션이다. 그래서 최종 결과물은 마치 모든 장면이 서로서로 겹쳐진 채 동시에 전개되는 영화 같다. 하지만 제이크는 창의적이고, 나는 그 점이 좋다. 그건 그 애와 나의 공통점 중 하나다. 우리 사이의 연결고리랄까. 하지만 리베카가 죽고 나서 10개월째 난 거의 한 글자도 쓰지 못했다.

"우리 새 집으로 이사 가요, 아빠?"

"그래."

"은행 사람이 아빠 부탁을 들어준 거예요?"

"그냥 내가 위태로운 재정 상태를 설득력과 창의력으로 부드럽게 넘겼다고 해두자꾸나."

"'위태로운'이 무슨 뜻이에요?"

그 단어를 모른다니, 좀 놀라웠다. 오래전 리베카와 나는 제이크에게 말을 할 때 어른에게 말하듯 하기로 했고, 그 애가 모르는 단어가 있으면 뜻을 설명해주었다. 제이크는 그걸 모조리 흡수했고, 그 결과로 종종 이상한 것들이 출력됐다. 하지만 지금 나는 단어 설명을 하고 있을 기분이 아니었다.

"그건 아빠랑 은행 사람이 걱정할 거리가 있다는 뜻이란다."

나는 말했다.

"넌 아니고."

"우리 언제 가요?"

"될 수 있는 한 빨리."

"어떻게 전부 다 가져가요?"

"승합차를 부를 거야."

돈 문제에 생각이 미치자 순간 머릿속이 하얘지는 것 같았다.

"아니, 어쩌면 그냥 우리 차를 쓸지도 모르고. 아주 안전하게 포장해서 몇 번 왔다 갔다 하면 돼. 어쩌면 *전부 다* 가져가지는 못할지도 몰라. 하지만 네 장난감을 잘 살펴보고 가져가고 싶은 걸 고르자꾸나."

"전 전부 다 가져가고 싶어요."

"봐서, 응? 네가 싫다면 아무것도 안 버릴게. 하지만 이젠 너무 커서 필요 없는 것들도 많잖니. 그런 것들은 어린 동생들한테 주면 너보다 더 잘 갖고 놀 수도 있을 거야."

제이크는 대꾸하지 않았다. 이젠 가지고 놀기에는 너무 커버렸다 해도, 그 장난감들 하나하나에는 추억이 배어 있었다. 리베카는 같이 놀아주는 것을 포함해 제이크에 관련된 모든 면에서 나보다 나았다. 바닥에 무릎을 꿇고 인형들을 이리저리 움직이던 모습이 아직도 눈에 선하다. 리베카는 모든 면에서 제이크한테 끝도 없이, 아름다울 정도의 인내심을 발휘했다. 나로서는 흉내도 못 낼 정도였다. 제이크의 장난감 하나하나에는 리베카의 손길이 닿아 있었다. 더 오래된 것일수록 리베카의 지문이 더 많이 남아 있을 것이다. 그 애의 삶 속에는 눈에 보이지 않는 리베카의 존재가 겹겹이 축적돼 있었다.

"아빠가 이미 말했지만, 버리기 싫으면 아무것도 안 버려도 돼."

그 말을 하면서 난 그 애의 *보물 꾸러미*를 떠올렸다. 그건 테이블 위 그림 옆에 놓여 있었다. 하드커버 책 크기의 낡은 가죽 파우치로, 지퍼가 달려 있고 3면을 열 수 있었다. 보물 꾸러미가 되기 전에는 무슨 용도로 쓰였을지 전혀 짐작이 가지 않았다. 속 알맹이가 없는 커다란 다이어리 표지처럼 보였는데, 리베카가 왜 그런 걸 가지고 있었는지는 모르겠다.

리베카가 가고 몇 달 후, 아내의 물건들을 살펴보았다. 아내는 도무지 물건을 못 버리는 사람이었지만 그래도 나름 실용적인 면이 있어서, 오래된 물건들을 상자에 담아 차고에 차곡차곡 쌓아놓았다. 어느 날인가, 나는 상자 몇 개를 집 안으로 들고 와서 훑어보기 시작했다. 거기 담긴 물건 중에는 우리가 함께한 삶과는 전혀 아무런 관련이 없는, 아내의 어린 시절로 거슬러 올라가는 것들도 있었다. 그러면 그걸 보는 게 좀 덜 힘들 법도 한데, 현실은 그렇지도 않았다. 아동기는 행복한 시기다. 원래는 그렇다. 그럼에도 나는 이런 아무 걱정 없이 희망만 가득 담겨 있는 물건들이 슬픈 결말을 맞은 걸 알았다. 눈물이 났다. 제이크가 내게 다가와 내 어깨에 손을 얹었고, 내가 곧장 반응하지 않자 그 짧은 팔로 내 어깨를 감쌌다. 그 이후 우린 함께 그 상자에 담긴 물건들을 훑어보았고, 제이크는 지금의 보물 꾸러미가 될 것들을 찾아내어 내게 자기가 가져도 되느냐고 물었다. 당연히 되지. 나는 대답했다. 아이가 원하는 거면 뭐든 다 주고 싶었다.

제이크는 비어 있던 꾸러미를 조금씩 채워갔다. 그 안에 든 것들 중 몇 가지는 리베카의 소지품 중에서 골라낸 것들이었다. 편지들과 사진들 그리고 자질구레한 장신구들. 제이크가 직접 그린 그림이나 그 애가 중요하게 여기는 물건들. 보물 꾸러미는 마녀의 검은 고양이처럼 거의 늘 그 애 곁을 지켰고, 몇 가지 것들을 제외하면 나는 그 안에 뭐가 들어 있는지 몰랐다. 볼 기회가 있다 해도 일부러 보지 않으려 했을 것이다. 누가 뭐래도 그건 그 *애의* 특별한 물건들이니까. 다른 사람이 함부로 건드려도 되는 게 아니니까.

"얼른, 친구."

난 말했다.

"네 소지품을 챙겨서 나가자."

아이는 그림을 접어서 내게 들고 가라고 건넸다. 뭘 그렸는지는 몰라도 보물 꾸러미에 들어갈 만큼 중요한 건 아닌 게 분명했다. 제이크는 보물 꾸러미를 직접 들고 고리에 매달아 둔 물병을 챙기러 문간으로 갔다. 나는 문을 여는 녹색 버튼을 누른 후 뒤돌아보았다. 샤론은 설거지하느라 여념이 없었다.

"작별인사 할래?"

나는 제이크에게 물었다. 문간에서 뒤를 돌아본 아이의 얼굴에 순간 슬픈 표정이 떠올랐다. 나는 샤론에게 작별인사를 하려는 줄 알았는데, 제이크는 그 대신 아까 내가 왔을 때 앉아 있던 테이블을 향해 손을 흔들었다. 테이블에는 아무도 없었다.

"안녕."

제이크가 외쳤다.

"까먹지 않겠다고 약속할게."

그리고 내가 미처 물어볼 틈도 없이 목을 움츠려 내 팔 밑을 빠져나갔다.

5

리베카가 죽은 그날 오후, 나는 제이크를 데리러 갔다.

그날은 원래 내가 글을 쓰기로 정해진 날이었다. 그래서 리베카가 나에게 제이크를 대신 데리러 가줄 수 있겠느냐고 묻자 대번에 짜증부터 났다. 새 책 마감까지 몇 달밖에 남지 않았고, 글을 쓰는 날보다 쓰지 못하는 날이 훨씬 더 많았던 것이다. 마지막 순간에 기적이 일어나지 않는 한 제시간에 마감을 한다는 건 그 시점에서 이미 불가능했다. 하지만 리베카의 안색이 너무 창백하고 불안해 보여서 도저히 싫다고 할 수 없었다.

차를 몰고 돌아오는 길에 나는 제이크에게 온갖 방법을 동원해 오늘 하루는 어땠는지 물어보려 했지만 절대적 헛수고였다. 거의 늘 그러했다. 기억이 안 나거나, 말할 기분이 아니거나. 리베카한테라면 대답했을 거라는 생각이 들었다. 늘 그랬으니까. 가뜩이나 글도 안 써지는 터에 그런 생각까지 하니 여느 때보다도 더 불안하고 자신감이 없어졌다. 집에 도착하자 제이크는 번개같이 차에서 뛰어내렸다. 엄마한테 가도 돼요? 제이크의 말에 나는 그러라고 했다. 리베카는 당연히 좋아할 테니까. 하지만 엄마 몸이 안 좋으니까 너무 귀찮게 하면 안 돼. 그리고 신발 벗고. 엄마가 지저분한 거 싫어하는 거 알지?

그 후 난 차에서 꾸물거리면서 일부러 능장을 부렸다. 실패자가 된 기분이었다. 비참하고 한심했다. 느릿느릿 발을 끌며 부엌으로 가서 물건들을 내려놓았다. 그때 제이크가 내 말을 듣지 않고 신을 거기에 벗어 놓지 않았음을 깨달았다. 당연한 일이다. 그 애는 절대 내 말을 듣는 법이 없었으니까. 집은 조용했다. 난 리베카가 위층에 누워 있을 거라고 생각했다. 그리고 제이크는 엄마를 보러 위층으로 올라갔을 거라고. 그리고 아무 문제가 없을 거라고.

나라는 문제만 빼고.

마침내 거실로 들어갔을 때, 반대편 구석에 서 있는 제이크가 보였다. 그 애는 층계로 이어지는 문간에서 내게는 보이지 않는, 바닥에 놓인 뭔가를 보고 있었다. 눈앞의 광경에 최면이라도 걸린 듯 꼼짝도 않고 있었다. 하지만 더 가까이 가서 보니 꼼짝도 않고 있다는 건 사실이 아니었다. 제이크는 덜덜 떨고 있었다. 그리고 그때 리베카가 보였다. 아내는 층계 밑에 누워 있었다.

거기서부터 내 기억은 백지상태다. 내가 제이크를 다른 데로 옮겨놓은 건 안다. 전화로 구급차를 부른 것도 안다. 그 상황에서 해야 하는 모든 일을 했다는 걸 안다. 하지만 실제로 그렇게 한 기억은 없다.

최악은, 내가 제이크가 모든 걸 기억한다고 확신한다는 것이다. 비록 내 앞에서 그 이야기를 꺼낸 적은 한 번도 없지만 말이다.

*

그게 10개월 전이었다. 나는 제이크와 함께 부엌으로 들어갔다. 접시와 컵들로 뒤덮여 거의 가려지다시피 한 조리대는 얼룩과 빵 부스러기로 지저분했다. 응접실 바닥 판자 위에는 장난감들이 나

덩굴었다. 이사 가기 전에 장난감을 분류하라고 내가 그렇게 말했는데. 마치 이미 집 안의 물건을 전부 훑어보고 필요한 걸 챙긴 후 나머지는 아무렇게나 버려둔 듯한 꼬락서니였다. 이 집은 몇 달째 그림자가 드리워져 있고, 날이 점차 저물어 밤이 되듯 갈수록 어두워지기만 한다. 집이 리베카의 죽음과 함께 무너지기 시작한 것처럼 느껴졌다. 그러고 보면 리베카는 늘 이 집의 심장이었다.

"제 그림요, 아빠."

제이크는 이미 바닥에 무릎을 꿇고 아까 아침에 아무 데나 굴려놓은 색연필들을 주워 모으고 있었다.

"부탁할 땐 어떻게 해야 하지?"

"제 그림 좀 주실래요?"

"그럼, 당연히 주지."

나는 제이크 옆에 그림을 내려놓았다.

"햄 샌드위치 먹을래?"

"그거 말고 과자 먹어도 돼요?"

"샌드위치부터 먹고 나서."

"알았어요."

나는 조리대 한쪽 공간을 치운 후 빵 두 쪽에 버터를 바르고 햄 세 장을 사이에 끼워 4등분했다. 그러는 내내 우울과 싸워야 했다. 한 발 한 발씩 차례로 내디디자. 멈추지만 말자.

567클럽에서 있었던 일이 아무리 잊으려 해도 계속 머릿속을 맴돌았다. 제이크는 아무도 없는 테이블을 향해 손을 흔들어 작별인사를 했다. 내가 기억하는 한 제이크에게는 늘 일종의 상상의 친구가 있었다. 제이크는 늘 고독한 아이였다. 어딘가 너무 폐쇄적이고 내향적인 구석이 있어서 다른 애들을 저절로 밀어내는 것 같았다.

기분이 좋을 때면 나는 그게 그 애가 자신에게 만족하고 혼자 있어도 행복하기 때문이라고, 그게 아이한테 좋은 거라고 자신을 설득할 수 있었다. 하지만 대부분의 경우에는 그냥 걱정스럽기만 했다.

왜 제이크는 좀 더 다른 아이들 같으면 안 될까?

좀 더 *정상적*이라면⋯?

한심한 생각이라는 걸 모르지 않는다. 하지만 나는 그저 제이크를 지켜주고 싶을 뿐이다. 그 애처럼 조용하고 고독한 아이에게 세상은 잔인한 곳이 될 수 있고, 나는 내가 그 나이 때 겪은 일들을 그 애가 똑같이 겪지는 않았으면 했다.

어쨌거나, 그 상상의 친구들은 이제까지 그리 노골적인 방식으로 자신의 존재를 주장하지 않았다. 아직까지는 그저 제이크가 드문드문 혼잣말하는 것처럼 보이는 정도였다. 그리고 이 새로운 전개는 어쩐지 내 마음에 썩 들지 않았다. 제이크가 종일 이야기했다고 말한 여자애는 제이크의 머릿속 존재인 게 분명했다. 제이크가 그런 걸 입 밖에 내어 인정한 건, 남이 보는 앞에서 상상의 친구에게 말을 한 건 이번이 처음이었다. 그건 날 약간 두렵게 만들었다.

물론 예전의 리베카는 조금도 걱정하지 않았다.

"그 애는 괜찮아. 그냥 그 애가 자기 자신으로 살게 놔둬."

그리고 리베카는 거의 무엇에 대해서든 나보다 더 잘 알았으니까, 나는 늘 그 말을 따르려고 최선을 다했다. 하지만 지금은? 나는 이제 어쩌면 그 애에게 정말 도움이 필요할지도 모른다고 생각하고 있다. 어쩌면 그 애는 그냥 자기 자신으로 살고 있는 걸지도 모르지만.

그것 역시 내가 어떻게든 해야 하는데 어떻게 해야 할지 알 수 없는 또 다른 버거운 일이다. 어떻게 하는 게 옳은지, 어떻게 하면 그 애한테 좋은 아버지가 될 수 있을지 전혀 짐작도 가지 않았다. 맙소사, 리베카가 여기 있었으면 얼마나 좋을까.

당신이 그리워….

하지만 그 생각을 하면 눈물을 억누를 수 없을 게 뻔해서 나는 생각을 접고 접시를 집어 들었다. 그 순간, 거실에서 나직하게 읊조리는 제이크의 목소리가 들렸다.

"그래."

그리고 다시.

"*그래, 나도 알아.*"

내 귀에는 들리지 않는 어떤 말에 대한 대답인 듯했다.

소름이 온몸으로 번졌다.

나는 문간으로 살금살금 걸어갔지만, 거실에 들어가지는 않았다. 그냥 그 자리에 서서 귀에 온 신경을 집중했다. 제이크는 보이지 않았지만 방 반대편의 창을 통해 들어온 햇살이 긴 안락의자 측면에 그 애의 그림자를 던지고 있었다. 두루뭉술한 형체가 부드럽게 움직이고 있었는데, 아마 무릎을 끌어안은 채 앞뒤로 몸을 흔들고 있는 듯했다.

"기억해."

내 심장 소리밖에 들리지 않는 완벽한 정적이 흐른 몇 초 후, 나는 내가 숨을 참고 있음을 깨달았다. 이윽고 입을 연 그 애의 목소리는 훨씬 크고 화난 듯 들렸다.

"말하고 싶지 않다고!"

그리고 그때 나는 거실로 들어섰다.

어떤 광경을 보게 될지 상상도 가지 않았고 두려웠다. 하지만 제이크는 내가 아까 나올 때 있던 바로 그 자리에서 몸을 웅크리고 있었다. 다만 이제는 그림을 놔두고 한쪽 옆을 응시하고 있었다. 나는 그 애의 시선을 따라갔다. 당연히 거기엔 아무도 없었지만, 그 애가 그 텅 빈 공간을 어찌나 열중해서 쳐다보던지, 마치 누군가가 실제로 존재하는 것처럼 느껴졌다.

"제이크?"

나는 조용히 불렀다. 아이는 날 쳐다보지 않았다.

"누구한테 말하는 거니?"

"아무도 아니에요."

제이크는 몸을 살짝 틀어 펜을 도로 집어 들고 다시 그림을 그리기 시작했다. 나는 한 걸음 더 다가갔다.

"제발 그것 좀 내려놓고 아빠가 묻는 말에 대답해줄래?"

"왜요?"

"왜냐하면 중요한 일이니까."

"아무하고도 말 안 했어요."

"그럼 펜부터 좀 내려놔볼래? 아빠가 그러자고 했지?"

하지만 제이크는 그림 그리기를 멈추지 않았다. 오히려 이제 한층 더 열심히 손을 움직여, 자신이 그려놓은 작은 형체들 주위에 맹렬하게 동그라미를 쳤다.

좌절감이 응어리져 분노로 변했다. 제이크는 내가 풀기엔 너무 어려운 문제처럼 느껴질 때가 너무 많았고, 그럴 때마다 나는 무능하고 서투른 자신을 증오했다. 동시에 내게 절대 마음을 열지 않는, 절대 중간으로 날 마중 오지 않는 제이크가 원망스럽기도 했다. 난 *도와주려고* 그러는 건데. 내 아들이 괜찮은지 알고 싶어서 그러는 건데. 나 혼자서는 도저히 해낼 수 없을 것 같았다. 불현듯 내가 접시를 너무 꽉 쥐고 있음을 깨달았다.

"샌드위치 다 됐다."

나는 제이크가 그림 그리기를 멈출 때까지 기다리지 않고 그냥 긴 안락의자에 접시를 내려놓은 후 부엌으로 돌아갔다. 조리대에 등을 기대고 눈을 감았다. 알 수 없는 이유로 심장이 마구 뛰고 있었다.

당신이 너무 그리워. 머릿속으로 리베카에게 말했다. *당신이 여기 있었으면 좋겠어. 이유야 너무 많지만, 지금은 도저히 이걸 해낼 자신이 없어서.*

나는 울기 시작했다. 상관없다. 제이크는 그림을 그리거나 샌드위치를 먹느라 얼마 동안은 부엌에 오지 않을 것이다. 어차피 와봤자 나밖에 없는데 뭐 하러 오겠는가? 그러니 상관없다. 내 아들이 머릿속의 존재와 조용히 대화하도록 잠깐 놔두자. 그리고 나 또한 그래 볼까.

당신이 그리워.

*

그날 밤 나는 늘 그렇듯 제이크를 침대까지 안아다 주었다. 리베카가 죽은 이후로 줄곧 그랬다. 그 애는 리베카의 시신을 발견한 자리를 보지 않으려고 내게 꼭 매달렸다. 숨을 참고 내 어깨에 고개를 묻었다. 매일 아침, 매일 밤, 화장실에 갈 때마다. 그 심정을 이해 못하는 건 아니지만, 제이크는 너무 무거워지고 있었다. 단순히 체중의 문제만은 아니었다.

부디 이 상황이 빨리 나아져야 할 텐데.

아이가 잠든 후, 나는 도로 아래층으로 내려와 포도주 한 잔과 아이패드를 들고 긴 안락의자에 앉아 새로 이사 갈 집의 사진을 띄웠다. 웹사이트의 사진을 보니 다른 쪽으로 마음이 불편해졌다.

이 집을 고른 건 제이크였다고 해도 과언이 아니리라. 나는 처음에는 그 집에 별 매력을 느끼지 못했다. 왠지 무너지기 직전의 오두막 같은 느낌을 풍기는, 외따로 떨어진 낡고 작은 2층집. 하지만 거기엔 약간 기묘한 구석이 있었다. 창들이 난 위치가 좀 이상해 보여서 내부 구조가 잘 상상이 안 갔고, 살짝 비뚜름한 지붕 때문에 집이 고개를 갸웃하고 뭔가를 캐묻는 것처럼 보였다. 화난 것처럼 보이기도 했다. 하지만 전체적으로 뭔가 뒤통수가 근질근질하게 만드는 느낌이 있었다. 그 집은 첫눈에 날 불안하게 만들었다.

그럼에도 제이크는 처음 본 순간부터 그 집으로 마음을 정했다. 도대체 그 집의 어떤 점에 그렇게 홀렸는지 몰라도, 다른 집은 아예 보지도 않으려 했다.

처음 집 구경 때 날 따라온 그 애는 마치 최면에 걸리기라도 한 것 같았다. 나는 그래도 확신이 들지 않았다. 실내 용적은 딱 좋았지만, 내부는 지저분했다. 먼지투성이 수납장과 의자들, 오래된 신문 더미, 종이 상자들, 아래층 손님방에 놓인 매트리스. 나이가 지긋한 집주인 시어링 부인은 계속 미안해하며 전부 이전 세입자의 물건이라고, 집이 팔렸을 즈음엔 치워져 있을 거라고 했다.

하지만 제이크가 고집을 꺾지 않는 바람에 나는 그 집을 한 번 더 구경하기로 약속을 잡았다. 이번에는 나 혼자 갔다. 그때 그 집이 전과는 다르게 보이기 시작했다. 그렇다. 집은 낡아 보였지만 오히려 그것 때문에 일종의 잡종견 같은 매력을 발휘했다. 그리고 처음에는 화난 듯했던 인상이 이제는 경계심에 좀 더 가까워 보였다. 마치 그 집이 이전에 상처를 받아서, 내가 그 집의 신뢰를 얻기 위해 노력해야 할 것 같은 기분이 들었다.

그 집은 성격이 있다고, 나는 생각했다.

그럼에도 이사 갈 생각을 하면 더럭 겁부터 났다. 사실, 그날 오후 나에게는 절반은 거짓말로 부풀린 내 재정 상태를 은행 직원이 꿰뚫어보고 대출 신청을 퇴짜 놓기를 바라는 마음도 아주 없지 않았다. 하지만 이제는 마음이 놓였다. 먼지투성이로 버려진 우리 과거 삶의 흔적을 둘러보면, 제이크와 내가 여기에서 이런 식으로 계속 살아갈 수 없다는 건 자명한 사실이었다. 앞길에 그 어떤 어려움이 기다리든, 우린 이 집에서 나가야만 한다. 그리고 앞으로 몇 달간 내가 아무리 고생을 하게 된다 해도 내 아들에겐 이게 필요하다. 아니, 우리 둘 다에게.

우린 새 출발을 해야만 한다. 내가 그 애를 안고 층계를 오르내릴 필요가 없는 곳에서. 제이크가 자기 머릿속에만 존재하는 친구가 아닌 진짜 친구를 사귈 수 있는 곳에서. 나 자신의 유령이 모든 구석과 틈새마다 숨어 날 몰래 엿보지 않는 곳에서.

이제 이렇게 다시 보니 그 집이 어쩐지 좀 기묘한 방식으로 나와 제이크에게 어울린다는 생각이 들었다. 우리처럼, 그 집도 어울리기 힘들어하는 아웃사이더인 것 같았다. 우린 함께 잘 지낼 수 있을 것 같았다. 심지어 마을 이름조차 마음을 따뜻하게 달래주는 듯했다.

피더뱅크.

거기 있으면 우린 안전할 수 있을 것 같았다.

6

　피트 윌리스와 마찬가지로, 어맨다 벡 경위 역시 첫 48시간의 중요성을 매우 잘 알았다. 그래서 부하 경관들에게 첫 12시간 동안 닐 스펜서가 갔을 법한 다양한 경로를 계속 수색하도록 지시했다. 동시에 가족을 신문하면서 실종된 아이의 프로필을 작성하기 시작했다. 사진을 확보하고 과거사를 훑었다. 그리고 이튿날 아침 9시, 기자회견이 열리고 닐에 대한 정보와 실종 당시 인상착의가 언론에 배포되었다.

　어맨다가 그 상황에서 필요한 호소를 하고 목격자가 있으면 부디 나서 달라고 요청하는 동안 닐의 부모는 어맨다의 양 옆에서 입을 꾹 다문 채 앉아 있었다. 카메라 플래시가 드문드문 터져 세 사람을 비췄고, 어맨다는 무심한 척하려 애썼지만 닐의 부모가 매번 움찔거리는 게 느껴졌다. 마치 플래시가 두 사람을 때리는 주먹인 것 같았다.

　"여러분 자택의 차고와 헛간을 확인해주셨으면 합니다."

　어맨다는 좌중을 향해 말했다. 어맨다는 최대한 조용하고 가라앉은 분위기를 유지하려 했다. 닐 스펜서를 찾아내는 걸 제외하면, 현재로서 최대의 목표는 대중의 공포를 무마하는 거였다. 그리고 절대 유괴 사건이 *아니다*라고 단정 지을 수는 없어도, 최소한 지금으로서는 조사의 초점이 어디 놓여 있는지를 명확히 해두는 게 필요했다.

"가장 가능성 높은 설명은 닐이 일종의 사고를 당했다는 겁니다."
어맨다가 말했다.

"닐이 실종된 지 15시간이 지났지만, 우린 그 애를 안전하고 무사한 상태로, 그것도 곧 찾아낼 거라는 희망을 놓지 않고 있습니다."

하지만 개인적으로 그렇게 자신이 있는 건 아니었다.

*

기자회견이 끝나고 상황실로 돌아와서 어맨다가 맨 처음 한 일 중 하나는 그 지역의 알려진 성범죄자 몇 명을 조용히 소환한 후 그리 조용하지 않게 신문하는 거였다.

그날 하루에 걸쳐 수색 지역이 점차 확장됐다. 운하 곳곳을 준설하는 대규모 작업이 이루어졌고, 경관들이 더욱 넓은 지역을 대상으로 한 집 한 집 문을 두드리며 탐문하기 시작했다. 감시카메라 영상 분석도 이루어졌다. 어맨다는 영상을 직접 확인했다. 닐은 초반에는 찍혀 있었지만 황무지까지 가기 전에 카메라를 벗어났고, 다시는 카메라 안으로 들어오지 않았다. 그 두 지점 사이의 어딘가에서 그 조그만 남자애는 사라져버렸다.

어맨다는 피로에 찌든 얼굴에 조금이나마 생기를 불어넣으려 마른세수를 했다.

경관들은 다시 황무지로 돌아가, 이번에는 밝은 낮에 채석장 수색을 재개했지만 여전히 닐 스펜서는 흔적도 보이지 않았다.

하지만 아이는 다른 곳에서 실제로 모습을 드러냈고, 그날 하루가 가면서 그 빈도는 더욱 증가했다. 아이의 사진이 뉴스에 나간 것이다. 그중 축구 셔츠를 입고 멋쩍게 웃고 있는 사진은 양친이 가지고 있던 것 중에서 아이가 드물게 행복해 보이는 사진이었다. 핵심 지역 몇 군데에 붉은 동그라미가 쳐지고 추정상 경로에 노란 점이 찍힌 간략한 지도도 방송에 함께 나갔다.

기자회견 영상도 방영되었다. 어맨다는 그날 저녁 귀가해 침대에서 태블릿으로 그 영상을 보았다. 그리고 닐의 양친이 카메라를 통해 보니 당시에 느꼈던 것보다도 더욱 비참해 보인다고 생각했다. 두 사람은 *죄인처럼* 보였다. 그리고 설령 아직은 죄의식을 느끼고 있지 않다 해도 곧 느끼게 될 것이다. 사람들이 가만 놔두지 않을 테니까. 그날 오후 대부분 자식을 둔 경관들을 대상으로 브리핑을 하면서, 어맨다는 닐 스펜서의 실종 당시 상황에 다소 논란의 여지가 있어 보이긴 해도, 아이의 양친을 대할 때는 조심해야 한다고 주의를 주었다. 두 사람이 모범적인 부모와 거리가 멀다는 건 말할 필요도 없었지만, 어느 쪽도 그 사건에 직접 관여했을 것 같지는 않았다. 아버지 쪽은 경범죄 기록, 그러니까 음주와 소란, 싸움으로 인한 경고를 몇 차례 받긴 했지만 딱히 눈여겨볼 만한 건 없었다. 어머니 쪽 기록은 깨끗했다. 더 중요한 것은, 둘 다 이 사건 때문에 박살난 것처럼 보였다는 것이다. 흔히들 넘겨짚는 것과는 달리 그 둘은 전혀 상대방을 비난하려고도 하지 않았다.

두 사람 다 그저 아들이 집으로 돌아오기만을 원했다.

*

어맨다는 잠을 설치고 아침 일찍 다시 서로 복귀했다. 지난 36시간 동안 몇 시간 못 쉰 상태로 사무실에 앉아 아동 실종 사건의 다섯 가지 범주를 머릿속으로 훑었다. 생각은 불편한 결론을 향해 꾸역꾸역 나아가고 있었다. 어맨다는 닐의 부모가 아이를 유기하거나 해쳤다고 믿지 않았다. 그리고 집으로 오는 길에 사고를 당한 거라면 지금쯤 이미 발견되었어야 했다. 가족 중 다른 누군가가 유괴했을 가능성도 낮아 보였다. 그리고 비록 아이가 가출했을 가능성이 아주 없는 건 아니었지만, 어맨다는 돈이나 아무런 물품도 지니지 않은 6살짜리 남자애가 이토록 오랫동안 자신을 따돌릴 수 있다고는 도저히 믿을 수 없었다.

최악의 시나리오를 머릿속으로 굴리며 벽에 붙은 닐 스펜서의 사진을 응시했다.

가족이 아닌 타인의 유괴.

유괴라고 하면 일반 대중은 보통 범인이 *낯선 사람*이라고 생각하겠지만 함부로 넘겨짚어서는 안 된다. 이 경우 아이가 생판 모르는 남에게 유괴되는 일은 거의 없다. 그보다는 유괴범과 아는 사이인 경우가 많다. 생활 반경 안에 있는 누군가에게 그루밍 당하는 것이다. 이제는 지난 하루 반나절 동안 좀 더 뒤로 미뤄 놓았던 부분에 조사의 초점을 맞춰야 할 때다. 가족의 친구들. 친구의 가족들. 전과자들에 대한 더욱 면밀한 동태 파악. 가정의 인터넷 사용 내역. 어맨다는 확보한 감시카메라 영상을 다시 띄우고 이제 피해자보다는 보이지 않는 잠재적 가해자들에게 더 초점을 맞추어, 새로운 각도에서 검토에 들어갔다.

닐의 양친은 다시 신문을 받았다.

"아드님이 혹시 어떤 어른이 원치 않는 관심을 보인다고 하소연한 적은 없습니까?"

어맨다가 물었다.

"혹시 누군가가 집적거린다고 한 적은 없나요?"

"아뇨."

닐의 아버지는 생각만으로도 모욕적이라는 듯한 표정이었다.

"만약 그랬다면 제가 그걸 가만 뒀겠습니까? 그리고 그런 이야기라면 당연히 벌써 하지 않았겠습니까? 젠장."

어맨다는 정중한 웃음을 지어 보였다. 하지만 그때 닐의 어머니가 어쩐지 자신감 없는 투로 "없었어요" 하고 대답했다. 그리고 어맨다에게 좀 더 추궁을 받자 실은 기억나는 게 있다고 털어놨다. 다만 너무 이상하고 터무니없는 소리 같았고 더군다나 잠결에 들은 이야기라 기억도 흐릿해서 당시는 물론이고 닐이 사라진 후에도 경찰에 말해야겠다는 생각은 미처 못 했다고 했다.

어맨다는 여자의 머리끄덩이를 쥐어뜯고 싶은 욕구를 간신히 억누르며 다시 정중하게 웃음을 지어 보였다.

10분 후, 어맨다는 상관인 콜린 라이언스 경감의 위층 사무실에 있었다. 피로한 탓인지, 불안한 탓인지 다리가 살짝 후들거렸다. 라이언스는 짜증스러운 기색이 역력했다. 경감은 조사에 긴밀히 관여했고, 현 진행 상황을 어맨다 못지않게 속속들이 알고 있었다. 하지만 그렇다 해도 방금 들은 건 경감에게 결코 달가운 소식이 아니었다.

"이건 언론에 나가면 안 돼."

라이언스가 나지막이 말했다.

"네, 경감님."

"그리고 애 엄마는?"

어맨다를 보는 라이언스의 표정에 갑자기 경계하는 빛이 떠올랐다.

"애 엄마한테 그 이야기는 아무한테도 하지 말라고 해뒀지? 절대 안 된다고?"

"네, 경감님."

염병, 당연하죠, 경감님. 하지만 굳이 주의를 줄 필요도 없었다. 일부 언론 보도는 그렇지 않아도 이미 비난조였고, 닐의 양친은 일부러 자초하지 않아도 이미 들을 욕이 잔뜩 있었다.

"좋아."

라이언스가 말했다.

"왜냐하면 제발이지⋯."

"압니다, 경감님."

라이언스는 의자 등받이에 몸을 기대고 몇 초쯤 눈을 감고 심호흡을 했다.

"자네 그 사건 아나?"

어맨다는 어깨를 으쓱했다. 그 사건을 모르는 사람은 없었다. 아니, 알고 모르고의 문제가 아니었다.

"전부는 아니지만요."

어맨다가 말했다.

눈을 뜨고 그 자세 그대로 천장을 올려다보던 라이언스가 이윽고 말했다.

"그러면 도움이 좀 필요하겠는데."

그 말에 어맨다의 심장이 덜컥 내려앉았다. 그 이유는 우선 어맨다가 지난 이틀간 기진맥진할 지경으로 일했고, 그 사건의 성과를 어떤 식으로든 남과 공유해야 한다는 생각이 마음에 들지 않았기 때문이었다. 그리고 또 한 가지 이유는 그 유령 같은 존재에 대한 생각 때문이었다.

프랭크 카터.

위스퍼 맨.

대중의 공포를 무마하는 건 이제 훨씬 더 힘들어질 게 분명했다. 이 사실이 유출되면 심지어 불가능할지도 모른다. 살얼음판을 걷 듯 해야 할 것이다.

"네, 경감님."

라이언스는 책상 위의 수화기를 집어 들었다.

그렇게 해서, 닐 스펜서의 실종 이후 핵심적인 48시간이 거의 다 갈 무렵, 피트 윌리스 경위는 그 사건에 다시 관여하게 되었다.

7

선택할 수 있는 문제였다면 관여하지 않았을 것이다.

피트의 철학은 비교적 단순했는데, 그 철학은 너무나 오랜 세월 동안 뿌리를 내려 이제는 의식을 넘어 거의 무의식의 영역에 자리 잡았다. 삶의 바탕을 이루는 청사진이랄까.

사람이 한가하면 나쁜 짓을 하게 된다.

머리를 가만 두면 나쁜 생각을 하게 된다.

그래서 피트는 손과 머리를 바삐 놀렸다. 평소 규율과 조직화를 중시하는 터라, 아무 성과도 없었던 황무지 수색 이후로 48시간의 마지막 몇 시간을 평소와 동일한 방식으로 보냈다.

그날 아침 일찍, 피트는 경찰서 체육관으로 향했다. 오버헤드 프레스, 사이드 래터럴, 리어 델토이드. 매일 각기 다른 신체 부위를 단련했다. 목적은 허영심도, 건강도 아니었다. 그보다는 육체적 운동에 필요한 고독과 집중이 다른 생각을 잊게 해주고 마음을 달래주기 때문이었다. 그 45분이 지나고 나면 피트는 자신의 머릿속이 거의 비어 있음을 깨닫고 종종 놀라며 감사하곤 했다.

덕분에 그날 아침 피트는 닐 스펜서 생각을 깡그리 잊을 수 있었다. 그리고 남은 하루는 대부분 경찰서 사무실에서 보냈다. 책상 위에 쌓인 수많은 사소한 사건들 덕분에 다른 생각은 하지 않을 수 있었다. 더 젊었던, 더 성급했던 예전 같았으면 아마도 지금 맡고 있는 사소한 사건들이 주는 것보다는 더 큰 짜릿함을 열망했겠지만, 오늘은 따분하고 세세한 사실들이 주는 평온함이 그저 감사할 따름이었다. 짜릿함은 경찰 업무에서 드물기만 한 게 아니라 나쁘기도 했다. 보통 그건 누군가의 생명이 해를 입었다는 뜻이니까. 짜릿함을 바라는 건 누군가가 다치기를 바라는 거나 다름없었고, 피트는 짜릿함과 다치는 것 모두 필요 이상으로 접했다. 자동차 절도나 들치기 같은 온갖 시시한 범법행위 때문에 법정에 출두하는 상황에는 나름대로 위안거리가 존재했다. 그런 사건들은 아마 절대 완벽한 곳이 되지 않겠지만 그렇다고 절대 파국으로 치닫지도 않는, 조용히 뚝딱거리며 나아가는 도시를 증언했다.

그렇지만 닐 스펜서 사건 조사에 직접 개입은 하지 않았다 해도, 그걸 완전히 피하기란 불가능했다. 작은 아이의 실종은 커다란 그림자를 던지는 법이고, 그건 금세 서에서 가장 중요한 사건이 되었다. 복도에서 경관들이 사건에 관해 나누는 이야기가 들렸다. 닐이 지금쯤 어디 있을지, 무슨 일을 당했을지 그리고 물론 부모에 관한 이야기도 있었다. 그 이야기는 다른 이야기들보다 더 낮은 목소리로 오갔고, 공식적으로는 금지되어 있었지만 어쨌거나 지속적으로 피트의 귀에 들려왔다. 어린 남자애가 집까지 혼자 걸어가게 놔두다니, 부모랍시고 도대체 어떻게 그렇게 무책임할 수가 있지? 피트는 20년 전에도 비슷한 이야기를 들은 기억을 떠올리며 재빨리 그자리를 떴다. 그런 이야기를 들으면 마음이 편치 않은 건 그때나 지금이나 마찬가지였다.

그날 저녁 5시 직전, 피트는 책상 앞에 조용히 앉아 퇴근해서 뭘 할지 생각하고 있었다. 혼자 살고, 사람들을 만날 일이 거의 없는 피트의 취미는 요리책을 연구해서 공들여 식사를 차린 후 저녁 식탁에 앉아 혼자 먹는 거였다. 그러고 나면 영화를 한 편 보든가 책을 한 권 읽든가 하겠지.

그리고 물론 그 다음 순서는 그 의식일 테고.

술병과 사진.

하지만 퇴근 준비를 거의 마치고 소지품을 챙기는데 이상하게 가슴이 두근거렸다. 어젯밤, 몇 달 만에 처음으로 그 악몽이 돌아왔다. 제인 카터가 전화를 걸어 "서두르셔야 해요" 하고 속삭이는 악몽. 아무리 애를 써도 닐 스펜서 생각을 완전히 잊는 건 불가능했고, 이는 어두운 생각과 기억들이 원치 않게 수면 가까이에 떠올라 있다는 뜻이었다. 그리하여, 재킷을 입으려는데 책상의 전화기가 울리기 시작했을 때 피트는 그다지 놀라지 않았다. 말도 안 되는 생각이지만 어째서인지 이미 알고 있었던 것 같았다.

수화기를 드는 손이 살짝 떨렸다.

"피트."

콜린 라이언스 경감이 수화기 저편에서 말했다.

"아직 퇴근 전이라 다행이군. 위층에서 잠깐 이야기 좀 나눴으면 하는데."

＊

경감의 사무실에 들어서자마자 의심은 현실이 되었다. 라이언스는 전화로 아무런 언질도 주지 않았지만, 어맨다 벡 경위도 거기 있었던 것이다. 문에 가까운 책상에서 피트에게 등을 돌린 채 앉아 있었다. 벡이 지금 맡고 있는 사건은 하나뿐이니까, 그건 피트가 호출된 이유 역시 하나뿐이라는 뜻이었다.

피트는 문을 닫으며 평정을 유지하려 애썼다. 특히 20년 전 마침 내 프랭크 카터의 별실에 들어가게 됐을 때 자신을 기다리고 있던 광경을 떠올리지 않으려 애썼다.

라이언스는 환한 웃음으로 피트를 맞았다. 방 안을 환히 밝히고 도 남을 법한 웃음이었다.

"올라오느라 수고했네. 앉지."

"감사합니다."

피트는 벡 옆에 앉았다.

"어맨다."

벡은 인사 대신 고개를 끄덕이고 피트에게 반짝 웃음을 지어 보 였다. 그 웃음은 경감에 비하면 광도가 한참 낮아서 벡 자신의 얼 굴조차 밝히기 힘들 정도였다. 피트는 벡을 잘 알지 못했다. 자신보 다 스무 살 아래라는 건 알았지만, 지금 이 순간만큼은 어쩐지 제 나이보다 훨씬 늙어 보였다. 굳이 피로를 감출 마음도 없는 것 같 았다. 그리고 불안도. 피트는 속으로 생각했다. 어쩌면 자신의 권위 가 흔들릴까 봐, 사건의 지휘권을 빼앗길까 봐 걱정하는 것일까. 듣 기로 벡은 야심가라고 했다. 그게 문제라면 안심해도 될 것이다. 라 이언스는 만약 자기한테 득이 된다면 벡을 사건에서 배제하고도 남을 냉혈한이지만, 그렇다고 대신 사건을 피트에게 넘겨줄 리는 절대 없으니까.

피트와 라이언스는 대략 동년배였다. 다만 더 지위가 낮은 피트 가 실은 1년 더 일찍 경찰에 몸담았고, 경력 역시 여러모로 더 화려 했다. 상황이 달랐다면 두 남자는 책상을 중심으로 지금과는 서로 반대편에 앉아 있을 테고, 어쩌면 심지어 *그게* 옳을 것이다. 하지만 라이언스가 늘 야심가였던 반면 승진에 따르는 갈등과 부담을 잘 아는 피트는 계급의 사다리를 더 높이 올라가려는 욕망을 그닥 느끼지 못했다. 그리고 피트는 라이언스가 늘 그 사실에 불편해한다는 걸 알고 있었다. 그처럼 열심히 뭔가를 손에 넣으려 하는 사람에게, 더 쉽게 그걸 손에 넣을 수 있으면서도 원하지 않는 사람처럼 짜증나는 존재는 달리 없으니까.

"닐 스펜서의 실종 사건 조사에 관해 알고 있나?"

라이언스가 물었다.

"네. 첫날 저녁 황무지 수색에 참가했습니다."

그 말에 자신에 대한 비판의 의도가 담겨 있다고 느낀 듯, 라이언스의 눈빛이 싸늘해졌다.

"제가 그 근처에 살아서요."

피트가 뒤늦게 덧붙였다.

하지만 라이언스 역시 그 근처에 살았고, 그날 밤 현장 수색에 참여하지 않았다. 그러나 경감은 이내 혼자 고개를 주억거렸다. 피트가 아동 실종 사건에 관심을 가질 수밖에 없는 나름의 이유가 있다는 걸 알고 있었다.

"그 후의 진척 상황을 알고 있나?"

진척이 없다는 걸 알고 있죠. 피트는 그렇게 생각했지만 자칫 벡에 대한 힐난으로 받아들여질까 봐 입 밖에 내지는 않았다. 벡은 그런 일을 당할 이유가 없었으니까. 비록 자세한 데까지는 모르지만 피트가 아는 한 벡은 사건에 잘 대처했고, 할 수 있는 모든 일을 했다. 더욱 중요한 사실은 벡이 경관들에게 아이의 부모를 비난하지 말라고 지시했다는 거였고, 피트는 그게 마음에 들었다.

"닐이 발견되지 않았다는 건 알고 있습니다."

피트가 말했다.

"광범위한 수색과 탐문이 이루어졌는데도요."

"뭔가 이론 같은 걸 가지고 있나?"

"이론 같은 게 있을 만큼 조사 상황을 알아보지는 않아서요."

"그런가?"

라이언스는 그 말에 놀란 기색이었다.

"자네가 첫날 밤 수색에 참여했다고 하지 않았나?"

"그때는 그 애가 발견될 거라고 생각했습니다."

"그 말은 지금은 그렇게 생각하지 않는다는 건가?"

"모르겠습니다. 발견되면야 좋겠죠."

"난 자네가 그 사건을 계속 주시할 거라고 생각했었네. 자네 과거를 감안하면 말이야."

첫 언급이 나왔다. 첫 실마리.

"어쩌면 제 과거 때문에 일부러 피했을지도 모르죠."

"그래, 이해하네. 그때는 우리 모두 힘들었지."

라이언스는 공감한다는 투였지만 피트는 이게 두 사람 사이의 또 다른 앙금의 근원임을 알고 있었다. 피트는 지난 50년간 그 지역에서 발생한 가장 큰 사건을 해결한 사람이었지만, 결국 승진한 건 라이언스였다. 여러모로, 그들 사이에 놓인 사건은 두 사람 모두에게 불편함을 초래했다.

라이언스가 먼저 수를 두었다.

"그리고 내가 알기로 프랭크 카터가 대화를 수락할 단 한 사람이 아마 자네일 텐데?"

드디어 나왔다. 그 이름을 남의 입에서 듣는 게 하도 오랜만이라, 어쩌면 피트는 그 순간 움찔했어야 할지도 모른다. 하지만 그 이름은 그저 피트의 가슴속에서 계속 스멀대던 감각을 수면으로 떠오르게 만들었을 뿐이다. 프랭크 카터. 20년 전 피더뱅크에서 어린 남자애 다섯 명을 유괴해 살해한 남자. 결국 피트가 잡고야 만 남자. 이름만으로도 너무나 큰 공포를 불러일으켜 절대 입 밖에 내어 말하면 안 될 것 같은 기분이 드는 남자. 괴물의 이름을 부르면 등 뒤에 나타난다는 괴담처럼.

하지만 그보다 더 나쁜 건 언론이 그 남자에게 붙인 별명이었다. *위스퍼 맨.* 그건 카터가 범행을 저지르기에 앞서 우선 피해 아동들에게 친밀하게 접근했다는 데서 나온 별명이었다. 취약하고 보살핌 받지 못하는 아이들. 카터는 밤에 아이들의 방 창문 밖에서 조용히 말을 걸었다. 하지만 피트 자신은 절대로 그 별명을 사용하지 않았다.

피트는 방을 그대로 나가버리고 싶은 충동을 억누르려 안간힘을 썼다.

그 자가 대화를 수락할 단 한 사람이 자네지.

"네."

"그 이유가 뭐라고 보나?"

라이언스가 물었다.

"절 조롱하는 게 즐거워서요."

"뭐에 관해서?"

"당시 자기가 한 짓들에 관해서요. 제가 끝내 밝혀내지 못한 것들요."

"하지만 절대 자네한테 털어놓진 않고?"

"네."

"그럼 뭐 하러 굳이 그 자와 대화를 하지?"

피트는 망설였다. 그건 그 오랜 세월 동안 자신에게 몇 번이나 거듭 던져 온 질문이었다. 피트는 그 만남을 두려워했고, 교도소의 개인 면회실에 앉아 카터가 오기를 기다릴 때면 늘 오한에 시달렸다. 그리고 면회 후엔 산산조각 난 듯한 상태가 되었다. 그 느낌은 때로는 몇 주나 갔다. 며칠 동안 몸이 주체할 수 없이 떨리는 건 물론이고, 저녁이면 술병을 따고 싶은 충동이 더 강해졌다. 밤이면 카터가 꿈속으로 찾아왔다. 그 거대하고 악의로 가득한 그림자에 피트는 비명을 지르며 깨어나곤 했다. 그 남자와 만날 때마다 매번 조금씩 더 망가졌다. 그럼에도 피트는 변함없이 면회를 갔다.

"언젠가는 말실수를 하지 않을까 하는 마음인 것 같습니다."

피트는 조심스레 대답했다.

"어쩌면 그 자가 방심해서 뭔가 중요한 걸 발설할지도 모르니까요."

"예를 들면 스미스 부부의 아이를 어디에 버렸는지 같은 거?"

"네."

"그리고 놈의 공범에 관해서는?"

피트는 대꾸하지 않았다. 그것 역시 또 다른 실마리였다.

20년 전, 실종된 남자아이 중 네 명의 유해는 프랭크 카터의 집에서 발견됐지만, 마지막 피해자인 토니 스미스의 시신은 끝내 발견되지 않았다. 다섯 건 모두 카터가 범인이라는 데는 아무런 의심의 여지가 없었고, 카터 본인도 그걸 부정하지 않았다. 하지만 그 사건에 깔끔하게 맞아떨어지지 않는 점이 몇 가지 있다는 것 또한 사실이었다. 그렇다고 무죄로 풀려날 정도는 아니었고, 그냥 실밥 몇 개가 지저분하게 풀려 있는 정도랄까. 혐의 중 한 건의 추정 범행 시간대에 카터는 어느 정도 알리바이가 있었는데, 그렇다고 범행이 아예 불가능할 정도는 아니었다. 그저 약간 무리한 가정을 해야 했을 뿐. 그리고 확정적인 건 아니었지만, 일부 범죄 현장에서 다른 인물을 보았다는 목격자 증언도 있었다. 카터의 자택에서 발견된 법의학 증거들은 압도적이었고 훨씬 확고하고 믿음직한 목격자 증언들이 있었지만, 과연 카터의 단독 범행이었느냐에 관해서는 늘 의혹이 남아 있었다.

피트는 그 의혹에 관해 명확한 입장을 갖지 못했고, 그 가능성은 웬만하면 생각하지 않으려 했다. 하지만 피트가 여기 불려온 건 그것 때문임이 분명했다. 그리고 두려움을 해소하는 가장 좋은 방법은 거기에 밝은 조명을 비추는 거였다. 그래서 경감의 질문을 무시하고 핵심을 바로 찌르기로 했다.

"무슨 일로 이러시는지 여쭤봐도 되겠습니까, 경감님?"

라이언스는 망설였다.

"우리가 지금 하려는 이야기는 지금 이 사무실 밖의 누구의 귀에도 들어가선 안 되네. 알아듣겠나?"

"당연하죠."

"우리가 확보한 감시카메라 영상에 따르면 닐 스펜서는 실제로 황무지 방향으로 걸어갔지만, 그 부근 어딘가에서 사라졌어. 그 후로 수색은 아무런 성과도 없었지. 그 애가 도중에 샜을 만한 모든 곳을 다 수색했는데도. 친구들이나 다른 친척하고 같이 있는 것도 아니야. 당연히 우린 다른 가능성에 초점을 맞출 것을 고려할 수밖에 없게 됐지. 벡 경위?"

피트 옆에서 어맨다 벡이 비로소 기척을 냈다. 다소 방어적인 말투로 벡이 말했다.

"명백히, 우린 처음부터 그 다른 가능성을 염두에 두고 있었습니다. 집집마다 탐문 수사를 하고 유력한 용의자들을 모조리 신문했습니다. 하지만 아직은 아무런 성과도 없었습니다."

그 정도로는 부족하지. 피트는 생각했다.

"그런데요?"

벡은 깊은숨을 들이쉬고 말했다.

"그런데 1시간 전에 양친을 다시 신문했죠. 혹시라도 뭔가 놓친 게 없나 싶어서요. 그 어떤 종류의 실마리라도. 그랬더니 아이의 모친에게서 뭔가를 듣게 됐습니다. 전에는 바보 같은 소리라고 생각해서 말하지 않았다더군요."

"뭐였죠?"

하지만 그걸 물어보는 순간에도, 피트는 이미 답을 알고 있었다. 어쩌면 정확한 형태는 아닐지 몰라도 충분히 비슷했다. 이 회의 내내 새로운 악몽의 단편들이 꾸준히 하나의 그림을 맞춰 가고 있었다.

어린 남자아이가 실종됐다.

프랭크 카터.

공범.

벡이 이제 마지막 퍼즐 조각을 놓았다.

"몇 주 전, 닐이 한밤중에 엄마를 깨웠답니다. 창밖에 괴물이 보였다고요. 정말로 창밖을 내다보고 있었던 것처럼 커튼이 열려 있었답니다. 하지만 거기엔 아무도 없었고….."

벡은 잠시 후 덧붙였다.

"닐은 그게 자기한테 뭐라고 속삭였다고 했답니다."

제
2
부
―
9
월

8

피더뱅크의 부동산 중개사에게서 열쇠를 받아 새 집으로 가는 길에 제이크는 들떠 있었지만, 내가 느낄 수 있는 건 불안감뿐이었다. 전에 집 구경 때 봤던 기억이랑 다르면 어쩌지? 막상 입주한 후에 내 마음이 변하면 어쩌지? 아니, 차라리 그건 괜찮지만 만약 제이크의 마음이 변하면?

이 모든 건 다 헛짓거리가 되고 말 것이다.

"뒷좌석 좀 그만 걷어차렴, 제이크."

발길질은 잠시 멈추는가 했지만 곧장 다시 시작됐다. 나는 모퉁이를 돌면서 혼자 한숨을 내쉬었다. 하지만 그건 제이크가 들떴다는 뜻이고, 그 자체로도 충분히 드문 일이라 그냥 그러려니 하기로 했다. 적어도 우리 중 한 명은 행복하니까 됐다.

하지만 날이 너무 좋았다. 그리고 내 불안감은 그렇다 치고, 한여름 햇살 속에서 피더뱅크가 아름다워 보인다는 사실은 부정할 수 없었다. 번잡한 도시 중심가로부터 겨우 8킬로미터 정도밖에 떨어지지 않은 교외인데도 어쩐지 이 부근은 시골처럼 느껴졌다. 마을 서쪽 가장자리의 강가에는 자갈길과 별장들이 있었다. 더 북쪽으로는 상점가가 자리 잡았고, 거기서 살짝 떨어진 가파른 거리에서는 예쁜 사암색 집들이 눈에 띄었다. 포장도로 양편으로 가로수가 늘어서 있어 머리 위는 온통 신록이었다. 열린 차창 밖으로 방금 깎은 풀 냄새와 음악과 아이들이 뛰어노는 소리가 공중에 가득했다. 이곳은 평화롭고 평온하게 느껴졌다. 한가로운 아침처럼 느리고 따뜻한 느낌.

우리집이 있는 거리에 닿았다. 조용한 주택지 도로로, 한쪽 편에는 커다란 들판이 있었다. 가장자리에는 나무들이 잔뜩 심어져 있었고, 잎사귀들 사이로 길을 찾아 나온 햇살이 풀밭 위로 너울거렸다. 나는 바깥에서 뛰어노는 제이크를 상상하려 했다. 집 앞을 뛰어다니는 모습을. 아이의 티셔츠에 반사되어 환히 빛나는 햇살을. 지금처럼 계속 행복하겠지.

우리집이야.

우리는 도착했다.

진입로로 들어갔다. 집은 물론 전과 똑같아 보였지만 어쩐지 건물이 세상을 내다보는 방식이 달라진 것 같았다. 처음 보았을 때 나는 그 집이 접근을 거부하고 위협하는 것처럼, 거의 위험한 존재처럼 보인다고 생각했고, 두 번째 보았을 때는 성격이 있다고 생각했다. 이제, 잠깐이지만 기묘하게 배치된 창문들을 보니 얻어맞은 얼굴이 떠올랐다. 심하게 멍든 한쪽 뺨과 부어서 찌그러진 눈, 부상을 입고 비뚤어진 머리통. 도리질을 치자 그 순간적인 인상은 사라졌다. 하지만 불길한 느낌은 남았다.

"얼른, 들어가자."

나는 나지막이 말했다.

차에서 내려 보니 주위는 바람도 없고 조용했다. 미풍조차 불지 않아 따뜻한 공기와 정적이 마치 캡슐처럼 우릴 둘러싸고 있었다. 하지만 집에 다가가는데 부드러운 웅웅거림이 들렸고, 마치 창들이 우리를 감시하는 것처럼 느껴졌다. 아니, 어쩌면 유리창 뒤 시야 바로 바깥에 뭔가가 있는 것 같았다. 열쇠로 자물쇠를 풀고 문을 열자 묵은 공기가 바깥으로 흘러나왔다. 집이 실제보다 훨씬 오랫동안 밀폐되어 있던 것 같은 냄새가 훅 풍겼다. 하지만 청소용품의 표백제 향을 빼면 다른 냄새는 뭔지 짐작도 가지 않았다.

제이크와 나는 집 안으로 들어가, 방문과 찬장 문을 전부 열어젖히고 불을 켰다 껐다, 커튼을 열었다 닫았다 했다. 우리의 발걸음 소리가 집 안에 메아리쳤다. 그걸 제외하면 이제 주위는 침묵 그 자체였다. 하지만 이 방 저 방 돌아다니면서, 나는 여기 있는 게 우리 둘만이 아니라는 느낌을 떨치지 못했다. 바로 시야 바깥에 다른 누군가가 숨어 있고, 잽싸게 돌아보기만 하면 문간에서 엿보는 눈초리가 보일 것만 같았다. 멍청하고 비합리적인 생각이었지만 그 느낌은 사라지지 않았다. 그리고 제이크 역시 거기에 도움이 되지 않았다. 그 애는 잔뜩 흥분해서 이 방 저 방을 재빨리 돌아다녔지만 나는 중간 중간 그 애의 얼굴에 떠오른 살짝 당황한 표정을 놓치지 않았다. 마치 여기 없는 뭔가를 발견하기를 기대하기라도 한 것 같았다.

"이게 제 방이에요, 아빠?"

그 애가 침실로 쓸 2층 방 밑에는 층계가 있어서 다른 방들에 비해 창문이 더 작았다. 부어오른 뺨 위에서 들판을 내려다보는 눈.

"그래."

나는 아이의 머리를 헝클어뜨리며 물었다.

"마음에 드니?"

제이크가 아무 대답도 하지 않자 나는 불안한 심정으로 내려다보았다. 아이는 생각에 잠긴 표정으로 주위를 둘러보고 있었다.

"제이크?"

내가 물었다. 아이는 날 올려다보고 되물었다.

"이게 정말 우리집이에요?"

"그래."

난 대답했다.

"우리집이야."

그리고 그때 제이크가 내 양다리를 부둥켜안았다. 너무 급작스러워서 나는 하마터면 균형을 잃고 넘어질 뻔했다. 제이크는 마치 내게서 평생 최고의 선물을 받았고, 잃어버릴까 봐 두려워하는 것 같았다. 나는 제대로 포옹을 하려고 몸을 웅크렸다. 갑자기 손에 잡힐 듯한 안도감이 밀려오면서 그것 말고 다른 건 전부 하찮게 느껴졌다. 내 아들은 여기 와서 행복하고, 난 그 애를 위해 좋은 일을 했다. 다른 건 하나도 중요하지 않다. 나는 그 애의 어깨 너머로 열린 문과 그 너머의 층계를 응시했다. 여전히 바로 모퉁이 뒤에 뭔가가 있는 것처럼 느껴졌지만, 그건 단지 내 공상에 불과했다.

우린 여기서 안전할 것이다.

우린 행복할 것이다.

그리고 첫 일주일 동안은 실제로 그랬다.

*

나는 책장 조립을 마치고 일어서서 내 작품을 바라보며 자신의 손재주를 감상하는 중이었다. 평소 DIY에는 별 재주가 없는 편이지만 리베카라면 내가 이걸 하기를 바랐을 것이다. 날 뒤에서 껴안고 내 등에 뺨을 갖다 대고 있는 리베카를 상상했다. 흐뭇하게 웃으면서 이렇게 말하겠지.

"봤지? 당신은 할 수 있다니까."

그 승리감은 단지 작은 맛보기에 불과했지만, 최근에는 그 정도도 느낄 일이 많지 않았던 터라 마음이 흡족했다.

다만, 난 물론 여전히 혼자였다.

책꽂이를 채우기 시작했다. 그것 역시 리베카가 했을 법한 일이었다. 비록 이 새 집으로 이사를 온 목적은 제이크와 나의 새 출발이었지만, 나는 여전히 그걸 잊지 않고 싶었다.

"당신은 늘 책들을 꺼내놓더라."

리베카가 내게 그렇게 말한 적이 있다.

"마치 그래야만 여기가 내 집이라는 안도감이 드는 것처럼."

리베카는 책을 읽을 때 가장 행복해했다. 저녁나절이면 2인용 소파의 양 끝을 각자 차지하고 앉아, 내가 노트북을 붙들고 글을 쓰려고 끙끙대는 동안 리베카는 소설에 푹 빠져서 따뜻하고 만족스러운 시간을 보내곤 했다. 나는 그렇게 세월이 지나면서 쌓인 수백 권의 책들의 포장을 풀고 각 권을 주의 깊게 제 자리에 꽂아 넣기 시작했다.

그리고 이제 내 책의 차례가 왔다. 내 컴퓨터 책상 옆 책장에는 내가 쓴 소설 네 권의 판본들과 다양한 해외 번역본을 꽂기 위한 자리가 비워져 있었다. 내가 느끼기엔 좀 과시적인 행위 같았지만, 리베카는 날 자랑스러워했고 늘 그렇게 해야 한다고 우겼다. 그러니 이건 리베카를 기억하는 또 하나의 몸짓이었다. 내가 아직 쓰지 않았지만 앞으로 쓸 것들을 위해 비워둔 책꽂이의 공간과 마찬가지로.

나는 불편한 마음으로 컴퓨터에 시선을 돌렸다. 와이파이가 되는지 확인하려고 켜봤을 때를 제외하면 최근 일주일 동안 거의 건

69

드리지도 않았다. 지난 1년간 아무것도 쓰지 못했다. 이것 역시 앞으로 달라져야 할 부분이었다. 새로운 시작, 새로운….

끼익.

머리 위에서 소리가 들렸다. 딱 한 번의 발자국 소리. 나는 고개를 들었다. 바로 머리 위는 제이크의 방이었지만, 내가 가구를 조립하고 이삿짐을 푸는 동안 그 애는 응접실에서 놀고 있었다.

문간으로 가서 계단을 올려다보았다. 층계참에는 아무도 없었다. 사실, 집 전체가 갑자기 정적에 휩싸인 것처럼 느껴졌다. 모든 움직임이 멈춘 것 같았다. 침묵이 귀를 먹먹하게 했다.

"제이크?"

나는 위층을 향해 외쳤다.

침묵.

"제이크?"

"아빠?"

나는 하마터면 펄쩍 뛰어오를 뻔했다. 그 애의 목소리는 바로 내 옆, 응접실에서 들려왔다. 난 여전히 층계참에 시선을 꽂은 채 응접실을 향해 한 발을 내딛고 그 안을 엿보았다. 내 아들은 내게 등을 돌리고 바닥에 웅크리고 앉아 뭔가를 그리는 중이었다.

"너 괜찮니?"

내가 물었다.

"네. 왜요?"

"그냥 혹시나 해서."

나는 뒷걸음친 후 층계참을 다시 몇 초쯤 올려다보았다. 위층은 여전히 조용했지만 기묘한 존재감이 느껴졌다. 다시금, 마치 누군가가 바로 시야 바깥에 서 있는 것만 같았다. 하지만 당연히 터무니없는 생각이었다. 누가 나 모르게 앞문으로 들어오는 건 불가능했으니까. 집들은 원래 삐걱거린다. 집 안의 소음에 익숙해지는 데는 시간이 좀 걸린다. 그게 전부다.

하지만 그렇다 해도.

나는 옆에서 혹시라도 뭔가가 튀어나올 경우 바로 쳐낼 수 있도록 왼손을 들어 올린 채 발소리를 죽여 천천히 살금살금 위층으로 올라갔다. 끝까지 올라갔지만 물론 층계참에는 아무도 없었다. 제이크의 방에 들어가 보았지만 역시 비어 있었다. 창을 통해 부채꼴 모양으로 들어오는 오후 햇살과 멈춰 있는 공기 속에 조그만 원을 그리며 떠 있는 먼지가 전부였다.

그냥 오래된 집이 삐걱거리는 것뿐이야.

바보가 된 기분이었지만 솔직히 말하면 안도감도 느껴졌다. 아래층으로 내려가는 내 걸음걸이엔 아까보다 자신감이 붙어 있었다. 계단 맨 아래 두 칸에는 우편물 더미가 쌓여 있어서 피해 가야 했다. 꽤 많았는데, 주로 새 집으로 이사 갈 때 불가피하게 따라오는 흔한 서류들과 수많은 동네 포장음식점 전단지를 비롯한 정크메일들이었다. 하지만 진짜 편지도 세 통 있었는데, 도미닉 바넷이라는 사람 앞으로 되어 있었다. 세 통 다 *수신인 외 개봉 금지*라고 찍혀 있었다.

그러고 보니 전 집주인인 시어링 부인이 그 집을 몇 년 동안 세주었다고 했지. 나는 순간의 충동에 따라 편지 한 통을 찢어 열었다. 안에는 채권추심사에서 보낸 계좌 명세서가 들어 있었다. 심장이 철렁 내려앉았다. 도미닉 바넷이 누군지 몰라도 그 사람은 1,000파운드 남짓한 밀린 휴대폰 요금을 그 회사에 갚아야 했다. 다른 편지들도 열어봤는데 동일한 내용이었다. 미납 요금 고지서

들. 상세한 내용을 읽어 내려가는데 저절로 얼굴이 찌푸려졌다. 액수는 크지 않았지만 문체는 위협적이었다. 나는 이건 극복 불가능한 문제가 아니라고 자신을 타일렀다. 전화 몇 통이면 해결될 문제라고. 하지만 이 이사의 목적은 제이크와 나를 위한 새로운 시작이었다. 극복해야 할 새로운 일련의 장애물들이 나타날 거라고는 미처 예상하지 못했다.

"아빠?"

제이크가 응접실 문간에 서 있는 내 옆에 나타났다. 한 손에는 보물 꾸러미를, 다른 손에는 종이 한 장을 들고 있었다.

"저, 위층에서 놀아도 돼요?"

순간 아까 들은 끼익 소리가 떠올라 안 된다고 말하고 싶었다. 하지만 그건 불합리했다. 위에는 아무도 없었고, 거긴 그 애의 방이었다. 그 애는 누가 뭐래도 거기서 놀 권리가 있었다. 하지만 우린 오늘 거의 서로 얼굴도 못 봤는데, 지금 그 애가 위층으로 가버리면 그대로 각자 고립되고 말 것 같았다.

"아마도."

내가 말했다.

"먼저 네 그림 좀 보여줄 수 있니?"

제이크는 망설였다.

"왜요?"

왜냐하면 아빠가 지금 노력하는 중이니까, 제이크.

"그건 제 그림인데요."

타당한 말이었고 존중하고 싶은 마음도 한편으로는 있었지만, 그 애가 내게 뭔가를 비밀로 감춘다고 생각하니 썩 유쾌하지 못했다. 보물 꾸러미는 그렇다 쳐도, 제이크가 이제 심지어 자기 그림조차 내게 보여주지 않으려 한다면 우리 사이의 거리는 확실히 벌어지고 있는 게 아닐까.

"제이크…."

난 입을 열었다.

"네, 알았어요."

아이는 내게 종이를 내밀었다. 막상 그렇게 보라고 주니 선뜻 받기가 망설여졌다. 하지만 난 받아 들었다.

제이크는 원래 현실적인 장면들을 있는 그대로 그리는 데는 재주가 없었고 난해한 전투 장면을 선호했지만, 이번에는 나름대로 노력한 티가 났다. 서툰 솜씨였지만 확실히 바깥에서 본 우리집과 비슷했다. 온라인에서 처음 그 애의 눈길을 끈 그 원래 사진이 떠올랐다. 제이크는 그 집의 기묘한 외관을 잘 포착했다. 어린애답게 구불구불한 선 때문에 집은 이상한 모양으로 뻗고 창문들은 길게 늘어나 어느 때보다도 더 사람의 얼굴처럼 보였다. 앞문은 마치 비명을 지르는 입 같았다.

하지만 내 주의를 끈 건 위층이었다. 그 애는 오른편 내 방 창가에 혼자 서 있는 나를 그렸다. 그리고 왼편의 자기 방에는 자신의 모습을 그렸는데, 창은 그 애의 전신이 다 드러날 만큼 컸다. 제이크의 얼굴에는 웃음이 떠올라 있었고, 지금 입고 있는 것과 똑같은 청바지와 티셔츠는 크레용으로 색칠되어 있었다.

그리고 그 애 옆에는 또 다른 사람이 그려져 있었다. 어린 여자애였는데, 검은 머리카락이 거의 화난 듯 한편으로 뻗쳐 있었다. 옷은 흰색이었지만 군데군데 파란색으로 색칠돼 있었다.

여자애의 한쪽 무릎에는 붉은 색이 점점이 찍혀 있었다.

여자애는 세 개의 곡선으로 된 눈과 입으로 웃고 있었다.

9

그날 밤 제이크를 목욕시킨 후, 나는 같이 책 읽기를 하려고 아이의 침대 옆에 앉았다. 제이크는 책읽기에 능숙했고, 우린 요즘 다이애나 윈 존스의《셋의 힘》을 읽는 중이었다. 내가 어렸을 때 가장 좋아하던 책이라 아무 생각 없이 집어 들었는데, 그 제목의 끔찍한 아이러니를 떠올렸을 때는 이미 늦은 후였다.

그날 밤 읽기로 한 챕터를 다 마친 후, 나는 그 책을 그 애의 다른 물건들과 함께 바닥에 내려놓았다.

"안을까?"

내가 물었다. 그러자 제이크는 아무 말 없이 이불 속에서 빠져나오더니 내 무릎에 모로 올라앉아 양팔로 날 껴안았다. 나는 제이크가 다시 침대로 내려갈 때까지 할 수 있는 한 오래 그 포옹을 음미했다.

"사랑한다, 제이크."

"우리가 말다툼할 때도요?"

"당연하지. 우리가 말다툼할 때는 *더 그래.* 그때가 가장 중요하니까."

그때 내가 그 애를 위해 그려준 그림이 떠올랐다. 제이크는 그걸 분명 간직하고 있을 것이다. 나는 제이크가 밤에 그 조그만 팔을 밑으로 내리면 바로 닿을 수 있도록 침대 밑에 놓여 있는 보물 꾸러미를 내려다보았다. 하지만 그걸 보니 그 애가 오늘 오후 그린 그림 생각이 떠올랐다. 그 애는 내게 그걸 보여준 것 때문에 기분이 썩 좋지 않았고, 그래서 난 미처 물어볼 엄두를 내지 못했다. 하지만 어쩌면 따뜻하고 부드러운 침대 등의 조명 때문인지, 이제는 물어봐도 될 것 같은 기분이 들었다.

"오늘 우리집 잘 그렸더라."

나는 운을 뗐다.

"고마워요, 아빠."

"근데 궁금한 게 하나 있어. 너랑 같이 창가에 있던 여자애는 누구니?"

제이크는 입술을 깨물고 침묵을 지켰다.

"괜찮아."

나는 부드럽게 말했다.

"아빠한테는 말해도 돼."

하지만 그 애는 역시 대답하지 않았다. 누구를 생각하고 그렸든, 제이크가 아까 내게 그 그림을 보여주기 싫어 한 건 그 여자애 때문이었음이 분명했다. 그리고 이제는 그 여자애 이야기를 하는 것도 싫어한다. 하지만 왜지?

1초 후, 대답이 떠올랐다.

"그 애가 567클럽의 그 여자애니?"

제이크는 망설이다 이윽고 고개를 끄덕였다.

나는 뒤꿈치에 체중을 실은 채 밀려오는 좌절감을 숨기려 안간힘을 썼다. 실망스럽기까지 했다. 지난 일주일 동안은 모든 게 좋아 보였다. 우린 여기서 행복했다. 제이크는 잘 적응하는 것 같아 보였고, 난 조심스레 낙관을 품었다. 하지만 알고 보니 제이크의 상상속 친구가 우리를 따라온 모양이었다. 우리가 그 애를 옛날 집에 혼자 두고 왔다고 그리고 그 애가 우리를 찾으려고 수 킬로미터의 거리를 천천히 따라 왔다고 생각하니까 살짝 몸서리가 쳐졌다.

"너 아직도 그 애랑 이야기하니?"

나는 물었다.

제이크는 고개를 저었다.

"그 애는 여기 없어요."

그 실망스러운 표정을 보니 그 여자애가 여기 있었으면 하는 게 빤히 보여서 난 다시금 마음이 불편해졌다. 실제 존재하지 않는 대상에게 매달리는 건 건강하지 못한 일이었다. 하지만 한편으로 지금 제이크는 너무 외롭고 낙심한 듯 보여서, 마치 내가 그 애에게서 친구를 빼앗은 듯한 죄의식마저 느껴졌다. 그리고 늘 그랬듯 내부족함에 대한 아픔도 있었다.

"저기…."

나는 조심스럽게 입을 열었다.

"넌 내일부터 학교에 갈 거야. 거기서 분명 새 친구들을 잔뜩 사귈 수 있을 거야. 그리고 네 옆엔 늘 아빠가 있잖니. 우린 여기 함께 있어. 새로운 집, 새로운 출발."

"여긴 안전해요?"

"안전?"

왜 그런 걸 묻지?

"당연히 안전하지."

"문은 잠겨 있어요?"

"그래."

그 거짓말, 하얀 거짓말은 자동으로 나왔다. 문은 잠겨 있지 않왔다. 심지어 내 기억엔 사슬도 안 건 것 같았다. 하지만 피더뱅크는 조용한 마을이다. 그리고 어쨌거나 아직 이른 저녁이었고, 불도 다 켜져 있었다. 그 정도로 간이 큰 사람은 아무도 없을 것이다.

하지만 겁에 질린 제이크의 얼굴을 보자 갑자기 지금 우리가 있는 곳에서 앞문까지의 길이 머릿속에 선명히 떠올랐다. 그 애의 목욕물이 배수구로 빠져나가는 소리가 들렸다. 만약 우리가 위층에 있는 동안 누군가가 몰래 들어왔다면, 내가 그 소리를 들을 수 있었을까?

"그 걱정은 안 해도 돼."

나는 목소리에 자신감을 담으려 최선을 다했다.

"아빠가 있는 한 너한테는 절대 아무 일도 안 일어나. 뭐가 그렇게 걱정이니?"

"아빠는 문을 닫으셔야 해요."

제이크가 말했다.

"무슨 말이니?"

"문을 잠그고 있어야 해요."

"제이크…."

"문을 반쯤 열어두면 속삭임이 들려온대요."

소름이 내 몸을 훑고 갔다. 제이크는 겁에 잔뜩 질려 있었고, 그 말은 확실히 어린애 혼자 지어낼 법한 것은 아니었다.

"그게 무슨 뜻이니?"

내가 다시 물었다.

"저도 몰라요."

"그럼 그걸 어디서 들었는데?"

제이크는 대답하지 않았다. 하지만 그때 난 깨달았다. 굳이 대답을 들을 필요도 없었다.

"그 여자애?"

제이크는 고개를 끄덕였고 난 혼란에 빠져 고개를 저었다. 존재하지도 않는 아이에게서 이상한 말을 듣는 건 불가능하다. 그렇다면 혹시 내 생각이 틀렸고 567클럽에 실제로 그런 여자애가 있었던 걸까? 어쩌면 제이크는 그 애가 진즉 밖으로 나간 걸 모르고 그냥 작별인사를 외친 걸까? 하지만 내가 도착했을 때 그 테이블에는 제이크 말고 아무도 없었다. 그렇다면 틀림없이 다른 애들 중 누군가가 말한 거겠지. 제이크를 겁주려고. 지금 제이크의 얼굴 표정을 보니 그 목적은 달성된 게 분명했다.

"넌 완전히 안전해, 제이크. 아빠가 약속할게."

"하지만 문단속은 제 담당이 아니잖아요!"

"맞아."

내가 말했다.

"아빠 담당이지. 그러니까 네가 걱정할 건 아무것도 없어. 누가 너한테 무슨 말을 했든 상관없어. 넌 지금 *아빠* 말을 믿어야 해. 아빠가 있으면 너한테는 절대 아무 일도 안 일어나. 절대로."

제이크는 잠자코 듣고 있었지만 내 말에 설득이 됐는지 아닌지는 알 수 없었다.

"약속할게. 그리고 아빠가 있으면 왜 네게 아무 일도 안 일어나는지 아니? 그건 아빠가 널 사랑하기 때문이야. 그것도 무척. 심지어 우리가 말다툼을 할 때도."

그 말에 제이크의 입가에 아주 희미한 웃음이 떠올랐다.

"아빠 믿지?"

내가 묻자, 제이크는 이제야 아주 약간 안심한 듯한 표정으로 고개를 끄덕였다.

"좋아."

난 아이의 머리를 헝클어뜨리고 일어섰다.

"왜냐하면 아빠 말은 사실이거든. 잘 자렴, 귀염둥이."

"안녕히 주무세요, 아빠."

"5분 있다 다시 보러 올라올게."

난 방을 나서는 길에 불을 끄고, 가능한 한 소리를 내지 않고 살금살금 아래층으로 내려갔다. 그리고 당장 소파에 몸을 내던지고 싶은 간절한 마음을 억누르고 앞문 앞에서 멈춰 섰다.

문을 반쯤 열어두면 속삭임이 들려오지.

어디서 들었는지는 몰라도 당연히 헛소리였다. 하지만 그럼에도 신경이 쓰이는 건 어쩔 수 없었다. 그리고 우리를 쫓아 그 먼 길을 온 여자애 생각에 신경이 쓰이는 것과 마찬가지로, 이제는 그 애가 제이크 옆에 앉아 있는 상상을 머릿속에서 떨쳐버릴 수가 없었다. 머리카락이 죄다 한쪽으로 뻗친 그 여자애가 기묘한 웃음을 떠올린 채 제이크의 귀에 소름끼치는 말을 속삭이는 상상을.

난 그날 밤 문에 사슬을 걸었다.

10

피트 윌리스 경위는 피더뱅크로부터 수 킬로미터 떨어진 곳에서 주말을 보냈다. 시골길을 걸으며 뒤엉켜 자란 덤불을 막대기로 일일이 두드려보고 산울타리도 확인했다. 이따금 인기척 없는 들판이 눈에 띄면 출입구를 뛰어넘어 그곳의 풀숲을 샅샅이 훑었다.

혹시 내 모습을 누가 본다면 그냥 한가롭게 산책이나 즐기러 나온 사람인 줄 알겠지. 피트는 그렇게 생각했다. 사실 요즘은 스스로도 이런 탐색을 산책 겸 견학으로 생각하려 했다. 그냥, 늙은 남자가 남아도는 시간을 때우는 한 가지 방편으로 말이다. 어차피 이제는 벌써 20년째니까. 하지만 그럼에도 머릿속 한구석은 날카롭게 집중하고 있었다. 눈은 주위 세계의 아름다움을 즐기기보다는 꾸준히 땅바닥을 훑으며 뼈의 파편이나 뭔가에 걸려 뜯어진 낡은 옷감 같은 것을 찾았다.

파란색 조깅 바지. 아동용 검은색 폴로셔츠.

어떤 이유에서인지, 그 옷은 언제나 피트의 머릿속에 들러붙어 있었다.

아무리 잊으려 애를 써도, 프랭크 카터의 별실에 도배된 그 끔찍한 광경을 본 날은 영영 잊지 못할 것이다. 그곳을 나와서 경찰서로 돌아가는 길에도 피트는 여전히 그 기억 때문에 휘청대고 있었다. 하지만 경찰서 문이 스르륵 열리고 그 안에 발을 들여놓은 순간엔 적어도 일말의 안도감이 찾아왔다. 어린 남자아이 네 명이 살해당했다. 하지만 카터가 잡히기 전이었어도, 그 괴물에게는 이름이 있었다. 언론에서 붙여준 별명이 아니라 진짜 이름이. 그리고 그 개자식의 피해자는 그 네 명으로 끝날 것이다.

그 순간, 피트는 그 악몽이 거의 끝났다고 믿었었다.

그런데 그때 접수창구 앞에 앉아 있는 미란다와 앨런 스미스 부부가 눈에 띄었다. 지금 이 순간까지도 피트는 여전히 그때의 두 사람을 눈앞에 선히 떠올릴 수 있었다. 정장 차림의 앨런은 허리를 꼿꼿이 세우고 앉아 무릎 위에 양손 끝을 둥글게 모은 채 허공을 응시하고 있었다. 미란다는 양손을 허벅지 사이에 끼우고 남편에게 기대앉아 있었다. 긴 갈색 머리카락이 남편의 가슴으로 흘러내렸다. 시간은 아직 오후에 불과했지만, 앉은 자세로 애써 잠을 청하는 장거리 여행자들처럼 둘 다 피로에 지쳐 보였다.

두 사람은 아들 토니의 실종을 신고하러 온 거였다. 그리고 그날 오후로부터 20년이 지난 지금, 토니는 여전히 실종 상태였다.

프랭크 카터는 하루 반나절 동안 승합차를 몰고 도피행각을 벌였지만 피더뱅크에서 160킬로미터쯤 떨어진 시골 도로에서 경찰의 검문에 걸려 마침내 체포됐다. 감식 결과 토니 스미스가 차 뒷좌석에 갇혀 있었다는 증거가 나왔지만 시신의 흔적은 전혀 찾아볼 수 없었다. 그리고 카터는 토니를 살해한 사실을 인정했지만, 아이의 유해를 어디 버렸는지는 끝내 털어놓지 않았다.

그로부터 몇 주에 걸쳐 카터가 취했을 수많은 가능한 경로들에 대한 폭넓은 수색이 이루어졌지만, 전부 헛수고였다. 피트도 그중 일부에 참여했다. 수색자 수는 세월이 흐르면서 갈수록 줄어들었고, 20년이 지난 지금 아직도 수색하는 사람은 피트만이 유일했다. 미란다와 앨런 스미스조차 앞으로 나아갔다. 부부는 이제 피더뱅크에서 멀리 떨어진 곳에서 살고 있었다. 죽지 않았다면, 토니는 27살이 됐을 것이다. 피트는 부부가 사건 이후의 힘든 시기에 낳은 딸 클레어가 이제 16세쯤 되었을 거라고 짐작했다. 아들이 살해당한 후 다시 삶을 이어나간 부부를 탓할 마음은 전혀 없었지만, 어쨌거나 피트 자신은 절대 그 일을 그대로 놓아 보낼 수 없었다.

어린 남자아이가 실종됐다.

실종된 어린 남자아이는 반드시 찾아서 집으로 데려다줘야 한다.

*

피트는 차를 몰아 피더뱅크로 돌아오는 중이었다. 차창 밖으로 보이는 집들은 편안해 보였다. 어둠 속에서 환히 빛나는 창문을 보면 집 안에서 바깥으로 흘러나오는 웃음소리와 나지막한 말소리를 상상할 수 있었다.

함께 있는 사람들. 그게 당연한 삶의 모습이었다.

그 생각을 하면 외로움도 살짝 느껴졌지만, 피트처럼 고독한 인생에서도 즐거움을 찾으려면 찾을 수도 있었다. 길가에는 거대한 나무들이 줄지어 서 있었고, 잎사귀는 어둠 속으로 사라졌지만 가로등이 닿은 부분은 예외였다. 가로등은 부드러운 미풍에 파도치듯 터져 나오는 다양한 황록색으로 거리를 수놓았다. 피더뱅크는 어찌나 고요하고 평화로운지, 예전에 그곳에서 프랭크 카터가 그런 잔혹한 범죄를 저질렀다는 게 믿기 힘들 정도였다.

블록 끝 가로등에 전단지 한 장이 붙어 있었다. 닐 스펜서의 가족이 지난 몇 주 동안 붙여 놓은 수많은 실종 포스터들 중 하나였다. 아이의 사진과 세세한 인상착의, 그리고 뭔가 알고 있는 게 있으면 신고해달라는 문구가 적혀 있었다. 사진과 글 모두 여름 햇살에 줄기차게 시달리느라 색이 바래서, 이제 차로 지나가면서 보니 오래된 사고 현장에 사람들이 두고 간 시든 꽃들이 떠올랐다. 사라졌던 어린 남자애가 이제 또 한 번 사라지기 시작했다.

닐 스펜서가 실종된 후로 이제 거의 두 달 가까이 그 조사에 영혼과 자원을 몽땅 갈아 넣었음에도, 경찰은 실종 당일 저녁보다 더 알아낸 게 거의 없었다. 피트가 보기에 어맨다 벡은 모든 일을 하자 없이 처리했다. 심지어 라이언스 경감처럼 자신의 평판에 항시 신경을 쓰는 남자조차 어맨다를 지지하고 사건을 계속 맡겼다는 사실이 곧 어맨다의 유능함을 입증했다. 하지만 이전에 복도에서 스쳐 지났을 때 어맨다의 표정이 어찌나 지쳐 보이던지, 어쩌면 사건을 계속 맡기는 게 라이언스가 주는 징벌이 아닌가 싶을 정도였다.

피트는 앞으로는 더 쉬워질 거라고 말해주지 못하는 게 안타까웠다.

경감 사무실에 불려갔다 온 후 피트는 어맨다에게 예전 사건 조사에 관해 설명해주었지만, 아직 그 사건에 깊이 개입하고 있지는 않았다. 하지만 프랭크 카터를 면회하겠다는 요청을 했을 때 그 친숙한 두려움이 되살아났다. 피트는 그 괴물과 마주 앉아 노리개 취급을 받고 있는 자신의 모습을 상상했다. 그리고 늘 그렇듯 자신이 과연 그걸 견뎌낼 수 있을지 의심스러웠다. 이 만남이 결국 자신에게는 무리였음을 깨닫게 되는 건 아닐지. 하지만 괜한 걱정이었다. 카터는 피트의 면회 요청을 퇴짜 놓았다. 피트가 기억하기로는 처음 있는 일이었다. 이른바 위스퍼 맨은 침묵을 지키기로 결심한 모양이었다.

이미 몇 차례 면회 경험이 있고 다시 갈 각오도 하고 있었지만 그럼에도, 피트는 여전히 안도감을 억누를 수 없었다. 그 안도감에는 물론 죄의식과 수치심이 딸려 왔지만, 피트는 그럴 필요 없다고 자신을 달랬다. 프랭크 카터와 마주 앉는 건 고난이었다. 피트의 건강에 악영향을 미쳤다. 그리고 카터와의 연관성은 단지 닐의 어머니가 아들이 침실 창을 통해 뭔가를 보고 들었다고 말한 것뿐이었으니, 면회가 무슨 도움이 될 거라고 생각할 합리적 근거는 없었다.

안도감은 정상적인 반응이었다.

＊

집으로 돌아온 피트는 식탁에 열쇠를 던져놓고 이미 무슨 요리를 해 먹을지, 그리고 잠들기 전까지 남은 몇 시간 동안 무슨 텔레비전 프로그램을 볼지를 생각하고 있었다.

하지만 그 전에 그 의식이 먼저였다.

부엌 찬장을 열고 거기 보관해둔 보드카 병을 꺼냈다. 병을 양손으로 굴리며 무게를 가늠하고 유리의 두께를 느껴보았다. 피트와 그 안에 든 비단 같은 액체 사이를 가로막아 보호해주는 그 견고한 벽. 마지막으로 이런 병을 딴 것은 한참 전이었지만, 꼭대기를 돌려 봉인을 찢을 때 나는, 그 마음을 달래주는 우두둑 소리는 여전히 귓가에 선했다.

찬장 서랍에서 사진을 꺼냈다. 그리고 병과 사진을 앞에 놓고 식탁에 앉아 자신에게 늘 하는 질문을 했다.

내가 정말 이걸 원하나?

세월이 흐르면서 그 충동은 날뛰기도, 잠잠해지기도 했지만, 어느 정도는 늘 제자리에 있었다. 그 충동을 거칠게 깨우는 수많은 요인들이 있었지만, 때로는 마치 무슨 자체적인 일정표라도 있는 것처럼 뜬금없이 깨어나기도 했다. 병은 배터리가 나간 휴대폰처럼 생명이 없고 무력했지만, 이따금씩은 깜빡이며 신호를 보냈다. 지금 이 순간, 그 욕구는 피트가 기억하는 한 그 어느 때보다도 더 강력했다. 사실 지난 두 달간 그 병은 피트에게 끊임없이 큰소리로 말을 걸고 있었다.

어차피 할 거면서 뭘 그렇게 뜸을 들여? 병은 방금 피트에게 그렇게 말했다.

무슨 영화를 보겠다고 그렇게 용을 써?

꽉 찬 한 병…, 그게 중요했다. 이미 반쯤 비운 병에서 한 잔을 더 따르는 건 새 병의 봉인을 뜯는 것만큼 안도감을 주지 못했다. 그 안도감은 마실 양이 넉넉히 남아 있는가 아닌가에 달려 있었다.

피트는 이제 봉인의 단단함을 조심스레 시험하면서 자신을 시험했다. 힘을 조금만 더 주면 봉인은 뜯어지고, 병은 열릴 것이다.

포기하면 편해.

무가치한 존재가 된 기분을 느낄 테지만, 그게 네 본모습이라는 건 나도 알고, 너도 알잖아.

그 목소리는 장조와 단조를 가볍게 넘나드는 연주처럼, 친근한 동시에 잔인했다.

무가치한 놈. 쓸모없는 놈.

그러니까 병을 따.

그리고 너무나 자주, 그 목소리의 주인공은 피트의 아버지였다. 비록 오래전에 세상을 떠났지만 심지어 40년이나 지난 지금도 피트는 여전히 그 노인네를 선히 떠올릴 수 있었다. 먼지투성이 응접실의, 낡아서 올이 다 드러난 안락의자에 퍼질러 앉아 있는 그 평퍼짐한 몸뚱이와 경멸에 찬 표정을. 그 남자는 어린 피트가 하는 모든 일을 못마땅해했다. "무가치한 놈" 그리고 "쓸모없는 놈"은 피트가 어려서부터, 그것도 자주 들은 말이었다.

나중에 나이가 들면서 피트는 자신의 아버지가 인생의 모든 면에서 실패한 소인배였으며 아들인 자신은 패배감을 그때그때 때려서 해소할 수 있는 만만한 샌드백에 불과했음을 깨달았다. 하지만 그 깨달음은 너무 늦게 찾아왔다. 그 무렵, 아버지의 말은 이미 완전히 흡수되어 피트라는 사람의 일부가 되어버렸다. 객관적으로는 자신이 무가치한 실패자라는 말이 진실이 아님을 알았다. 하지만 그럼에도 늘 진실처럼 *느껴졌다.* 마치 원리가 다 밝혀진 후에도 여전히 매혹을 잃지 않는 마술처럼.

피트는 샐리의 사진을 집어 들었다. 오래전에 찍은 사진이라 세월이 흐르면서 빛이 바랬다. 마치 종이가 그 위에 새겨진 이미지를 지우고 원래의 텅 빈 상태로 돌아가려 하는 것 같았다. 그 안에서 서로 얼굴을 맞대고 있는 두 사람은 더없이 행복해 보였다. 사진은 어느 여름날 찍은 거였다. 샐리는 햇살 속에서 충만한 기쁨으로 생글생글 웃고 있는 반면 피트는 부신 눈을 찡그린 채 웃음 짓고 있었다.

이게 네가 술 때문에 잃어버린 거야.

이게 그럴 가치가 없는 이유야.

피트는 잠시 그대로 앉아 천천히 호흡을 고른 후 병과 사진을 도로 집어넣고 저녁식사를 차리기 시작했다. 지난 몇 주간 그 충동이 강해진 이유는 자명했고, 따라서 피트의 관여가 아무런 성과도 내지 못한 건 차라리 다행이었다. 충동이 날뛰는 건 최근 사건들 때문이야. 그러면 그러라지. 피트는 생각했다. 실컷 날뛰라고 해.

그러고 나면 알아서 사그라들겠지.

11

그날 밤, 늘 그렇듯, 난 쉽게 잠을 이루지 못했다.

때때로 책이 새로 출간되면 행사에 참여하고 심지어 이따금씩 순회 저자 서명회도 했다. 보통은 혼자 다녔고, 행사가 끝나면 낯선 호텔방에 혼자 누워 잠 못 이루며 가족을 그리워했다. 리베카가 곁에 없으면 난 늘 잠을 잘 자지 못했다.

이제는 리베카가 영영 곁에 없으니 더 힘들다. 예전에는 호텔방에 누워 차가운 옆자리에 팔을 뻗으며 적어도 리베카도 집에서 똑같이 하고 있을 거라고 상상할 수 있었다. 우리가 서로의 영혼을 느낄 수 있을지도 모른다고. 하지만 리베카가 죽은 후로 우리 침대에서 팔을 뻗으면 납작한 시트의 차가운 공허감밖에 느낄 수 없었다. 어쩌면 새 집과 새 침대 덕분에 달라지지 않을까 하는 마음도 있었지만 헛된 기대였다. 적어도 옛날 집에서는 팔을 뻗으면 거긴 예전에 리베카가 누워 있던 자리였는데.

그래서 난 오랫동안 리베카를 그리워하면서 잠을 못 이룬 채 누워 있었다. 심지어 여기로 이사 온 게 올바른 결정이었다 해도, 이전 어느 때보다도 아내에게서 멀어진 듯한 기분이 들었다. 리베카를 뒤에 두고 떠나오는 건 지독히도 힘든 일이었다. 아내의 유령이 그 오래된 집에 남아 있다는 생각을 머릿속에서 지울 수 없었다. 우리 가족이 어디로 가버렸을까 하고 궁금해하면서 창밖을 내다보는 모습을.

그때 제이크의 상상의 친구 생각이 떠올랐다. 그 애가 그린 그 여자애. 난 그 그림을 머릿속에서 지우고, 그 대신 이곳 피더뱅크 가 얼마나 평화로운가에 집중하려 애를 썼다. 커튼 바깥의 세상은 조용하고 잠잠했다. 나를 둘러싼 집 안은 이제 완전한 정적에 잠겨 있었다.

적어도 그 덕분에 어느 정도 시간이 지난 후 잠이 들 수 있었다.

*

유리 깨지는 소리.

어머니가 비명을 지르고 있다.

남자가 고함을 친다.

"아빠."

나는 악몽에서 화들짝 깨어났다. 혼미했지만 제이크가 날 부르고 있고, 내가 뭔가를 해야 한다는 건 어렴풋이 알 수 있었다.

"잠깐만."

나는 소리쳤다.

침대 끝에서 누군가의 그림자가 움직이는 걸 보자 내 심장이 쿵 떨어졌다. 황급히 일어나 앉았다.

하느님 맙소사.

"제이크, 너니?"

그 작은 그림자는 침대 발치에서 내 옆으로 다가왔다. 정말 제이 크가 맞나 긴가민가하는 사이, 그 애가 머리 모양을 알아볼 수 있을 만큼 가까이 왔다. 하지만 얼굴은 보이지 않았다. 방 안의 어둠에 완전히 가려져 있었다.

"뭐 하니, 친구?"

지금 일어나고 있는 일과 방금 전까지 꾸고 있던 악몽 때문에 심장은 여전히 거세게 뛰고 있었다.

"아직 일어날 시간 안 됐는데. 멀어도 한참 멀었어."

"저 오늘 밤 여기서 아빠랑 자도 돼요?"

"뭐라고?"

이런 적은 처음이었다. 사실, 그 애가 이런 부탁을 할 기미를 살짝이라도 보이면 리베카와 나는 늘 엄격히 원칙을 고수했다. 단 한 번이라도 봐주면 모든 노력이 수포로 돌아갈 거라고 생각했다.

"우린 그거 안 해, 제이크. 너도 알잖니."

"제발요."

그때 나는 제이크가 일부러 목소리를 낮춰 말하고 있는 걸 깨달았다. 마치 다른 방에 있는 누군가한테 우리의 대화가 들리지 않게 하려는 것 같았다.

"무슨 일이니?"

나는 물었다.

"무슨 소리가 들렸어요."

"소리?"

"제 창 밖에 괴물이 있어요."

나는 침묵 속에 그대로 주저앉은 채 제이크가 아까 침대에서 내게 해준 말을 떠올렸다. 하지만 그건 문이 어쩌고 하는 내용이었다. 그리고 어쨌거나 그 애의 창밖에 누군가가 있을 리는 절대 없었다. 여긴 2층이다.

"넌 꿈을 꾼 거야, 친구."

제이크는 어둠 속에서 고개를 가로저었다.

"그것 때문에 자다가 깼어요. 창으로 갔더니 목소리가 더 커졌어요. 커튼을 열고 싶었지만 너무 무서웠어요."

넌 길 건너편에 있는 어두운 들판을 봤을 거야. 난 생각했다. *그것뿐이야.* 하지만 제이크의 말투가 너무 진지해서 도저히 그렇게 말할 수 없었다.

"그래."

나는 침대에서 미끄러져 내려갔다.

"자, 그럼 가서 확인해보자."

"그러지 말아요, 아빠."

"아빠는 괴물이 무섭지 않아, 제이크."

나는 복도로 나가 계단 위에 있는 등을 켰다. 제이크도 따라 나왔다. 그 애의 방으로 들어간 후 난 불을 켜지 않은 채 창가로 다가갔다.

"거기 뭐가 있으면 어떡해요?"

"없어."

내가 말했다.

"하지만 있으면요?"

"그럼 아빠가 처리하지."

"얼굴에 주먹을 날려줄 거예요?"

"그렇고말고. 하지만 아무것도 없어."

하지만 말과는 달리 그만큼 자신감이 있지는 않았다. 닫힌 커튼은 불길해 보였다. 잠시 귀에 신경을 집중했지만 아무런 소리도 들리지 않았다. 그리고 바깥에 누군가가 있는 건 불가능했다.

난 커튼을 당겨 열었다.

아무것도 없었다. 그냥 비스듬히 뻗은 정원과 진입로, 그 바깥의 텅 빈 찻길 그리고 그 너머로 멀리까지 뻗어 있는 어둡고 그림자 진 넓은 들판뿐. 창문에 흐릿하게 비친 내 얼굴이 방 안을 응시하고 있었다. 그걸 제외하면 바깥에는 아무것도 없었다. 온 세상이 나와는 달리 평화롭게 잠든 듯 보였다.

"봤지?"

나는 인내심을 발휘하려 최선을 다했다.

"아무도 없어."

"하지만 있었는걸요."

나는 커튼을 닫고 바닥에 무릎을 꿇었다.

"제이크, 가끔은 꿈이 너무나 현실처럼 느껴질 때가 있어. 하지만 현실은 아니란다. 우리가 땅에서 이렇게 높이 있는데 어떻게 누군가가 네 창 밖에 있을 수가 있니?"

"배수관을 타고 올라왔을 수도 있잖아요."

나는 대답하려고 입을 열었지만, 그때 집 외관이 머릿속에 떠올랐다. 배수관은 그 애의 방 창 바로 옆에 있었다. 말도 안 되는 생각이 들었다. 문을 잠그고 사슬을 걸어 못 들어오게 하면, 괴물은 벽을 타고 기어 올라와 창으로 들어오는 수밖에 없지 않겠는가?

바보 같은.

"바깥에는 아무도 없었어, 제이크."

"저 오늘밤 아빠랑 같이 자도 돼요, 아빠? 제발요."

나는 한숨을 쉬었다. 당연히 그 애는 이제 여기서 혼자 자지 않으려 할 테고, 말다툼을 하기에는 너무 늦은 시간이었다. 아니, 너무 이른 시간인가. 어느 쪽인지 판단이 안 섰다. 지금은 그냥 포기하는 게 더 쉬웠다.

"알았다. 하지만 오늘 밤만이야. 그리고 뒤척이면 안 돼."

"고마워요, 아빠."

그 애는 보물 꾸러미를 집어 들고 날 따라 도로 나왔다.

"뒤척이지 않는다고 약속할게요."

"말은 그렇게 하지. 하지만 *이불을 몽땅 빼앗아가는 건?*"

"그것도 안 할게요."

복도 등을 끈 후 우린 침대에 들었다. 제이크는 리베카가 눕던 쪽에 누웠다.

"아빠?"

그 애가 불렀다.

"아까 악몽 꾸고 있었어요?"

유리 깨지는 소리.

어머니의 비명 소리.

남자의 고함 소리.

"그래."

난 말했다.

"그런 것 같구나."

"무슨 꿈이었는데요?"

그 꿈은 이제 약간 흐릿해졌지만, 그건 악몽인 동시에 기억이었다. 아직 어린 내가 당시 살던 집의 비좁은 부엌 문간으로 걸어가는 장면. 늦은 시간이었지만 아래층에서 들려오는 소음 때문에 자다가 깬 것이다. 난 이불을 머리끝까지 뒤집어쓴 채 그리고 공포로 가슴이 옥죄인 채 침대에 누워 있었다. 아무 일도 없는 척, 아무것도 아닌 척하려 애썼지만, 그렇지 않다는 건 이미 알고 있었다. 결국 난 조용히 살금살금 아래층으로 내려갔다. 아래층에서 벌어지고 있는 상황을 보고 싶지 않았지만, 공포감과 무력감으로 잔뜩 움츠러든 채 저절로 이끌리듯 그리로 향했다.

어두운 복도를 지나 불 켜진 부엌으로 다가가자 시끄러운 소리가 들렸다. 어머니는 화난 말투였지만 목소리는 나지막했다. 내가 아직 자는 줄 알고, 이 상황을 모르게 하려고 애쓰는 것 같았다. 반면 남자의 목소리는 크고 거침없었다. 두 사람이 하는 말은 모두 서로 겹쳐서 나는 한마디도 알아들을 수 없었다. 다만 듣기 싫은 말들이고 점차 정점을 향해 올라가고 있다는 것밖에. 뭔가 끔찍한 것을 향해 속도를 높이고 있었다.

부엌 문간.

거기 도달한 순간, 난 증오와 분노로 얼굴이 잔뜩 일그러지고 붉게 상기된 남자가 어머니를 향해 있는 힘껏 유리잔을 던지는 걸 목격했다. 엄마가 한 발 늦게 몸을 움츠리고 비명을 지르는 것도.

그게 내가 아버지를 마지막으로 본 순간이었다.

이젠 너무 옛날 일인데 기억은 여전히 이따금씩 수면으로 올라왔다. 진흙 구덩이를 발톱으로 파헤치며 올라오는 짐승처럼.

"어른들 일이야."

난 제이크에게 말했다.

"어쩌면 언젠가 네게도 말해줄지도 모르지만, 그냥 꿈이었어. 그리고 괜찮아. 어차피 결국은 해피엔드였거든."

"끝에 어떻게 되는데요?"

"음, *네가* 나타났지. 결국."

"제가요?"

"그래."

난 아이의 머리를 헝클어뜨렸다.

"그리고 그 후 넌 잠이 들었지."

난 눈을 감았다. 그 후로 침묵 속에서 꽤 오랜 시간이 지났고, 난 제이크가 다시 잠이 들었으려니 했다. 아이가 거기 있다는 걸 확인하고 안도감을 느끼고 싶어서였을까. 어느 순간 난 한쪽으로 팔을 뻗어 그 애 이불 위에 내 손을 가만히 올려놓았다. 우리 둘은 함께 있었다. 내 조그만, 상처 입은 가족.

"속삭였어요."

제이크가 조용히 말했다.

"뭐라고?"

"속삭였어요."

제이크의 목소리는 너무 먼 곳에서 들려오는 것 같아서, 난 그 애가 꿈결에 잠꼬대를 하는 줄 알았다.

"그게 내 창가에서 속삭이고 있었어요."

12

"서둘러야 해요."

꿈속에서 제인 카터가 피트에게 전화를 걸어 속삭이고 있었다. 마치 세상에서 가장 무서운 이야기를 들려주듯, 조용하고 다급한 목소리였다.

하지만 그래도 결국 그 여자는 해냈다. 마침내.

피트는 사무실 책상에 앉아 벌렁대는 가슴을 진정시키려 애쓰고 있었다. 조사 과정에서 프랭크 카터의 아내인 제인과는 여러 번 대화를 나눈 터였다. 그 여자가 일하는 사무실 앞으로 찾아가거나, 사람 많은 길거리에서 우연인 척 만나 나란히 걷기도 했다. 혹시라도 그렇게 만나는 게 남편의 귀에 들어가거나 눈에 띄지 않도록 항상 철저히 주의했다. 무슨 스파이 흉내라도 내고 있는 것 같았다. 생각해보면 현실에서 그리 먼 이야기도 아니었지만.

제인은 남편의 알리바이를 댔었다. 남편을 옹호했다. 하지만 처음 만났을 때부터 피트는 이미 제인이 남편을 두려워한다는 걸 꿰뚫어 보았다. 그야 당연하다면 당연했다. 피트는 그 여자의 마음을 돌려놓으려고 안간힘을 썼다. 자기에게 다 털어놔도 안전하다는 믿음을 주려 했다. 이미 한 증언을 철회하고 남편에 대해 진실을 말해도 된다고.

"나한테 말해요, 제인. 프랭크가 당신과 아들을 해치지 못하게 내가 반드시 지켜줄게요."

그리고 이제 제인 카터는 그러기로 결심한 모양이었다. 오랜 세월 동안 너무나 강한 공포를 주입당해 온 그 여자는 그 개자식이 집을 비운 틈을 타 전화하는 지금도 간신히 속삭이는 소리밖에 내지 못했다. 용기란 공포를 느끼지 못하는 게 아님을 피트는 알았다. 공포는 용기의 전제조건이다. 심지어 사건의 종결을 드디어 눈앞에 두고 아드레날린이 치솟는 와중에도 피트는 이 전화에 얼마나 용기가 필요했을까 하는 생각을 했다.

"문을 열어놓을게요."

여자는 속삭였다.

"하지만 서둘러야 해요. 그 사람이 얼마나 오래 나가 있을지 전혀 몰라요."

사실 프랭크 카터는 그 후 영영 집으로 돌아오지 않는다. 1시간 이내에 그 집은 경찰과 CSI들로 끓어 넘칠 테고, 카터와 카터의 차에 대한 수배령이 내려질 터였다. 하지만 당시 피트는 마음이 급했다. 그 집까지는 차로 겨우 10분밖에 안 걸렸지만, 평생 가장 긴 드라이브처럼 느껴졌다. 심지어 지원이 대기하고 있었음에도 피트는 거기 도착했을 때 혼자가 된 기분이었고 두려웠다. 동화 속에 나오는, 언제 돌아올지 모르는 괴물이 집을 비운 틈을 타 침입한 주인공처럼.

몰래 훔쳐낸 열쇠로 잠긴 별관 문을 여는 제인 카터의 손은 떨리고 있었다. 집 안은 정적에 휩싸여 있었고, 피트는 그들 위로 드리운 검은 그림자의 존재를 어렴풋이 느꼈다.

자물쇠가 풀렸다.

"이제 물러서요. 두 사람 다."

제인 카터는 부엌 한복판에 서 있었고, 아들은 엄마 다리 뒤에 숨어 있었다. 피트는 장갑 낀 손으로 문을 밀어 열었다.

안 돼.

썩은 고기의 더운 악취가 훅 풍겼다. 피트는 손전등으로 안을 비췄다. 그 순간 그 사진들이 보였다. 재빨리 차례차례 다음으로 넘어가는, 마치 카메라 플래시를 터뜨린 듯 번뜩이는 장면들과 감각들.

안 돼.

아직은 안 돼.

피트는 손전등을 들어 올려 벽을 훑었다. 벽은 단순한 흰색이었지만 카터가 거기에 그림을 그려놓았다. 밑동에는 삐죽삐죽한 초록색 풀잎이 있었고, 그 위에서는 어린애가 그린 듯한 나비들이 날갯짓을 했다. 천장 가까운 곳에는 태양을 그린 듯 노랗고 삐뚜름한 동그라미가 있었다. 태양은 시커먼 눈으로 아래의 바닥을 내려다보았다. 그 시선을 따라가던 피트의 손전등이 마침내 방바닥으로 향했다.

숨통이 막혔다.

아이들이 실종된 지 이미 3개월째라 어느 정도 예상하고는 있었지만, 그렇다고 희망을 완전히 버린 적은 한 번도 없었다. 하지만 그 아이들이 이제 이 어둠 속에, 이 악취와 열기 속에 누워 있었다. 네 구의 시신은 현실적인 동시에 비현실적으로 느껴졌다. 망가진 채 가만히 누워 있는 실물 같은 인형들. 아이들은 옷을 그대로 입고 있었지만 티셔츠만 예외였다. 끌어올려져 얼굴을 가리고 있었다.

*

어쩌면 그 악몽의 가장 나쁜 부분은 세월이 지나면서 친숙해진 나머지 더는 잠을 깨우지 않게 되었다는 것이 아닐까. 이튿날 아침 피트를 깨운 건 알람시계였다.

피트는 잠시 그대로 누운 채 평정을 유지하려 애썼다. 그 기억을 무시하려 하는 건 안개를 칼로 베려 하는 것이나 다름없었다. 하지만 이 악몽이 다시 깨어난 건 그저 최근의 사건들 때문일 뿐이라고, 그렇게 애써 자신을 달랬다. 어차피 시간이 지나면 다시 흩어질 거라고. 알람을 껐다.

체육관. 피트는 생각했다. *서류작업. 행정. 일과.*

샤워를 하고 옷을 입고 운동 가방을 꾸린 후 커피와 가벼운 아침 식사를 위해 아래층으로 내려갔을 즈음 꿈은 이미 흩어졌고 머릿속은 좀 더 정돈된 상태였다. 삶에 잠시 파문이 일어났다. 그게 전부였다. 토양이 갈아엎어지면서 땅 속에서 독기어린 유령들이 풀려난 건 전적으로 이해가 가는 일이었지만, 그것도 곧 지나갈 터였다. 술을 마시고 싶은 충동은 다시 약해졌다. 삶은 정상으로 돌아갔다.

휴대폰에 붉은 빛이 깜빡거리는 걸 본 것은 아침식사를 들고 응접실로 갔을 때였다. 부재중 통화였다. 음성메일이 남겨져 있었다. 번호를 누르고 음식을 천천히 씹으면서 메시지에 귀를 기울였다.

안 넘어가는 음식을 억지로 삼켰다. 목이 꽉 멨다.

두 달 만에, 프랭크 카터가 면회에 동의했다.

13

"그냥 잠깐 벽에 기대 서주기만 하면 돼. 아빠가 부탁하잖니."

내가 말했다.

"조금만 더 오른쪽으로. 아니 *아빠* 기준으로 오른쪽. 조금 더. 됐다. 이제 웃어야지."

오늘은 제이크가 새 학교에 처음 등교하는 날이었고, 난 아이보다 훨씬 더 불안해하고 있었다. 옷 서랍을 도대체 몇 번이나 들여다봐야 다 준비됐다는 확신이 드는 걸까? 이름표는 빠짐없이 달았나? 제이크의 책가방과 물병을 어디에 뒀더라? 생각해야 할 게 너무 많았고, 나는 그 애를 위해 모든 게 완벽하기를 바랐다.

"저 이제 움직여도 돼요, 아빠?"

"잠깐만."

나는 새 교복을 입고 그 방의 하나뿐인 텅 빈 벽에 기대 서 있는 제이크를 향해 휴대폰을 들어 올렸다. 교복은 회색 바지와 흰색 셔츠 그리고 파란색 점퍼였다. 물론 전부 다 새 것이고 깨끗했으며 모든 것에 하나도 빼놓지 않고 이름표가 붙어 있었다. 제이크는 수줍고 다정한 웃음을 지었다. 교복을 입으니 갑자기 너무 커버린 것 같았지만, 동시에 여전히 작고 가냘파 보였다.

난 화면을 두어 번 두드렸다.

"됐다."

"봐도 돼요?"

"당연히 되지."

제이크는 무릎을 꿇은 내 어깨에 기대어 사진을 보았다.

"저 괜찮아 보이네요."

어쩐지 놀랍다는 투였다.

"괜찮은 게 아니라 아주 멋지지."

내가 말했다.

그건 사실이었다. 비록 여기 있어야 할 리베카가 없다는 사실 때문에 슬픔이 드리워지긴 했지만, 난 그 순간을 즐기려 노력했다. 대다수 부모들과 마찬가지로 리베카와 나 역시 제이크의 매 학년 첫날에 사진을 찍었지만 난 최근 휴대폰을 바꿨고, 그게 무슨 의미인지를 이번 주 초에야 비로소 깨달았다. 내 모든 사진들은 가버렸다. 영영 사라졌다. 더욱 나쁜 사실은 리베카의 휴대폰이 내게 있고 거기엔 사진이 들어 있는데, 그걸 볼 방법이 없다는 거였다. 나는 좌절감에 사로잡힌 채 리베카가 쓰던 전화기를 응시하며 가차 없는 현실을 절감했다. 리베카는 가버렸고, 그건 그 순간들 또한 가버렸다는 뜻이었다.

그건 중요하지 않다고 나는 스스로를 설득하려 애썼다. 그건 사별이 내게 던진 또 다른 가혹한 농담일 뿐이라고. 그리고 큰 그림으로 보자면 그저 사소한 일일 뿐이라고. 하지만 그건 아팠다. 내 잘못이 또 하나 보태진 것만 같았다.

사진이라면 앞으로 한참 더 많이 찍을 텐데 뭐.

"가자, 친구."

출발하기 전에 난 그 사진들을 클라우드에 올렸다.

*

로즈 테라스 초등학교는 사방으로 뻗어 있는 낮은 건물로, 철책을 통해 길거리와 분리되어 있었다. 본관은 지붕에 박공이 삐죽삐죽 솟은 1층 건물로, 낡았지만 예뻤다. 별도의 입구 위에 각각 *남학생*과 *여학생*이라고 새겨진 검은 돌이 붙어 있었지만, 훨씬 최근에 만들어진 간판에 그 구분은 빅토리아 시대의 것이고 이제는 학년을 구분하는 데 쓰인다고 적혀 있었다. 제이크를 등록시키기 전에 학교 구경을 할 수 있었다. 광낸 나무판자가 깔린 복도는 주위 교실들을 연결하는 중앙 허브 노릇을 했다. 교실 문들 사이의 벽은 조그만 손자국들로 뒤덮여 있었다. 이전 학생들이 다양한 색깔의 페인트를 묻혀 찍은 것으로, 그 아이들이 학교에 다닌 날짜가 아래에 쓰여 있었다.

제이크와 나는 철책 앞에 멈춰 섰다.

"네 생각은 어때?"

"모르겠어요."

제이크가 대답했다.

애매한 태도를 탓할 수만도 없었다. 철책 너머의 운동장은 아이들과, 무리 지어 뭉쳐 있는 학부모들로 버글거렸다. 새해 첫날이었지만 아이들과 학부모 모두 와 있었다. 이미 이전 두 해를 함께 다녔으니 다들 서로 아는 사이일 텐데, 제이크와 나는 서로 말고는 아무도 아는 사람이 없는 이 낯선 공간에 들어가야 하는 처지였다. 제이크의 예전 학교는 더 커서 그만큼 익명성도 허락됐는데, 서로 너무 친밀한 이 사람들 사이에서 우리는 외부인이라는 느낌을 도저히 떨칠 수 없을 것 같았다. 맙소사, 나는 제이크가 여기 녹아들

수 있기를 너무나 애타게 바랐다.

나는 그 애와 맞잡은 손에 살짝 힘을 주었다.

"얼른."

내가 말했다.

"우리 용기를 내자."

"전 괜찮아요, 아빠."

"아빠한테 스스로 한 말이야."

농담이었지만 반은 진담이었다. 이제 5분만 있으면 정문이 열릴 테고, 난 다른 학부모들에게 말을 걸고 내 쪽에서 친해지려고 노력해야 한다는 걸 알았다. 하지만 그 대신 그냥 벽에 기대선 채 기다리기만 했다.

제이크는 내 옆에 서서 입술을 가볍게 잘근대고 있었다. 난 뛰어노는 다른 애들을 바라보며 내심 제이크도 저기 끼어서 같이 놀았으면 좋겠다는 생각을 했다.

그냥 그 애가 자기 자신으로 살게 놔둬. 난 자신에게 말했.

그거로 만족해야지, 뭘 더 바라는데?

결국, 5~7세 반의 문이 열리고, 제이크의 새 담임이 웃으며 밖으로 나왔다. 아이들이 줄을 서기 시작하자 책가방들이 파도처럼 일렁였다. 여기 있는 아이들은 모두 오늘이 학기 첫날이라 대부분 가방이 아직 비어 있었지만, 제이크의 가방은 예외였다. 늘 그렇듯, 그 애는 보물 꾸러미를 학교에 가져가겠다고 우겼다.

나는 아이에게 가방과 물병을 건넸다.

"잃어버리지 않을 거지, 응?"

"네."

맙소사, 제발 잃어버리지 말길. 그걸 잃어버린다고 생각하면 그 애는 둘째 치고 내가 못 견딜 것만 같았다. 하지만 그건 내 아들의 애착 담요나 다름없어서, 잃어버리지 않게 집에 두고 가라고 설득하는 건 불가능했다.

제이크는 이미 줄지어 선 아이들을 향해 움직이기 시작했다.

"사랑한다, 제이크."

나지막이 나는 말했다.

"저도 사랑해요, 아빠."

혹시 돌아서서 손을 흔들어주지 않을까 하는 희망을 품은 채 나는 아이가 건물 안으로 사라질 때까지 거기 서서 지켜보았다. 하지만 제이크는 되돌아보지 않았다. 좋은 신호라고 생각하자. 매달리지 않는다는 거니까. 그건 아이가 오늘 일어날 일들에 겁먹지 않았고 내 응원이 필요 없다는 뜻이었다.

나도 마찬가지라면 얼마나 좋을까.

제발, 제발, 제발 잘 보내길.

"신참이세요?"

"네?"

몸을 돌리자 옆에 한 여자가 서 있었다. 추위는 이미 물러갔는데도 검은 롱코트 차림에, 양손은 겨울바람이라도 피하려는 듯 주머니에 깊숙이 찔러 넣고 있었다. 검게 염색한 머리카락을 어깨까지 길렀고, 얼굴에는 약간 재미있어 하는 듯한 표정이 어른거렸다.

신참?

"아."

나는 말했다.

"제이크 말씀이시죠? 네, 제 아들이에요."

"사실, 전 두 사람 다를 말한 거였어요. 걱정스러운 표정이길래.

제 생각이지만 그 애는 분명히 괜찮을 거예요."

"네, 저도 그럴 거라고 믿어요. 뒤도 한 번 안 돌아보고 가더군요."

"우리 애도 얼마 전부터 그러더라고요. 사실, 아침에 운동장에 도착한 순간부터 전 존재하지도 않는 것 같아요. 처음에는 마음이 아팠지만, 익숙해졌죠. 사실은 잘된 거예요."

여자는 어깨를 으쓱했다.

"그건 그렇고 저는 캐런이라고 해요. 제 아들은 애덤이고요."

"톰입니다."

난 말했다.

"만나서 반갑습니다. 캐런과 애덤? 이제 새 이름들을 외우기 시작해야겠네요."

여자가 웃음을 지으며 대답했다.

"시간이 좀 걸리겠죠. 하지만 제이크는 분명 아무 문제 없을 거예요. 전학은 쉽지 않지만 여기 애들은 착하거든요. 애덤도 작년 중순에야 여기 왔어요. 좋은 학교예요."

뒤돌아 정문을 향하는 여자의 뒷모습을 바라보며 방금 들은 이름을 머리에 새겼다. 캐런, 애덤. 캐런은 착해 보였고, 난 어느 정도 노력을 할 필요가 있었다. 비록 지금까지 한 번도 해본 적 없는 일이지만, 운동장에서 다른 학부모들과 잡담을 나누는 정상적인 어른 노릇을 문제없이 해낼 수 있을 것이다.

학교에서 집까지는 얼마 안 되는 거리였지만 나는 휴대폰을 꺼내고 헤드폰을 썼다. 이제는 불안해해야 할 이유가 새로 생겼으니까. 리베카가 죽은 건 새 소설이 3분의 1 정도 완성됐을 때였다. 잊고 싶은 일이 있으면 더 집필에 몰두하는 작가들도 있지만 나는 그 이후로 내가 쓰던 소설을 쳐다보지도 않았다. 당시 생각하던 글감은 지금 와서 보니 공허하게 느껴졌다. 모조리 폐기하고 하드 드라이브에서 썩어 가게 놔둬야 할 것 같았다.

하지만 그러면 그 대신 뭘 써야 하지?

집에 도착해 컴퓨터를 켜고 워드의 빈 문서를 열어 *형편없는 아이디어*라는 파일명으로 저장했다. 집필 시작 단계에서 언제나 하는 방식이었다. 아직 초기 단계임을 인정하면 심리적 부담감을 좀 덜 수 있기 때문이다. 그런 다음 커피를 타는 건 절대 일을 미루는 게 아니라는 평소 신조에 따라 부엌으로 가 주전자 물을 올려놓고 조리대에 기댄 채 창밖으로 뒤뜰을 내다보았다.

한 남자가 거기 서 있었다.

나한테 등을 돌린 채였는데, 우리 차고 문에 달린 자물쇠를 잡아 흔들고 있는 것 같았다.

젠장, 뭐야?

나는 유리창을 똑똑 두드렸다.

남자는 펄쩍 뛰어오르더니 재빨리 뒤돌아보았다. 땅딸막한 몸매의 50대쯤 돼 보이는 남자로, 텅 빈 정수리를 회색 머리카락이 둥글게 에워싸고 있는 게 마치 수도승을 연상시켰다. 옷차림은 말끔한 정장 위에 회색 외투와 목도리를 매고 있었는데, 내가 상상할 수 있는 한 강도와 가장 멀어 보였다.

나는 양손과 얼굴 표정으로 최선을 다해 *뭐야, 젠장*이라는 심경을 표현했다. 남자는 여전히 놀람이 가시지 않은 얼굴로 잠시 내 눈길을 피하더니 이윽고 몸을 돌려 진입로 방향으로 사라졌다.

나는 방금 본 광경의 충격에서 벗어나지 못해 잠시 망설이다 앞문으로 향했다. 그 남자를 추궁해서 무슨 짓을 했는지 알아낼 작정이었다.

앞문에 도달한 순간 초인종이 울렸다.

14

문을 벌컥 열자, 남자가 바깥 계단에 서 있었다. 얼굴에는 사죄의 표정을 띠고 있었다. 가까이에서 보니 창으로 본 것보다 더 키가 작았다.

"성가시게 해드려 정말 죄송합니다."

남자는 공식적인 어조로 말했다. 입고 있는 구식 정장 차림과 어울리는 투였다.

"집에 누가 계시는지 어떤지 몰라서 그만…."

누가 집에 있는지 없는지 알아내는 아주 확실한 방법은…. 나는 속으로 생각했다. 망할 놈의 초인종을 누르는 걸 텐데.

"그렇군요."

나는 팔짱을 끼고 대꾸했다.

"뭘 도와드릴까요?"

남자는 어쩔 줄 모르는 듯 발을 이리저리 옮겨놓았다.

"음, 좀 이상한 부탁인 건 저도 압니다. 하지만 문제는…, 이 집입니다. 전 사실 이 집에서 자랐거든요. 확실히 이젠 아주 오래전 일이지만 저는 이 집에 너무 좋은 추억이 있어서…."

남자가 말꼬리를 늘였다.

"그렇군요."

나는 그렇게 대꾸하고 계속 말을 잇기를 기다렸다. 하지만 남자는 그냥 뭔가를 기대하는 듯한 표정으로 그 자리에 가만 서 있을 뿐이었다. 마치 자기는 나한테 이미 충분한 정보를 제공했고, 내가 자기한테 그 이상의 설명을 요구하는 게 어색하고 심지어 무례한 짓이라고 생각하는 듯했다.

잠시 후, 나는 드디어 이해했다.

"들어와서 둘러보고 싶다는, 뭐 그런 말입니까?"

남자는 반색하며 고개를 끄덕였다.

"말도 안 되는 요구인 건 알지만, 허락해주시면 엄청나게 감사하겠습니다. 이 집은 제게 너무 특별한 추억을 담고 있거든요."

다시금, 너무나 여봐란 듯 공식적인 남자의 어조에 나는 하마터면 웃음을 터뜨릴 뻔했다. 하지만 실제로 그러지는 않았다. 이 남자를 집에 들인다는 상상만 해도 이미 신경이 바짝 곤두섰기 때문이다. 남자의 지나치게 격식을 갖춘 옷차림과 실소가 나올 정도로 정중한 몸가짐은 모두 일종의 위장처럼 느껴졌다. 육체적으로는 전혀 위협적인 구석이 없는데도 왠지 위험해 보였다. 나는 이 남자가 상대의 눈을 똑바로 들여다보며 상대를 칼로 찌르는 모습을 상상할 수 있었다. 그러면서 입술을 핥겠지.

"유감이지만 그건 안 되겠는데요."

지나치게 점잔 빼는 정중한 태도는 즉시 사라지고, 남자의 얼굴에 짜증스러운 기색이 슬금슬금 떠올랐다. 누군지 몰라도 뭐든 자기 뜻대로 하는 데 익숙한 사람인 건 분명했다.

"실로 대단히 유감스럽군요."

남자가 말했다.

"이유를 여쭈어도 되겠습니까?"

"우선, 우린 이제 막 이 집에 들어왔거든요. 온 사방에 이삿짐이 널려 있어요."

"그렇군요."

남자는 희미한 웃음을 지었다.

"그럼 혹시 다음번에…?"

"음, 아뇨. 저는 알지도 못하는 사람을 집에 들이는 취미가 딱히 없어서요."

"그건, 실망스럽군요."

"왜 우리 집 차고에 침입하려 했습니까?"

"저는 그런 짓은 하지 않았습니다."

남자는 한 걸음 뒤로 물러났다. 이제는 짐짓 모욕이라도 당한 듯한 표정을 짓고 있었다.

"그냥 집에 사람이 있는지 확인하려던 것뿐이었습니다."

"무슨…, 잠긴 차고에서요?"

"뭘 어떻게 오해하셨는지는 모르겠지만, 아닙니다."

남자는 자못 서글픈 표정으로 고개를 저었다.

"아무래도 유감스러운 오해가 빚어진 모양이군요. 실로 안타깝습니다. 어쩌면 마음을 바꾸실 수도 있겠지요."

"그럴 일 없습니다."

"그러시다면 성가시게 해드린 데 사죄드립니다."

남자는 뒤돌아 걸어가기 시작했다. 그 순간 편지들이 떠올랐고, 나는 남자를 따라갔다.

"바넷 씨?"

남자는 잠시 망설이다 뒤돌아 나와 눈을 마주쳤다. 나는 그 자리에서 멈췄다. 남자의 표정은 완전히 바뀌어 있었다. 우리의 덩치 차이에도 불구하고, 그 텅 빈 눈동자를 보자 남자가 지금 나를 향해

한 발짝 다가서면 나는 나도 모르게 뒷걸음치고 말 것 같았다.

"뭔가 착각하신 것 같은데요."

남자가 대꾸했다.

"안녕히 계십시오."

남자는 더는 아무 말 없이 차도로 나가 그대로 떠났다. 나는 남자를 계속 따라갔지만 차도까지 따라갈 자신은 없었다. 따뜻한 햇살에도 아랑곳없이 가벼운 오한이 느껴졌다.

*

집 안을 정리하는 데만도 너무 바빠서 아직 차고까지는 들여다볼 여력이 없었다. 확실히 말해 차고는 이 집에서 가장 호감 가는 곳은 아니었다. 골진 파란색 철판 두 개로 이루어진 문은 중간 지점에서 간신히 맞닿아 있었고, 흰 벽들에는 거품이 보글보글 부풀어 올랐으며 한쪽 측면에는 금이 간 창문이 나 있었다. 무성하게 자란 잔디가 바람에 불안하게 흔들렸다. 부동산 중개인은 지붕에 석면이 있었다면서 철거하고 싶으면 전문가의 도움을 받아야 할 거라고 했지만, 굳이 그러지 않아도 조금만 기다리면 제풀에 무너질 것 같았다. 차고는 마치 집 뒤편에 위태롭게 발을 버티고 쪼그려 앉아 한쪽으로 기우뚱하지 않으려 안간힘을 쓰는 늙은 주정뱅이를 연상시켰다.

문은 맹꽁이자물쇠로 잠겨 있었지만, 부동산 대리인한테 받은 열쇠가 있었다. 자물쇠를 풀고 한쪽 문을 당기자 금속이 타맥을 긁는 소리가 났다. 살짝 목을 숙이고 안으로 발을 들여놓았다.

나는 믿기지 않는 심정으로 주위를 둘러보았다. 여긴 그냥 쓰레기장이었다.

첫 집 구경 이후 시어링 부인이 집을 비우면서 철거회사를 불러 오래된 가구를 내갔을 줄 알았다. 그런데 이제 보니 그 비용을 자체적으로 절감하기 위한 꼼수를 부린 모양이었다. 이곳에 있는 모든 게 곰팡이와 먼지의 냄새를 풍기고 있었다. 중앙에는 종이 상자들이 쌓여 있었는데, 맨 아래에 깔린 상자들은 습기와 위에 얹힌 상자들의 무게 때문에 찌그러지고 있었다. 그런가 하면 한쪽 구석에는 낡은 탁자와 의자들이 나무 퍼즐처럼 뒤섞인 채 겹겹이 쌓여 있었다. 뒤편 벽에는 낡은 매트리스 하나가 기대 세워져 있었는데, 커버에 묻어 있는 커다란 홍차색 얼룩이 마치 외국 지도를 방불케 했다. 한쪽 문에서는 새까맣게 태운 바비큐 냄새가 풍겼다.

바삭하게 메마른 갈색 잎사귀 더미가 벽을 빙 둘러싸고 있었다. 페인트 깡통 하나를 발로 조심스레 구석으로 밀어놓자 내가 살면서 본 제일 큰 거미가 나타났다. 거미는 그냥 제 자리에서 부드럽게 통통 튀기만 했는데, 내 존재에 아랑곳 않는 모양이었다.

흠. 나는 주위를 둘러보며 생각했다. *대단히 감사합니다, 시어링 부인.*

장애물들을 이리저리 피해 상자 더미로 다가가 맨 위에 쌓인 상자를 열었다. 젖은 판지가 축축했다. 그 안에 든 것은 오래된 크리스마스 장식품들이었다. 빛바랜 장식용 반짝이 조각들, 광택을 잃은 장식용 방울들 그리고 뭔가 모조 보석처럼 보이는 것들.

그때 보석 하나가 내 얼굴로 곧장 날아왔다⋯.

"맙소사!"

난 균형을 잃고 허둥대다 뒤쪽에 있던 잎사귀를 밟고 미끄러지면서 팔로 허공을 마구 휘저었다. 지붕으로 날아갔던 보석은 다시 통통 튕겨 내려와 소용돌이를 일으키며 날아다니다 먼지 낀 창에 부딪친 후 연거푸 창을 들이받았다.

딱, 딱, 딱. 부드럽기 그지없는 충돌.

나비구나. 나는 그제야 깨달았다. 내가 아는 나비는 아니었지만, 어차피 내가 아는 나비는 배추흰나비와 호랑나비가 전부였으니.

나비가 유리에 파닥파닥 부딪치고 있는 창가로 조심스레 다가가 잠시 가만히 지켜보았다. 나비는 결국 상황을 파악한 듯, 지저분한 창틀에 자리를 잡고 날개를 납작 눕혔다. 크기는 내 뒤의 거미 못지않았지만, 거미의 보기 싫은 회색빛과 달리 나비는 놀라운 색채를 자랑했다. 노란색과 녹색의 소용돌이들이 날개를 수놓았고, 끝부분에는 보랏빛이 살짝 감돌았다. 아름다웠다.

다시 상자 안을 들여다보니 장식용 반짝이 위에 나비 세 마리가 더 앉아 있었다. 움직임이 없는 것으로 보아 아마도 죽은 것 같았지만, 아래를 내려다보자 맨 밑에 깔린 상자 측면에 또 한 마리가 보였다. 날개가 호흡에 맞추어 천천히 그리고 부드럽게 움직이고 있었다.

나비들이 여기 얼마나 오래 있었는지, 수명이 얼마나 되는지 나로서는 짐작도 가지 않았지만, 아무래도 여기에 있어서는 미래가 밝을 것 같지는 않았다. 그 거미의 먹이가 되는 걸 제외하면 말이다. 갑자기 이 좁은 생태계를 교란하고 싶은 욕구가 치밀었다. 맨 위 상자에서 눅눅해진 종이를 정사각형 모양으로 뜯어낸 후 나비 한 마리를 거기에 얹어 문 밖으로 날려 보내려 해보았다. 하지만 나비는 전혀 협조할 마음이 없어 보였다. 그래서 창가에 있는 나비로 대상을 바꿔봤지만 그 녀석도 똑같이 고집스러웠다. 그리고 그처럼 큰데도 가까이서 보니 매우 섬세해 보이는 것이, 아주 살짝만

113

건드려도 바스러져 먼지가 되고 말 것 같았다. 괜히 다치게 할까 봐 겁나서 감히 건드릴 엄두가 나지 않았다.

그러니 내가 할 수 있는 건 거기까지였다.

"자, 친구들."

나는 종이를 던져버리고 양손을 청바지에 문질러 닦았다.

"난 할 만큼 했어."

차고에 더 있어봤자 무의미했다. 그게 전부였다. 이제 안 그래도 기다란 내 할 일 목록에 차고를 치우는 것까지 더해야겠지만, 적어도 시급한 건 아니었다.

그 방문객의 관심을 그토록 끈 게 여기 있는 무언가였을까? 이건 확실히 그냥 쓰레기일 뿐인데. 하지만 그 만남의 충격이 조금이나마 희미해진 지금은 그 남자가 한 말이 진실이었을지도 모른다는 생각도 들었다. 어쩌면 그냥 내 오해였을까.

나비들을 안에 두고 혼자 밖으로 나와 맹꽁이자물쇠를 도로 잠갔다. 나비들이 그처럼 척박하고 적대적인 환경에서 그토록 오래 살아남았다니, 생각하면 놀라운 일이었다. 하지만 집 앞의 진입로로 걸어가면서 나는 제이크와 내 상황이 방금 본 상황과 동일하다는 사실을 깨달았다.

나비들에겐 어차피 선택의 여지가 없었다.

그게 살아 있는 존재들이 하는 일이다. 아무리 고되기 짝이 없는 환경에서도, 그들은 계속 삶을 이어간다.

15

방은 좁았지만 온 사방이 흰색으로 칠해져 있어서 마치 무한한 공간에 있는 듯한 느낌을 풍겼다. 벽이 없는 공간. 아니, 어쩌면 시공간을 모두 벗어난 어딘가. 피트는 감시카메라로 보고 있는 사람들에게 이곳은 틀림없이 공상과학 영화에 나온 한 장면처럼 보일 거라고 생각했다. 가상 환경이 아직 만들어지지 않은 끝없는, 텅 빈 배경에 누군가가 앉아 있는 장면.

피트는 그 방을 두 부분으로 갈라놓는 책상 표면을 손끝으로 쓸었다. 책상이 살짝 삐걱거렸다. 이곳은 모든 게 깨끗하고 광이 나고 소독되어 있었다.

그리고 그때, 방 안이 다시 조용해졌다.

피트는 기다렸다.

뭔가 끔찍한 것을 마주해야 할 때는 뜸을 들이지 않는 편이 더 나았다. 아무리 끔찍해도 어차피 일어날 일이고, 그 후엔 적어도 기다림의 고통을 견디지 않아도 되니까. 프랭크 카터는 그걸 알았다. 피트는 카터가 구금된 후로 1년에 한 번씩은 면회를 갔고, 카터는 늘 피트를 기다리게 만들었다. 카터가 있는 독방 동에 어떤 사소한 일이 생겨서 늦어졌을 수도 있다. 뭔가 조작된 사고 같은 것. 그건 통제력을 과시하는 행위였다. 너와 나 중 어느 쪽이 이 상황의 통제권을 쥐고 있는지 똑바로 보여주겠다는. 면회 후 이곳을 떠날 수 있는 쪽이 자신이라는 사실은 피트에게 안도감을 주어야 하는데, 실은 전혀 그렇지 못했다. 피트가 카터에게 제공할 수 있는 건 잠깐의 기분전환과 여흥이 전부였다. 두 남자 중 상대가 원하는 걸 가진 쪽은 한 명뿐이었고, 둘 다 그 사실을 알았다.

그래서 피트는 기다렸다. 말 잘 듣는 어린애처럼.

잠시 후, 잠겨 있던 책상 반대편 끝의 문이 열리고 교도관 두 명이 들어와 그 양편에 가 섰다. 문은 비어 있었다. 괴물은 늘 그렇듯 일부러 늑장을 피우고 있었다.

그 순간을 눈앞에 둔 지금, 언제나처럼 불편한 느낌이 찾아왔다. 맥박이 빨라졌다. 피트는 면회를 대비해 질문거리를 준비하는 노력을 오래전에 접었다. 어차피 준비해온 말은 마치 깜짝 놀라 나무에서 일제히 날아오르는 새들처럼 머릿속에서 뒤죽박죽으로 흩어질 뿐이었다. 하지만 애써 무심한 표정을 지으며 가능한 평정을 유지하려 했다. 아침에 체육관에 들렀다 온 탓에 상체가 욱신거렸다.

마침내 카터가 시야에 들어왔다.

연푸른색 죄수복에 수갑과 발자물쇠를 차고 있었다. 민머리와 적갈색 염소수염은 그대로였다. 발을 끌며 문간을 통과할 때 늘 그랬듯 고개를 살짝 숙였지만, 사실 그럴 필요는 전혀 없었다. 안 그래도 195센티미터에 110킬로그램의 거구지만, 카터는 자신을 한층 커 보이게 만들 기회를 절대 놓치지 않았다.

경호원 두 명이 추가로 따라 들어와, 책상 반대편의 의자까지 카터를 호위했다. 그 후 네 교도관은 피트와 카터 단 둘만 남겨놓고 자리를 떴다. 방 뒤편에서 닫히는 문소리는 피트의 귓가에 평생 들은 그 어떤 소리보다 더 크게 울렸다.

카터가 즐거운 표정으로 피트를 응시했다.

116

"좋은 아침, 피트."

"프랭크."

피트가 말했다.

"좋아 보이네."

"잘 지내고 있지."

카터가 배를 두드리자 손목을 묶은 사슬이 살짝 덜그럭거렸다.

"사실 아주 잘 지내고 있지."

피트는 고개를 끄덕였다. 교도소 생활을 단순히 견디는 게 아니라 만끽하고 있는 듯한 카터의 모습은 볼 때마다 놀라웠다. 카터는 교도소 내 체육관에서 살다시피 하는 것 같았고 체포 당시 못지않게 지금도 엄청난 육체적 위압감을 과시했지만, 그럼에도 교도소에서 세월을 보내면서 어느 정도 물러졌다는 사실은 부인할 수 없었다. 카터는 *편안해* 보였다. 지금처럼 이렇게, 다리를 쩍 벌린 채 우람한 한 팔을 의자 팔걸이에 걸치고 앉아 있는 모습은 마치 왕좌에 느긋하게 앉아 궁정대신을 내려다보는 왕을 떠올리게 했다. 이곳에 들어오기 전엔 세상을 상대로 분노에 찬 전쟁을 벌이고 있는 위험한 야수였다면, 유명인사가 되어 알랑대는 팬들을 거느리고 있는 지금은 마침내 긴장을 풀 수 있는 휴식처를 찾은 듯했다.

"그쪽도 좋아 보이네, 피트."

카터가 말했다.

"잘 챙겨먹나 봐. 보아하니 몸 관리도 잘 하는 것 같고. 가족은 어떤가?"

"모르겠는데."

피트가 대꾸했다.

"자네 가족은 어때?"

그 말에 카터의 눈에서 불꽃이 튀었다. 이 남자를 건드려서 절대 좋을 게 없다는 걸 알면서도 피트는 이따금 도저히 자제하기 힘들었다. 카터의 아내와 아들은 만만한 미끼가 되어주었다. 피트는 법정에서 제인 카터의 증언 영상이 상영되는 동안 카터의 얼굴에 떠오른 표정을 아직 기억하고 있었다. 카터는 분명 아내가 너무 겁을 먹고 망가져서 자신을 배신하지 못할 거라고 믿었겠지만, 결국 제인은 해냈다. 피트를 별관에 들어오게 하고, 그로부터 몇 달 전에 자신이 대준 남편의 알리바이를 철회했다. 그날 카터의 표정은 지금 짓고 있는 표정과 비슷했다. 여기서 아무리 편안함을 누리고 있어도, 가족에게 품은 증오는 절대 누그러들지 않았다.

카터가 갑자기 몸을 앞으로 확 숙였다.

"그거 아나?"

카터가 말했다.

"어젯밤 아주 멋진 꿈을 꿨지."

피트는 억지로 웃음을 지었다.

"그랬나? 맙소사, 프랭크. 무슨 꿈인지 난 별로 안 궁금한 것 같은데."

"아, 아니지. 자네는 궁금할 거야."

카터는 뒤로 몸을 기댄 후 슬며시 웃음을 지었다.

"자네는 정말 궁금할 거야. 왜냐하면 꼬마 녀석들이 거기 있었거든, 알아? 스미스 녀석. 꿈을 꾸는데, 처음에는 그 녀석이 맞나 긴가민가하지. 왜냐하면 애새끼들은 하나같이 다 똑같거든, 안 그래? 그중 누구라도 상관없어. 게다가 녀석의 윗도리가 얼굴을 덮고 있어서 제대로 보이지가 않거든. 난 그 방식이 마음에 들어서 말이야. 하지만 녀석이 맞았어. 왜냐하면 난 녀석이 뭘 입고 있었는지 기억하거든. 그렇잖아?"

파란 조깅바지. 검은 아동용 폴로셔츠.

피트는 아무 말도 하지 않았다.

"그리고 누군가가 울고 있었지."

카터가 말했다.

"하지만 그 녀석이 아니었어. 우선 그 녀석은 이제 울고 말고 할 단계는 애저녁에 지났거든. 이미 다 끝났지. 그리고 어쨌거나 그 소리는 한쪽 옆에서 들려오고 있었어. 그래서 고개를 돌렸더니 거기 그 둘이 있는 게 보였지. 애 어미와 아비. 내가 자기 아들한테 한 짓을 보고 울고 있었어. 그렇게 끝까지 희망을 붙들고 있었는데 내가 그런 짓을 해버렸으니 말이야."

카터는 얼굴을 찌푸리며 말을 이었다.

"이름이 뭐였더라?"

이번에도 피트는 대꾸하지 않았다.

"미란다랑 앨런."

카터는 혼자 고개를 주억거렸다.

"이제 기억이 나네. 둘이 당시 법정에 있었지, 안 그래? 자네랑 같이 앉아 있었지."

"그래."

"그래. 그래서, 미란다와 앨런이 닭똥 같은 눈물을 뚝뚝 떨어뜨리면서 날 보고 있더라고. *그 애가 어디 있는지 말해줘요.* 아주 애걸복걸을 하지 뭐야. 좀 딱하긴 했는데, 그걸 보니까 자네 생각이 나더군. 그래서 내가 속으로 그랬지. 피트도 그걸 알고 싶어 하는데, 그리고 그 친구가 머지않아 날 다시 찾아올지도 몰라."

카터는 테이블 건너편에서 웃음을 지었다.

"피트는 내 친구니까, 맞지? 친구 좋다는 게 뭐겠어. 그래서 난 주위를 더 자세히 둘러보고, 내가 어디 있는지, 그 녀석이 어디 있는지 알아내려 했어. 왜냐하면 도무지 기억이 안 났으니까 말이야. 그렇잖아?"

"그래."

"그리고 그때 놀랍기 짝이 없는 일이 일어났지."

"그런가?"

"정말 놀라워. 자네 그게 뭔지 아나?"

"꿈에서 깨어났겠지."

카터는 고개를 뒤고 젖히고 껄껄 웃은 후 수갑이 허락하는 한도 내에서 박수를 쳤다. 사슬이 부딪쳐 짤랑거렸다. 그리고 다시 입을 연 카터의 목소리는 평소처럼 커져 있었고 눈빛 역시 평소의 광채를 되찾았다.

"자네는 날 너무 잘 안다니까, 피트. 그래, 꿈에서 깨어났지. 하지만 안타까운 일이야, 안 그래? 미란다와 앨런은 아무래도 좀 더 오래 울어야 할 모양이니까. 자네도 그렇고."

피트는 그 미끼를 물 생각이 없었다.

"자네 꿈에 다른 사람은 안 보이던가?"

피트가 물었다.

"다른 사람? 누구?"

"나도 모르지. 거기 자네랑 같이 있던 누군가? 어쩌면 자네를 도와주는."

그건 너무 직설적인 질문이라 대답을 듣지 못할 테지만, 피트는 언제나처럼 자신의 질문에 대한 반응을 세심하게 지켜보았다. 카터는 공범의 존재 가능성이라는 화두를 대체로 잘 받아주었다. 이따금씩은 재미있어하고 이따금씩은 지루해했지만, 그 범행에 개입한 제3의 인물이 있다는 걸 절대 인정도 부정도 하지 않았다. 이번에, 카터는 혼자 슬며시 웃었지만 그 반응은 평소와 달랐다. 오늘은 거기에 뭔가가 더 딸려 있었다.

놈은 내가 왜 여기 왔는지 알아.

"자네가 날 만나러 오기까지 얼마나 걸릴지 궁금했어."

카터가 말했다.

"그 꼬마 녀석이 실종되고 뭐 그런 일이 있었잖아. 이제서야 찾아오다니, 놀랐어."

"더 일찍 요청했어. 자네가 싫다고 했지."

"뭐? 내 친구 피트를 만나는 걸 내가 거부했다고?"

카터는 짐짓 분개한 척했다.

"내가 그럴 리가 있나. 아마 그 요청이 나한테까지 전달되지 않은 거겠지. 행정상 오류일 거야. 이곳 녀석들은 도무지 쓸모가 없다니까."

피트는 억지로 어깨를 으쓱했다.

"그건 괜찮아, 프랭크. 어차피 자네 면회는 그리 급한 건 아니었어. 여기 들어온 지 좀 됐잖아. 그러니 이번에는 자네를 무리 없이 용의선상에서 제외할 수 있지."

카터의 얼굴에 웃음이 돌아왔다.

"그래, 난 아니지. 하지만 자네는 늘 나한테 돌아오니까 말이야. 안 그래? 늘 시작한 곳에서 끝나지."

"그게 무슨 뜻이지?"

"말 그대로야. 그래서 나한테 묻고 싶은 게 뭐야?"

"자네 꿈, 프랭크. 이미 말했잖아. 다른 누가 거기 있었나?"

"어쩌면. 하지만 꿈이 어떤 식인지 자네도 알잖아. 금세 희미해지지. 안타까운 일이야, 안 그래?"

피트는 잠시 카터를 응시하며 상대를 가늠했다. 카터가 닐 스펜서의 실종 사건에 관해 알아내는 건 전혀 어렵지 않았을 것이다. 뉴스에 온통 도배됐으니까. 하지만 다른 것도 알았을까? 뭔가 안다는 낌새를 풍기는 걸 즐기고 있는 건 분명했지만, 그 자체로는 아무런 의미도 없었다. 그건 그냥 얼마든지 또 다른 권력 놀이일 수도 있었다. 놈이 자신을 실제보다 더 크고 더 중요한 존재로 만드는 또 다른 방식.

"희미해지는 건 꿈 말고도 많지."

피트가 말했다.

"악명도 그중 하나고."

"여기서는 아니야."

"하지만 바깥세상에서는 그래. 사람들은 자네에 관해 까맣게 잊어버렸어."

"아, 난 그게 절대 사실이 아닐 거라는 확신이 있어."

"자네는 신문에 안 실린 지 좀 됐어. 알지, 자넨 이미 과거의 남자야. 아니, 심지어 그조차 아니지. 자네 말대로 두어 달 전에 어린 남자애가 실종됐는데, 자네를 기사로 다룬 신문사가 몇 군데나 됐는지 아나?"

"나야 모르지, 피트. 자네가 말해주지 그래?"

"한 군데도 없었어."

"하. 그럼 그동안 숱한 학자와 언론인들이 계속 요청해 온 인터뷰를 이제 슬슬 허락해볼까? 못할 것도 없지."

이죽대는 카터의 모습을 보며 피트는 지금 상황의 무의미함을 뼈저리게 느꼈다. 아무런 소득도 없는 고문을 자청한 것에 불과했다. 카터는 아무것도 모른다. 그리고 이 일은 언제나와 똑같이 끝날 것이다. 그러고 나면 자신이 어떻게 될지, 피트는 속속들이 알고 있었다. 카터와의 대화는 모든 걸 도로 불러냈다. 나중에, 부엌 찬장은 그 어느 때보다도 더 강력한 힘으로 피트를 잡아당길 것이다.

"그래, 어쩌면 그래야 할지도 모르겠네."

피트는 일어서서 카터에게 등을 돌리고 걸음을 떼놓았다.

"잘 있게, 프랭크."

"어쩌면 그 사람들은 속삭임에 관심이 있으려나."

피트는 문에 한 손을 얹은 채 멈춰 섰다. 소름이 등을 타고 팔로 내려갔다.

속삭임.

닐 스펜서는 엄마한테 자기 창 밖에서 괴물이 속삭인다는 이야기를 했지만, 그 아이의 실종에 관련된 정보들은 절대 공개되거나 뉴스에 보도되지 않았다. 물론 이건 여전히 낚시일 수도 있었다. 다만 그런 경우라면 카터는 이보다 더 승리감에 찬 태도로 마치 트럼프카드처럼 그것을 내놓았을 것이다.

피트는 천천히 다시 돌아보았다.

카터는 여전히 무심한 듯 의자에 몸을 기대고 있었지만, 이제는 얼굴에 우쭐해하는 표정이 떠올라 있었다. 딱 물고기가 그 자리를 떠나지 못하게 만들 만큼만 낚싯바늘에 더해진 미끼. 그리고 피트는 갑자기 속삭임 이야기가 절대 어림짐작이 아니라는 확신이 들었다.

어떻게 알았는지는 몰라도, 이 개자식은 알고 있었다.

하지만 어떻게?

지금 이 순간, 피트는 이전 어느 때보다도 더 평정심을 유지하고 싶었다. 카터는 피트가 조금이라도 아쉬운 기색을 드러내면 절대 놓치지 않았고, 이미 피트를 가지고 놀기에 충분할 정도로 낌새를 챈 게 분명했다.

어쩌면 그 사람들은 속삭임에 관심이 있으려나.

"무슨 뜻으로 한 말이지, 프랭크?"

"음, 그 꼬마 녀석은 창가에서 괴물을 봤어, 안 그래? 자기에게 말을 거는 괴물을."

카터는 다시 앞으로 몸을 기울였다.

"아주. 나지막이. 속삭이는."

피트는 좌절감을 억누르려 안간힘을 썼지만 이미 내면에서는 소용돌이가 일어나고 있었다. 카터는 뭔가를 알았고, 어린 남자애가 실종됐다. 그들은 아이를 찾아야 했다.

"자네는 그 속삭임에 관해 어떻게 알았지?"

피트가 물었다.

"아! 그건 비밀이라 말 못하지."

"친구끼리 비밀이 어디 있어."

카터는 웃음을 지었다. 잃을 건 아무것도 없고, 얻을 건 타인의 고통과 좌절뿐인 남자의 웃음이었다.

"자네한테 말해주지."

카터가 대꾸했다.

"하지만 자네가 먼저 내가 원하는 걸 내게 줘야 해."

"그게 도대체 뭘까?"

이제 뒤로 몸을 기대는 카터의 얼굴에서는 즐거운 빛이 사라져 있었다. 한순간, 동공이 텅 비는가 싶더니 이윽고 그 자리에 증오가 활활 타올랐다. 두 개의 아주 작은 불덩이처럼 또렷한 증오가.

"내 가족을 나한테 데려와."

카터가 말했다.

"자네 가족?"

"그년이랑 그 새끼. 그것들을 여기로 데려와서 5분간 우리 셋만 있게 해줘."

피트는 카터를 응시했다. 테이블 맞은편의 남자에게서 불타오르는 분노와 광기가 잠시 피트를 압도했다. 이윽고 카터는 고개를 뒤로 젖히고, 손목의 사슬을 덜그럭거리며 껄껄 웃었다. 방 안의 침묵은 카터의 끝나지 않는 웃음소리에 깨지고 또 깨졌다.

16

"5분간 예전 가족들하고만 같이 있게 해달라고 했다고요?"

어맨다는 생각에 잠겼다.

"어디 한번 생각해볼까요?"

하지만 그때 어맨다는 피트의 표정을 보았다.

"농담이었어요."

"압니다."

피트는 어맨다의 책상 반대편에 놓인 의자에 풀썩 주저앉아 눈을 감았다.

어맨다는 잠시 피트를 지켜보았다. 첫 만남 당시에 비하면 모든 기력이 빠져나가고 쪼그라든 것처럼 보였다. 물론 그리 잘 아는 사이는 아니고, 지난 두 달간 두 사람 사이의 접점은 얼마 되지 않았지만 어맨다가 보기에 피트는, 음, 뭐랄까? 감정을 잘 통제하는 사람처럼 보였다. 그 나이대의 남자 치고 몸 관리를 잘하는 건 확실했다. 침착하고 유능하고. 피트는 예전 사건을 죽 설명하면서 단 한 단어도 허투루 내뱉지 않았고, 심지어 프랭크 카터의 별관에서 찍은 사진을 보여줄 때는 무감정해 보일 정도였다. 피트가 직접 목격한 공포의 장면들은 실제로 꽤 위협적이었다. 그건 어맨다로 하여금 최악의 상황이 닥쳤을 때 어떻게 견뎌낼지는 물론이고, 자신이 이미 견디고 있는 것까지 걱정하게 만들었다.

최악의 상황은 없을 거야.

분별 있는 경찰들은 흘려보낸다. 라이언스 경감이라면 분명 그럴 거라고, 어맨다는 확신했다. 그렇지 않고서는 위로 올라갈 방법이 없으니까. 발목을 붙잡는 무거운 짐은 가능한 떨쳐야 한다. 닐스펜서가 실종되기 전에는 자신도 똑같이 할 수 있을 거라고 생각했지만, 이제 더는 확신이 없었다. 그리고 피트 월리스를 처음 봤을 때는 차분하고 무심한 사람이라고 느꼈지만, 이제 보니 그 첫인상을 재평가하지 않을 수 없었다. 피트는 그저 세상과 거리를 두는 데 능숙했을 뿐이라고, 어맨다는 생각했다. 그리고 프랭크 카터는 대다수 사람들보다 세상을 피트의 눈앞에 더 가까이 들이밀 수 있는 존재일 것이다.

두 남자 사이의 과거사를 그리고 카터의 피해자 중 하나가 끝내 발견되지 않았다는 사실을 감안하면 그리 놀라운 일은 아니었다. 피트의 책임 하에서 실종된 아이. 어맨다는 컴퓨터 화면에 떠 있는, 축구 셔츠를 입은 닐 스펜서의 친숙한 사진에 눈길을 보냈다. 닐이 사라진 지 이제 겨우 두 달 남짓인데, 그 빈자리를 생각하면 가슴속에서 실제로 육체적인 통증이 느껴졌다. 그 생각을 하지 않으려 아무리 애를 써도, 실패자라는 느낌은 매일 더 강해졌다. 20년 후에 그게 얼마나 괴로울지는 도저히 상상도 할 수 없었다. 지금 바로 맞은편에 앉아 있는 남자처럼 되고 싶지 않았다.

그렇게 되지 않을 거야.

"공범 설을 다시 설명해주세요."

어맨다가 말했다.

"사실 별거 없어요."

피트가 감았던 눈을 떴다.

"회색 머리를 한 나이 지긋한 남자가 토니 스미스에게 말을 거는 걸 봤다는 목격자 증언이 있는데, 인상착의가 카터와 일치하지 않아요. 그리고 범행 시간대 중에 서로 좀 겹치는 게 있었고요."

"근거가 박약하네요."

"알아요. 이따금씩 사람들은 실제보다 더 복잡한 걸 원하죠."

"놈이 이 범행들을 완전히 단독으로 저지르는 건 얼마든지 가능해요. 오컴의 면도날 원칙에 따르면…."

"오컴의 면도날이라면 저도 압니다."

피트는 손으로 머리를 훑었다.

"*불필요한 가정을 늘리지 마라.* 모든 사실을 만족시키는 가장 단순한 해법을 택해야 한다."

"바로 그거죠."

"그리고 우리가 지금 하고 있는 게 그거 아닙니까? 우린 범인을 잡고, 범인이 범행을 저질렀다는 걸 입증하고, 그거면 우리한테는 충분하죠. 조사의 매듭을 단단히 묶고, 파일 캐비닛에 쑤셔 넣은 다음 앞으로 나아가는 거죠. 사건 해결, 업무 완수. 다음으로."

어맨다는 다시 라이언스를 떠올렸다. 사다리를 올라가는 것을.

"그야 그게 우리가 해야 할 일이니까요."

어맨다가 말했다.

"하지만 때로는 그거로는 충분하지 않아요."

피트가 고개를 저었다.

"때로는 단순해 보이는 게 알고 보니 그보다 훨씬 복잡한 것이었을 수도 있고, 뭔가 더 있는 걸 놓칠 수도 있죠."

"그리고 이 사건에서 '더 있는 거'란…."

어맨다가 말을 받았다.

"누군가가 살인을 저지르고 무사히 빠져나가는 것을 포함할 수도 있나요?"

"누가 알겠습니까? 그 생각은 오랫동안 안 하려고 애써왔어요."

"그편이 현명할 것 같은데요."

"하지만 이제는 닐 스펜서가 있죠. 속삭임과 괴물이 있고요. 그리고 망할 놈의 프랭크 카터가 그 사건에 관해 뭔가 알고 있고."

어맨다는 기다렸다.

"도무지 어쩌면 좋을지 모르겠어요."

피트가 말했다.

"카터는 우리한테 절대 입을 열지 않을 겁니다. 그리고 우린 놈의 지인들을 백 번은 살펴봤고요. 놈들은 모두 깨끗해요."

잠시 생각에 잠겨 있던 어맨다가 물었다.

"모방범일까요?"

"어쩌면요. 하지만 카터는 그때 어림짐작으로 말한 게 아니었어요. 그 속삭임 이야기는 언론에 한 번도 나가지 않았는데, 놈은 그걸 알았죠. 나 말고 면회객은 아무도 없었어요. 놈에게 오는 서신은 모두 검사를 거치죠. 그렇다면 놈이 무슨 수로 알았을까요?"

피트의 좌절감은 손에 만져질 듯했다. 자칫하면 탁자라도 내리칠 것 같았지만 피트는 그저 다시 고개를 젓고는 한쪽으로 시선을 돌렸다. 적어도 이러니까 조금은 되살아난 것 같네. 어맨다는 그렇게 생각했다. 오히려 잘된 거야. 평정심은 개나 주라지. 어맨다는 분노가 동기부여에 도움이 된다는 믿음을 강력히 신봉했다. 때때로 앞으로 나아가려면 뭔가 자극이 필요하다는 건 자명한 사실이었다. 하지만 다른 한편으로 어맨다는 피트의 분노가 대부분 내부로 향한다는 걸 알 수 있었다. 진실을 밝혀내지 못한 자신을 탓하고 있다는 걸. 그리고 그건 좋은 게 아니었다. 어맨다는 죄의식이 감정만큼이나 해로울 수 있다는 믿음 역시 똑같이 강력히 신봉했다. 일단 죄의식에 한 번 사로잡히면, 그 망할 놈의 감정은 절대 사람을 놓아주지 않는다.

"카터는 절대 우릴 도와주지 않을 거예요."

어맨다는 말했다.

"자발적으로는 절대."

"그렇겠죠."

"토니 스미스에 관한 꿈은…?"

피트는 손을 휘저어 일축했다.

"그냥 늘 하는 짓거리예요. 전에도 다 들은 이야기예요. 저는 놈이 토니를 죽였다는 걸, 그리고 그 애를 어디다 숨겼는지 정확히 기억한다는 걸 추호도 의심하지 않아요. 하지만 놈은 절대 입을 열지 않을 겁니다. 우리를 가지고 놀 수 있는 거라면요. 아니, *나를*."

카터와의 면회가 피트에게 얼마나 많은 대가를 요구하는지, 어맨다는 이제 명확히 볼 수 있었다. 하지만 아무리 힘들어도 피트는 그 일을 피하지 않았다. 그 시련을 자청해서 겪었다. 토니 스미스를 찾는 게 그 자신에게 그만큼 중요한 일이었으니까. 하지만 이제 카터가 새로운 게임을 발견했으니 그들은 거기에 집중해야 했다. 어맨다는 피트의 괴로움을 이해했지만, 그럼에도 토니 스미스가 이미 오래전에 죽었다는 사실은 변함이 없었다, 반면 닐 스펜서는 아직 살아 있을지도 모른다. 아니, 아직 살아 있었을지도.

"음, 놈이 우리를 가지고 놀 수 있는 게 하나 더 있어요."

어맨다가 말했다.

"하지만 기억을 좀 떠올려보세요. 놈이 실수로 정보를 발설할 걸 기대하고 면회를 간다고 하셨죠."

"그래요."

"음, 놈은 그렇게 했어요. 놈은 뭔가를 알아요. 아닌가요? 마법으로 알아냈을 리는 없어요. 그러니까 우린 그걸 알아내야 해요."

피트가 대답하지 않자 어맨다는 혼자 궁리를 해보았다. 면회객은 없었다. 서신도 없었다.

"내부의 친구는 어때요?"

어맨다가 물었다.

"그거라면 잔뜩 있죠."

"어떻게 보면 놀랍네요. 아동 살인범이잖아요."

"그 범행들에는 성적인 요소가 없었어요. 그게 놈에게 어느 정도 도움이 됐죠. 그리고 육체적으로, 놈은 여전히 괴물 그 자체예요. 게다가 그 모든 일로 명성을 얻었죠. 위스퍼 맨이니 하는 그 온갖 개소리…. 그곳에는 놈의 소왕국이 있어요."

"그렇군요. 그래서 놈은 누구하고 제일 가깝죠?"

"전혀 모르는데요."

"하지만 우린 알아낼 수 있어요, 맞죠?"

어맨다는 앞으로 몸을 숙이고 말을 이었다.

"어쩌면 놈은 정보를 간접적으로 전달받았을지도 몰라요. 누군가가 놈의 친구를 면회해서, 그 친구가 카터한테 말하고, 카터가 당신한테 말하고."

잠시 생각에 잠겼던 피트는 이윽고 스스로 그런 생각을 하지 못한 자신에게 짜증이 난 듯한 표정을 지었다.

어맨다는 자부심에 얼굴이 달아오르는 걸 느꼈다. 물론 딱히 피트의 인정이 필요한 건 아니었다. 그저 동기부여를 해주고 싶을 뿐

이었다. 아니면 최소한 누가 봐도 패잔병 같은 지금의 모습은 지워
주고 싶었다.

"그래요."

피트가 말했다.

"좋은 생각이네요."

"그럼 그렇게 하세요."

어맨다는 망설이다 말을 이었다.

"물론 제가 뭐 지시 같은 걸 할 위치는 아니지만요. 하지만 그게
우리가 가야 할 방향이 맞는 것 같아요. 안 그래요? 물론 경위님이
시간이 있다면요."

"시간이야 있죠."

하지만 피트는 문간에서 멈춰 섰다.

"하나 더 있어요."

피트가 말했다.

"카터가 말실수를 했다고 했죠, 어떻게 알았는지는 몰라도 속삭
임에 관해 안다는 말을 했다고."

"맞아요."

"하지만 타이밍이 걸려요. 지금까지 두 달 동안, 놈은 내 면회 신
청을 거부했어요. 전에는 한 번도 없었던 일이죠. 그런데 놈이 갑자
기 마음을 바꿔서 면회를 수락했어요."

"무슨 뜻이죠?"

"확실히는 모르죠. 하지만 거기에 뭔가 이유가 있을 경우를 대비
해 마음의 각오를 하고 있어야 할지도 모릅니다."

초침이 한 번 똑딱하는 사이 어맨다는 피트가 암시하는 바를 이
해했다. 그리고 회피하고 싶은 심정으로 닐 스펜서의 사진을 돌아

보았다.

그렇게 되지는 않을 거야.

하지만 피트가 옳았다. 사건의 진척이나 변화 없이 두 달이 지났다. 어쩌면 카터가 입을 열기로 마음을 먹었다는 건 이제 뭔가가 일어나려 한다는 뜻일지도 모른다.

17

점심시간에 제이크는 운동장 벤치에 혼자 앉아, 안 그래도 더운 날씨에 땀을 뻘뻘 흘리며 뛰어다니는 다른 아이들을 구경했다. 운동장은 시끄러웠고 아무도 제이크의 존재를 알지도 못하는 듯했다. 새 학기 첫날이었지만 이미 서로 오랫동안 알고 지낸 제이크의 반 아이들은 새로운 아이랑 사귀는 데는 별 관심이 없는 게 분명했다. 그건 괜찮았다. 실내에 앉아 그림을 그릴 수만 있어도 행복했을 것이다. 하지만 그건 허락되지 않았고, 그래서 그 대신 제이크는 밖으로 나와 덤불 가에 앉아 다리를 달랑거리면서 종이 울리기를 기다리는 처지였다.

넌 내일부터 학교 가야지. 분명 친구들을 왕창 사귈 수 있을 거야.

아빠는 자기가 얼마나 틀렸는지 모를 때가 아주 많다고, 제이크는 생각했다. 하지만 사실은 아는 게 아닐까 하는 생각도 들었는데, 왜냐하면 아빠의 목소리에는 간절한 소망이 담겨 있는 것처럼 들렸기 때문이다. 어쩌면 마음속 깊숙이에서는 절대 그런 식으로 되지 않으리라는 것을 두 사람 다 알았을지도 모른다. 엄마라면 그런 것쯤은 아무래도 괜찮다고 아빠한테 말했을 것이다. 그리고 그걸 믿게 만들었을 것이다. 하지만 제이크는 아빠한테는 사실 괜찮지 않을 거라고 생각했다. 자신이 때로 아빠를 크게 실망시킬 수 있다는 걸 알고 있었다.

적어도 그날 아침은 그럭저럭 나쁘지 않게 흘러갔다. 간단한 표외우기를 좀 했는데, 모두 아주 쉬워서 괜찮았다. 교실 벽에는 나쁜 행동을 기록하는 신호등 시스템이 있었고, 지금은 모두의 이름이 아직 맨 밑의 초록불에 있었다. 교실 도우미인 조지는 착했지만 담임인 셀리 선생님은 솔직히 꽤 엄격해 보였고, 제이크는 첫날부터 노란 불로 올라가는 것만은 정말이지 피하고 싶었다. 친구들을 사귀지 못하는 건 적어도 어떻게든 견딜 수 있었다. 사실 그게 학교에서 완수해야 하는 임무였다. 시키는 대로 하고 공란에 답을 채워넣고, 너무 질문을 많이 해서 문제를 일으키지 않는 것.

부스럭.

그 순간 옆쪽 덤불에 축구공이 날아드는 바람에 제이크는 그만 움찔했다. 이미 반 아이들의 이름을 전부 외웠는데, 공을 도로 가져가려고 뛰어온 아이는 오언이었다. 오언은 공을 찾으러 와놓고는 애먼 제이크를 계속 쏘아보았다. 제이크는 오언이 일부러 공을 이쪽으로 찼을지도 모른다는 생각이 들었다. 단순히 공을 차는 데 정말 서툴러서 그랬을 수도 있겠지만.

"미안해."

"괜찮아."

"그래. 괜찮을 줄 알았어."

오언은 마치 이 모든 게 다 네 잘못이라는 듯 줄곧 제이크를 노려보면서 나뭇가지에서 공을 거칠게 빼낸 후 으스대며 가버렸다. 어이없는 노릇이었다. 어쩌면 오언은 그냥 정말 멍청한 걸까. 그렇다 해도, 여기 있지 않는 게 좋을 것 같았다.

"안녕, 제이크."

고개를 돌린 제이크는 여자애가 덤불에 무릎을 꿇고 앉아 있는 걸 보았다. 안도감으로 심장이 쿵 뛰었다. 자리에서 일어나려는 순간, 여자애가 입술에 손가락을 갖다 대고 "쉬잇" 하는 소리를 냈다.

"그러지 마."

제이크는 다시 자리에 앉았다. 하지만 가만히 있기 힘들었다. 벤치에서 깡충깡충 뛰고 싶었다! 여자애는 평소와 정확히 똑같아 보였다. 파란색과 흰색으로 된 드레스도, 무릎의 찰과상도, 이상하게 한쪽으로 뻗친 머리카락도 모두 그대로였다.

"그냥 있던 대로 앉아 있어."

여자애가 말했다.

"네가 나랑 이야기하는 걸 다른 애들이 보지 않았으면 해."

"왜 그러는데?"

"왜냐하면 난 여기 있으면 안 되니까."

"그래, 넌 일단 여기 교복을 안 입고 있어."

"그것도 그거지, 맞아."

여자애는 잠시 생각에 잠겼다.

"다시 만나니까 좋다, 제이크. 보고 싶었어. 너도 나 보고 싶었어?"

제이크는 맹렬히 고개를 끄덕였지만, 그 후 간신히 진정했다. 다른 아이들이 있었고, 축구공이 여전히 주위를 쾅쾅 들이받고 있었다. 제이크는 여자애의 존재를 들키고 싶지 않았다. 하지만 다시 만나니까 너무 좋았다! 솔직히 새 집에 온 이후로 꽤 쓸쓸하던 차였다. 아빠는 몇 번쯤 제이크와 놀아주려고 노력했지만, 마음이 딴 데가 있는 게 빤히 보였다. 10분쯤 놀아주고 나서는 일어나서 다리를 좀 쉬어야 한다고 했다. 하지만 속으로는 그냥 다른 일을 하고 싶어 하는 게 티가 났다. 반면 여자애는 제이크가 원하는 한 언제까지라도 기꺼이 놀아주려 했다. 제이크는 새 집으로 이사 온 후로 줄곧 여자애를 언제 볼 수 있을까 고대하고 있었지만 그 집에서는 코빼기도 볼 수 없었다. 지금까지는.

"너 새 친구 한 명이라도 사귀었어?"

여자애가 물었다.

"별로 아니. 애덤이랑 조시랑 하산은 괜찮아 보여. 오언은 별로 안 착하고."

"오언은 재수 없는 꼬맹이야."

여자애가 말했다.

제이크는 멍하니 여자애를 바라보았다.

"하지만 그런 사람들은 많잖아, 안 그래?"

여자애는 재빨리 말했다.

"그리고 네 친구인 척하는 애들이 전부 진짜 네 친구는 아니야."

"하지만 넌 내 친구지?"

"당연하지."

"다시 나랑 놀러 와줄 거야?"

"나야 그러고 싶지. 하지만 그렇게 간단한 일이 아니잖아, 안 그래?"

그 말이 무슨 뜻인지 아는 제이크의 가슴이 덜컥 내려앉았다. 제이크는 늘 여자애가 보고 싶었지만 아빠는 제이크가 여자애랑 말하는 걸 좋아하지 않았다.

"아빠가 여기 있어. 우린 여기 있어. 새 집에서 새로 출발하는 거야."

아빠는 그렇게 말했다.

제이크는 항상 여자애가 보고 싶었지만, 지금처럼 자못 심각한 표정을 짓고 있을 때는 예외였다.

"외워봐."

여자애가 말했다.

"내가 알려준 거 외워봐."

"하기 싫어."

"말해."

"문을 반쯤 열어두면 속삭임이 들려오지."

"나머지도."

제이크는 눈을 감았다.

"바깥에서 혼자 놀면 집에 못 가게 되지."

"계속해."

여자애의 목소리는 그 자리에 없는 것처럼 감이 멀게 들렸다.

"창문을 안 잠그면 유리창 두드리는 소리가 들리지."

"그리고?"

여자애의 목소리는 하도 나지막해서 그냥 공기처럼 느껴졌다. 제이크는 침을 삼켰다. 정말 내키지 않았지만 억지로 입을 열었다. 방금 여자애가 그런 것만큼이나 나직이 말했다.

"외롭고 슬프고 우울하면 위스퍼 맨이 널 잡으러 오지."

종이 울렸다.

제이크는 눈을 뜨고 운동장에서 노는 아이들을 바라보았다. 오 언은 제이크가 모르는 위 학년 남자애들 두어 명이랑 같이 있었다. 그 애들은 제이크를 보고 있었다. 조지도 거기 있었는데, 얼굴에 걱 정스러운 표정을 띠고 있었다. 잠시 후, 아이들은 웃음을 터뜨리고 는 현관을 향해 방향을 틀었다. 그리고 어깨 너머로 제이크를 돌아 다보았다.

제이크는 옆을 보았다.

여자애는 사라지고 없었다.

＊

"너 점심시간에 누구랑 말하고 있었어?"

제이크는 오언을 무시하고 싶었다. 아이들은 줄 쳐진 공책에 글씨를 써야 했고, 제이크는 거기에 집중하고 싶었다. 선생님이 아이들한테 그러라고 시켰으니까. 하지만 오언은 전혀 신경 쓰지 않는 게 분명했다. 탁자 위로 몸을 숙여 제이크를 빤히 보고 있었다. 제이크가 보기에 오언은 혼나는 것쯤 개의치 않는 그런 아이 중 하나였다. 또한 제이크는 오언에게 여자애 이야기를 했다간 전혀 좋을 게 없음을 알았다. 아빠는 제이크가 그 여자애랑 이야기하는 걸 좋아하지 않았지만, 그렇다고 그걸 가지고 제이크를 놀릴 리는 절대 없었다. 하지만 오언이라면 그럴 게 분명했다.

그래서 제이크는 그냥 어깨를 으쓱했다.

"안 했는데."

"누구랑 말했잖아."

"난 아무도 못 봤는데. 넌 봤어?"

오언은 잠시 생각에 잠겨 있다가 몸을 뒤로 기댔다.

"그거."

오언이 말했다.

"닐의 의자였어."

"뭐가?"

"네 의자, 멍청아. 닐 의자였다고."

오언은 그 사실에 화가 난 듯 보였다. 하지만 이번에도 제이크는 자신이 뭘 잘못한 건지 어리둥절했다. 오늘 아침 모든 아이들에게 자리를 배정해준 건 셸리 선생님이었다. 제이크가 닐이라는 애의 의자를 의도적으로 빼앗은 건 아니었다.

"닐이 누군데?"

"작년에 여기 다녔어."

오언이 말했다.

"이젠 여기 없어. 왜냐하면 누가 데려갔거든. 그리고 이제 네가 그 애의 의자를 빼앗았지."

오언의 생각은 어딘가 명백히 어긋나 있었다.

"넌 작년에 1학년 교실에 있었잖아."

제이크가 말했다.

"그러니까 이건 닐의 의자가 아니었어."

"하지만 닐의 의자가 됐을 거야. 누가 걜 데려가지만 않았다면."

"걔가 어디로 이사 갔는데?"

"무슨 이사를 가. 누가 데려갔다니까."

제이크는 도무지 이해가 안 가는 그 말을 어떻게 생각해야 할지 몰랐다. 닐의 부모님이 그 애를 어딘가로 데려갔는데 이사를 간 건 아니라고? 제이크는 오언을 보았다. 오언의 화난 눈동자는 간절히 말하고 싶은 사실을 담고 어두운 빛을 발했다.

"나쁜 아저씨가 데려갔어."

오언이 말했다.

"어디로 데려가?"

"아무도 몰라. 하지만 닐은 지금 죽었고, 넌 그 애의 의자에 앉아 있어."

"무서운 소리 하지 마."

같은 테이블에 앉아 있던 태비라는 여자애가 오언에게 말했다.

"닐이 죽었는지 살았는지 네가 어떻게 알아. 그리고 내가 물어봤는데 우리 엄마는 어쨌든 그 이야기는 안 하는 게 좋다고 하셨어."

"걔는 죽었어."

오언은 다시 제이크를 돌아보고 의자를 향해 몸짓을 했다.

"그건 네가 다음 차례라는 뜻이야."

그것도 말이 되지 않는다고, 제이크는 판단했다. 오언은 이 일을 차근차근 생각해본 적이 없는 게 분명했다. 우선, 닐에게 무슨 일이 일어났든 그 애는 이 의자에 앉은 적이 한 번도 없었다. 그러니 저주 같은 건 이 상황에 전혀 들어맞지 않았다.

그리고 또한 그보다 훨씬 더 타당한 설명이 존재했다. 그걸 입 밖에 내서는 안 된다는 걸 제이크는 알았고, 그래서 잠시 침묵을 지켰다. 하지만 이내 아까 밖에서 여자애가 해준 말이 떠올랐고, 그때 느꼈던 외로움도 되살아났다. 그래서 오언이 자신한테 이따위로 군다면 자신 역시 오언한테 똑같이 굴지 못할 것도 없다는 판단을 내렸다.

"어쩌면 내가 *마지막*이라는 뜻일지도 몰라."

제이크는 말했다. 오언이 눈을 가늘게 떴다.

"그게 도대체 무슨 뜻이야?"

"어쩌면 나쁜 아저씨가 반 아이들을 하나하나씩 데려가고, 새로운 애들이 하나씩 그 자리를 차지할지도 몰라. 그건 위스퍼 맨이 나를 데려가기 전에 너희 모두를 먼저 데려간다는 뜻이지."

태비가 충격으로 '헉' 숨을 들이켠 후 눈물을 쏟았다.

"네가 태비를 울렸어."

오언이 무심한 투로 말했다. 선생님이 테이블로 다가오고 있었다.

"셸리 선생님, 제이크가 태비를 겁줬어요. 위스퍼 맨이 닐을 죽인 것처럼 너도 죽일 거라고 해서요."

그렇게 해서 제이크는 등교 첫날 노란불로 올라가고 말았다. 아빠는 무척 실망하실 것이다.

18

그날은 내 예상보다 순조롭게 흘러갔다.

도합 800단어는 다소 빈약한 수치처럼 들릴 수도 있겠지만, 몇 달간 한 줄도 쓰지 못한 처지임을 감안하면 적어도 시작은 한 셈이었다.

이제 그걸 다시 쭉 읽어보았다.

리베카.

당시 나는 리베카에 관해 쓰고 있었다. 그 자체로는 소설이 아니고, 심지어 소설의 서두도 아니었다. 리베카에게 보내는 편지의 서두였다. 쉽지 않았다. 행복한 기억이 너무 많았고, 계속 쓰다 보면 그것들이 수면으로 떠오를 게 분명했다. 하지만 이루 말할 수 없을 만큼 리베카를 사랑하고 그리워하면서도, 한편으로는 내가 느끼고 있는 그 추잡한 원망의 앙금을 도저히 부인할 수 없었다. 제이크와 단 둘이 남겨진 좌절감, 텅 빈 침대의 외로움. 감당할 자신이 없는 것들을 혼자서 감당해야 한다는, *버림받은* 기분. 물론 그중 무엇도 리베카의 잘못은 아니었지만, 슬픔은 천 가지 재료들을 뒤섞어 끓이는 스튜이고 그것들 전부가 입맛에 맞을 수는 없다. 내 글은 내가 느끼는 감정의 작은 일부분을 솔직히 표현한 거였다.

기본적으로 말하자면 터 잡기였다. 내게는 집필 아이디어가 하나 있었다. 나랑 다소 비슷한 남자가 리베카와 다소 비슷한 여자를 잃었다. 그리고 아무리 들여다보기 고통스러운 주제일지라도, 난 결국 추함에서 시작해 아름다움으로 옮겨갈 수 있을 것이다. 그리고 가능하다면 결국은 해소와 수용의 결말을 향해 가는 것도. 때때로 글쓰기는 치유에 도움이 될 수 있다. 그게 내 경우에도 들어맞을지는 알 수 없었지만, 목표로 삼을 만한 것이긴 했다.

파일을 저장한 후 제이크를 데리러 출발했다. 학교에 도착해 보니 다른 부모들은 모두 이미 줄을 서서 벽에 기댄 채 기다리고 있었다. 아마도 각자의 자리를 엄격히 정해놓은 불문율이 존재하는 듯했지만, 그런 데 신경을 쓰기엔 나는 너무 지쳐 있었다. 마침 정문 근처에 혼자 서 있는 캐런이 눈에 띄기에 곧장 그리로 다가갔다. 오후 날씨는 아침보다 더 따뜻했지만 캐런은 여전히 폭설에 대비한 듯한 옷차림이었다.

"또 보네요."

캐런이 말했다.

"아이가 살아남았을 것 같아요?"

"아니라면 분명 저한테 전화가 왔겠죠."

"그랬겠네요. 그쪽은 하루를 어떻게 보냈어요? 음, 방금 하루라고 한 건 여섯 시간의 자유를 말하는 거예요. 어땠어요?"

"흥미로웠죠."

난 대답했다.

"마침내 새 집의 차고를 들여다봤더니 전 주인이 집 안의 쓰레기를 전부 거기다 처박아두기로 결정했다는 사실을 알게 됐거든요."

"아. 정말 짜증나겠다. 그래도 *꽤 약았네요.*"

난 짧은 웃음을 터뜨렸다. 글을 쓰느라 아까 그 남자가 찾아온 것 때문에 불편했던 기분을 잠깐이나마 잊을 수 있었는데, 이제 다시 생각나버렸다.

"그리고 어떤 모르는 남자가 찾아와서 어슬렁거리며 염탐을 하더군요."

"이런, 그건 좀 심각한 상황 같네요."

"네. 자기가 그 집에서 자랐다면서, 좀 둘러보고 싶다고 하더군요. 전 그 말이 썩 믿기지 않았고요."

"설마 집에 들여놓은 건 아니죠?"

"맙소사. 당연히 아니죠."

"새 집이 어디예요?"

"개롤트 가에 있어요."

"우리집에서 바로 모퉁이 돌아서네요."

캐런은 고개를 끄덕이더니 이내 덧붙였다.

"혹시 그 무서운 집이에요?"

무서운 집. 그 말에 심장이 살짝 내려앉았다.

"아마도요. 다만 난 그보다는 성격이 있다는 식으로 생각하고 싶지만요."

"아, 맞아요."

캐런이 다시 고개를 끄덕이며 대답했다.

"여름에 그 집이 매물로 나온 걸 봤어요. 사실 전혀 무서운 건 아니에요. 하지만 애덤은 그 집이 이상해 보인다고 말하곤 했죠."

"그럼 저랑 제이크한테는 완전히 딱 맞는 집이네요."

"설마 그럴 리가요."

캐런은 웃음을 지으며 그렇게 대꾸했다. 그리고 학교 문이 열리는 걸 보더니 벽에 기댔던 몸을 바로 세웠다.

"이제 시작이네요. 야수들이 풀려날 시간."

제이크의 담임이 나타나 문간에 서서 부모들을 바라본 후 어깨 너머로 아이들의 이름을 차례차례 불렀다. 아이들은 책가방과 물병을 옆구리에 달랑거리며 한 명씩 종종걸음으로 나왔다. 아까 셸리 선생님이라고 했던가. 그 여자는 어딘가 너그럽지 못해 보였다. 분명 나와 몇 번쯤 눈을 마주쳤지만, 매번 내가 제이크의 아빠라고 나설 틈을 주지 않고 시선을 옮겼다. 아마 애덤인 듯한 남자애가 우리에게 다가오자 캐런이 아이의 머리카락을 헝클어뜨렸다.

"잘 놀았니, 아들?"

"네, 엄마."

"그럼 가자."

캐런은 날 돌아보고 말했다.

"내일 봐요."

"그래요."

　두 사람이 떠난 후, 난 거기 있던 학부모들이 모두 가고 혼자 남을 때까지 계속 기다렸다. 마침내, 셸리 선생님이 날 불렀다.

"제이크 아버님이세요?"

"네."

　나를 향해 걸음을 떼놓는 제이크의 시선은 땅을 향해 있었다. 아이는 조그맣고 풀죽어 보였다. *아이고 맙소사.* 머릿속을 스치는 생각. *무슨 일이 있었구나.*

　그게 우리가 마지막까지 남겨진 이유였다.

"무슨 문제 있나요?"

"별일은 아니고요."

　셸리 선생님이 입을 열었다.

"하지만 그래도 한 말씀 드리고 싶었어요. 아빠한테 무슨 일이 있었는지 직접 말씀드릴래, 제이크?"

"전 노란불로 올라갔어요, 아빠."

"뭐라고?"

"저희 교실 벽에 교통 신호등이 있어요."

셸리 선생님이 설명했다.

"잘못된 행동에 대해서요. 오늘 제이크는 우리 반 아이들 중 처음으로 노란불로 올라갈 행동을 했어요. 그러니 이상적인 첫날은 아니었죠."

"애가 뭘 어쨌는데요?"

"전 태비한테 그 애가 죽을 거라고 했어요."

제이크가 말했다.

"그리고 오언도."

셸리 선생님이 덧붙였다.

"그리고 오언도요."

"음."

나는 말했다. 그리고 뭐라고 덧붙일 더 분별 있는 말이 전혀 떠오르지 않아서, 이렇게 불쑥 내뱉었다.

"우리 모두 언젠가 죽는다는 건 *사실이죠*."

셸리 선생님은 엄격하게 대꾸했다.

"웃을 일이 아니에요, 케네디 씨."

"압니다."

"작년에 남자애가 하나 있었어요."

셸리 선생님이 말했다.

"닐 스펜서라고, 어쩌면 뉴스에서 보셨을지도 모르겠네요."

그 이름을 듣자 아주 어렴풋이 뭔가 떠오르는 게 있었다.

"실종됐죠."

셸리 선생님이 말했다.

"아 맞아요."

이제야 기억이 났다. 부모가 아이를 집까지 혼자 걸어가게 했다던가 하는 말을 들었는데.

"다들 무척 힘들어했어요."

셸리 선생님이 제이크를 보며 망설이다 말을 이었다.

"우린 될 수 있으면 그 이야기를 피하려고 노력한답니다. 그런데 제이크가 다른 애들이 다음 차례가 될지도 모른다고 한 거죠."

"그렇군요. 그래서 얘가, 노란불이라고요?"

"앞으로 일주일 동안요. 빨간불로 올라가면 교장선생님과 면담을 해야 할 겁니다."

나는 너무나 비참해 보이는 제이크를 내려다보았다. 그 애가 벽에 이름이 적혀 공개적으로 망신을 당한다는 생각은 썩 마음에 들지 않았지만, 동시에 실망을 억누를 수 없었다. 제이크가 그렇게 끔찍한 말을 했다니, 도무지 납득이 가지 않았다. 왜 그런 짓을 했을까?

"그렇군요."

나는 대답했다.

"음, 네가 그런 행동을 했다니, 아빠는 실망했다, 제이크. 아주 실망했어."

아이가 고개를 더 낮게 푹 수그렸다.

"집에 가는 길에 아이와 그 이야기를 나눠보겠습니다."

나는 셸리 선생님을 돌아보며 말했다.

"그리고 그런 일은 다신 없을 겁니다. 약속드리죠."

148

"그런 일이 다시 있으면 안 되죠. 그리고 다른 것도 있어요."

셸리 선생님은 내게 더 가까이 다가와서 한층 더 낮춘 목소리로 말을 이었지만, 당연히 제이크는 전부 다 들을 수 있었다.

"우리 교실 도우미가 점심시간에 봤다면서, 좀 걱정스럽다고 했어요. 제이크가 혼잣말을 하고 있었다던데요?"

나는 심장이 쿵 떨어지는 걸 느끼며 눈을 감았다. 맙소사, 그것까지는 안 돼. 모두에게 들킬 순 없어.

왜 나한텐 쉬운 일이 하나도 없지?

왜 이곳에 적응하는 게 우리한텐 이렇게 힘들까?

"제가 이야기해보죠."

난 다시 말했다.

*

하지만 제이크는 나와 이야기하려 하지 않았다.

나는 집으로 오는 길에 아이를 달래 어떻게 된 일인지 알아내려 했다. 처음에는 부드럽게 달래봤지만, 목석같은 침묵만이 돌아오자 그만 살짝 성질이 났다. 하지만 그 와중에도 내가 잘못하고 있다는 걸 알았다. 왜냐하면 사실 난 *제이크*한테 화가 난 게 아니었으니까. 그냥 그 상황 때문이었다. 그 상황이 내 희망과는 달리 순조롭지 못하다는 데서 오는 짜증. 그 애의 상상의 친구가 돌아온 데 대한 좌절감. 다른 애들이 어떻게 생각할지 그리고 제이크를 어떻게 대할지 하는 걱정. 결국 나는 나대로 침묵에 잠겼고, 우린 마치 서로 모르는 사이처럼 나란히 걸었다.

집으로 돌아온 후 나는 아이의 책가방을 뒤졌다. 적어도 그 애의 보물 꾸러미는 아직 거기 들어 있었다. 또한 읽기 공부 자료도 들어 있었는데, 내가 보기에 제이크 수준에는 너무 쉬워 보였다.

"제가 다 망쳐버린 거죠, 그렇죠?"

제이크가 나지막한 목소리로 물었다.

나는 종이들을 내려놓았다. 소파 옆에 서서 고개를 뚝 떨어뜨리고 있는 아이는 여느 때보다도 더 작아 보였다.

"아니야."

난 대답했다.

"당연히 아니지."

"속으론 그렇게 생각하잖아요."

"아빠 그렇게 생각하지 않아, 제이크. 사실은 네가 무척 자랑스러워."

"난 아니에요. 난 내가 싫어요."

그 애가 그렇게 말하는 걸 들으니 칼에 찔린 기분이었다.

"그런 말은 하지 마라."

난 나지막이 그렇게 말하고는 무릎을 꿇고 포옹을 시도했다. 하지만 아이는 철저히 무반응이었다.

"그런 말은 하면 안 돼."

"저 그림 좀 그려도 돼요?"

아이가 딴 데 정신이 팔린 투로 물었다.

난 깊은숨을 들이쉬고 아이를 놓아주었다. 아이한테 다가가고 싶은 마음이 간절했지만, 아무래도 지금은 때가 아닌 모양이었다. 그래도 나중에 다시 이야기할 수 있겠지. 우린 이야기할 *것이다.*

"그럼."

나는 그날 하루를 돌이켜볼 요량으로 서재로 가 노트북을 열었다. *난 내가 싫어요.* 그런 말은 하지 말라고 했지만, 솔직히 말하면 그건 지난 1년간 내가 자신에게 숱하게 해온 말이었다. 그리고 이제 그 기분이 되살아났다. 나는 왜 이렇게 한심한 실패자일까? 어쩜 그렇게 상황에 안 맞는 말과 행동만 골라서 할 수 있을까? 리베카는 늘 내게 제이크와 내가 무척 닮았다고 했으니, 어쩌면 지금 이 순간 그 애의 머릿속에도 같은 생각이 스쳐 가고 있을지도 모른다. 비록 우리가 말다툼을 할 때도 여전히 서로를 사랑한다는 건 사실이지만, 우리가 자신을 사랑하느냐는 다른 문제였다.

그 애가 학교에서 왜 그런 끔찍한 소리를 했을까? 제이크는 노상 혼잣말을 했다. 하지만 당연히 그건 혼잣말이 아니었다. 난 제이크가 이야기한 상대가 그 여자애라는 사실을 조금도 의심하지 않았다. 그 애가 마침내 우리를 찾아낸 것이다. 나는 이 상황에 도대체 어떻게 대처하면 좋을지 짐작도 할 수 없었다. 진짜 친구를 사귀지 못한다면 제이크는 언제까지나 상상의 친구들에게 의존해야 할 것이다. 그리고 만약 제이크가 오늘 같은 행동을 한 게 그 상상의 친구들 때문이라면, 그건 분명 그 애한테 뭔가 도움이 필요하다는 뜻 아닐까?

"*나랑 같이 놀자.*"

나는 고개를 들었다. 그 뒤로 이어진 침묵 속에서 내 심장이 약간 더 빨리 뛰기 시작했다.

그 소리는 거실에서 들려왔지만, 전혀 제이크의 목소리처럼 들리지 않았다. 귀에 거슬리는 걸걸한 목소리였다.

"그러기 싫어."

방금 건 제이크였다.

난 문간으로 더 가까이 다가가 귀에 온 신경을 집중했다.

"나랑 같이 놀자니까."

"싫어."

비록 두 목소리 다 내 아들에게서 나온 것이었지만, 어찌나 다르게 들리는지 실제로 서로 다른 두 아이가 있는 것처럼 믿어질 정도였다. 아니, 둘 중 하나는 전혀 아이 목소리처럼 들리지 않았다. 너무 늙었고, 게다가 잔뜩 쉬어 있었다. 나는 고개를 돌려 앞문을 바라보았다. 아까 집에 돌아온 후 문을 잠그지 않았고 사슬도 걸지 않았다. 누군가 다른 사람이 들어왔을 수도 있나? 아니. 난 바로 옆방에 있었다. 만약 그랬다면 그 소리를 못 들었을 리 없다.

"그래. 넌 나랑 같이 놀게 될 거야."

그 목소리에는 기대와 즐거움이 담겨 있는 듯했다.

"그렇게 말하면 무섭잖아."

제이크가 대꾸했다.

"무서우라고 그러는 거야."

그리고 그 말에, 난 마침내 재빨리 거실로 들어갔다. 제이크는 자기 그림 옆 바닥에 무릎을 꿇은 채 겁에 질려 휘둥그레한 눈으로 날 보고 있었다.

거기엔 그 애 말고 아무도 없었지만, 내 심장 박동은 전혀 진정될 기미가 없었다. 전에도 이 집에서 느꼈듯, 이 방 안에서는 보이지 않는 존재가 어슬렁거리는 듯한 느낌이 들었다. 마치 내가 들어오기 직전에 누군가나 무언가가 재빨리 안 보이는 곳으로 숨은 것 같았다.

"제이크?"

난 나지막이 불렀다. 아이는 꿀꺽 침을 삼키고 울음을 터뜨릴 듯한 표정으로 날 보았다.

"제이크, 누구랑 말하고 있었니?"

"말 안 했어요."

"아빠 네가 말하는 거 들었어. 넌 다른 사람인 척하고 있었어. 마치 누가 너랑 놀고 싶어 하는 것처럼."

"아니에요, 전 안 그랬어요!"

그 애의 공포가 순간 분노로 돌변한 듯했다. 이유는 몰라도 내가 그 애를 실망시킨 것 같았다.

"아빠는 맨날 그런 말을 해! 불공평해요!"

나는 깜짝 놀라서 그 자리에 얼어붙은 채 눈만 껌뻑거리며 보물 꾸러미에 종이를 욱여넣는 아이를 지켜보았다. 내가 언제 맨날 그런 말을 했다고…, 그랬나? 그 애는 내가 자신의 혼잣말을 좋아하지 않는다는 걸 알고 있는 게 분명했다. 그건 분명 내 신경에 거슬렸지만, 내가 그걸 가지고 실제로 그 애한테 뭐라고 한 적은 없었다.

나는 그리로 가서 그 애 옆 소파에 앉았다.

"제이크…."

"전 방으로 갈 거예요!"

"제발 그러지 마라. 아빠 네가 걱정돼서 그래."

"아뇨, 아니에요. 아빠는 날 하나도 걱정하지 않아요."

"그건 사실이 *아니야.*"

하지만 그 애는 이미 날 지나쳐 거실 문으로 가고 있었다. 내 직감은 지금은 아이를 가만 놔두라고 말하고 있었다. 상황이 진정될 수 있게 시간을 주고, 나중에 다시 이야기하라고. 하지만 난 또한 제이크를 안심시켜주고 싶었다. 올바른 말을 찾아 머리를 쥐어짰다.

"아빠 네가 그 여자애를 좋아하는 줄 알았어."

나는 입을 열었다.

"네가 그 애를 다시 보고 싶어 하는 줄 알았어."

"그 애가 아니었어요!"

"그럼 누구였니?"

"바닥의 남자애요."

그리고 그 후 제이크는 복도로 나가 시야에서 사라졌다.

나는 아무런 할 말도 떠올리지 못한 채 잠시 그대로 앉아 있었다. 바닥의 남자애. 제이크가 혼잣말하던 그 목쉰 소리가 떠올랐다. 그리고 물론, 내가 들은 목소리를 설명할 방법은 오로지 그것뿐이었다. 하지만 그렇다 해도 소름이 돋는 걸 어쩔 수 없었다. 그 목소리는 전혀 제이크처럼 들리지 않았다.

난 널 겁주려는 거야.

나는 바닥을 내려다보았다. 제이크는 자기 물건을 대부분 챙겨 갔지만 종이 한 장이 남아 있었고, 주위에 크레용 몇 개가 나뒹굴었다. 노란색과 녹색 그리고 보라색.

나는 그림을 응시했다. 제이크가 그리고 있던 건 나비였다. 아이답게 서툰 솜씨였지만, 그럼에도 오늘 아침 차고에서 본 그 나비라는 것만은 분명했다. 하지만 이건 말도 안 되는 일이었다. 제이크는 차고에 들어가지 않았으니까. 종이를 집어 들어 좀 더 자세히 살펴보려는 찰나, 제이크의 울음소리가 들렸다.

자리를 박차고 복도로 달려 나간 순간, 제이크가 눈물을 쏟으며 내 서재에서 뛰쳐나와 날 지나쳐 층계로 달려갔다.

"제이크…."

"혼자 있고 싶어요! *아빠 미워요!*"

나는 무력감에 사로잡힌 채 그 애의 뒷모습을 멍하니 바라보았다. 눈앞의 상황을 어떻게 이해하고 어떻게 대처해야 할지 알 수 없었다.

제이크의 침실 문이 꽝 하고 닫혔다.

난 멍한 상태로 서재에 들어갔다.

그리고 그때 컴퓨터 화면에 떠 있는, 내가 리베카에게 쏟아 부은 끔찍한 넋두리가 눈에 들어왔다. 리베카가 없으니 모든 게 얼마나 힘든지 그리고 이 모든 일을 나 혼자 감당하도록 날 두고 가버린 걸 내가 마음 한구석으로 얼마나 원망하는지. 그걸 내 아들이 방금 읽은 것이다. 난 뼈저린 심정으로 눈을 질끈 감았다.

19

전화가 걸려왔을 때 피트는 식탁에 앉아 있었다. 평소 같으면 요리를 하든가 아니면 텔레비전을 보고 있었을 시간인데, 뒤편의 부엌은 어둡고 냉기가 감돌았으며 거실은 조용했다. 그 대신 피트는 병과 사진을 보고 있었다.

아주 오랫동안 보고 있었다.

그날 하루는 피트에게 커다란 대가를 가져갔다. 카터를 면회하면 늘 그랬지만, 이번엔 다른 어느 때보다도 더 심했다. 어맨다의 질문에는 딱 잘라 말했지만, 그 살인자가 들려준 토니 스미스에 대한 꿈 이야기는 괴로웠다. 그건 "평소의 업무"와는 전혀 달랐다. 어젯밤만 해도 닐 스펜서 일을 잊기로 결심했건만, 이젠 그럴 수 없게 되어버렸다. 그 사건은 연결되어 있었다. 피트는 제대로 낚이고 말았다.

하지만 내가 무슨 쓸모가 있을까? 카터의 교도소 친구들을 찾아온 면회객들을 조사하느라 오후를 몽땅 바쳤건만, 아무런 결실도 보지 못했다. 적어도 아직까지는. 아직 살펴봐야 할 몇 명이 더 남아 있었다. 서글픈 진실은, 그 개자식이 그 안에 가지고 있는 친구가 피트가 이 바깥 세상에서 가지고 있는 친구보다 더 많다는 거였다.

그러니 술이나 마셔.

넌 무가치해. 쓸모없어. 그냥 저질러.

그 충동은 어느 때보다도 더 강력했지만, 피트는 견뎌낼 수 있었다. 어차피 전에도 그 목소리를 이겨냈으니까. 그럼에도 병을 따지 않고 그대로 도로 부엌 찬장에 집어넣는다고 생각하니 약간의 절망감이 엄습했다. 술을 마시는 게 뭔가 필연인 것처럼 느껴졌다.

턱을 손으로 누르고 천천히 입가를 문지르며 자신과 샐리의 사진을 들여다보았다.

오래전, 자기혐오와 싸우느라 때문에 힘들어하던 피트에게 샐리는 목록을 만들어보라고 격려했다. 종이를 세로로 반 나누어 한쪽에는 자신의 장점을, 한쪽에는 단점을 적어서 양쪽이 얼마나 균형을 잘 이루는지를 직접 눈으로 확인하라고. 하지만 도움이 되지 않았다. 열패감은 수학으로 해소되기엔 너무 깊이 뿌리내렸다. 샐리가 아무리 도와주려고 노력해도 결국 피트는 다시 술에 의존했다.

그리고 사진에는 그 모든 게 담겨 있었다. 비록 두 사람 다 행복해 보였지만, 거기엔 실마리들이 존재했다. 태양을 향해 눈을 휘둥그레 뜬 샐리의 눈과 빛나는 피부. 한편 피트는 모호한 표정을 짓고 있었다. 마치 마음속 한구석으로는 햇살을 받아들이기를 망설이는 것 같았다. 샐리가 피트를 사랑했듯 피트 역시 샐리를 깊이 사랑했지만, 사랑을 주고받는 것은 피트에게 외국어의 문법을 이해하려 하는 것과 비슷했다. 그리고 자신이 그런 사랑을 받을 자격이 없다고 믿었기 때문에, 서서히 술독에 빠져 자신을 그런 자격이 없는 남자로 만들어갔다. 아버지에 대한 감정처럼, 이제 이렇게 거리를 두고 보니 그 모든 걸 좀 더 잘 이해할 수 있었다. 전체 그림은 더러 하늘에서 봤을 때 더 잘 보이는 법이다.

너무 늦었지만.

이젠 너무 오래전 일이지만, 샐리가 어디 있고 뭘 하고 있을지 궁금했다. 유일하게 마음을 달래주는 건 두 사람의 이별 덕분에 피트와 함께하는 삶에서 해방되어 어딘가에서 행복하게 살고 있을 거라는 확신이었다. 샐리가 저기 어딘가에 살고 있다는, 응당 누려야 할 자격이 있는 삶을 살고 있다는 사실을 생각하면 피트는 간신히 버틸 수 있었다.

이게 술 때문에 네가 잃은 거야.

그래서 그럴 가치가 없다는 거야.

하지만 물론, 그 목소리는 거기에 반박할 수 있었다. 아니, 그 어떤 질문에도 반박할 수 있었다. 이미 살면서 손에 넣었던 가장 굉장한 것을 잃은 처지에 무슨 영화를 보겠다고 이렇게까지 자신을 괴롭히는가?

그게 뭐가 중요하다고?

피트는 병을 응시했다. 그리고 그때 엉덩이에 닿는 휴대폰의 진동을 느꼈다.

*

하지만 자네는 늘 나한테 돌아오니까 말이야. 안 그래?

늘 시작한 곳에서 끝나지.

손전등으로 황무지를 천천히 쓸며 칠흑 같은 어둠의 심장부로 조심스레 발을 들여놓는 피트의 머릿속에 프랭크 카터의 말이 다시 떠올랐다. 가슴속에 치미는 역겨움과 불길한 예감에 맞먹는 건 오로지 열패감뿐이었다. 그 확실성. 그때 카터의 말은 그저 가볍게 툭 던진 것처럼 들렸지만, 그게 아니란 걸 알았어야만 했다. 카터가 한 말이나 행동 중 의미 없는 건 아무것도 없었다. 피트는 그 메시지의 미묘한 배치를 알아차렸어야만 했다. 오로지 나중에 돌이켜 봤을 때에만 이해할 수 있도록 용의주도하게 의도된 메시지를.

앞쪽에 설치된 천막과 투광 조명등을 바라보았다. 주위를 조심스럽게 돌아다니는 경관들의 실루엣이 눈에 들어왔다. 한층 치미는 역겨움에 몸이 휘청했다. *한 발 한 발 차례대로 내디디자.* 두 달 전, 피트는 여기서 사라진 어린 남자애를 수색하고 있었다. 오늘 밤 여기로 돌아온 건 그 아이가 발견됐기 때문이었다.

7월의 그날 밤, 식탁에 차갑게 식어가는 저녁식사를 두고 나왔던 기억이 떠올랐다. 오늘 밤 그 식탁 위엔 술병이 놓여 있었다. 여기서 예상하고 있던 게 발견된다면, 집에 돌아갔을 때는 그 병을 따게 될 것이다.

천막에 도달해 손전등을 딸깍 껐다. 주위에 설치된 투광 조명등의 강력한 빛 앞에서 손전등은 군더더기에 불과했다. 사실 중앙에 놓여 있는 것을 감안하면 전체적으로 조명이 너무 과했다. 피트는 아직 마음의 각오가 안 선 상태였다. 보지 않으려 고개를 돌리다 천막 한쪽 구석에 서 있는 라이언스 경감과 눈이 마주쳤다. 경감은 공허한 표정이었다. 피트는 그 얼굴에 얼핏 스쳐가는 경멸감을 본 것 같은 기분이 들었다. *이런 일을 방지하지 않고 뭘 한 거야.* 피트는 재빨리 다시 고개를 돌렸다. 화면에 구멍이 뚫려 있는 텔레비전이 눈에 들어왔다. 어맨다가 그 옆에 서 있는 걸 알아차린 건 잠시 후였다.

"아이는 여기서 납치됐습니다."

피트가 말했다.

"그건 확실히 말할 수 없죠."

"저는 확신이 있습니다."

피트가 반박했다.

어맨다는 어둠 속을 들여다보았다. 눈앞의 강렬한 빛과 바쁜 움직임은 도리어 그들을 둘러싼 황무지의 암흑을 더한층 부각시키는 듯했다.

"늘 시작한 곳에서 끝난다."

어맨다가 말했다.

"카터가 그런 말을 했다고 했죠, 맞죠?"

"네. 제가 눈치 챘어야 했습니다."

"저도 마찬가지예요. 당신 잘못이 아니에요."

"그럼 당신 잘못도 아니죠."

"어쩌면요."

어맨다는 서글픈 웃음을 지었다.

"하지만 그 말은 저보다 당신한테 더 필요한 것처럼 보이네요."

피트는 그게 사실이 아님을 알 수 있었다. 어맨다는 창백하고 아파 보였다. 지난 두어 달 동안 피트는 어맨다가 얼마나 유능한 사람인지를 알게 되었다. 아마 야심도 있는 것 같았다. 이런 사건이 자신의 경력에 도움이 될 거라고 생각하는 모양이었지만, 그게 어떤 대가를 요구하는지는 제대로 알지 못하는 듯했다. 이제 피트는 어맨다에게 기묘한 종류의 동질감을 느꼈다. 카터의 집에서 남자애들의 시신을 발견한 이후로 얼마 동안 피트는 망가져 있었다. 그리고 어맨다가 20년 전의 자신과 똑같이 열심히 일했으며 희망을 품고 있었다는 걸 피트는 알았다. 그리고 무슨 기대를 품고 있었든, 지금 어맨다는 생살을 째는 듯한 아픔을 느끼고 있을 게 분명했다.

하지만 그 동질감은 입 밖에 내어 말할 수 있는 게 아니었다. 그 길은 혼자 걸어야 한다. 끝까지 가든가 중도탈락하든가 그 두 가지

선택지밖에 없다.

어맨다는 천천히 숨을 내쉬었다.

"그 개자식은 알고 *있었죠.*"

어맨다가 말했다.

"아닌가요?"

"맞아요."

"그렇다면 질문은 놈이 *어떻게* 알았느냐겠죠?"

"그건 아직 확실히 모릅니다. 거기에 관해서는 아직 아무 실마리도 없어요. 하지만 여전히 그 안에 있는 놈의 친구들의 기다란 목록이 남아 있죠."

어맨다가 망설이다 물었다.

"시신을 좀 볼래요?"

집에 돌아가면 한잔할 수 있어.

한잔하게 해줄게.

"네."

피트는 대답했다.

두 사람은 함께 천막 가운데로 움직였다. 아이는 낡은 텔레비전 근처에 날개를 편 독수리 자세로 누워 있었다. 그 옆 땅바닥에는 아이의 밀리터리풍 책가방이 놓여 있었다. 피트는 가능한 냉정하게 세부사항을 머릿속에 새기려 최선을 다했다. 우선 옷부터. 파란 운동복 반바지. 앞부분이 뒤집힌 채 끌어올려져 아이의 얼굴을 덮고 있는 흰색 티셔츠.

"그건 한 번도 공개되지 않았죠."

피트가 말했다.

카터와의 또 다른 연관성.

"진짜 피는 없어요."

피트는 시신 주변을 유심히 살폈다.

"있다 해도 충분할 정도는 아니에요. 그 상처에서 나온 피는 아니죠. 아이는 다른 곳에서 살해당했어요."

"그렇게 보이네요."

"우리의 새 범인과 카터 사이에는 차이점이 있어요. 카터는 내가 시신을 발견한 곳에서 그 애들을 죽였고, 자기 집에 보관했어요. 놈은 한 번도 유해를 다른 데다 버리려는 시도를 하지 않았어요."

"토니 스미스만 빼고요."

"그건 상황 때문이었죠. 그리고 이건 공개적이에요."

피트는 몸짓으로 주변을 가리켰다.

"이 짓을 저지른 놈이 누구든, 놈들은 시신이 발견되기를 원했어요. 그리고 그냥 아무 데나 버린 것도 아니었죠. 카터가 나한테 말한 대로, 시작한 곳에서."

집에 돌아가면 한잔할 수 있어.

"옷은 실종 당시 입고 있던 겁니다. 상처는 별도로, 아이는 그런 대로 잘 보살핌을 받은 것처럼 보여요. 눈에 띄게 마르거나 하지 않았어요."

"역시 카터와 다른 점이죠."

"그래요."

피트는 눈을 감고 머릿속에서 생각을 정리하려 애썼다. 닐 스펜서는 살해당하기 전까지 두 달간 어딘가에 갇혀 있었다. 그리고 보살핌을 받았다. 그러다 무슨 일인가가 있었다. 그 후, 아이는 납치당한 곳으로 돌려놓아졌다.

선물처럼. 피트는 그렇게 생각했다.

선물을 받은 자가 마음이 바뀌어 더는 원하지 않게 된 거야.

"책가방 있죠."

피트가 감았던 눈을 뜨며 말했다.

"거기 물병이 들어 있나요?"

"네. 보여드릴게요."

피트는 시신을 빙 돌아 어맨다에게 더 가까이 다가갔다. 어맨다가 장갑 낀 손으로 가방을 열자 피트는 안을 들여다보았다. 물병에는 물이 반쯤 차 있었다. 그리고 다른 뭔가가 있었다. 파란 토끼. 껴안고 자는 인형. 그건 목록에 없었다.

"인형이 그 애 거였나요?"

"아이 부모한테 확인하는 중이에요."

어맨다가 말했다.

"하지만, 네. 난 그것도 아이 거였다고 생각해요. 부모는 몰랐을 수도 있죠."

피트는 천천히 고개를 끄덕였다. 닐 스펜서에 관해서라면 이제 속속들이 알고 있었다. 아이는 학교 분위기를 흐렸다. 나이보다 조숙하고 거칠었다. 사는 게 고된 사람들이 흔히 그렇게 되듯이. 하지만 그 모든 것 아래에 있는 건 그냥 여섯 살짜리 아이였다.

피트는 그게 불러일으키는 감정이나 휘저어놓는 기억에 휩쓸리지 않으려 애쓰며 억지로 아이의 시신을 보았다. 집에 가면 한잔할 수 있을 것이다.

네게 이런 짓을 한 놈은 우리가 반드시 잡아줄게.

그리고 그 후 피트는 뒤돌아 걸음을 떼놓았다. 그리고 투광 조명등 너머의 어둠 속으로 들어서며 다시 손전등을 켰다.

"이 일에 당신 도움이 필요할 거예요, 피트."

어맨다가 등 뒤에서 불렀다.

"알아요."

하지만 피트는 거실 식탁에 놓인 술병을 생각하면서 뛰지 않으려 애쓰고 있었다.

"당연히 도와드려야죠."

20

    남자는 어둠 속에 서서 몸서리를 쳤다.

    머리 위의 맑고 검푸른 하늘에는 별들이 점점이 찍혀 있었다. 밤은 낮의 열기와 날카롭도록 싸늘한 대조를 이루었다. 하지만 남자를 떨게 만드는 것은 기온이 아니었다. 남자는 그날 오후 자신이 한 일 생각을 일부러 피했지만, 그 행위가 남긴 충격은 아직 남아 있었다. 시야 바로 바깥에, 피부 밑에 숨어 살금대고 있었다.

    남자가 살인을 저지른 건 오늘이 처음이었다.

    그전에는 자신이 준비가 되어 있다고 생각했다. 그리고 그 순간에 느낀 분노와 증오가 그 과정 내내 남자를 이끌어주었다. 하지만 그 행위는 남자를 비틀거리게 만들었다. 자신이 느끼는 감정이 뭔지 알 수 없었다. 오늘 저녁 남자는 웃었고 또 울었다. 강렬한 수치심과 자기혐오를 느끼는 한편으로 뒤엉킨 기쁨에 사로잡힌 채 욕실 바닥에서 몸부림쳤다. 도저히 형용이 불가능했다. 하지만 그럴 만도 했다. 남자는 절대 열어서는 안 되는 문을 열었고, 지상에서 얼마 안 되는 이들만이 겪었거나 앞으로 겪게 될 경험을 했다. 남자가 오른 여행길은 안내서가 없는 길이었다. 어떤 지도에도 그 길은 나와 있지 않았다. 살인이라는 행위는 남자로 하여금 항해도도 없이 감정들의 바다 위를 헤매게 만들었다.

    남자는 이제 차가운 밤공기를 천천히 들이켰다. 남자의 몸은 여전히 노래하고 있었다. 이곳은 너무 조용해서 밀려드는 바람 소리 말고는 아무런 소리도 들리지 않았다. 마치 온 세상이 잠이 들어 잠꼬대로 자신의 비밀을 웅얼대는 것 같았다. 멀리 보이는 거리의 빛은 밝게 빛났지만 이곳은 그 빛으로부터 너무 멀리 떨어져 있었고 남자는 미동조차 없이 서 있어서, 행인들은 겨우 몇 미터 거리에서도 남자의 존재를 깨닫지 못할 터였다. 하지만 남자는 그들을 볼 수 있었다. 아니, 적어도 감지할 수 있었다. 세계와 주파수가 일치한 느낌이었다. 그리고 지금 이 순간, 이 이른 새벽 시간에, 남자는 자신이 이곳에서 철저히 혼자임을 느낄 수 있었다.

기다리고 있었다.

전율에 사로잡힌 채.

그토록 분노에 찼던 오늘 오후의 기억은 이제 까마득했다. 당시 분노는 남자를 고스란히 집어삼켜버렸다. 가슴속에서 활활 타오르는 분노 때문에 남자의 전신이 마치 끈에 매달려 흔들거리는 꼭두각시처럼 뒤틀렸다. 머릿속을 가득 채운 환한 빛에 눈이 멀 것만 같았고, 어쩌면 오늘 일을 일부러 기억하려 해도 기억하지 못할 듯했다. 잠시 영혼이 몸을 떠나면서 그 대신 뭔가 다른 게 들어오게 해준 것 같았다. 신앙심 같은 게 있었다면 자신이 어떤 외적인 힘에 사로잡혔다고 상상했을지도 모른다. 하지만 남자는 그렇지 않았고, 그 끔찍한 짧은 시간 동안 자신을 사로잡은 게 자기 안에서 온 것임을 알았다.

이제 그건 사라져버렸다. 아니면 적어도 원래 있던 동굴 속으로 물러났다. 당시에 옳다고 느꼈던 건 이제 그저 어떤 죄의식과 열패감에 불과해 보였다. 닐 스펜서는 남자에게 구해주고 돌봐줘야 하는 문제 많은 아이로 보였고, 자신이 그 적임자라고 믿었다. 닐을 도와주고 양육할 작정이었다. 아이에게 가정을 주고 싶었다. 보살핌을 주고 싶었다.

아이를 다치게 하려는 의도는 전혀 없었다.

그리고 두 달 동안은 순조로웠다. 남자는 더없는 평화로움을 느꼈다. 아이의 존재와, 아이가 보여주는 만족감은 마치 향유와도 같았다. 기억하는 한 처음으로, 남자의 세계는 가능한 것을 넘어 옳게 느껴졌다. 마치 몸속의 오래된 염증이 마침내 낫기 시작한 것처럼.

하지만 물론 그건 전부 착각에 불과했다.

닐은 내내 행복한 척 거짓말로 남자를 속이면서 기회를 노리고 있었다. 그리고 마침내, 남자는 자기가 아이의 눈에서 보았다고 생각한 선한 빛이 진짜가 아니라 그저 속임수와 기만임을 인정하지 않을 수 없었다. 남자는 처음부터 너무 순진했고 너무 쉽게 믿었다. 닐 스펜서는 어린아이의 탈을 쓴 뱀이었고, 오늘 당한 일을 당해 마땅했다.

남자의 심장이 약간 너무 세게 뛰고 있었다.

고개를 가로저은 후 억지로 자신을 진정시켰다. 다시 숨을 고르며 그런 생각들을 머릿속에서 밀어냈다. 오늘 일어난 일은 혐오스러웠다. 혹시라도 그 일이 오만 감정과 더불어 나름의 기묘한 만족감을 가져왔다 해도, 그건 끔찍하고 잘못된 것이다. 맞서 싸워야만 하는 잘못된 감정이었다. 남자는 그 대신 그전 몇 주간 느낀 평온함에 매달려야 했다. 아무리 그게 결국은 거짓이었다 해도. 남자는 대상을 잘못 골랐을 뿐. 그게 전부였다. 닐은 실수였고, 그 실수는 다시 되풀이되지 않을 것이다.

다음번 남자애는 완벽할 것이다.

21

그날 밤은 심지어 평소보다도 더 잠이 오지 않았다.

제이크와 말다툼을 벌인 이후로 나는 우리 사이의 문제를 전혀 해결하지 못했다. 리베카에 대해 쓴 글은 나 자신에게는 정당화할 수 있었지만, 일곱 살짜리 아이에게 이해시키는 건 불가능했다. 그 애에게 있어 그 글은 자기 엄마에 대한 공격이나 다름없었다. 제이크는 나랑 대화를 거부하는 정도가 아니라 아예 내 말에 귀를 막아 버린 것 같았다. 잠자리에서 책 읽는 것도 거부했다. 난 좌절감과 자기혐오와 그 애를 이해시키고 싶은 간절한 바람 사이에서 갈등하며 다시금 무력하게 멍하니 서 있기만 했다. 결국은 그냥 아침에는 상황이 더 나아져 있기를 바라며 아이의 머리에 부드럽게 입을 맞춘 후 사랑한다고, 잘 자라고 말했다. 마치 그런 식으로 일이 해결된 적이 있기라도 한 것처럼. 내일은 늘 새로운 날이지만, 그렇다고 더 나은 날이 되리라는 근거는 전혀 없는데.

그 후 난 내 방으로 가 침대에 누워 불편하게 이리저리 뒤척였다. 제이크와 점점 더 멀어지고 있다는 사실이 견디기 힘들었다. 거리를 좁히는 건 고사하고, 더 벌어지는 걸 막을 방법도 모른다는 사실은 더 견디기 힘들었다. 그리고 어둠 속에 누워 있으려니 제이크가 낸 그 목쉰 소리가 자꾸만 떠올랐다. 그때마다 몸서리가 쳐졌다.

무서우라고 그러는 거야.

하지만 그게 아무리 소름끼쳐도, 어떤 이유에서인지 내 신경을 더 잡아끄는 건 제이크가 그린 나비 그림이었다. 차고는 맹꽁이자물쇠로 잠겨 있었다. 제이크가 나 모르게 거기 들어갔을 리는 절대 없었다. 하지만 난 그 그림을 몇 번이나 재확인했고, 착오일 가능성은 전혀 없었다. 어떻게 된 건지는 몰라도 제이크는 그 나비들을 보았다. 하지만 어떻게? 그리고 어디서?

당연히 그건 우연이었다. 우연이어야만 했다. 어쩌면 내가 몰라서 그렇지 그 나비들은 생각보다 흔한지도 모른다. 어차피 차고에 있던 나비들도 분명 어딘가 다른 곳에서 거기로 들어왔을 테니까. 제이크와 그 나비 이야기도 해보려고 노력했지만, 그 애는 내게 대답하려 하지 않았다. 그리하여 마구 뒤척이면서 잠들려 애쓰는 와중에 난 나비 수수께끼 역시 내 머릿속에서 우리의 말다툼과 같은 결말에 도달한 것을 깨달았다. 그냥 아침에는 어떻게든 해결되어 있기를 바랄 뿐.

유리 깨지는 소리.

엄마의 비명 소리.

남자의 고함 소리.

일어나, 톰.

일어나 당장.

누군가가 내 발을 흔들었다.

난 땀으로 흠뻑 젖은 채 화들짝 놀라 잠에서 깼다. 심장이 가슴속에서 마구 방망이질 쳤다. 침실은 칠흑같이 어둡고 조용했다. 아직 시간은 한밤중이었다. 어둠을 등지고 침대 발치에 서 있는 제이크의 검은 실루엣이 눈에 들어왔다. 난 얼굴을 문질렀다.

"제이크?"

나지막한 목소리로 불렀다.

대답은 없었다. 제이크의 얼굴은 보이지 않았고, 상체를 양옆으로 부드럽게 흔들고 있다는 것만 알 수 있었다. 아이는 발을 축으로 마치 메트로놈처럼 몸을 흔들고 있었다. 난 얼굴을 찌푸렸다.

"너 깨어 있니?"

이번에도 대답은 없었다. 난 침대에서 일어나 앉아, 어떻게 하는 게 최선일지 궁리했다. 혹시 몽유병이라면 아이를 살살 깨워야 하나, 아니면 잠든 채로 제 방으로 도로 데려가야 하나? 하지만 그 무렵 눈이 어둠에 약간 더 적응하면서 아이의 실루엣이 더 선명해졌다. 머리카락이 이상했다. 내가 아는 것보다 훨씬 길었고, 한쪽으로 뻗쳐 있는 것 같았다.

그리고…,

누군가가 속삭이고 있었다.

하지만 침대 발치의 형체, 여전히 양옆으로 너무나 천천히 흔들리고 있는 그 형체는 전혀 아무런 소리도 내지 않았다. 내 귀에 들려오는 소리는 집 안 어딘가 다른 곳에서 나는 소리였다.

왼편을 보았다. 열린 방문 틈새로 어두운 복도가 눈에 들어왔다. 복도에는 아무도 없었지만, 그 속삭임은 그 바깥 어딘가에서 들려오는 듯했다.

"제이크…."

하지만 다시 돌아보았을 때, 침대 발치의 그 실루엣은 사라졌고 방은 텅 비어 있었다.

난 잠을 떨치려 마른세수를 한 후 침대를 내려가 살금살금 방을 나갔다. 복도로 나오니 속삭임 소리가 약간 더 크게 들렸다. 한마디도 알아들을 수 없었지만, 내 귀에 들리는 게 두 사람 사이의 대화라는 것만은 명확했다. 한쪽의 목소리가 다른 쪽보다 더 걸걸한, 숨죽인 대화. 제이크가 또 혼잣말을 하고 있었다. 난 본능적으로 그 애의 방으로 향했지만, 그때 층계를 보고 그 자리에 그대로 얼어붙었다.

내 아들이 층계 밑에, 앞문 가에 앉아 있었다. 가로등의 부드러운 쐐기꼴 빛이 서재 커튼 끄트머리를 둥글게 휘감고, 구석에 있는 그 애의 헝클어진 머리카락을 오렌지색으로 물들였다. 아이는 문에 머리를 기댄 채 다리를 몸통 밑에 깔고 앉아 있었다. 한 손은 그 옆의 문틀을 짚고, 다리에 얹은 다른 손으로는 내가 서재 책상에 넣어두는 보조열쇠를 쥐고 있었다.

난 귀를 기울였다.

"잘 모르겠어요."

제이크가 속삭였다.

그 말에 대답한 것은 아까 들었던 더 걸걸한 목소리였다.

"내가 널 보살펴줄게, 약속해."

"잘 모르겠어요."

"날 들여보내 줘, 제이크."

내 아들이 문으로, 우편함 쪽으로 손을 움직였다. 그때 우편함 문이 바깥에서 안쪽으로 열려 있는 게 눈에 띄었다. 그리고 거기엔 손가락이 있었다. 그 광경을 보자 심장이 덜컥 내려앉았다. 거미 같은 검은 털들 사이에서 삐져나온 가느다랗고 창백한 손가락 네 개가 열린 우편함 문을 버티고 있었다.

"날 들여보내 줘."

제이크가 자신의 가냘픈 손날을 그 위에 얹자, 손가락들이 둥글게 말려 제이크의 손을 어루만지려 했다.

"그냥 날 들여보내 줘."

제이크는 사슬을 향해 손을 뻗었다.

"움직이지 마!"

난 고함쳤다.

미처 생각할 틈도 없이 내지른 고함이었다. 입이 아니라 심장에서 터져 나오는 것 같았다. 손가락들이 즉시 우편함을 빠져나가자 우편함 문이 딱 닫혔다. 제이크는 뒤돌아 자신을 향해 쿵쿵대며 계단을 내려가는 날 올려다보았다. 가슴속에서 심장이 망치질을 했다. 난 계단을 내려가 그 애의 손에서 열쇠를 낚아챘다.

아이는 앉은 채로 문 앞을 막고 있었다.

"비켜."

난 고함쳤다.

"비키라니까."

제이크는 허우적대며 그 자리를 떠나 양손과 무릎으로 내 서재를 향해 기어갔다. 난 사슬을 벗긴 후 문 손잡이를 돌려보았다. 가볍게 돌아갔다. 제이크가 이미 그 망할 놈의 열쇠로 잠금을 풀어놓은 것이다. 난 문을 벌컥 열고 재빨리 밖으로 나가 어둠 속을 응시했다.

거리 이쪽저쪽을 끝까지 살폈지만 아무도 보이지 않았다. 가로등 밑에 부연 호박색 실안개가 끼어 있었고, 포장도로는 텅 비어 있었다. 하지만 거리 반대편에 시선을 향했을 때 누군가의 형체가 들판을 재빨리 달려가는 걸 본 것 같았다. 바삐 다리를 놀려 어둠 속으로 멀어지는 희미한 형체를.

따라잡기엔 너무 멀었다.

어쨌거나 난 본능이 이끄는 대로 뒤쫓아 달려가기 시작했지만 이내 멈췄다. 내뿜는 숨결이 차가운 밤공기 속에 피어올랐다. 내가 무슨 망할 놈의 짓거리를 하고 있지? 집 문을 활짝 열어둔 채로 누군가를 쫓아 들판을 달려가려 하다니. 난 제이크를 거기 혼자 남겨둘 수 없었다. 혼자 버려둘 수 없었다.

난 그 자리에 몇 초쯤 그대로 선 채 어두운 들판을 바라보고 있었다. 그 형체는, 만약 실제로 존재했다 해도, 이젠 사라졌다.

아니, 그건 거기 있었다.

난 그 자리에 조금 더 서 있었다. 그리고 도로 안으로 들어가 문을 잠그고 경찰에 전화했다.

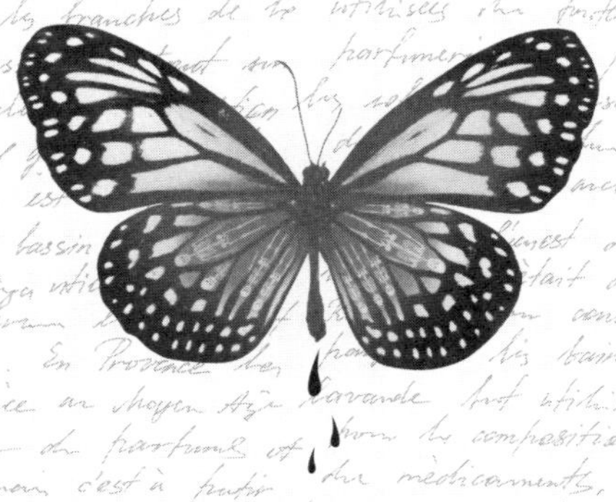

제3부

22

전화한 지 10분도 안 되어 경찰 두 명이 내 집 문을 두드렸다는 사실만큼은 인정해줘야 할 것이다. 하지만 그 후로 상황은 내리막길을 걷기 시작했다.

그렇게 된 데는 내 책임도 아주 없지 않았다. 시간이 새벽 4시 반이라 녹초 상태였고, 겁에 질린 데다 머릿속은 뒤죽박죽이라 상세한 설명을 들려주기엔 역부족이었다. 하지만 제이크 역시 그 상황에 한몫 한 게 사실이었다.

경찰에 신고하려고 마음먹고 다시 집으로 돌아와 보니 층계 밑에서 제이크가 무릎을 끌어안고 그 위에 얼굴을 파묻고 있었다. 난 결국 제이크를 달래줄 수 있을 만큼 자신을 진정시킨 후 아이를 안아 거실로 데려갔다. 아이는 소파 한쪽 구석에 몸을 웅크렸다. 그리고 내게 아무 말도 하지 않으려 했다.

난 내가 느끼는 좌절감과 혼란을 감추려고 안간힘을 썼다. 하지만 썩 잘 해내진 못했을 것이다.

제이크는 경관들이 우리가 있는 거실로 들어온 후에도 같은 자리에서 꼼짝도 하지 않았다. 난 쭈뼛대며 아이 옆에 가 앉았다. 심지어 그 순간에도 난 우리 사이의 거리를 의식하고 있었고, 경관들도 그걸 눈치 챈 게 분명했다. 남자 경관과 여자 경관 둘 다 정중했고 이런 상황에서 필요한 근심과 이해가 담긴 표정을 짓고 있었지만, 여자 쪽은 호기심 어린 시선으로 계속 제이크를 응시했다. 여자의 얼굴에 서린 우려는 어쩐지 내가 하는 말 때문만은 아닌 듯했다.

이후, 남자 경관이 자기가 받아 적은 내용을 들여다보며 물었다.

"제이크가 전에도 자면서 돌아다닌 적이 있나요?"

"몇 번요."

난 대답했다.

"하지만 자주는 아니고, 제 방까지만이었어요. 이런 식으로 아래층까지 내려온 적은 없었어요."

물론 그건 그 애가 몽유병 *때문에* 그랬을 경우의 이야기였다. 제이크가 자기 의지로 문을 열려 한 게 아니라고 생각하는 편이 나로서는 더 마음 편했지만, 확신할 수는 없었다. 그리고 맙소사, 만약 그게 사실이라면 내 아들은 도대체 날 얼마나 싫어하는 걸까?

경관이 또 다시 뭐라고 적었다.

"그리고 선생님이 보신 그 사람의 인상착의는 알려주실 수 없으시고요?"

"네. 그때쯤 그 남자는 들판 저 멀리 가 있었고, 빨리 달리고 있었어요. 어두워서 제대로 못 봤습니다."

"체격은요? 옷차림은?"

난 고개를 저었다.

"몰라요. 죄송합니다."

"남자였던 건 확실한가요?"

"네, 제가 문간에서 들은 건 남자 목소리였습니다."

"혹시 그게 제이크였을 수도 있을까요?"

경관이 내 아들을 보며 물었다.

제이크는 여전히 내 옆에서 웅크린 채로 마치 자기가 이 세상에 혼자 남은 것처럼 허공을 멍하니 응시하고 있었다.

"아이들은 때때로 혼잣말을 하죠."

그건 내가 피하고 싶은 화제였다.

"아뇨."

난 반박했다.

"확실히 누군가가 거기 있었어요. 전 열린 우편함을 잡고 있는 손가락을 봤습니다. 목소리도 들었고요. 나이가 좀 있었어요. 문을 열라고 제이크를 설득하더군요…. 그리고 아이는 그러기 직전이었고요. 제가 때맞춰 깨어나지 않았다면 무슨 일이 일어났을지 누가 알겠습니까."

그 순간 그 상황의 현실감이 날 덮쳤다. 그 장면이 머릿속에 다시 떠오르자, 그게 얼마나 아슬아슬한 상황이었는지를 새삼 절감했다. 내가 거기 없었다면 제이크는 지금 사라졌을 것이다. 그 애가 실종되어, 경찰이 지금과는 다른 이유로 나와 마주 앉아 있는 상황을 상상했다. 그리고 그때 내가 느낄 무력감을. 비록 제이크의 행동 때문에 낙심하기는 했지만, 난 아이를 양팔로 감싸 안고 싶었다. 아이를 내 곁에 꼭 붙들어놓고 지켜주고 싶었다. 하지만 난 그럴 수 없음을 알았다. 제이크는 순순히 응하지 않을 것이다. 지금으로서는 내가 옆에 있는 것조차 싫어할 것이다.

"열쇠가 어디 있는지를 제이크가 어떻게 알았죠?"

"복도 맞은편 제 서재에 뒀거든요."

난 고개를 저었다.

"다시는 그런 실수를 저지르지 않을 겁니다."

"아마 그러시는 게 현명할 것 같네요."

"그리고 넌 어떠니, 제이크?"

여자 경관이 상냥하게 웃으며 몸을 앞으로 숙였다.

"혹시 아까 무슨 일이 있었는지 설명해줄 수 있니?"

제이크는 고개를 저었다.

"못 한다고? 넌 왜 문간에 있었니, 아가?"

아이는 어깨를 거의 알아볼 수 없을 정도로 살짝 으쓱한 후 내게서 약간 더 떨어져 앉았다. 여자 경관은 몸을 뒤로 젖히고 여전히 제이크에게 시선을 고정한 채 고개를 한쪽으로 살짝 기울였다. 아이를 가늠하고 있었다.

"또 다른 남자가 있었어요."

난 재빨리 말했다.

"그 남자가 어제 집에 찾아왔어요. 차고 근처를 어슬렁거리면서 수상하게 굴더군요. 제가 가서 추궁했더니 여기가 자기가 자란 집이라면서 집 안을 둘러보고 싶다고 했어요."

남자 경관은 그 말에 흥미를 드러냈다.

"어떻게 추궁하셨죠?"

"그 남자가 문 앞으로 왔어요."

"아, 그랬군요."

경관은 노트에 뭐라고 적었다.

"그 남자의 인상착의를 설명해주실 수 있습니까?"

경관은 내 설명을 받아 적었다. 하지만 그 남자가 제 발로 문간으로 와서 노크를 했다는 부분에서 경관은 흥미를 상당히 잃어버린 게 분명했다. 게다가, 그 남자가 날 얼마나 불편하게 만들었는지를 전달하기가 쉽지 않았다. 남자는 육체적으로는 전혀 위협적인 구석이 없었지만, 그럼에도 어떤 위험한 느낌이 분명히 있었다.

"닐 스펜서."

난 그 이름을 떠올렸다.

남자 경관이 받아 적던 걸 멈췄다.

"뭐라고 하셨죠?"

"그런 이름이었던 것 같은데요. 우린 여기 이사 온 지 얼마 안 됐지만, 또 다른 남자애가 실종되지 않았나요? 지난 초여름에?"

두 경관은 서로 눈빛을 교환했다.

"닐 스펜서에 관해 얼마나 알고 계시죠?"

경관이 내게 물었다.

"전혀요. 그냥 제이크의 담임 선생님이 그 이야기를 하시더라고요. 인터넷에서 찾아보려고 했었는데, 저녁에…, 좀 바빴거든요."

그리고 다시금, 난 제이크와 벌인 말다툼 이야기를 꺼내고 싶지 않았다.

"일하느라고요."

하지만 물론 그렇게 말한 것 역시 내 실수였다. 왜냐하면 그 일이란 글을 쓴 거였고, 제이크는 내가 쓴 글을 읽었으니까. 내 옆에서 그 애가 몸을 살짝 움츠리는 게 느껴졌다. 좌절감이 날 사로잡았다.

"그런데, 두 분은 이 일을 생각보다 크게 우려하지 않는 것처럼 보이네요."

내가 말했다.

"케네디 씨…."

"제 말을 믿지 않으시는 것 같아요."

남자 경관이 웃음을 지었다. 하지만 조심스러운 미소였다.

"저희는 선생님을 믿지 못하는 게 아닙니다, 케네디 씨. 하지만 우리는 오로지 가진 정보를 바탕으로 일할 수밖에 없습니다."

경관은 잠시 날 보면서 옆에서 내 아들을 가늠하고 있는 자기 파트너와 매우 비슷한 시선으로 날 가늠했다.

"우린 모든 신고를 진지하게 받아들입니다. 이 일을 기록으로 남길 거지만, 선생님께서 말씀하신 것을 기준으로 할 겁니다. 지금으로서는 저희가 할 수 있는 일이 많지는 않습니다. 이미 말씀드렸지만, 열쇠를 아드님 손 닿지 않는 곳에 두시는 게 좋을 것 같습니다. 기본적인 가정 내 안전 수칙을 지키시고, 계속 경계를 풀지 마시고요. 그리고 혹시 여기 있을 이유가 없는 누군가가 집 주변을 어슬렁거리는 게 눈에 띄면 언제든 주저 말고 저희한테 연락 주십시오."

난 고개를 저었다. 방금 일어난 일을, *누군가가 내 아들을 유괴하려 했다*는 사실을 감안하면 그런 대응은 모자라도 한참 모자랐다. 자신에게 화가 났지만, 제이크에게도 화가 나는 걸 어찌할 수 없었다. 난 널 도우려는 거야! 그리고 조금 있으면 경관들은 가버릴 테고, 다시 나랑 제이크 둘만 남을 것이다. 단 둘만. 둘이서 살아가는 건 우리 둘 다에게 너무 힘든 일이었다.

"케네디 씨?"

여자 경관이 부드럽게 날 불렀다.

"제이크와 둘이서만 사시나요? 아이 어머니는 어디 다른 곳에 계신가요?"

"아이 엄마는 죽었어요."

말이 너무 퉁명스럽게 나왔다. 억누르고 있던 분노가 저절로 새나간 탓이리라. 여자 경관은 그 말에 화들짝 놀란 눈치였다.

"아. 정말 유감이네요."

"전 그냥…, 힘이 듭니다. 그리고 오늘 밤 일어난 일 때문에 너무 무서웠고요."

그리고 그게 제이크가 다시 깨어난 순간이었다. 아마도 내가 쓴 글에 대한, 내가 방금 자기 엄마의 죽음을 태연하게 입 밖에 냈다는 사실에 대한 분노가 그 애에게 힘을 주었으리라. 제이크는 웅크렸던 몸을 천천히 펴고 똑바로 일어나 앉아 마침내 무표정한 얼굴로 날 마주 보았다. 이윽고 아이의 입에서 걸걸한 목소리가 새 나왔다. 나이에 안 맞는, 훨씬 나이 든 남자가 내는 것 같은 섬뜩한 목소리였다.

"무서우라고 그러는 거야."

제이크가 말했다.

23

침대 옆 협탁에서 알람이 울렸지만 피트는 꼼짝도 않고 누운 채 계속 울리게 놔뒀다. 뭔가 문제가 생긴 게 분명했고, 마음의 준비를 할 필요가 있었다. 잠시 후 지난밤의 사건들이 다시 머리에 떠오르면서 패닉이 밀려들었다. 황무지 땅바닥에 놓인 닐 스펜서의 시신. 미친 듯 달려 집으로 돌아온 것 그리고 자신의 손에 들린, 마음을 안정시켜주는 술병의 그 묵직함.

병의 봉인을 뜯을 때 나던 그 우두둑 소리.

그리고 그 후….

마침내, 피트는 눈을 떴다. 이른 아침이었지만 이미 따가운 햇살이 얇은 파란색 커튼 틈새로 새어 들어와 무릎께에 뭉쳐진 이불 위에 쐐기 무늬를 그리고 있었다. 한밤중 식은땀을 흘리며 상체를 덮은 이불을 걷어낸 모양이었다. 뒤엉켜 무릎을 똘똘 감은 천이 터무니없을 만큼 무겁게 느껴졌다.

고개를 돌려 침대 옆 협탁을 보았다.

병은 거기 있었다. 봉인은 뜯어진 채였다.

하지만 내용물은 원래 그대로, 병목까지 꽉 차 있었다.

어젯밤 자신이 얼마나 오랫동안 고민했는지가 떠올랐다. 그 충동이 매번 다른 주장을 가지고 돌아올 때마다 몇 번이고 맞서 싸웠다. 피트도 그 목소리도, 양보하지도 물러서지도 않았다. 심지어 술

병과 텀블러를 여기 침대로 가져오기까지 했다. 그때까지도 싸움은 계속되었다.

그리고 결국, 피트가 이겼다.

밀려드는 안도감에 전신이 찌르르했다. 이제 피트의 눈길은 텀블러를 향했다. 피트는 잠들기 전 그 위에 샐리의 사진을 올려놓았다. 심지어 그 모든 일이 있은 후에도, 그날 저녁의 그 끔찍한 경험 후에도, 사진과 거기에 담긴 추억은 피트의 의지를 지켜줄 힘이 있었다.

피트는 자신을 기다리는 오늘 하루나 앞으로 다가올 저녁 시간을 일부러 생각하지 않으려 했다.

지금은 이걸로 됐어.

＊

샤워를 마치고 아침 식사를 했다. 술도 안 마셨는데 어찌나 녹초가 된 기분인지 운동을 거를까 하는 생각도 잠시 들었다. 아침 첫 타임에 브리핑이 잡혀 있어서 준비를 해야 했다. 사건에 푹 파묻혀야 했다. 하지만 이미 피트는 사건에 뼛속까지 파묻혀 있었다. 감정에 좌우되지 않으려 애쓰면서 닐 스펜서의 시신을 보는 건 마치 뷰파인더를 들여다보지 않으면서 사진을 찍으려 하는 것과 같았다. 그럼에도 피트는 머릿속으로 사진을 찍었다. 두어 시간 있다 유능하고 프로다운 모습을 보이려면 그 공포를 어느 정도 떨쳐낼 필요가 있었다.

그래서 체육관으로 향했다.

운동을 마친 후, 피트는 조금은 더 차분해진 기분으로 위층으로 올라갔다. 사무실로 들어가 잠시 무한한 행복감을 주는 안전하고 무해한 서류작업 더미를 응시했다. 그러고 나서 브리핑에 필요할 오래된 노트 더미를 찾아 들고 한 층 위의 상황실로 향했다.

문을 열자 피트의 평정심은 약간 흔들렸다. 브리핑 시작까지는 아직 10분이 남아 있었지만, 방 안은 이미 경관들로 가득했다. 다들 심각한 표정으로 입을 꾹 다물고 있었다. 여기 있는 사람들은 대부분 이 사건에 처음부터 관여했고, 아무리 가능성이 낮다 해도 저마다 어느 정도는 희망을 붙들고 있었을 것이다. 하지만 이제는 어젯밤 뭐가 발견되었는지 다들 알고 있었다.

어제까지 아이는 실종 상태였다.

그리고 이제 아이는 죽었다.

방 뒤편 벽에 기대선 피트는 자신에게 향하는 눈길들을 알아차렸다. 어찌 보면 당연한 일이었다. 사건 초반에 피트가 관여했을 때 무슨 성과가 있었던 건 아니지만, 이제는 다들 피트가 이곳에 그냥 지나가다 들른 게 아님을 알고 있는 게 분명했다. 라이언스 경감은 앞쪽에 앉아서 피트를 돌아보고 있었다. 피트는 잠시 눈을 마주치고, 그 남자의 얼굴에 떠오른 표정을 읽으려 했다. 어젯밤 황무지에서처럼, 그 텅 빈 표정은 피트의 상상에 모든 걸 맡기고 있었다. 어쩌면 기묘한 종류의 승리감을 느끼고 있는 걸까? 그런 추측을 라이언스 경감이 알면 억울해할지도 모르지만, 확실히 아주 말도 안 되는 생각은 아니었다. 두 남자의 엇갈린 경력에도 불구하고, 피트는 프랭크 카터를 잡은 게 자신이라는 사실 때문에 라이언스가 늘 어느 정도는 자신을 원망한다는 것을 알았다. 이 최근 전개는 실상 그 사건이 종결되지 않았음을 보여주었다. 그리고 이제 어쩌면 최후 결전의 감독을 맡은 라이언스와 단순한 장기말로 추락한 피트가 다시 한자리에서 만난 것이다. 피트는 팔짱을 끼고 바닥을 내려 다보며 기다렸다.

1분 후 어맨다가 도착해, 모인 군중을 재빨리 헤치고 방 앞쪽을 향해 성큼성큼 걸어갔다. 잠깐 옆모습만 본 게 전부였지만, 그럼에도 지치고 황망해하는 걸 피트는 바로 알 수 있었다. 옷 또한 어젯밤과 똑같았다. 싸구려 모텔에서 잤거나 아니면 아예 눈도 못 붙였을 확률이 더 높았다. 좁은 무대에 오르는 어맨다의 모습에는 풀죽은 패배의 분위기가 감돌았다.

"자, 여러분."

어맨다가 입을 열었다.

"다들 소식 들었겠죠. 어제 저녁, 게어 레인의 황무지에서 아동의 시신이 발견됐다는 신고가 들어왔습니다. 경관들이 즉시 출동해 현장을 보존했습니다. 피해자의 신분은 아직 확인이 필요하지만, 우린 닐 스펜서라고 믿습니다."

이미 다들 아는 이야기였지만, 그럼에도 피트는 사람들 위로 낙담이 번져 가는 걸 볼 수 있었다. 방 안의 감정적 온도가 뚝 떨어졌다. 모인 경관들 사이에서 이미 절대적으로 자리 잡은 침묵이 이제 한층 더 강력해진 듯했다.

"우린 또한 이 사건에 제3자가 관여했을 거라고 믿습니다. 시신에 심한 상처들이 있습니다."

그렇게 말하는 목소리는 갈라지기 직전이었고, 피트는 어맨다가 살짝 움찔하는 걸 보았다. 너무 가혹한 일이었다. 상황이 달랐다면 그건 나약함의 신호였겠지만, 피트는 지금 이 안에 있는 사람들은 그렇게 생각하지 않을 거라고 믿었다. 피트는 자신을 추스르는 어맨다를 지켜보았다.

"당연하지만 아직 언론에 이 사실을 유출해서는 안 됩니다. 우린 함구령을 내렸지만, 언론은 시신이 발견된 걸 압니다. 우리가 상황을 파악하기 전까지, 언론이 그 이상을 알아서는 안 됩니다. 시신은 현장에서 수습됐고, 오늘 오전 중에 사후부검이 실시될 겁니다. 사망시각은 대략 어제 오후 3시에서 5시 사이로 추정됩니다. 닐 스펜서가 맞다고 가정하면, 피해자는 실종된 지점과 대략 일치하는 지점에서 발견됐습니다. 이는 매우 중요한 사실일 수도 있습니다. 또한 우리는 닐이 다른 장소, 아마도 갇혀 있던 곳과 동일한 곳에서 살해당했을 거라고 믿습니다. 부디 감식반에서 그게 어디쯤일지 실마리를 찾아낼 수 있기를 다 같이 빌어봅시다. 그러는 동안, 우린 그 부근의 모든 감시카메라를 살펴봐야 합니다. 근방에 있는 모든 집의 문을 두드려야 합니다. 왜냐하면 난 이 괴물이 이곳을 멀쩡히 활개치고 돌아다니는 걸 봐줄 수 없거든요. 절대 그러도록 놔두지 않을 겁니다."

어맨다는 고개를 들었다. 지치고 동요한 기색이 역력했지만, 그럼에도 이제 어맨다의 눈에는 불길이 타오르고 있었다.

"여기 있는 우리 모두는 이 사건에 관여했습니다. 그리고 비록 마음의 각오를 하고 있었다 해도 우리 중 누구도 이런 결과를 기대하지는 않았을 겁니다. 그러니 조금의 의혹도 남지 않도록 이 자리에서 명확하게 말해두죠. 이 사건은 반드시 해결될 겁니다. 다들 동의합니까?"

피트는 다시 좌중을 둘러보았다. 여기저기에서 사람들이 고개를 끄덕였다. 방 안은 생기를 되찾고 있었다. 피트는 그 정서를 존중했고, 지금은 그런 게 필요하다는 것도 알았다. 하지만 그런 한편으로 20년 전 있었던, 이와 똑같은 분노의 연설을 떠올렸다. 그리고 당시엔 그걸 믿었지만, 이제 어떤 사건은 해결되든 말든 언제까지나 사람을 놓아주지 않는다는 걸 알게 됐다.

"우린 할 수 있는 모든 걸 다 했습니다."

어맨다가 말했다.

"우린 제때 닐 스펜서를 찾아내지 못했습니다. 하지만 잊지 마세요. 우린 이 짓을 저지른 자를 반드시 잡을 겁니다."

그리고 피트는 오래전 자신이 그랬던 것과 똑같이 어맨다가 그 말을 열정적으로 믿는다는 걸 알 수 있었다. 그야 그럴 수밖에 없으니까. 자신의 책임 하에 끔찍한 일이 일어났고, 고통을 달래는 유일한 방식은 그걸 바로잡기 위해 할 수 있는 모든 일을 다 하는 것뿐이었다. 그 짓을 저지른 누군지 모를 자가 또 다른 사람을 해치기 전에 잡든가, 적어도 노력이라도 해야 했다.

우린 이 짓을 저지른 자를 반드시 잡을 것이다.

피트는 그 말이 사실이길 바랐다.

24

다른 대안이 없을 경우 삶이 얼마나 빨리 원래 상태로 복귀할 수 있는지, 생각해보면 놀라운 일이다.

경관들이 떠난 후 난 다시 잠들려고 애써봤자 의미 없을 거라고 판단했다. 나도 제이크도. 그 결과 8시 반 무렵, 난 반쯤 주저앉을 정도로 지쳐 있었다. 그래도 어찌어찌 아이에게 아침을 차려주고 등교 준비를 시킬 수 있었다. 그런 일이 있은 후라 좀 우스꽝스러운 짓 같았지만 내게는 제이크를 학교에 보내지 않을 핑계거리가 없었다. 사실 앞서 경관들 앞에서 제이크가 한 짓을 생각하면 그 애랑 같이 있고 싶지 않은 마음도 어느 정도 있었다. 한심하다는 건 나도 안다.

난 컵에 물을 따라 한 모금에 삼켜버리고 그대로 부엌에 서서, 여전히 나와 대화하기를 거부하며 시리얼을 먹는 그 애를 지켜보았다. 내가 뭘 해야 할지, 심지어 어떤 기분을 느껴야 할지조차 알 수 없었다. 고작해야 몇 시간이 지났을 뿐인데, 이제 다시 돌이켜보니 그날 밤의 사건들은 멀고 초현실적으로 느껴졌다. 내가 본 것을 정말 봤다고 확신할 수 있을까? 어쩌면 단지 내 상상에 불과했을지도 모른다. 하지만 난 그걸 *봤다*. 내가 더 나은 아버지였다면, 아니 심지어 평범한 아버지였다면 그 애의 말을 진지하게 받아들이도록 경관들을 설득했을 것이다. 내가 더 나은 아버지였다면 내 아들은 내 말의 신빙성을 떨어뜨리는 게 아니라 나와 대화를 나누려 했겠지. 내가 자신을 걱정하고 자신을 지키려 애쓰는 걸 알아줬겠지.

유리컵을 쥔 손에 저절로 힘이 들어갔다.

당신은 당신 아버지랑 달라, 톰.

머릿속에서 리베카의 목소리가 나지막이 울렸다.

절대 그걸 잊지 마.

난 손에 쥔 빈 유리잔을 내려다보았다. 너무 세게 쥐고 있었다. 끔찍한 기억이 다시 돌아왔다. 산산조각 난 유리잔, 어머니의 비명 소리…. 이미 저지른 잘못에 더 큰 잘못을 보태지 않으려고 난 재빨리 잔을 옆에 내려놓았다.

*

9시 15분 전, 난 제이크와 함께 학교로 걸어갔다. 아이는 여전히 대화를 나누려는 내 모든 시도에 저항하면서 내 옆에서 발을 질질 끌며 걸었다. 정문 앞까지 온 후에야 제이크는 마침내 입을 열었다.

"닐 스펜서가 누구예요, 아빠?"

"아빠도 몰라."

비록 달가운 주제는 아니었지만 제이크가 나한테 말을 걸었다는 것만으로도 마음이 놓였다.

"피더뱅크에 사는 남자애야. 아마 올해 초에 실종됐다는 모양이지. 관련된 기사 같은 걸 읽은 기억이 난다. 그 애가 어떻게 됐는지는 아무도 몰라."

"오언은 그 애가 죽었댔어요."

"오언은 호감 가는 친구인 것 같구나."

제이크는 내 말에 뭐라고 토를 달고 싶은 게 분명했지만, 마음을 바꾼 모양이었다.

"그 애는 제가 앉은 의자가 닐의 의자라고 했어요."

"바보 같은 소리야. 닐이라는 애가 실종돼서 이 학교에 네 자리가 난 게 아니야. 우리처럼 누군가가 이사를 갔지."

난 얼굴을 찌푸렸다.

"그리고 어차피 그 애들은 작년에 전부 다른 교실에 있었잖아, 안 그래?"

제이크가 호기심 어린 얼굴로 날 보았다.

"스물여덟."

제이크가 말했다.

"스물여덟?"

"그 애들은 스물여덟 명이에요."

제이크가 대꾸했다.

"나까지 더하면 스물아홉 명."

"아주 정확해."

난 그런지 아닌지 전혀 몰랐지만 그냥 장단을 맞췄다.

"여긴 한 반에 서른 명씩이야. 그러니 닐이 누군진 몰라도 그 애 의자는 그 애를 기다리고 있을 거야."

"아빠는 그 애가 집에 올 것 같아요?"

우린 운동장에 들어섰다.

"난 모르겠다, 친구."

"나 안아줄 수 있어요, 아빠?"

난 아이를 내려다보았다. 지금 그 애의 얼굴 표정을 보면 어젯밤과 오늘 아침 일은 까맣게 잊은 것 같았다. 하지만 제이크는 겨우 일곱 살이다. 화해는 늘 그 애의 일정과 기분에 맞춰 이루어졌다. 지금의 나는 그걸 거부하기엔 너무 지쳐 있었다.

"당연하지."

"왜냐하면 심지어 우리가 말다툼을 할 때도…."

"우린 여전히 서로를 사랑하지. 아주 많이."

난 무릎을 꿇고 제이크를 꼭 껴안았다. 에너지가 조금 충전되는 듯한 기분이 들었다. 내가 계속 달릴 수 있는 건 어쩌면 가끔씩의 이런 포옹 덕분인지도 모른다. 다음 순간 아이는 한 번 뒤돌아보지도 않고 셸리 선생님을 지나쳐 느긋한 걸음걸이로 건물 안으로 들어갔다. 난 제이크가 제발 오늘만큼은 또 불미스러운 일에 말려들지 않기를 빌며 정문을 나섰다.

하지만 만약 또 그렇게 되면….

음, 그러라고 하지 뭐.

그냥 그 애가 자기 자신으로 살게 놔둬.

"안녕하세요."

부르는 소리에 돌아보니 캐런이 조금 뒤에서 잰걸음으로 날 따라오고 있었다.

"안녕하세요."

난 말했다.

"이제 가세요?"

"네. 앞으로 몇 시간이나마 평화와 고요를 누리려고요."

캐런은 내 옆에서 보조를 맞춰 걸었다.

"제이크는 어제 어땠어요?"

"노란불로 올라갔어요."

난 대답했다.

"무슨 소린지 모르겠는데요."

나는 그 신호등 제도를 설명했다. 그 중대성과 심각성이 어젯밤 그 사건들을 겪고 난 지금은 어찌나 하찮게 느껴지던지, 난 말 끝에 하마터면 웃음을 터뜨릴 뻔했다.

"젠장, 별 망할 놈의 제도도 다 있네요."

캐런이 말했다.

"내 생각도 그래요."

운동장의 모든 학부모들이 가식을 벗어던지고 평범한 사람들처럼 욕설을 내뱉게 되는 임계점 같은 게 있는 걸까. 만약 있다면, 난 그걸 넘은 게 기뻤다.

"어떻게 보면 사실은 훈장 같은 거죠."

캐런이 말했다.

"아마 반 애들은 제이크를 부러워할걸요. 애덤 말로는 그 애랑 어울릴 기회가 별로 없었다더군요."

"제이크는 애덤이 착하다고 하던데요."

지어낸 소리였다.

"제이크가 잠깐 혼잣말을 하더라는 이야기도 들었어요."

"네, 가끔 그럴 때가 있죠. 상상의 친구들이 있거든요."

"그렇군요."

캐런이 말했다.

"난 전적으로 공감할 수 있어요. 내 가장 친한 친구 몇 명은 상상의 친구들이거든요. 물론 농담이죠. 하지만 애덤도 그 단계를 거쳤고, 나도 어렸을 때는 분명 그랬을 거예요. 아마 당신도 마찬가지일 걸요."

난 얼굴을 찌푸렸다. 갑작스레 기억 하나가 떠올랐다.

"한밤중의 신사."

난 말했다.

"네?"

"맙소사, 너무 오랫동안 까맣게 잊고 있었어요."

난 당황해서 머리카락을 손으로 빗어 넘겼다. 내가 도대체 어떻게 그걸 잊을 수가 있었지?

"맞아요, 난 정말로 상상의 친구가 있었어요. 어렸을 때, 어머니한테 밤에 누군가가 내 방에 들어와 날 껴안았다는 이야기를 했죠. 한밤중의 신사. 난 그렇게 불렀어요."

"그렇군요…. 좀 오싹한 얘기네요. 하지만 애들은 원래 항상 무서운 이야기를 하죠. 오로지 그것만 다루는 웹사이트도 있어요. 그 이야기를 써서 거기 한 번 올려봐요."

"그럴 수도 있겠네요."

하지만 난 다른 생각을 하고 있었다.

"제이크가 요즘에 또 다른 이상한 말을 하더라고요. '문을 반쯤 열어두면 속삭임 소리가 들려오지.' 혹시 그런 말 들어본 적 있어요?"

"흐으음."

캐런은 잠시 생각에 잠긴 눈치였다.

"확실히 뭔가 떠오르는 게 있네요. 어딘가에서 분명 들어본 것 같아요. 아마 애들 사이에 흔히 도는 괴담 같은데요."

"그렇군요. 어쩌면 그럼 제이크도 다른 아이한테 들었을지도 모르겠네요."

물론 *이 학교* 아이한테서는 아니었다. 왜냐하면 제이크는 새 학교에 처음 등교하기 전날 밤에 그 이야기를 했으니까. 어쩌면 내가 모르는 아이들 사이의 유행어 비슷한 것일지도 모른다. 내가 제이크 보라고 틀어놓고 완전히 신경을 끄고 있던 텔레비전 프로그램들에서 나온 걸까.

난 한숨을 푹 내쉬었다.

"그냥 오늘은 제이크의 운이 어제보다 더 좋으면 좋겠어요. 전 그 애가 걱정돼요."

"그건 자연스러운 일이죠. 부인은 뭐라세요?"

"작년에 죽었어요."

난 대꾸했다.

"제이크가 아무래도 그 일을 잘 극복하지 못하고 있는 것 같아요. 당연한 이야기지만요."

캐런은 잠시 침묵을 지켰다.

"마음이 아프네요."

"고마워요. 솔직히 말하면 나 역시 그 일을 잘 극복하고 있는 것 같지가 않아요. 내가 좋은 아버지인지에 대해서도 전혀 확신이 없고요. 내가 그 애를 위해 할 수 있는 최선을 다하고 있는지도."

"그것도 당연하죠. 내 생각엔 분명 최선을 다하고 있을 것 같은데요."

"어쩌면 진짜 문제는 내 최선이 과연 충분하냐겠죠."

"그것 역시 난 분명 충분할 거라고 봐요."

캐런은 걸음을 멈추고 양손을 주머니에 찔러 넣었다. 우린 교차로에 도달했고, 난 오른쪽으로 꺾어야 하는데 캐런은 일직선으로 가야 하는 모양이었다.

"하지만 어쨌든…."

캐런이 말을 이었다.

"두 사람 다 힘든 시간을 보내고 있는 것 같네요. 그러니 내 생각 엔…, 물론 당신이 내 의견을 물어본 건 아니지만…, 에라 모르겠 다. 그냥 말할게요. 어쩌면 당신은 자신한테 그렇게 가혹하게 구는 걸 그만둬야 하지 않을까요?"

"어쩌면요."

"그냥 조금만이라도?"

"어쩌면요."

"말은 쉬워도 행동은 어렵죠. 나도 알아요."

캐런은 갑자기 한숨을 푹 내쉬고 자신을 추슬렀다.

"어쨌든. 나중에 다시 얘기해요. 좋은 하루 보내요."

"당신도요."

집으로 오는 길 내내 난 그 생각을 했다. *어쩌면 자신에게 그렇 게 가혹하게 구는 걸 그만둬야 하지 않을까요?* 거기엔 일말의 진 실이 있을지도 모른다. 왜냐하면 뭐라 해도 난 그냥 다른 모든 사 람들과 마찬가지로 허우적대며 인생을 헤쳐 나가고 있을 뿐이니 까. 그렇지 않나? 최선을 다하려고 애쓰면서.

하지만 집으로 돌아온 후, 난 뭘 어쩌면 좋을지 갈피를 잡지 못 한 채 아래층을 서성거렸다. 조금 전까지만 해도 제이크 없이 혼자 만의 시간을 좀 가지면 좋을 것 같았다. 하지만 집이 텅 비고 주위 가 조용해진 지금은 그 애를 가능한 내 가까이에 두고 싶은 간절한 마음이 솟구쳤다.

왜냐하면 난 그 애를 안전하게 지켜줘야만 하니까.

그리고 내가 지금 생각하고 있는 건 어젯밤에 일어난 그 일이 *아 니었다.*

그 생각이 떠오르자 번뜩 혼란이 스쳐 갔다. 경찰이 우릴 도와줄 마음이 없다면, 이는 내가 직접 나서야 한다는 뜻이었다. 난 좌절감에 사로잡힌 채 텅 빈 집 안을 서성거렸다. 당장 뭔가를 해야만 할 것 같아 마음이 급했지만 도대체 뭘 하면 좋을지 짐작도 안 갔다. 결국 내 발걸음은 서재로 향했다. 노트북은 밤새 대기 상태였다. 트랙패드를 툭 건드리자 화면이 깨어나면서 거기 적힌 글이 눈에 들어왔다.

리베카.

아내였다면 지금 뭘 해야 할지 알았을 텐데. 리베카는 늘 그랬으니까. 난 거실 바닥에 책상다리를 하고 제이크와 나란히 앉아 장난감을 가지고 열정적으로 놀아주던 아내의 모습을 그려보았다. 그리고 옛날 집 소파에 웅크리고 앉아 아이의 머리에 턱을 고인 채 책을 읽어주던 모습을. 그럴 때면 두 사람의 몸은 너무나 빈틈없이 착 붙어서 마치 한 사람처럼 보이곤 했다. 밤에 제이크의 목소리가 들리면 리베카는 내가 잠에서 깨기도 전에 그 애 방으로 가고 있었다. 그리고 그 애가 부르는 건 늘 엄마였다.

난 어제 쓴 글을 지운 다음 새로 세 문장을 적었다.

＊

당신이 그리워.

내가 우리 아들을 실망시키고 있는 것 같은데 뭘 해야 할지 모르겠어.

미안해.

＊

잠시 화면을 응시했다.

이제 그만.

뒹굴고 떼쓰는 건 이제 그만. 아무리 모든 게 힘들기만 할지라도, 내 아들을 보살피는 건 내 몫이다. 최선을 다 해도 부족하다면 최선 이상을 해야 한다.

난 도로 거실로 나갔다. 문에는 자물쇠와 사슬이 걸려 있었지만, 확실히 그거로는 부족했다. 제이크가 손을 뻗어도 닿지 않을 높은 곳에 잠금장치도 설치하기로 마음먹었다. 계단 밑에는 동작 감지기를 설치해야지. 전부 다 내 선에서 가능한 일이었다. 자기 불신이 아무리 날 갉아먹어도, 해결할 수 없는 일이란 존재하지 않았다.

하지만 그보다 먼저 처리할 수 있는 일이 있었다. 난 계단에 쌓인 우편물 더미를 돌아보았다. 도미닉 바넷 앞으로 된 편지 두 통이 있었는데, 둘 다 채권추심 고지서였다. 그것들을 가지고 서재로 가서 노트북의 워드 프로그램을 닫고 그 대신 인터넷 창을 켰다.

자, 이제 당신이 누군지 알아볼까. 도미닉 바넷.

난 온라인에서 그 남자에 관해 뭘 발견하길 기대하는 걸까. 그 남자가 어제 찾아온 남자와 동일인물인지 알려줄 사진이 있는 페이스북 페이지? 그게 아니라면, 내가 현실에서 후속 조치를 하는데 도움이 될 만한 새 주소 같은 것? 내가 제이크를 안전하게 지키고, 내 집에서 무슨 망할 놈의 짓거리가 벌어지고 있는지 알아내는데 도움이 될 만한 거라면 뭐든 좋았다.

첫 검색에서 바로 사진이 하나 나왔다. 도미닉 바넷은 정체를 알 수 없는 내 방문객이 아니었다. 나이도 더 젊었고, 숱 많고 칠흑처럼 검은 머리카락의 소유자였다. 하지만 그 사진은 소셜미디어 사이트에 있지 않았다.

그 사진은 검색 결과 페이지 맨 위의 신문 기사에 딸려 있었다. "지역 남성 의문사, 살인으로 확정"이라는 제목이었다.

네 벽이 나를 향해 밀려왔다. 난 그 글자들에서 모든 의미가 사라져버릴 때까지 눈을 떼지 않았다. 쿵쿵 뛰는 내 심장 소리를 제외하면 집은 온통 정적에 휩싸였다.

그리고 그때….

삐걱.

난 천장을 올려다보았다. 이전과 동일한 그 소음, 마치 제이크의 침실에서 누군가가 딱 한 발짝만 움직인 듯했다. 어젯밤 일을 다시 떠올리니 살갗이 찌르르 울렸다. 내가 침대 발치에서 보았다고 생각한, 제이크가 그린 여자애처럼 머리카락이 온통 한쪽으로 뻗친 누군가의 형체. 누군가가 내 발을 잡아 흔들던 느낌.

일어나, 톰.

하지만 문간의 그 남자와 달리, 그건 내 상상이었다. 난 어차피 반쯤 잠에 취해 있었다. 내 현재의 두려움 때문에 다시 깨어난 과거 악몽의 잔해에 불과했다.

내 집에는 아무것도 없다.

난 그 소음에 신경을 *끄*기로 마음먹고, 내키지 않는 마음으로 기사를 클릭했다.

*

지역 남성 의문사, 살인으로 확정.

*

경찰은 화요일 삼림 지대에서 변사체로 발견된 도미닉 바넷의 죽음을 살인으로 보고 있다고 밝혔다.

피더뱅크 개롤트 가에 거주하던 바넷(42세)은 홀링벡 숲에서 놀던 아이들에 의해 개울가에서 발견됐다. 라이언스 경감은 오늘 바넷이 두부에 입은 '중상'으로 인해 사망했다고 언론에 밝혔다. 범행 동기에 대해 다양한 추론이 있었지만, 현장에서 회수된 소지품으로 미루어 보면 강도를 목적으로 한 범행은 아닌 듯하다.

"일반 대중은 동요할 필요 없습니다."

라이언스는 말한다.

"바넷 씨는 경관들에게 주지의 인물이었고, 사건은 일회성으로 보입니다. 그러나 우리는 이 지역의 순찰을 강화했으며, 뭔가 알고 계신 분의 제보를 바랍니다."

*

난 기사를 한 번 더 끝까지 읽었다. 머릿속이 더 하얘졌다. 주소를 보면 이게 내가 찾는 바로 그 도미닉 바넷이라는 데는 의심할 여지가 없었다. 그 남자는 이 집에 살았다. 어쩌면 내가 지금 앉아 있는 바로 여기 앉아 있었거나 제이크가 지금 쓰고 있는 방에서 잠을 잤을지도 모른다.

그리고 올해 4월에 살해당했다.

난 평정을 유지하려 애쓰며 그 페이지에서 나와 더 많은 기사를 검색했다. 사실들은 단편적으로 제시됐고, 대부분은 행간을 읽어야 했다. *바넷 씨는 경관들에게 주지의 인물이었다.* 조심스러운 문장이었지만, 그 숨은 뜻은 남자가 어떤 식으로든 마약과 관련됐다는 그리고 그것이 그 남자의 살인 동기로 추정된다는 거였다. 홀링벡 숲은 피더뱅크 남쪽, 강 반대편에 있었다. 바넷이 왜 거기에서 발견됐는지는 밝혀지지 않았다. 살인 무기는 그로부터 일주일 후에 발견되었고, 그 직후 기사의 수는 점차 줄어들었다. 온라인에서 검색 가능한 내용에 따르면 살인범은 끝내 잡히지 않았다.

그건 그 자들이 여전히 저기 어딘가에 있다는 뜻이었다.

그 사실을 깨닫자 소름이 쫙 돋았다. 어떡하면 좋을지 알 수 없었다. 경찰을 다시 부를까? 하지만 이번 발견은 내가 경관들에게 이미 말한 내용에 별 새로운 정보를 보태주지 못할 것 같았다. 그래도 전화는 해보기로 마음먹었다. 왜냐하면 *뭐*든 해야만 했으니까. 하지만 그 전에 정보가 더 필요했다.

잠시 궁리하다 보관해둔 집 매매 관련 문서를 떨리는 손으로 뒤져 필요한 주소를 확인한 후 열쇠를 집어 들었다. 보안장치를 추가로 설치하는 건 나중에 해도 된다. 내게 도미닉 바넷에 관해 더 많은 걸 알려줄 수 있는 사람이 하나 있으니, 내가 지금 해야 할 건 그 사람과 이야기를 나눠보는 거였다.

25

늘 시작한 곳에서 끝나지.

어맨다는 그 말을 다시 떠올렸다.

황무지 근방 지역에서 가져온 감시카메라 영상들을 훑어보고 있으려니 자신이 두 달 전 똑같은 거리의 사진들을 살펴보던 기억이 떠오르지 않을 수 없었다. 당시엔 누군가가 닐 스펜서를 데려가는 게 찍혀 있지 않을까 하는 희망을 품었다. 이제는 그 애의 시신을 도로 갖다놓는 누군가를 찾으려 하고 있었다. 하지만 현재까지 결과는 동일했다.

아무것도 없었다.

아직은 일러. 어맨다는 자신에게 그렇게 말했다. 하지만 그 생각은 어맨다의 머릿속에서 마치 재처럼 부스러졌다. 젠장, 늦어도 너무 늦었다. 특히 닐 스펜서에게는. 어젯밤 본 시신의 모습이 머릿속에서 계속 번뜩였지만 그 끔찍한 광경에, 닐을 제때 구하지 못한 자신의 실패에 집착하는 건 도움이 되지 않을 터였다. 그 대신 어맨다가 해야 하는 건 일에 집중하는 거였다. 한 발 한 발 차례로 내디디는 것. 한 가지씩 사실을 확인하기. 그 어린 남자애한테 그런 짓을 저지른 개자식을 잡을 방식은 결국 그것뿐이었다.

또 한 번의 번뜩임.

어맨다는 고개를 가로젓고는 한쪽 구석에서 배정받은 책상에 앉아 조용히 일하고 있는 피트 윌리스를 바라보았다. 아까 자리에 앉은 후로 자신도 모르게 줄곧 그쪽을 훔쳐보는 중이었다. 피트는 이따금씩 전화를 거는 걸 제외하면 앞에 놓인 사진들과 서류에 철저히 몰두했다. 프랭크 카터는 뭔가를 아는 게 분명했고, 그건 누군가가 그 자에게 바깥세상의 소식을 전해주었다는 뜻이다. 피트는 그게 누군지 알아내려고 카터의 교도소 내 지인들을 찾아온 면회객들을 일일이 확인하는 중이었다. 그리고 어맨다는 지금 그런 피트에게서 눈을 뗄 수 없었다.

어쩌면 저토록 *차분할* 수가 있지?

하지만 그건 표면상이고, 피트 역시 속으로는 괴로워하고 있을 게 분명했다. 어맨다는 프랭크 카터를 면회하고 왔을 때 그리고 어젯밤 황무지에서 보인 피트의 모습을 떠올렸다. 만약 지금 냉정해 보인다면, 그건 단지 어맨다와 마찬가지로 주의를 딴 데로 돌리려 애쓰고 있기 때문이었다. 그리고 어맨다보다 거기에 더 능숙해 보인다면 그가 훨씬 더 많은 훈련을 거쳤기 때문일 것이었다.

어맨다는 비결을 묻고 싶었다.

하지만 그냥 다시 영상에 집중하려 애썼다. 이미 마음속 깊은 곳에서는 그래 봤자 아무런 성과도 없으리라는 걸 알고 있으면서도. 두 달 전과 똑같았다. 그때 어맨다와 경관들은 성능이 변변찮은 감시카메라에 잡힌 사람들의 신원을 일일이 밝혀내고 용의선상에서 차례로 지워 나갔다. 좌절뿐인 작업이었다. 일이 더 진행될수록 더 잘못되어 가는 것처럼 느껴지기만 했다. 하지만 그래도 필요한 일이었다.

어맨다는 흐릿한 이미지들을 하나하나 차례로 살펴보았다. 정지화면 속의 남자와 여자 그리고 아이들. 그들 모두와 이야기를 나눠야 할 것이다. 비록 중요한 걸 목격한 사람은 그중 아무도 없겠지만. 그들이 찾고 있는 남자는 조심성이 많았다. 그리고 차들도 마찬가지일 터였다. 브리핑 때 어맨다가 장담한 건 진심이었다. 그리고 아직은 그 생각을 버리지 않고 있었지만, 마음속 깊숙이에서는 그 모든 게 소용없다는 걸 알았다. 피더뱅크를 차로 돌아다니면서 감시카메라를 피하는 건 분명히 전혀 어려운 일이 아니었다. 자신이 뭘 하고 있는지 안다면.

어맨다는 옆에 놓인 노트 위에 그 생각을 끼적였다.

카메라 위치들을 알고 있다?

하지만 두 달 전에도 똑같이 적었다. 역사는 되풀이된다.

늘 시작한 곳에서 끝나지.

어맨다는 좌절감에 펜을 던져버리고 일어나서 피트의 자리로 갔다. 피트는 너무 골몰한 나머지 어맨다가 온 것도 몰랐다. 책상에 놓인 프린터는 꾸준히 사진들을 뱉어내고 있었다. 감시카메라에 찍힌 교도소 면회객의 사진 캡처들이었다. 피트는 그 사진들과 화면을 세세히 비교하면서 사진 뒷장에 뭐라고 적고 있었다. 책상 위에 놓인 낡은 신문을 본 어맨다는 고개를 기울여 헤드라인을 읽었다.

"콕스턴 카니발의 교도소 결혼?"

어맨다가 물었다. 피트는 깜짝 놀라 고개를 들었다.

"네?"

"신문 기사요."

어맨다는 그걸 다시 읽었다.

"세상은 정말 놀라운 곳이라니까요. 대체로 끔찍한 방면으로요."

"아, 그래요."

피트는 자기가 모으고 있는 사진들을 몸짓으로 가리켰다.

"그리고 이들은 전부 그 자의 면회객들이에요. 실명은 빅터 타일러. 25년 전에 어린 여자애를 유괴했죠. 메리 피셔라고…."

"기억나요."

어맨다가 말했다. 피셔가 유괴되었을 때 어맨다 역시 비슷한 또래였다. 얼굴은 기억나지 않았지만, 그 이름을 듣자 곧장 무서운 이야기들과 낡은 신문의 흐릿한 사진들이 떠올랐다. 25년. 그렇게 오래전이라니, 믿어지지 않았다. 사람들이 이토록 빨리 세상에 잊혀 흐릿한 과거로 변하다니.

"살아 있었으면 아마 지금쯤 결혼했겠죠."

어맨다가 말했다.

"이건 정말 아닌 것 같지 않아요?"

"네."

피트는 프린터에서 사진 한 장을 더 꺼내고, 잠시 컴퓨터 화면에 눈길을 두었다.

"타일러는 15년 전에 결혼했어요. 상대는 루이스 딕슨. 믿기지 않게도, 그 둘은 여전히 함께예요. 물론 둘은 단 하루도 함께 보내지 않았죠. 하지만 이런 일이 가끔 있는 건 아시죠? 이런 남자들이 어떤 매력을 발휘할 수 있는지."

어맨다는 혼자 고개를 끄덕였다. 범죄자들은 종종 바깥세상과 그리 단절되지 않았다. 최악의 범죄자들조차 그랬다. 특정한 부류의 여자들은 마치 고양이가 캣닢에 환장하듯 그런 남자들에게 열광했다. *그 남자는 그럴 사람이 아니야.* 그렇게 자신을 설득했다. 아니면 이제는 새사람이 되었다거나, 그도 아니면 자신들이 그 남자를 구원해줄 거라고. 어쩌면 그중에는 심지어 그 위험 자체에 혹하는 여자들도 있을지 모른다. 어맨다로서는 티끌만큼도 이해할 수 없었지만, 그건 사실이었다.

피트는 사진 뒷면에 뭐라고 적은 후 한쪽으로 치우고 다른 사진에 손을 뻗었다.

"그리고 카터는 이 남자와 친구고요?"

어맨다가 물었다.

"카터가 신랑 들러리를 섰죠."

"흠, 꽤 아름다운 예식이었겠네요. 누가 식을 주재했죠? 혹시 사탄이 직접?"

하지만 피트는 대답하지 않았다. 화면도 보지 않고 방금 집어 든 사진에만 온전히 집중하고 있었다. 또 다른 타일러의 면회객일 거라고 어맨다는 짐작했다. 다만 이건 피트의 주의를 완전히 사로잡은 게 분명했다.

"누군데요?"

"노먼 콜린스요."

피트는 어맨다를 올려다보며 대답했다.

"제가 아는 남자입니다."

"말해줘요."

피트는 기본적인 사항들을 읊어주었다. 노먼 콜린스는 20년 전 조사 당시 신문받았던 이곳 주민이었다. 어떤 확실한 증거가 있는 건 아니었지만, 수상한 행적이 문제가 됐다. 수사 진행 중인 사건에 은근한 관심을 보이는 소름끼치는 인간들이 더러 있는데, 피트의 설명에 따르면 콜린스도 그런 부류 같았다. 경찰들은 그들을 감시하도록 훈련받는다. 기자회견장이나 장례식장 뒤편에서 어슬렁거리는 자들. 엿듣거나 지나치게 캐묻는다 싶은 자들. 지나친 관심을 보이거나 그냥 어떤 방식으로든 수상하게 느껴지는 자들. 단순히 역겹거나 엽기적인 행동에 불과할 수도 있지만, 살인자들 역시 바로 그렇게 행동할 때가 있기 때문이다.

하지만 콜린스는 확실히 아니었다.

"우린 그 남자에게 걸 게 아무것도 없었어요."

피트는 말했다.

"없어도 너무 없었죠. 모든 범행 시각에 확고한 알리바이가 있었어요. 피해 아동이나 그 가족들과도 전혀 접점이 없었고요. 결국, 그 남자는 그 사건에 그저 부차적 존재였죠."

"그런데 용케도 기억하네요."

다시금 사진을 응시하던 피트가 대답했다.

"줄곧 거슬렸거든요."

별거 아닐 수도 있었고, 무엇보다도 어맨다는 지나친 희망을 품고 싶지 않았다. 하지만 방법론과 합리를 우선시하는 와중에도 본능을 완전히 무시할 수는 없었다. 피트가 이 남자를 기억한다면, 틀림없이 뭔가 그럴 만한 이유가 있었을 것이다.

"그리고 이제 재등장했군요."

어맨다가 말했다.

"주소 있어요?"

피트는 키보드를 두드렸다.

"네. 전에 살던 곳에 아직 사네요."

"좋아요. 가서 한 번 이야기나 해보세요. 아무것도 아닐 수 있겠지만, 그 남자가 왜 빅터 타일러를 면회 갔는지 알아봅시다."

피트는 화면을 조금 더 들여다보고 있다 고개를 끄덕이고 자리에서 일어섰다. 어맨다는 도로 자기 자리로 향했다. 하지만 도중에 스테파니 존슨 경사가 어맨다를 불러 세웠다.

"경위님?"

"아, 인근 가구 탐문 결과는 뭐 좀 나왔어요?"

"아직까진 전혀요. 하지만 부모들이 뭔가 걱정스럽다는 신고를 하면 알려달라고 하셨죠? 수상한 사람이 따라다닌다는 신고 같은 거요."

어맨다는 고개를 끄덕였다. 닐의 어머니는 초반에 그걸 놓쳤고, 같은 실수를 되풀이할 수는 없었다.

"신고가 하나 들어왔어요, 오늘 새벽에요."

존슨 경사가 말했다.

"어떤 남자가 누군가가 자기 집 문밖에서 자기 아들한테 말을 걸었다고 신고했어요."

어맨다는 존슨 경사의 책상 위로 손을 뻗어 컴퓨터 화면을 자기 쪽으로 돌리고 자세한 내용을 읽었다. 문제의 남자애는 일곱 살이었다. 로즈 테라스 학교. 앞문 밖에서 웬 남자가 아이한테 말을 걸었다고 했다. 하지만 또한 그 아이의 행동이 이상했다고도 적혀 있었고, 행간을 읽으면 출동 경관들이 그 신고 내용이 사실인지 확신하지 못하는 게 분명했다.

경관들과 이야기를 나눠봐야 할까?

어맨다는 다시 허리를 세우고 자기 자리로 가서, 울화가 치미는 얼굴로 방 안을 둘러보았다. 존 다이슨 경사가 눈에 띄었다. 저 친구가 좋겠어. 그 게으름뱅이 녀석은 서류 더미 뒤에 숨어 휴대폰으로 딴 짓을 하고 있었다. 어맨다가 그리로 가 바로 코앞에서 손가락을 튕기자 존은 화들짝 놀라 휴대폰을 무릎에 떨어뜨렸다.

"따라와."

어맨다는 말했다.

26

시어링 부인의 집까지는 차로 10분 걸렸다. 다른 집들과 동떨어져 있는, 철책으로 둘러싸인 이층집이었다. 박공지붕에 커다란 포장도로 진입로가 딸려 있었으며 바깥쪽 기둥에는 검은색 우편함이 매달려 있었다. 여기도 피더뱅크이긴 하지만 제이크와 내가 사는 곳보다는 훨씬 부유한 지역이었다. 시어링 부인은 우리집을 오랫동안 세 주고 있었다. 그리고 도미닉 바넷은 아마 최근 세입자 중 하나였으리라.

정문 철책 사이로 손을 뻗어 빗장을 풀었다. 문을 밀어 열자 집 안에서 맹렬한 개 짖는 소리가 들려왔고, 앞문에 도달해 초인종을 누르고 기다리는 동안 그 소리는 더 커졌다. 시어링 부인은 두 번째 벨소리에 문간으로 나왔지만 사슬을 건 채 틈새로 바깥을 엿보았다. 개는 부인 뒤에 있었다. 조그만 요크셔테리어로, 나를 향해 사납게 짖고 있었다. 털 끝부분은 회색으로 변했고, 제 주인만큼이나 늙고 쇠약해 보였다.

"누구시죠?"

"안녕하세요."

나는 말했다.

"시어링 부인. 톰 케네디라고 합니다. 몇 주 전에 부인이 제게 집을 파셨죠. 집 구경 때 두어 번 뵀는데. 제 아들도 왔고요. 기억하세요?"

"아, 맞아요. 당연하죠. 저리 가, 모리스. 물러나."

마지막 말은 개에게 한 거였다. 부인은 드레스 자락을 쓸어내리고 나를 돌아보았다.

"죄송해요, 얘가 흥분을 잘해서요. 제가 뭘 도와드리면 될까요?"

"집에 관한 일입니다. 혹시 이전 세입자 중 한 분에 관해 말씀 좀 나눌 수 있을까 해서요."

"그렇군요."

부인은 난감한 눈치였다. 내가 누굴 말하는지 알아챈 게 분명했고, 내키지 않아하는 기색이 역력했다. 난 버티기로 했다. 몇 초의 침묵 후 예의범절이 의구심을 이긴 듯, 부인은 마침내 사슬을 풀었다.

"그렇군요."

부인은 다시 말했다.

"그럼 들어오시는 게 좋겠네요."

나를 집에 들여놓은 부인은 당황한 듯 옷이 어떠니 머리가 어떠니 호들갑을 떨고는 뒤이어 집이 엉망이라고 사과를 했다. 하지만 적어도 집에 관해서는 전혀 사과할 필요가 없었다. 실내는 티 하나 없이 깔끔하고 대궐같이 넓었는데, 현관 입구만으로도 우리 집 거실 크기와 맞먹었다. 거기에서 넓은 나무 계단이 위층으로 휘어져 올라갔다. 난 시어링 부인을 뒤따라 안락한 거실로 향했다. 모리스는 내 발목 근처에서 더욱 열정적으로 껑충껑충 뛰고 있었다. 벽난로 주변에 소파 두 점과 의자 하나가 배치되어 있었으며 벽난로 안은 비어 있었고 티끌 하나 보이지 않았다. 한쪽 벽을 따라 늘어선 진열장의 유리문 안에는 크리스털 자기들을 공들여 비치해 놓았다. 벽에는 주로 시골 풍경과 사냥 장면을 그린 그림들이 걸려 있

었다. 집 전면 창은 붉은 고급 커튼으로 뒤덮여 있어서 바깥 거리
는 보이지 않았다.

"집이 참 예쁘네요."

내가 말했다.

"고마워요. 사실 나한테는 너무 크지만요. 가뜩이나 이젠 아이
들도 다 따로 나가 살고 데릭도 세상을 떴으니까요. 그이가 영면을
누리길. 하지만 이제 와서 이사를 가기엔 내 나이가 너무 많아요.
며칠에 한 번씩 와서 청소해주는 여자가 있어요. 지독한 사치지만,
다른 수가 있어야죠. 자, 좀 앉으세요."

"감사합니다."

"차 좀 드릴까요? 커피라도?"

"아뇨, 괜찮습니다."

나는 자리에 앉았다. 소파는 딱딱했다.

"어떻게, 집에는 좀 적응했어요?"

부인이 물었다.

"네, 잘 적응하고 있습니다."

"그렇다니 너무 다행이네요."

부인이 다정한 웃음을 지으며 말했다.

"난 그 집에서 자랐거든요. 그리고 항상 그 집이 결국엔 좋은 사
람에게 가길 바랐답니다. 점잖은 가족에게요. 아드님이…, 제이크
라고 했던 거 같은데, 맞나요? 아이는 잘 있죠?"

"바로 얼마 전에 등교를 시작했어요."

"로즈 테라스?"

"네."

다시 그 웃음.

"참 좋은 학교죠. 나도 어렸을 때 거기 다녔답니다."

"학교 벽의 그 지문들 중에 부인 것도 있나요?"

"있죠."

부인은 자랑스럽게 고개를 끄덕였다.

"빨간 것 하나, 파란 것 하나."

"좋네요. 부인은 개롤트 가에서 자랐다고 하셨죠?"

"네. 부모님이 돌아가신 후, 데릭과 난 투자 목적으로 그 집을 계속 가지고 있었어요. 남편 생각이었지만, 나도 흔쾌히 동의했죠. 늘 그 집이 좋았거든요. 추억이 있으니까요. 무슨 말인지 알죠?"

"당연하죠."

난 집에 찾아왔던 이상한 남자를 떠올리며 속으로 셈을 해보았다. 그 남자는 시어링 부인보다 훨씬 젊었지만, 그렇다고 불가능한 건 아니었다.

"혹시 남동생이 있으신가요?"

"아뇨, 난 외동딸이었어요. 어쩌면 내가 늘 그 집에 그렇게 애정이 깊었던 게 그래서였을지도 몰라요. 그건 내 집이었으니까. 이해가 가요? 나 혼자만의 집. 그 집을 너무 사랑했죠."

부인은 얼굴을 찌푸리며 말을 이었다.

"어렸을 때 친구들은 그 집을 약간 무서워했어요."

"왜요?"

"아, 그냥, 집이 좀…, 그러니까요, 좀 이상하게 생기긴 했잖아요, 안 그런가요?"

"그런 것 같네요."

캐런도 어제 내게 아주 비슷한 말을 했었다. 지금 와서 그런 소리를 하는 것도 좀 우스웠지만, 나는 어제 캐런한테 했던 말을 되풀이했다.

"성격이 있죠."

"바로 그거예요!"

시어링 부인의 안색이 확 밝아졌다.

"내 생각도 바로 그랬어요. 내가 지금 기뻐하는 것도 바로 그래서예요. 이제야 그 집이 안전한 주인을 찾았으니까요."

나는 말을 꾹 눌러 삼켰다. 그 집에 대한 내 느낌은 안전한 것과는 아주 동떨어져 있었기 때문이다. 하지만 집에 찾아온 남자가 누구였든, 그 집에서 자랐다던 말은 내 의심대로 거짓말이었다. 그리고 부인의 말은 충격적이었다. *이제야* 다시 안전한 주인을 찾아? 그 집이 *결국엔* 좋은 사람에게 가기를 바랐다고?

"그 집이 전에는 안전한 주인을 찾지 못했나요?"

부인은 다시 불편해진 기색이었다.

"네, 그렇다고 하기는 좀 힘들죠. 그냥, 예전에는 세입자 복이 터졌다고 할 정도는 아니었어요. 하지만 사실 사람이란 정말 겪어보기 전에는 모르는 거거든요, 그렇잖아요? 그냥 한 번 만나보면 정말 괜찮은 사람 같아 보일 수 있죠. 그리고 사실 뭔가 걸고넘어질 거리가 있었던 것도 아니에요. 집세는 다들 꼬박꼬박 냈죠. 그만하면 집 관리도 충분히 잘 했고…."

부인이 말끝을 흐렸다. 진짜 문제가 뭐였는지 설명할 방법이 막막해 그쯤에서 마무리하고 싶은 듯했다. 그쪽이야 그래도 상관없겠지만 나는 그렇지 못했다.

"그런데요?"

"아, 모르겠어요. 그 사람들한테 뭐라고 할 만한 확실한 빌미는 정말이지 없었어요. 아니면 바로 조치를 취했겠죠. 그냥 심증만 있었어요. 때때로 거기 머물다 가는 다른 사람들이 있는 것 같다는."

"그 사람들이 우리집에서 살고 있는 것 같았나요?"

"네. 그리고 어쩌면 가끔 불미스러운 일들이 벌어지고 있는 것 같기도 했죠."

부인은 얼굴을 찌푸리며 말을 이었다.

"가끔 그 집에 들러보면 이상한 냄새가 날 때가 더러 있었어요. 하지만 당연히, 요즘에는 미리 약속을 잡지 않고는 그러면 안 되죠. 믿어져요? 자기 집에 들어가는데 약속을 잡아야 한다니. 무슨 사전 경고도 아니고. 딱 한 번 알리지 않고 불시에 찾아갔는데 끝끝내 안 들여보내주더라고요."

"이건 도미닉 바넷이겠죠?"

부인은 망설였다.

"네, 그 남자요. 하지만 그 전 사람이라고 나을 것도 없었어요. 그냥 그 집에 불운이 따랐던 것 같아요."

그리고 맥은 그걸 나한테 떠넘겼죠.

"도미닉 바넷한테 무슨 일이 일어났는지 알고 계시죠?"

내가 물었다.

"네, 당연하죠."

부인은 자기 무릎 위에 우아하고 가지런하게 놓여 있는 양손을 내려다보며 잠시 침묵을 지켰다.

"당연히 너무 끔찍했죠. 누가 뭐래도 그런 일을 당해도 싼 사람은 없으니까요. 하지만 나중에 듣기로, 그 남자는 그런 무리들하고 어울렸다더군요."

"마약이었죠."

난 퉁명스럽게 내뱉었다.

다시금 침묵이 흐르고, 이윽고 부인은 마치 우리가 자신이 전혀 모르는 세계에 관해 이야기하고 있기라도 한 것처럼 한숨을 푹 내쉬었다.

"그 사람이 내 집에서 그런 걸 팔았다는 증거는 전혀 없었어요. 하지만 맞아요. 그건 무척 바람직하지 못한 사업이죠. 그리고 그 사람이 죽은 후 다른 세입자를 들일 수도 있었지만, 이제 그러기엔 내가 너무 늙었다 싶어서 마음을 바꿨답니다. 이제는 집을 팔고 그만 선을 그을 때도 됐다 싶어서요. 내 옛 집을 새 사람한테 넘김으로써 새 기회를 주고 싶었죠. 요즘의 나보다는 더 운이 좋은 누군가한테요."

"제이크와 저였죠."

"맞아요!"

부인의 안색이 확 밝아졌다.

"아드님이 어찌나 귀엽던지! 더 좋은 매입 제안도 들어왔지만 요즘 내게 돈은 큰 문제가 아니기도 하고, 두 사람이 딱 적임자다 싶었거든요. 내 옛 집이 젊은 가족에게 간다고 생각하니까 마음이 좋았어요. 다시금 어린아이가 그 집에서 뛰어놀 걸 생각하니까. 그 집이 다시금 빛과 사랑으로 가득 차게 되길 바랐죠. 내가 어렸을 때처럼 색채로 가득 차길. 두 사람이 그 집에서 행복하다는 말을 듣고 난 너무 기뻤어요."

나는 뒤로 등을 기댔다.

제이크와 나는 당연하게도 그 집에서 행복하지 *않았고*, 그래서 시어링 부인에게 무척 화가 났다. 부인은 그 집의 역사를 말해줬어야 했다. 하지만 부인은 마치 자기가 정말 좋은 일을 했다고 생각하는 듯 진정으로 기뻐했다. 그리고 나는 나와 제이크를 새 집주인으로 고른 부인의 마음을 이해할 수 있었다. 다른 제안을 거절하고….

순간 나는 번뜩 떠오른 생각에 얼굴을 찌푸렸다.

"더 좋은 매입 제안이 있었다고 하셨죠?"

"아! 네…, 사실은 훨씬 좋았어요. 어떤 남자가 내가 제시한 가격보다 훨씬 큰돈을 당장 지불하겠다고 했거든요."

부인은 코에 주름을 잡고 고개를 저었다.

"하지만 그 남자는 전혀 마음에 들지 않았어요. 약간, 이전 세입자들을 떠올리게 했죠. 고집도 어찌나 센지, 그래서 오히려 더 거부감이 들었어요. 난 성가시게 구는 게 딱 질색이거든요."

나는 다시 앞으로 몸을 숙였다.

제시한 가격보다 훨씬 더 큰돈을 내고 그 집을 사려는 남자가 있었고, 시어링 부인은 그 제안을 거부했다. 그 남자는 고집이 셌다. 그 남자에게는 뭔가 석연찮은 구석이 있었다.

"그 남자는…."

나는 주의 깊게 말을 골랐다.

"어떻게 생겼던가요? 혹시 키가 많이 작던가요? 정수리는 대머리고, 주변에는 흰머리가 나 있고?"

나는 손을 머리로 가져갔지만 부인은 이미 고개를 끄덕이고 있었다.

"네, 그 남자 맞아요. 늘 완벽한 옷차림을 하고 있었죠."

그리고 부인은 다시 얼굴을 찌푸렸다. 나 못지않게 부인 역시 그여봐란 듯한 정중함에 속지 않은 모양이었다.

"콜린스 씨."

부인이 말했다.

"노먼 콜린스."

27

집으로 돌아와 차를 세우고 진입로를 바라보았다.

나는 생각하고 있었다. 아니, 적어도 생각하려 애쓰고 있었다. 사실과 생각과 설명들이 내 머릿속에서 마치 새 떼처럼 한꺼번에 휘몰아쳤다. 붙잡기엔 너무 빨랐지만 눈에 안 보일 정도는 아니었다.

이 집을 기웃거리며 염탐하던 남자의 이름은 노먼 콜린스였다. 이 집에서 자랐다던 건 거짓말이었지만, 무슨 이유에선지 그 남자는 이 집을 사려고 판매 가격보다 훨씬 큰돈을 기꺼이 지불하려 했다. 이 집은 확실히 그 남자에게 뭔가 의미가 있었다.

하지만 그 의미가 도대체 뭐지?

나는 진입로 너머 차고를 응시했다. 콜린스가 처음 내 눈에 띄었을 때 어슬렁거리고 있던 곳이었다. 내가 들어오기 전 집 안에서 내간 허섭쓰레기로 가득한 차고, 그중 일부는 아마도 도미닉 바넷의 것이었으리라. 어젯밤 문간에서 제이크한테 문을 열라고 꼬드긴 게 혹시 콜린스였을까? 만약 그렇다면 콜린스의 목적은 제이크가 아니라 이 집의 뭔가였을지도 모른다.

어쩌면 차고 열쇠일지도.

하지만 혼자 궁리해봤자 한계는 빤했다. 차에서 내려 차고로 가 자물쇠를 풀었다. 한쪽 문을 잡아당겨 열고 저절로 닫히지 않도록 낡은 페인트 깡통을 끼워놓았다.

안으로 들어섰다.

쓰레기는 당연히 남겨둔 그대로였다. 낡은 가구들, 더러운 매트리스, 한복판에 마구잡이로 쌓인 눅눅한 종이상자들. 오른쪽을 내려다보니 거미는 여전히 그 굵은 거미줄을 잣고 있었는데, 이제는 전보다 몇 개쯤 더 늘어난 잔해들에 둘러싸여 있었다. 거미가 썹어서 뱉어놓은 그 작고 불투명한 매듭들은 아마도 나비인 듯 보였다.

주위를 둘러보았다. 나비 한 마리가 창틀에 우아하게 날개를 펄럭이고 있었다. 또 한 마리는 크리스마스 장식이 든 상자 옆에서 쉬고 있었다, 날개가 부드럽게 오르락내리락했다. 그것들을 보니 제이크의 그림이 떠올랐다. 아울러 그 애가 절대 이 차고에서 그 나비들을 보았을 리가 없다는 사실도. 하지만 그건 지금 나로서는 아직 풀 수 없는 수수께끼였다.

뭐지, 노먼?

당신이 여기서 찾으려 한 게 뭘까?

나는 마른 낙엽 몇 장을 발로 밀어 공간을 만든 후 크리스마스 장식이 든 상자를 내려놓고 그 안을 뒤지기 시작했다.

거기에 있는 종이상자를 전부 뒤지는 데는 30분쯤 걸렸다. 바닥에 무릎을 꿇고 하나하나 차례로 비우고 내용물을 전부 주위에 늘어놓았다. 돌바닥은 차가웠고, 청바지는 주변의 습기를 빨아들이는 것 같았다.

등 뒤에서 차고 문이 덜그럭거리는 소리가 들리는 바람에 나는 화들짝 놀라 재빨리 돌아보았다. 하지만 텅 빈 진입로에는 햇살만이 내리쬐고 있었다. 따뜻한 미풍 때문에 문이 페인트 깡통에 부딪친 거였다.

나는 상자의 내용물을 다시 돌아보았다.

전부 대수롭지 않은 것들이었다. 상자에 담긴 건 당장 쓸 일은 전혀 없지만 그래도 곧장 내다버리기엔 좀 께름칙한 허섭스레기가 전부였다. 물론 장식용품들이었다. 장식용 반짝이 조각들이 주변에 온통 흩어져 있었다. 세월이 흐르면서 빛이 바래고 생명력은 사라졌다. 잡지와 신문도 있어서 날짜와 판쇄를 확인했지만 어떤 관련성도 보이지 않았다. 개켜서 넣어둔 곰팡내 나는 옷들. 먼지로 뒤덮인 낡은 연장 케이블들. 의도적으로 숨겨놓은 것처럼 보이는 건 아무것도 없었다. 그저 별 생각 없이 한데 모아 치워놓고 잊어버린 듯했다.

좌절감을 억누르려 애써야 했다. 여기엔 아무런 답도 없었다. 하지만 나 때문에 나비들의 평온이 어지럽혀진 모양이었다. 대여섯 마리가 더듬이를 파르르 떨며 내가 늘어놓은 잡동사니 위를 기어가고 있었다. 또 다른 두 마리는 창문에 부딪쳐 날개를 퍼덕거렸다. 장식용 반짝이 위를 기어가던 한 마리가 공중으로 날아올라, 날개를 팔락이며 날 지나쳐 열린 문을 향해 날아갔다. 하지만 그 뒤 멍청하게도 도로 안쪽으로 선회해 내 앞 바닥에 놓인 벽돌 위에 내려앉았다.

나는 녀석을 잠시 지켜보며 눈길을 확 끄는 날개의 다채로운 색상에 다시금 감탄했다. 나비는 벽돌 표면을 꾸준히 기어가다 그 사이의 틈새로 사라졌다.

나는 바닥을 내려다보았다. 앞쪽의 꽤 넓은 부분에 벽돌이 깔려있었는데, 나는 잠시 후 그게 뭔지 깨달았다. 차 수리를 할 때 사람이 차 밑에 들어가 누울 수 있게 파놓은 공간이었다. 누군가가 거기에 벽돌을 채워 표면을 평평하게 다져놓았다.

나는 나비가 앉아 있던 벽돌 하나를 시험하듯 조심스레 들어올렸다. 먼지와 낡은 거미줄로 뒤덮인 벽돌을 바닥에서 꺼내자 그 한쪽 측면에 나비가 고집스럽게 들러붙어 있었다. 벽돌을 들어낸 틈새로 또 다른 종이상자의 윗부분이 드러났다. 차고 문이 내 뒤에서 다시 쾅 부딪쳤다.

맙소사.

이번에는 제대로 확인해야겠다 싶어 자리에서 일어나 진입로로 나갔다. 아무도 없었지만, 태양이 구름 뒤로 사라진 직후라 세계가 더 어둡고 추운 곳으로 변한 것 같았다. 바람이 세졌다. 고개를 숙이자 여전히 내 손에 들린 벽돌이 보였다. 손이 살짝 떨리고 있었다.

차고로 돌아와 손에 든 벽돌을 한쪽에 내려놓고 나머지 벽돌들을 구덩이에서 꺼냈다. 그 아래에 깔려 있던 상자가 서서히 모습을 드러냈다. 다른 상자들과 크기는 같았지만 윗부분이 박스테이프로 봉해져 있었다. 열쇠 꾸러미를 꺼내 가장 끝이 날카로운 열쇠를 찾았다. 심장이 징징 울리는 것 같았다.

당신이 찾던 게 이거야, 노먼?

난 열쇠 끝을 테이프 중앙에 갖다 대고 이음매를 따라 손끝에 힘을 주었다. 테이프는 양 끝에서 쩍 소리를 내며 갈라졌다. 상자 안을 들여다보았다.

그 순간 나는 주저앉아 엉덩방아를 찧고 말았다. 내 눈에 보이는 걸 도저히 이해할 수 없었다. 아니, 이해하고 싶지 않았다. 제이크가 어젯밤 거실에서 내뱉은 혼잣말이 떠올랐다. 무서우라고 그러는 거야. 나는 그때 그 상상의 여자애가 우리 인생으로 다시 돌아왔다고 생각하고 있었다.

차 문이 쾅 닫히는 소리가 들렸다. 뒤돌아보니 차 한 대가 우리 집 진입로 끝에 서 있었고, 남자 한 명과 여자 한 명이 나를 향해 걸어오고 있었다.

그 애가 아니에요. 내 아들이 한 말이었다.

바닥의 남자애였어요.

"케네디 씨?"

여자가 나를 불렀다. 나는 대답 대신, 내 앞에 놓인 상자를 다시 돌아보았다.

그 안에 있는 뼈를.

날 올려다보고 있는 그 작은 두개골을.

그리고 거기 내려앉아 쉬고 있는 아름다운 색의 나비를. 날개는 마치 잠든 아이의 심장 박동처럼 부드럽게 오르락내리락하고 있었다.

28

그 당시 피트는 노먼 콜린스를 몇 차례 만났지만, 그 남자의 집까지 찾아갈 만한 핑계는 없었다. 하지만 어디 사는지는 알았다. 그 집은 콜린스의 부모 소유였고, 콜린스는 평생 그곳에서 살았다. 아버지가 세상을 떠난 후로 꽤 오랫동안 어머니와 단둘이 살았고, 어머니가 별세한 후에도 혼자 그곳에 남았다.

물론 그리 크게 이상한 일은 아니었지만, 그래도 그 생각을 하면 피트는 약간 의아스러웠다. 아이들은 자라면 집을 나가 자기만의 인생을 꾸려야 한다. 그렇게 하지 않는다는 것은 뭔가 건전하지 못한 의존성이나 결함이 있다는 걸 뜻했다. 아니, 어쩌면 그런 생각이 드는 건 그냥 콜린스라는 인간을 직접 만나봤기 때문인지도 모른다. 피트가 기억하는 콜린스는 유약하고 창백한 남자로, 항상 땀을 흘리고 있었다. 마치 내면에 뭔가 썩은 것이 있어서 그게 꾸준히 새 나오는 것처럼. 죽은 어머니의 침실을 수십 년간 공들여 보존하거나 어머니 침대에서 잠을 잤다고 해도 전혀 의외일 것 같지 않은, 그런 부류의 남자였다.

하지만 아무리 피트의 비위에 거슬렸어도, 노먼 콜린스는 프랭크 카터의 공범이 아니었다. 그건 어느 정도 위로가 되는 점이었다. 콜린스가 혹시나 지금 상황에 어떤 식으로든 개입했다 해도, 피트가 옛날에 그 남자를 놓친 건 아니었다. 콜린스는 한 번도 공식 용의자가 아니었지만 꽤 의심을 사긴 했다. 하지만 콜린스의 알리바이는 입증됐다. 카터의 공범이 실제 존재한다 해도, 그게 노먼 콜린스라는 건 물리적으로 불가능했다.

그렇다면 콜린스는 교도소에 가서 뭘 한 걸까? 어쩌면 아무것도 안 했을지 모른다. 하지만 카터가 어떻게 해서든 바깥 세계의 소식을 전달받았다는 건 분명한 사실이다. 피트는 콜린스의 집 앞에 차를 세우면서 약간의 전율을 느꼈다. 물론 너무 많은 희망을 품어서는 안 될 일이다. 하지만 그래도 올바른 궤도에 올랐다는 감이 왔다. 비록 아직은 그게 어디로 이어질지 명확하지 않다 해도.

집으로 다가갔다. 작은 앞 정원은 돌보는 사람이 아무도 없는 듯, 무성하게 자란 잔디가 소용돌이처럼 모든 걸 뒤덮고 무너져 내렸다. 건물 바로 가까이에 있는 덤불은 어찌나 울창한지 앞문까지 가려면 양옆으로 몸을 틀고 긁히면서 빠져 나가야 했다. 노크를 했다. 손마디에 닿는 목재는 반쯤 삭아버린 듯, 무르고 엉성하게 느껴졌다. 집 앞쪽은 아마 예전에는 흰색 페인트칠이 되어 있었겠지만 이제는 하도 심하게 벗겨져서 두꺼운 파운데이션이 쩍쩍 갈라진 늙은 여자의 얼굴을 떠올리게 했다.

다시 노크를 하려는 참에 문 반대편에서 움직이는 소리가 들렸다. 문이 열리긴 했지만 사슬이 걸려 있었다. 사슬 거는 소리가 들리지 않은 걸 보면 콜린스는 평소 집에 있을 때도 문단속에 꽤나 신경을 쓰는 모양이었다.

"누구시죠?"

노먼 콜린스는 피트를 알아보지 못했지만, 피트는 아주 잘 기억하고 있었다. 수도승 풍의 머리가 회색으로 센 것을 제외하면 20년이라는 세월은 남자를 거의 바꿔놓지 못했다. 정수리는 뭔가가 화가 나서 터져 나오기 직전인 듯 얼룩덜룩하고 붉었다. 그리고 아마 집에서 쉬고 있었을 텐데도 말쑥한 정장에 웨이스트코트까지 갖춘, 거의 어처구니없을 정도로 공식적인 차림을 하고 있었다.

피트는 신분증을 내밀었다.

"안녕하세요, 콜린스 씨. 저는 피트 윌리스 경위입니다. 절 기억 못 하실지도 모르지만, 오래전에 몇 번 뵌 적이 있죠."

콜린스는 신분증에서 피트의 얼굴로 잽싸게 시선을 옮기더니 긴장한 듯 표정을 잔뜩 굳혔다. 기억하는 게 분명했다.

"아, 네. 그렇군요."

피트는 신분증을 집어넣었다.

"잠시 댁에 들어가서 말씀 좀 나눠도 될까요? 시간을 너무 많이 빼앗지 않도록 노력하겠습니다."

콜린스는 망설이며 그림자 진 집 안쪽을 돌아보았다. 피트는 남자의 이마에 벌써부터 땀방울이 맺히기 시작하는 것을 놓치지 않았다.

"지금은 그리 편한 시간이 아니어서요. 무슨 일로 오셨죠?"

"들어가서 말씀 나누는 게 더 좋을 것 같습니다, 콜린스 씨."

피트는 기다렸다. 콜린스는 통통하고 작달막한 남자였고, 피트는 상대가 어색한 침묵이 길어지는 걸 견디지 못할 거라고 확신했다. 몇 초 후, 콜린스는 한 발 물러났다.

"좋습니다."

문이 닫혔다가 다시, 이번엔 완전히 열렸다. 피트는 복도의 칙칙한 정사각형 공간에 발을 들여놓았다. 복도의 층계는 어두운 층계참으로 이어졌다. 실내 공기는 오래되고 퀴퀴한 냄새를 풍겼지만 뭔가 달콤한 내음도 감돌았다. 피트는 위 뚜껑을 열면 나무와 오래된 풍선껌 냄새가 올라오던, 어릴 적 학교의 낡아빠진 책상이 떠올랐다.

"제가 뭘 어떻게 도와드리면 될까요, 윌리스 경위님?"

두 남자는 여전히 층계 밑에 서 있었고, 피트는 그 비좁은 공간이 썩 마음에 들지 않았다. 이렇게 가까이 있으니 콜린스가 정장 밑으로 흘리는 땀 냄새를 맡을 수 있었다. 피트는 거실로 이어지는 듯한 열린 문을 향해 몸짓했다.

"혹시 저기에서 이야기를 나눠도 될까요?"

콜린스는 주저하는 눈치였다. 피트는 얼굴을 찌푸렸다.

뭘 숨기고 있지, 노먼?

"당연하죠."

콜린스가 마침내 대답했다.

"이쪽으로 오시죠."

콜린스는 앞장서서 거실로 갔다. 불결한 환경일 거라는 피트의 예상과 달리 방 안은 말끔하고 깨끗해 보였고, 가구는 피트의 상상보다 더 새것이었으며 덜 구식이었다. 한쪽 벽에는 커다란 평면 텔레비전이 걸려 있고, 나머지 벽들은 그림 액자 및 작은 유리 전시함들로 뒤덮여 있었다.

콜린스는 방 한복판에서 걸음을 멈추더니 꼿꼿이 서서 손을 마치 집사처럼 가슴 앞에서 맞잡았다. 그 기묘하게 공식적인 태도에는 어딘가 피트의 목덜미 털을 곤두서게 만드는 구석이 있었다.

"어디, 불편하신 건 아니죠, 콜린스 씨?"

"아, 아닙니다."

콜린스가 퉁명스럽게 고개를 끄덕였다.

"무슨 일로 오셨는지 다시 한 번 여쭤봐도 될까요?"

"두 달쯤 전에 휘트로 왕립 교도소로 빅터 타일러라는 재소자를 만나러 가셨죠?"

"그랬습니다."

"면회 목적이 뭐였습니까?"

"그 사람하고 이야기하려고요. 다른 사람들을 면회 갔을 때와 동일한 목적이었죠."

"전에도 그 남자를 면회한 적이 있습니까?"

"그렇습니다. 몇 번쯤요."

콜린스는 마치 사진 촬영을 위해 자세를 잡은 것처럼 여전히 미동도 없이 서 있었다. 정중한 웃음도 그대로였다.

"빅터 타일러와 무슨 이야기를 나누셨는지 여쭤봐도 될까요?"

"음, 물론 그 사람의 범죄에 관해서죠."

"그 자가 어린 여자애를 살해한 것 말씀이죠?"

콜린스가 고개를 끄덕였다.

"메리 피셔였죠."

"그 아이의 이름은 나도 압니다."

송장벌레. 콜린스를 볼 때마다 머릿속에 떠오르는 말이었다. 다른 사람들은 본능적으로 거리를 두는 종류의 어둠에 집착하는 기묘한 작은 남자. 콜린스는 마치 이 상황이 다 끝난 것처럼 그리고 피트가 그만 가주기를 인내심 있게 기다리는 것처럼 여전히 웃음을 띤 채 그 자리에 서 있었다. 하지만 그 웃음은 완전히 잘못됐다. 피트가 보기에 콜린스는 불안해 보였다. 뭔가를 숨기고 있었다. 그리고 피트는 자신이 너무 오랫동안 가만히 있었음을 깨달았다. 방 안 공기는 불편할 정도로 정체되어 있었다. 그래서 한쪽 벽으로 걸어가 콜린스가 액자에 넣어 걸어둔 그림 같은 것들을 살펴보았다.

그림들은 기묘했다. 가까이서 보니 대부분은 어린애가 그린 것처럼 보였다. 피트의 시선이 여기저기로 움직였다. 막대기 형체들, 비전공자가 그린 듯한 수채화들…, 이윽고 뭔가 더 색다른 것이 눈길을 끌었다. 석고로 만든 빨간 악마 가면이었다. 싸구려 무대의상 가게에서나 볼 법한 것이었지만, 어떤 이유에서인지 콜린스는 그걸 얇은 직사각형 유리함에 넣어 벽에 걸어두었다.

"소장품이죠."

콜린스가 어느새 옆에 와 있었다. 피트는 깜짝 놀라 비명을 지를 뻔한 것을 간신히 참고 한 걸음 떨어져 섰다.

"소장품이라고요?"

"그러합니다."

콜린스가 고개를 끄덕였다.

"어떤 상당히 악명 높은 살인자가 범죄를 저지른 당시 쓰고 있던 거지요. 손에 넣느라 한 재산 들었습니다만, 멋진 작품이고 출처와 솜씨 또한 흠잡을 데 없죠."

콜린스는 피트를 재빨리 돌아보았다.

"모두 아무 문제가 없는 완전히 합법적인 작품이라고 확실히 말씀드릴 수 있습니다. 제가 뭔가 더 도와드릴 만한 게 있을까요?"

피트는 콜린스가 방금 한 말을 이해하려 애쓰며 고개를 저었다. 그 후 벽에 걸린 다른 것들을 살펴보았다. 이제 보니 단순한 그림들이 아님을 알 수 있었다. 액자들 몇 개는 노트와 편지들을 담고 있었다. 공식 서류와 보고서로 보이는 것들도 몇 개 있었고, 그 외에 싸구려 노트 종이에 손으로 끼적인 것도 있었다.

피트는 무력감이 엄습하는 걸 느끼며 벽을 향해 몸짓을 했다.

"그리고…, 이것들은요?"

"서신들입니다."

콜린스는 자못 흡족하다는 투였다.

"개인적인 것들도 있고 제가 구한 것도 있죠. 역시 사건들로부터 나온 양식과 서류들이죠."

피트는 다시금 콜린스로부터 떨어져, 완전히 방 한복판으로 돌아왔다. 그리고 거기에서 이쪽저쪽을 돌아보았다. 이젠 자신의 눈앞에 있는 게 뭔지 완전히 이해했다. 불편한 느낌이 더욱 심해졌다. 내장이 꼬이고 살갗이 싸늘하게 식었다.

그림들, 기념품들, 서신들.

죽음과 살인의 작품들.

그런 섬뜩한 것들을 손에 넣는 데 집착하는 인간들이 세상에 존재한다는 사실은 익히 알고 있었다. 그리고 심지어 전적으로 그것만을 거래하는 활발한 온라인 시장이 존재한다는 것도. 하지만 그런 수집품에 둘러싸여 본 건 이번이 처음이었다. 온 사방에서 악의가 꿈틀거리는 것 같았다. 이것들이 단순한 수집이 아니라 기념을 목적으로 한 것이기 때문만은 아니었다. 이것들이 전시된 방식에는 숭배감마저 느껴졌다.

노먼 콜린스는 여전히 벽 옆에 그대로 서 있었다. 이제 그 남자의 얼굴에서는 웃음기가 사라지고, 뭔가 훨씬 더 낯설고 파충류 같은 표정이 드러났다. 콜린스는 분명 피트가 여기 들어오는 게 달갑지 않았고, 이 그림과 장식들의 의미가 드러나기 전에 대화가 끝나기를 바랐을 것이다. 하지만 지금 콜린스의 얼굴에는 자부심과 조소가 떠올라 있었다. 피트가 자신의 수집품을 얼마나 혐오스러워하는지를 잘 알고 있을뿐더러 어느 정도는 그걸 즐기는 듯한 표정이었다. 심지어 어떤 면에서는 우월감마저 느끼는 듯했다.

모두 아무 문제가 없는 완전히 합법적인 작품이라고 확실히 말씀드릴 수 있습니다.

그래서 피트는 뭘 해야 할지 갈피를 잡지 못한 채 잠시 그대로 서 있었다. 뭔가 할 수 있는 일이 있기나 할까. 그 순간 휴대폰이 울리자 번쩍 정신이 들었다. 휴대폰을 꺼내고 뒤돌아 귀에 바짝 갖다 대고 나지막한 목소리로 말했다.

"월리스입니다."

어맨다였다.

"피트? 어디예요?"

"아까 말씀드린 곳에 있습니다."

피트는 어맨다의 목소리에서 시급함을 느끼고 되물었다.

"어디세요?"

"개롤트 가의 집에 있어요. 유해가 또 발견됐어요."

"또요?"

"네. 하지만 이번 유해는 훨씬 오래됐어요. 오랫동안 숨겨져 있었던 것 같아요."

피트는 어맨다의 말을 이해하려 애썼다.

"이 집은 최근 매각됐어요."

어맨다의 목소리는 약간 숨이 찬 듯 들렸는데, 그녀 자신도 그 모든 걸 이해하려 애쓰고 있는 것 같았다.

"새 주인이 차고에 있는 상자에서 유해를 발견했어요. 그런데 그 사람은 어젯밤 누군가가 자기 아들을 납치하려 했다고 신고했어요. 그리고 당신의 그 남자, 노먼 콜린스가 그 집에서 몰래 어슬렁거렸던 모양이에요. 주인이 현장에서 그 남자를 봤다고 했어요. 아마 콜린스가 시신이 거기 있다는 걸 알았던 것 같아요."

그 순간, 피트는 불현듯 인기척을 느끼고 재빨리 몸을 돌렸다. 콜린스가 다시금 가까이 다가와 있었다. 이제는 피트 바로 옆에, 거의 모공과 텅 빈 눈동자가 훤히 들여다보일 만큼 바짝 붙어 서 있었다. 악의로 공기가 윙윙 울렸다.

"뭐 또 다른 게 있나요, 윌리스 경위님?"

콜린스가 속삭였다.

피트는 심장이 거칠게 뛰는 걸 느끼며 한 걸음 물러섰다.

"서로 데려오세요."

어맨다가 말했다.

29

난 제이크의 학교를 한 블록 앞두고 차를 세웠다. 경관이 차에 같이 타고 있다는 사실에 마음이 놓여야 할 텐데, 실은 그렇지 못했다.

새벽에 출동한 경관들은 한밤중의 불청객과 내 아들의 납치 미수 사건을 생각만큼 진지하게 여겨주지 않아서 날 실망시켰다. 이제 그 점은 확실히 달라졌지만, 그렇다고 안심이 되는 것과는 거리가 멀었다. 그건 이 모든 일이 현실이라는, 즉 제이크가 정말로 위험에 처했다는 뜻이었다.

다이슨 경사가 고개를 들었다.

"다 왔나요?"

"모퉁이를 돌면 바롭니다."

경사는 휴대폰을 바지 주머니에 집어넣었다. 다이슨은 50대인데도 무슨 십 대인 양 서에서부터 여기까지 오는 내내 휴대폰 화면 속으로 아예 들어갈 기세였다.

"알겠습니다."

경사가 말했다.

"평소와 정확히 똑같은 방식으로 행동해주셨으면 합니다. 아드님을 차에 태우세요. 다른 학부모들하고 잡담을 하거나, 뭐든 평소에 하던 대로 하시면 됩니다. 서두르지 마시고요. 제가 선생님과 근처에 있는 다른 사람들을 계속 지켜보고 있겠습니다."

나는 운전대를 두드렸다.

"벡 경위님 말로는 이미 문제의 인물을 체포했다고 하던데요."

"맞습니다."

다이슨이 어깨를 으쓱했다. 그 태도로 미루어, 단순히 위에서 시키는 대로 따르고 있을 뿐인 게 분명했다.

"그냥 예방조치일 뿐입니다."

'예방조치.'

어맨다 벡 경위도 경찰서에서 그렇게 말했다. 집에 찾아온 경찰들에게 내가 발견한 걸 보여준 이후로 상황은 급속히 진전됐다. 그 사이 노먼 콜린스가 체포됐고, 난 어젯밤 제이크에게 무슨 일이 일어날 뻔했는지를 더없이 명확히 이해했다. 하지만 콜린스가 구속됐으니, 이제 내 아들은 안전해야 한다.

그런데 이 동행의 의미는 뭐지?

단순한 예방조치.

그 말은 경찰서에서도 날 안심시켜주지 못했고, 지금도 마찬가지였다. 경찰은 내 뒤를 지켜주는 유능하고 든든한 자원이었지만, 그럼에도 여전히 난 제이크를 내 곁으로, *내가* 그 애를 보살필 수 있는 곳으로 데려오기 전까지는 전혀 안전하다고 느낄 수 없었다.

학교로 걸어가는 동안 등 뒤의 다이슨의 존재는 점차 희미해졌다. 경관이 날 은밀하게 미행하고 있다니, 현실감이 들지 않았다. 하지만 생각해보면, 오늘 하루 전체가 뭔가 어긋나 있었고 비현실적이었다. 상황이 전개되는 속도가 너무 빨라서, 나는 아직 내가 내 집에서 인간의, 그것도 아마 어린아이였을 가능성이 높은 유해를 찾아냈다는 사실을 완전히 납득하지 못한 상태였다. 그 사건의 현실성은 아직 날 강타하지 않았다. 나는 서에서 침착하게 진술을 마쳤고, 제이크를 데려온 후에 서명할 수 있도록 타이프라이터로 작성된 진술서가 날 기다리고 있었다. 그 다음 순서는 또 뭘지, 나로서는 짐작도 할 수 없었다.

다이슨은 내게 그냥 평소처럼 행동하라고 했지만, 이런 상황에서 그건 절대 불가능한 지령이었다. 하지만 운동장에 도착해보니 철책에 기대 서 있는 캐런이 보였다. 캐런에게 이야기를 거는 건 충분히 정상적인 행동 같았다. 나는 캐런에게 다가가 나란히 철책에 기댔다.

"안녕하세요."

캐런이 말했다.

"그새 별일 없었죠?"

"그새 별일이 있었네요."

"하하."

캐런은 그제야 날 똑바로 보았다.

"한데 보아하니 농담하는 게 아닌가 봐요. 오늘 일진이 별로예요?"

나는 천천히 숨을 내쉬었다. 오늘 있었던 일에 관해 함구해야 한다고 경관이 확실히 당부한 건 아니지만, 아직은 그렇게 하는 게 현명할 것 같았다. 그리고 제일 큰 문제는 도무지 어디서부터 이야기를 시작해야 할지 알 수 없다는 거였다.

"그렇게 말할 수도 있겠네요. 아주 복잡다단한 24시간이었어요. 언젠가 제대로 말해줄게요."

"음, 그때를 기다리고 있을게요. 하지만 별일 아니었으면 좋겠네요. 기분 나쁘게 듣지 말고, 지금 몰골이 엉망이에요."

캐런은 잠시 생각에 잠겼다 말을 이었다.

"아니, 그래도 기분 나빴겠다. 그죠? 미안해요. 난 늘 하면 안 될 말을 해요. 나쁜 습관이죠."

"괜찮아요. 그냥, 어젯밤 잠을 설쳐서 그래요."

"혹시 아들의 상상의 친구 때문에요?"

나는 나도 모르게 실소를 터뜨렸다.

"그게 얼마나 사실에 가까운 말인지 모를 겁니다."

바닥의 남자애.

그 삭아 보이는 뼈와 눈구멍이 텅 빈 두개골, 그리고 삐죽삐죽 금이 간 정수리가 떠올랐다. 제이크가 보았을 리 없는데도 그려냈던 나비들의 아름다운 색들. 그리고 나는 지금 제이크가 나오길 바라면서도 한편으로는 그 애가 나올까 봐 약간 불안해하고 있었다. 그 애 때문에 불안해하고 있었다. 몽유병과 상상의 친구가 있는 그리고 무서운 말을 들려주어 그 애를 무서워하게 만들려는 보이지 않는 존재들과 대화를 나누는 예민한 내 아들.

나 또한 그들이 무서웠다.

문이 열렸다. 셸리 선생님이 나타나 학부모들을 바라보고는 어깨 너머로 돌아보며 아이들의 이름을 부르기 시작했다. 선생님의 시선이 캐런과 내게로 넘어왔다.

"애덤."

선생님은 그렇게 말한 후 즉시 다른 남자애에게로 넘어갔다.

"어어."

캐런이 말했다.

"아이가 또 다시 안 좋은 단계로 올라간 것 같은데요."

"오늘 하루가 어떻게 갔는지를 생각하면 별로 놀랍지도 않네요."

"가끔 선생님들이 우리를 대할 때 보면 다시 어린애로 돌아간 기분이 들지 않아요?"

난 고개를 끄덕였다. 하지만 오늘 내가 그걸 참아낼 수 있는 상태인지 자신이 없었다.

"어쨌든, 또 봐요."

애덤이 다가오는 걸 보며 캐런이 말했다.

"그래요."

나는 떠나는 두 사람의 뒷모습을 지켜본 후 나머지 아이들이 다 나올 때까지 기다렸다. 적어도 다이슨이 *예방조치*를 취할 시간은 아주 넉넉할 것 같았다. 그리고 거기에 생각이 미치자 나 또한 운동장에 있는 사람들의 면면을 훑어보았다. 하지만 그게 무슨 의미가 있지? 몇몇 학부모들의 얼굴을 익히긴 했지만, 여기 온 지 얼마 되지 않아 많아야 한 줌에 불과했다. 도리어 그 사람들이 나를 수상쩍게 여기지나 않으면 다행이었다.

제이크 혼자만 남자 드디어 셸리 선생님이 날 불렀다. 선생님 등 뒤에서 나타난 아이는 이번에도 땅바닥을 내려다보고 있었다. 어찌나 가냘파 보이던지, 나는 그 애를 구해주고 싶었다. 그냥 번쩍 안아 올려서 어딘가 안전한 곳으로 데려가고 싶었다. 아이에 대한 사랑이 내 안에서 마구 솟구쳤다. 어쩌면 제이크는 평범하게 살기에는, 다른 아이들에게 받아들여지고 어울리기엔 너무 나약한지도 모른다. 하지만, 빌어먹을, 지금 이런 상황에서 그딴 게 문제인가?

"또 문제가 생겼나요?"

"안타깝게도 그런 것 같네요."

셸리 선생님이 서글픈 웃음을 지으며 대답했다.

"제이크는 오늘 빨간불로 올라갔어요. 그래서 월리스 교장선생님을 봬야 했죠. 안 그러니, 제이크?"

제이크는 비참한 표정으로 고개를 끄덕였다.

"무슨 일이 있었는데요?"

내가 물었다.

"같은 반의 다른 남자애를 때렸어요."

"아."

"오언이 먼저 그랬어요."

제이크가 울음을 터뜨릴 듯한 목소리로 말했다.

"그 애가 내 보물 꾸러미를 빼앗아가려고 했어요. 전 정말 그 애를 때리고 싶지 않았어요."

"그래, 음."

셸리 선생님은 가슴 앞에 팔짱을 끼고 비난하는 듯한 표정으로 나를 보았다.

"애초에 너처럼 어린 아이가 그런 걸 학교에 가져와도 되는 건지 선생님은 잘 모르겠구나."

나는 무슨 말을 해야 할지 판단이 안 섰다. 사회적 관습에 따르면 나는 여기에서 어른 편을 들어야 하는데, 이는 내가 제이크한테 폭력은 나쁘다고 그리고 보물 꾸러미에 관해서는 선생님 말이 옳다고 말해야 한다는 뜻이었다. 하지만 그럴 수 없었다. 이 모든 상황이 갑자기 우스꽝스러울 정도로 하찮아 보였다. 그 망할 놈의 멍청한 신호등 제도. 무시무시한 교장 선생님. 그리고 무엇보다도, 자신을 괴롭히는 어떤 조그만 개자식을 정당하게 응징했다는 이유로 제이크한테 야단을 쳐야 한다니.

나는 내게 야단맞길 기다리는 듯, 너무나 풀이 죽어 서 있는 아들을 내려다보았다. 하지만 사실 내가 하고 싶은 말은 이거였다. 잘

했다. *아빠는 네 나이에 한 번도 그럴 용기를 내지 못했단다. 녀석을 세게 때려줬으면 좋겠는데.*

하지만 사회적 관습이 이겼다.

"제가 이야기를 해보죠."

내가 말했다.

"좋아요. 그리 환상적인 시작은 아니었으니까요. 그렇지, 제이크?"

셀리 선생님이 제이크의 머리를 헝클어뜨린 순간, 사회적 관습이 졌다.

"제 아들을 건드리지 마십시오."

나는 말했다.

"뭐라고 하셨죠?"

선생님은 마치 감전이라도 당한 것처럼 제이크에게서 손을 뗐다. 비록 아무 생각 없이 불쑥 내뱉은 말이었고, 그 뒤에 무슨 말을 해야 할지 전혀 알 수 없었지만 그걸 보자 살짝 만족감이 느껴졌다.

"그냥 그렇게…."

나는 말했다.

"댁의 그 신호등 제도로 내 아들을 벌주고 나서 이제 와서 착한 척하는 건 좀 아니죠. 솔직히 말해서, 난 그게 어떤 아이한테 하든 아주 끔찍한 짓이라고 생각합니다. 힘든 상황에 처해 있는 아이한테는 말할 것도 없고요."

"무슨 힘든 상황이요?"

선생님은 당황해하며 말했다.

"문제가 있다면 함께 이야기를 나눠보죠."

나는 그렇게 싸움꾼처럼 구는 게 어리석다는 걸 알았지만, 그럼에도 내 아들을 위해 싸운다는 사실에 약간의 환희를 느꼈다. 제이크를 내려다보니 그 애는 이제 호기심 어린 얼굴로 날 응시하고 있었다. 마치 날 어떻게 판단해야 할지 헷갈려하는 것 같았다. 난 아이에게 웃어 보였다. 난 그 애가 자신을 위해 싸운 게 기뻤다. 자신의 존재를 세상에 알린 게 기뻤다. 나는 셸리 선생님을 돌아며 말했다.

"제이크하고는 제가 이야기를 할 겁니다. 왜냐하면 폭력은 잘못이니까요. 그러니 못된 애들한테 어떻게 하면 더 잘 맞설 수 있을지에 관해 아이와 함께 긴 이야기를 나눌 겁니다."

"음…, 그 말씀을 들으니 기쁘네요."

"그래요. 다 챙겼지, 친구?"

제이크는 고개를 끄덕였다.

"좋아."

나는 말했다.

"왜냐하면 우린 오늘 밤 집에 못 갈 것 같거든."

"왜 못 가요?"

바닥의 남자애 때문에.

하지만 난 그렇게 말하지 않았다. 너무나 이상하지만, 그 애는 어쩐지 자기 질문의 답을 이미 알고 있는 것 같았다.

"가자."

난 부드럽게 말했다.

30

그 아이가 발견됐어.

피트는 생각했다.

이 오랜 세월이 지나서.

토니가 발견됐어.

피트는 차에 앉은 채로 CSI 요원들이 노먼 콜린스의 집에 들어가는 것을 지켜보았다. 아직 이곳에서 일어나고 있는 활동은 그게 전부였다. 경찰들이 그렇게 모여들 때까지 언론은 도착하지 않았고, 이웃 사람들은 집에 있는지 어떤지 몰라도 아직 눈에 띄지 않았다. CSI 한 명이 집 앞 계단에 서서 허리에 양손을 얹고 등을 쭉 뻗고 있었다.

수갑을 찬 채 경찰차 뒷좌석에 앉은 콜린스 역시 그 광경을 지켜보고 있었다.

"당신들은 이런 짓을 할 권리가 없어요."

콜린스의 목소리는 공허하게 들렸다.

"조용히 해요, 노먼."

비좁은 차 안에서, 피트는 그 남자의 냄새를 피할 수가 없었다. 하지만 대화를 나눌 마음은 전혀 없었다. 상황이 아직 진행 중이라, 콜린스는 현재 일부 수집품의 성질을 감안해 장물 취득 혐의로 구속됐다. 지금 콜린스의 임의동행과 가택 수색을 가능하게 해주는 혐의는 그것뿐이라서였다. 하지만 물론 경찰이 원하는 건 그 이상이었다. 그리고 아무리 물어볼 게 많아도, 여기서 당장 콜린스를 신문함으로써 조사를 위태롭게 만들 생각은 없었다. 그건 서에서 이루어져야 했다. 녹음기를 켜놓고, 철저하게.

"아무것도 찾아내지 못할 겁니다."

콜린스가 말했다.

피트는 그 말을 무시했다. 이미 찾아낸 게 있었고, 콜린스는 거기 연루된 듯 보였다. 더 오래된 또 다른 유해가 발견된 것이다. 콜린스는 늘 카터와 놈의 범행에 집착했고, 교도소로 프랭크 카터의 친구를 면회 갔으며, 두 번째 유해가 발견된 집을 스토킹하고 있었다. 피트는 콜린스가 시신이 거기 있다는 걸 알았다고 확신했다. 하지만 더 중요한 건, 공식 신원 확인이 완료되려면 시간이 좀 걸리겠지만, 그 유해가 토니 스미스라고 확신한다는 거였다.

넌 20년이 지나서야 발견됐구나.

다른 건 전부 차치하더라도, 그 발견은 우선 안도감과 종결감을 가져왔어야 했다. 피트가 그 아이를 찾아다닌 오랜 세월을 생각하면 그게 당연했다. 하지만 그렇지 않았다. 피트는 그 숱한 주말 수색에 대한 생각을 멈출 수 없었다. 토니가 그동안 내내 상상도 못할 만큼 가까운 곳에 누워 있는 걸 모르고 몇 킬로미터나 떨어진 곳의 산울타리와 삼림 지대를 샅샅이 뒤지고 다녔다니.

그건 틀림없이 20년 전에 피트가 놓친 뭔가가 있다는 뜻이었다.

허벅지에 놓인 태블릿을 내려다보았다.

맙소사, 당장 술 한 잔만 할 수 있다면 더 바랄 게 없을 텐데. 생각해보면 참 묘한 이치 아닌가? 사람들은 흔히 알코올을 인생의 끔찍함을 누그러뜨려주는 완충제로 생각했다. 하지만 토니 스미스의 시신이 발견됐고, 체포되어 지금 바로 뒤에 앉아 있는 남자가 닐 스펜서를 살해한 범인일 가능성이 높은데도, 술을 마시고 싶은 충동은 어느 때보다도 더 강력했다. 그러나 술을 마실 이유야 언제나 많았다. 반면 마시지 않을 이유는 늘 단 하나뿐이었다.

나중에 마실 수 있어. 원하는 만큼 잔뜩.

피트는 그게 사실인 척했다. 뭐든 참는 데 도움이 되기만 한다면⋯, 그거면 충분했다. 전쟁터에서는 일단 무슨 무기든 손에 잡히는 대로 휘둘러야 하는 법이고, 그 후 전열을 재정비해 다음 전투에 나서면 되니까. 그리고 또 다음 전투에. 그리고 뒤따르는 모든 전투에. 뭐든 도움이 되기만 하면.

"난 아무 잘못도 하지 않았어요."

콜린스가 고집스레 내뱉었다.

"닥치시지."

피트는 태블릿을 클릭했다. 피할 방법은 없었다. 그 옛날 자신이 놓친 게 뭔지 그리고 왜 그렇게 됐는지 알아내야 했다. 출발점은 토니의 유해가 발견된 개롤트 가의 집이었다.

상세 사실들을 훑어보았다. 그 집은 최근까지 앤 시어링이라는 여자의 소유였다. 시어링은 부모에게서 그 집을 물려받았지만 이미 수십 년 전부터 그 집에서 살지 않았고, 그동안 수많은 세입자들이 그 집을 거쳐갔다.

세입자들의 긴 목록이 작성되어 있었지만, 1997년 이전 세입자들은 빼도 될 것 같았다. 1997년은 프랭크 카터가 살인을 저지른 해였으니까. 당시 세입자는 줄리언 심슨이라는 남자였다. 심슨은 그 집에서 4년째 살고 있었고, 2008년까지 계속 살았다. 피트는 새 탭을 열고 검색 결과 심슨이 암에 걸려 그 해에 70세 사망했음을 알아냈다. 다음 세입자를 확인했다. 도미닉 바넷이라는 남자로, 올해 초까지 그 집에서 살았다.

도미닉 바넷.

피트는 얼굴을 찌푸렸다. 어디서 들어본 듯한 이름이었다. 다시 검색어를 입력하자 기억이 떠올랐다. 비록 피트가 직접 담당한 적은 없지만, 바넷은 마약과 부당취득으로 어둠의 세계에 소소하게 관여해 경찰에게 알려져 있었다. 하지만 큰 그림으로 보면 하찮은 피라미에 불과했고, 지난 10년간은 전과가 한 건도 없었다. 하지만 물론 그렇다고 새사람으로 거듭난 건 전혀 아니었고, 바넷이 변사체로 발견됐을 때 조금이라도 놀란 사람은 아무도 없었다. 살인 무기인 망치는 쪽지문과 함께 발견됐지만, 데이터베이스에는 부합하는 결과가 나오지 않았다. 경찰은 사건을 조사했지만 그럴싸한 용의자를 제시하지 못했다. 하지만 적어도 대중은 안도했다. 범인이 체포되지 않았음에도 경찰은 그 사건이 대상이 명확한 단독 사건이라 믿었고, 분위기를 읽은 사람들은 아마도 그 의미를 감지했으리라.

칼로 흥한 자 칼로 망하리라.

그 사건에 딱히 큰 관심을 기울인 적은 없었지만 피트 역시 같은 생각이었다. 하지만 이제는 의문이 고개를 들었다. 마약이 가장 가능성 높은 범행 동기로 추정됐지만, 바넷은 인간 유해가 몰래 숨겨져 있던 집에 살았고, 그걸 몰랐을 리는 절대 없었다. 그렇다면 살해 동기가 그것이었을 수도 있을까?

피트는 고개를 들고 뒷거울로 잠시 노먼 콜린스를 훔쳐보았다. 콜린스는 차창 너머로 자기 집을 멍하니 응시하고 있었다.

요주의 인물은 세 명이었다. 그 집의 세입자였던 줄리언 심슨과

도미닉 바넷 그리고 그 집에 뭐가 있는지 알았던 듯한 노먼. 그 세 남자는 도대체 무슨 관계일까? 20년 전에 무슨 일이 있었으며 그 이후로는 또 무슨 일이 있었을까?

피트는 피더뱅크의 사진을 떠올렸다.

개롤트 가는 토니 스미스의 납치 현장과 프랭크 카터의 도주로 사이에 있었다. 당시 감식 결과 토니가 카터의 차량에 타고 있었음이 확정됐다. 하지만 카터가 무슨 수로든 자기 집이 수색당하고 있는 걸 눈치 챘다면, 도주하기 전에 아이의 시신을 개롤트 가의 그 집에 떨궜을 수도 있었다. 당시 그 집에는 줄리언 심슨이 살고 있었다.

피트는 굳이 사건 파일을 확인하지 않고도 심슨이 당시 조사를 받지 않았다는 걸 알았다. 카터의 알려진 지인은 모두 면밀한 조사를 받았다. 심슨의 이름은 그중에 없었다.

그럼에도.

심슨은 사건 당시 대략 50살쯤이었을 것이다. 한 목격자가 제시한, 카터와는 어긋나는 용의자 묘사에 부합하는 나이였다. 어쩌면 카터의 공범이었을지도 모른다. 만약 그렇다면 그 두 남자 사이에는 피트가 아직 밝혀내지 못한 관계가, 아무리 느슨하더라도 존재해야만 했다.

패배감이 엄습했다.

넌 그 자를 더 빨리 찾아냈어야 했어.

뭘 했든 또는 안 했든, 어차피 모든 건 피트의 잘못일 수밖에 없었다. 어떻게든 논리를 왜곡해서 자기 탓을 하고야 말 테니까. 하지만 그 느낌은 사라지지 않았다.

무가치해.

쓸모없어.

술은 나중에 마실 수 있어.

휴대폰이 울렸다. 이번에도 어맨다였다.

"윌리스입니다."

피트는 말했다.

"아직 콜린스의 집에 있습니다. 곧 복귀하겠습니다."

"수색은 어떻게 돼가요?"

"아직 진행 중입니다."

피트는 집을 응시했다. 지금 집중해야 할 곳은 거기였다. 현재로서 가장 급한 건 자신이 20년 전에 뭘 놓쳤는지, 놓치지 않았는지를 파악하는 게 아니라 콜린스의 연루 여부를 밝히는 거였다. 사후 분석이라면 나중에 얼마든지 할 수 있다.

"좋아요."

어맨다가 말했다.

"집주인과 그 아들을 여기로 데려왔는데, 그 사람들의 거취를 정하도록 도와줄 사람이 필요해요. 오늘 밤을 보낼 숙박업소를 알아봐주고요. 뭐 그런 것들 있잖아요."

피트는 얼굴을 찌푸렸다. 그건 기껏해야 잡무에 불과했고, 그 의미는 명확했다. 노먼 콜린스의 신문은 어맨다의 몫이라는 것. 하지만 어쩌면 그게 더 나을지도 모른다. 그쪽이 더 담백할지도. 피트가 그 남자와의 과거사 때문에 현재 조사에 색안경을 끼고 임할까 봐 우려하는 것이리라. 피트가 가진 질문들에 대한 답은 때가 되면 나올 테지만, 그걸 꼭 본인이 물어야 할 이유는 없었다. 엔진 시동을 걸었다.

"출발합니다."

245

"그 남자는 톰 케네디라는 이름이에요."

어맨다가 말했다.

"아들은 제이크고요. 콜린스를 먼저 서로 데려온 후 두 사람을 안가로 데려다 주면 돼요."

피트는 잠시 침묵을 지켰다. 운전대를 쥐고 있는 손을 응시했다. 손이 떨려오기 시작했다.

"피트?"

어맨다가 말했다.

"거기 있어요?"

"네. 지금 출발합니다."

피트는 전화를 끊고 휴대폰을 조수석으로 던졌다. 하지만 출발하는 대신, 엔진을 끄고 태블릿을 다시 집어 들었다. 과거를 헤매느라 현재 생각은 까맣게 잊고 있었다. 심지어 지금 그 집의 주인인 남자에 관해서는 생각도 해보지 못했다.

늘 그렇듯, 또 실패였다.

혹시 어맨다의 말을 잘못 들은 건 아닐까. 피트는 태블릿에 진술서를 띄웠다. 하지만 거기 있었다.

톰 케네디.

피트가 아는 이름이었다.

31

"그 사람을 찾았대요, 아빠?"

제이크가 물었다.

나는 경찰서 방 안을 앞뒤로 서성이며 어맨다 벡 경위가 진술서를 가져오길 기다리고 있었다. 하지만 아들의 말이 날 그 자리에 멈춰 서게 만들었다.

그 애는 자기 몸에 비해 너무 큰 의자에 앉아 다리를 대롱거리고 있었다. 아이 옆 탁자에는 건드리지도 않은 오렌지 주스가 놓여 있었다. 우리가 여기 도착한 후 다이슨 경사가 챙겨준 거였다. 내가 마실 커피도 곧 갖다 준다고 했는데, 여기 온 지 이제 20분이나 지났지만 벡 경위도 커피도 올 기미가 없었다. 제이크와 나는 정말이지 그동안 한마디도 하지 않았다. 게다가 내가 그렇게 가만있지 못하고 서성거린 건 지금 그 애한테 무슨 말을 해야 할지 모르기도 했고, 방 안의 침묵이 견디기 힘들어서이기도 했다.

그 사람을 찾았대요, 아빠?

나는 아이에게 다가가 무릎을 꿇고 마주 보았다.

"그래. 우리집에 왔던 그 아저씨를 찾았단다."

"그 아저씨 말고요."

바닷가의 남자애.

나는 잠시 아들을 응시했지만 날 마주 보는 그 애의 표정에서는 그 어떤 뚜렷한 공포나 걱정도 찾아볼 수 없었다. 그 애가 이 모든 상황을, 마치 이 모든 게 완벽하게 정상인 것처럼 어려움 없이 받아들이고 있다는 사실이 놀라웠다. 마치 우리가 도대체 언제부터 우리 집 차고 바닥에 있었는지 아무도 모를 인간의 유해가 아니라 숨바꼭질 중인 남자애 이야기라도 하고 있는 것 같았다. 제이크가 그 사실을 알고 있었을 리는 절대 없는데.

우리는 지금 그 이야기를 하고 있어서는 안 된다. 여기에서는 안 된다. 나는 경찰서 진술에서 진실만을 말했지만 모든 진실을 말하지는 않았다. 나비 그림 그리고 제이크가 바닥에 있는 남자애랑 나눈 대화에 관해서는 입을 다물었다. 이유는 스스로도 명확히 알 수 없었다. 단순히 나 자신이 그게 납득이 가지 않아서 또는 내 아들을 보호하고 싶은 마음에서만은 아니었다. 이 모두가 일곱 살짜리가 아니라 어른이 짊어져야 할 짐이기 때문만도 아니었다.

"아니야, 제이크."

나는 말했다.

"네가 말한 건 그 *아저씨*야. 알겠지? 이건 심각한 일이야."

제이크는 잠시 생각에 잠겼다.

"알겠어요."

"다른 이야기는 나중에 하자."

나는 그렇게 말을 자르고 일어섰지만 사실 제이크는 그보다는 더 많은 걸 알 자격이 있었다.

"하지만 맞아. 그 애를 찾아냈어."

내가 그 애를 찾아냈지.

"잘됐네요."

제이크는 말했다.

"그 애 때문에 좀 무서웠거든요."

"알아."

"하지만 그 애가 일부러 그런 건 아니었을 거예요."

제이크는 얼굴을 찌푸렸다.

"제 생각엔 그냥 상처받고 외로워서 그런 것 같아요. 그래서 좀 심술을 부린 거죠. 하지만 이젠 사람들이 그 애를 찾아냈으니까 외롭지 않겠죠? 이젠 집에 갈 수 있잖아요. 그러니까 더는 심술을 부리지 않을 거예요."

"그건 그냥 네 상상이었어, 제이크."

"아니에요."

"그 이야기는 나중에 하자. 알겠지?"

나는 제이크에게 내가 대화에 선을 긋고 싶을 때면 늘 써먹는 심각한 표정을 지어 보였다. 보통 거기에 권위 따위는 전혀 없었고, 얼마 안 가 우리 중 한쪽이 고함을 치게 마련이었다. 하지만 오늘 그 애는 고개를 끄덕였다. 그 후 의자를 빙그르르 돌려서 과일 주스를 집어 들고 세상에 걱정거리 하나 없는 듯 태평하게 마시기 시작했다.

등 뒤에서 문이 열리는 소리에 돌아보니 다이슨 경사가 커피 두 잔을 들고 들어오고 있었다. 경사가 등으로 문을 버티는 사이 벡 경위가 성큼성큼 안으로 들어왔다. 서류들을 꼬나쥔 경위는 나만큼이나 지쳐 보였다. 할 일이 백만 가지쯤 있는데 그걸 마지막 하나까지 전부 직접 해치우기로 작심한 사람 같았다.

"케네디 씨."

경위가 말했다.

"기다리게 해드려서 정말 죄송합니다. 그리고 이쪽은 틀림없이 제이크겠군요."

아이는 여전히 과일 주스에 정신이 팔려 그 말을 무시했다.

"제이크?"

내가 말했다.

"안녕하세요, 해야지?"

"안녕하세요."

난 벡을 돌아보았다.

"아이가 오늘 많이 피곤했나 봐요."

"전적으로 이해합니다. 분명 제이크한테는 정말 이상한 상황일 거예요."

벡 경위는 양손으로 무릎을 짚고 아이를 굽어보았지만, 아이와 대화하는 게 익숙지 않은 듯 영 어색해 보였다.

"전에 경찰서에 와본 적 있니, 제이크?"

아이는 아무 대답 없이 고개만 저었다.

"음."

벡은 어색한 웃음소리를 낸 후 몸을 폈다.

"모쪼록 처음이자 마지막이 됐으면 좋겠구나. 어쨌든, 케네디 씨. 여기 선생님의 진술서를 가져왔습니다. 그냥 한 번 쭉 읽어 보시고, 내용에 이의가 없는지 확인하신 다음 서명하시면 됩니다. 그리고 여기, 커피 좀 드시고요."

"감사합니다."

나는 다이슨이 건네준 커피를 홀짝이며 탁자에 놓인 진술서를 훑어보았다. 나는 노먼 콜린스가 우리집에 어슬렁거린 것, 콜린스와 도미닉 바넷에 관해 시어링 부인에게서 들은 것 그리고 어젯밤 문간에서 어떤 남자가 제이크를 꼬드긴 것을 전부 진술했다. 그 모든 것으로 인해 나는 콜린스가 뭘 찾고 있는지 궁금해졌고, 그래서 차고를 조사할 생각을 하게 됐다. 그게 내가 거기 숨겨진 유해를 발견하게 된 이유이자 과정이었다.

문득 제이크를 보니 마지막 남은 과일 주스를 빨아먹고 있었다. 바닥에 남은 주스가 꾸르륵 소리를 냈다. 나는 진술서 마지막 장에 서명을 했다.

"오늘 밤 집에 못 가시게 돼서 유감이네요."

벡 경위가 말했다.

"괜찮아요."

"어쩌면 내일 밤도요. 물론, 저희가 선생님과 아드님을 위해 그동안 지내실 곳을 기꺼이 준비해드리겠습니다. 근처에 안가가 있거든요."

내 펜이 서명란 위를 맴돌았다.

"왜 우리가 안가에 가야 하죠?"

"꼭 가셔야 하는 건 아닙니다."

벡이 재빨리 대꾸했다.

"그냥, 어차피 있는 곳이니까요. 하지만 그 설명은 제 동료인 피트 윌리스 경위에게 맡겨두도록 하죠. 곧 여기 올 겁니다. 그러면 저는 더 이상 두 분을 괴롭혀 드리지 않겠습니다. 사실, 이미 와 있죠."

문이 다시 열리고 새로운 남자가 들어왔다.

"피트."

벡이 말했다.

"이쪽은 톰과 제이크 케네디예요."

그 남자를 본 순간, 세상의 다른 건 깡그리 사라져버렸다. 오랜 세월이 흘렀는데도 그 남자는 그리 많이 늙지 않았다. 내 기억보다 훨씬 몸도 탄탄하고 건강해진 것 같았지만, 성인은 세월이 지나도 아이들에 비해 모습이 훨씬 덜 변하기 때문에 나는 여전히 그 남자를 알아볼 수 있었다. 순간 심장이 멈추고, 깊숙이 묻어둔 수많은 기억이 꼬리를 물고 터져 나와 머릿속에서 꽃을 피웠다.

그리고 그 남자 역시 나를 분명 알고 있었다. 말할 필요도 없었다. 저쪽은 내 이름을 알고 왔고, 지금쯤이면 이미 이 상황에 대비가 됐을 것이다. 경관답고 공식적인 태도로 내게 다가오는 남자를 보며, 나는 다른 사람들은 아무도 그 남자의 얼굴에 떠오른 그 역겨운 표정을 알아차리지 못했을 거라고 짐작했다.

유리 깨지는 소리.

어머니의 비명 소리.

"케네디 씨."

내 아버지가 말했다.

32

오늘은 정말 뭐가 뭔지 모를 날이었어. 제이크는 그렇게 생각했다.

우선 무엇보다도 몹시 피곤했다. 그건 밤에 일어난 일 탓이었지만, 그 일에 대해서는 별로 기억나는 게 없었다. 당시엔 반쯤 잠들어 있었던 것이다. 하지만 제이크는 아빠가 쓴 글 때문에 여전히 무척 화가 나 있었고, 집으로 찾아온 경찰들에게 아빠가 마치 아무 일도 아닌 것처럼 엄마가 죽었다고 말했을 때는 인내심을 잃었다. 잘한 짓은 아니었지만, 제이크는 자신을 어쩔 수 없었다.

하지만 하루가 지나자 그 분노는 옅어졌고, 그것만으로도 충분히 혼란스러웠다. 하지만 생각해보면, 때때로 말다툼의 앙금은 마치 이른 아침에 껴 있던 안개처럼 사라지곤 했다. 제이크는 교실에서 외로움을 느꼈고, 아빠를 껴안고 미안하다고 말하고 싶었다. 그리고 아빠한테서도 미안하다는 말을 듣고 싶었다.

그때는 상황이 훨씬 나아진 것 같은 기분이 들었더랬다.

그리고 그 후 오언이 *그런 짓*을 했고, 그래서 제이크도 그런 짓을 했고 그 결과, 월리스 교장선생님에게 가야 했다. 사실 그것 자체는 그리 나쁘지 않았다. 다만 두 가지 커다란 문제가 있었는데, 하나는 보물 꾸러미가 교실에 있다는 거였다. 그게 못돼 처먹은 오언 손에 들어가 있을지도 모른다고 생각하니 도저히 못 견딜 것 같았다.

"너 나 좀 봐줄래, 제발?"

제이크가 닫힌 사무실 문에서 도무지 눈을 떼지 못하는 바람에 월리스 선생님은 그 말을 두 번이나 반복해야 했다.

그리고 두 번째 문제는 제이크가 다시금 말썽에 말려든 데 대해 아빠가 실망하고 화를 낼 게 분명하다는 거였다. 그러면 안 좋은 상황이 꽤 오래 지속될 것이다. 아니, 이런 식이라면 어쩌면 영원히 안 좋아질지도 모른다.

어쩌면 아빠는 심지어 *제이크*에 대해서도 심한 글을 쓸지도 모른다. 제이크는 아빠가 이미 그러고 싶은 게 아닐까 하는 생각이 들었다.

하지만 나중에 교실로 돌아갔을 때, 보물 꾸러미는 아무도 건드리지 않은 듯 그대로 놓여 있었다. 제이크는 어쩌면 사람들을 더 자주 때려야 할지도 모르겠다는 생각을 했다. 그리고 하교 시간에 아빠는 제이크에게 전혀 화가 난 것 같지 않았다. 오히려 셸리 선생님하고 말다툼을 벌였다! 제이크는 아빠의 용기에 감탄했다. 하지만! 더욱 중요한 건 아빠가 제이크 편을 들었다는 거였다. 비록 대놓고 그렇게 말한 건 아니었지만, 아빠는 제이크 편이었다. 제이크를 안아주지는 않았지만, 사실상 안아준 것 못지않게 상황이 좋아 보였다.

그리고 이제 그들은 경찰서에 있었다.

처음에는 괜찮았다. 정말 신기한 곳이기도 했고, 무엇보다 다들 제이크에게 상냥하게 대해주었다. 하지만 지금은 이곳을 떠나고 싶은 마음이 간절했다. 그리고 그때 또 다른 일이 일어났는데, 새로운 경관이 들어온 거였다. 그러자 모든 게 심지어 한층 더 혼란스러워졌다. 아빠가 이상하게 굴어서였다. 앞서 다른 두 경관과 있을 때는 아무렇지도 않아 보였는데, 지금은 창백하고 겁에 질린 것처럼 보였다. 마치 아빠가 아빠들 학교에 처음 간 것처럼 그리고 새로 들어온 경찰 아저씨가 아빠의 셸리 선생님인 것처럼.

그리고 보니, 새로 온 경찰 아저씨 또한 불편해 보였다. 경찰 아줌마가 아빠가 서명한 종이를 가지고 문을 닫고 나가자, 방 안의 공기가 정말이지 아주 이상하게 느껴졌다. 누군가가 풀 같은 것으로 모두를 그 자리에 딱 붙여놓은 것만 같았다. 그 후 그 새 경찰 아저씨가 천천히 다가와서 제이크를 내려다보았다.

"네가 제이크구나?"

경찰 아저씨가 말했다.

"네."

이건 틀림없는 진실이었다.

"저는 제이크예요."

아저씨는 웃음을 지었지만 그 웃음은 어딘가 이상했다. 상냥한 구석이 있는 얼굴이었지만, 방금 그 웃음은 어쩐지 불편해 보였다. 잠시 후, 아저씨가 손을 내밀자 제이크는 예의바르게 악수를 나눴다. 아저씨의 손은 크고 따뜻했으며 힘이 거의 들어가 있지 않았다.

"만나서 반갑다, 제이크. 나는 피트라고 부르면 돼."

"안녕하세요, 피트."

제이크는 말했다.

"저도 만나서 반가워요. 우린 왜 집에 못 가요? 아까 경찰 아줌마가 우리 아빠한테 집에 못 간다고 했어요."

피트는 얼굴을 찌푸리고 제이크 앞에 무릎을 꿇은 후 마치 무슨 숨겨둔 비밀이라도 캐내려는 듯 제이크의 얼굴을 한참 동안 들여다보았다. 제이크는 눈을 맞추고 자신은 아무것도 숨길 게 없다는 걸 보여주었다. 여기엔 아무 비밀도 없어요, 아저씨.

"무척 복잡한 상황이란다."

피트가 말했다.

"우린 너희 집에서 조사를 좀 해야 해."

"바닥에서 발견된 남자애 때문에요?"

"그래."

하지만 그때 피트가 아빠를 건너다보자, 제이크는 그 이야기를 하지 않기로 약속한 게 뒤늦게 생각났다. 하지만 솔직히, 방 안 분위기가 너무 이상해서 그런 것들을 기억하기가 힘들었다.

"제가 알려줬습니다."

아빠가 말했다.

"하지만 그게 남자애인지는 어떻게 아셨죠?"

아빠는 가만히 서 있었지만 어쩐지 비밀을 들킨 것 같은 표정이었다. 마치 앞으로 나서거나 뒤로 물러나고 싶은데 몸을 움직이는 방법을 잊어버린 것 같았다. 제이크는 아빠가 움직이는 방법을 기억해내면 앞으로 갈 것 같은 느낌이 들었다. 그것도 아주 거칠게. 제이크는 마음이 불편해졌다.

"전 몰랐습니다."

아빠가 말했다.

"그냥 *유해*라고 했어요. 아이가 틀림없이 잘못 들었나 봅니다."

"맞아요."

제이크는 재빨리 덧붙였다. 아빠가 누군가를, 특히 경찰을 때리는 일은 없었으면 했다. 지금은 정말 그럴 것처럼 보였으니까.

피트는 천천히 일어섰다.

"좋아요. 음, 우선 현실적인 문제들부터 처리합시다. 가족은 두 사람이 전부인가요?"

"네."

아빠가 말했다.

"제이크의 어머니는?"

아빠는 여전히 화난 표정이었다.

"아내는 작년에 세상을 떠났습니다."

"유감이군요. 틀림없이 많이 힘들었겠어요."

"우린 괜찮습니다."

"그런 것 같네요."

너무 혼란스러웠다! 제이크는 고개를 젓고 싶었다. 이제는 피트가 아빠와 눈을 마주치지 못하는 것 같았다. 하지만 피트는 경찰이니까, 그건 피트가 대장이라는 뜻일 텐데, 아닌가?

"저희는 두 분을 위해 잘 곳을 마련해줄 수 있지만 원하지 않는다면 억지로 따르지 않아도 됩니다. 누구, 신세를 질 만한 가족이 있습니까?"

"없습니다."

아빠가 대꾸했다.

"양친 다 돌아가셔서요."

피트는 망설이다 대답했다.

"알겠습니다. 그것 또한 매우 유감이군요."

"괜찮습니다."

그리고 그때 아빠는 한 걸음 앞으로 나섰다. 제이크는 숨을 참았다. 이제 보니 아빠는 누군가를 정말 때리려고 한 게 아니라 때리고 싶은 *마음만* 있었던 것 같았다.

"이미 아주 오래전 일이라서요."

"그렇군요."

피트는 깊은숨을 들이켰지만, 여전히 아빠를 똑바로 보지 않고 벽을 보고 있었다. 갑자기 제이크는 피트가 처음 방 안에 들어왔을 때보다 훨씬 더 늙어 보인다고 생각했다. "그렇다면 저희가 두 분이 당분간 머무를 곳을 준비해드릴 수 있습니다."

"네, 그래 주시면 좋겠네요."

"그리고 필요하신 것들이 좀 있을 텐데요. 원하신다면 제가 댁까지 함께 가드릴 수 있습니다. 옷이나 물건 같은 필요한 것들을 좀 챙겨오면 괜히 돈을 이중으로 쓰지 않아도 되니까요."

"같이 가야 하나요?"

"네. 죄송합니다. 거기는 범죄 현장이라서요. 뭐든 건드린 물품이 있으면 기록을 남겨둬야 합니다."

"알겠습니다. 썩 바람직한 상황은 아니네요."

"압니다."

피트는 마침내 아빠를 마주 보았다.

"죄송합니다."

아빠는 어깨를 으쓱했지만, 눈은 여전히 번뜩이고 있었다.

"어쩔 수 없죠. 그럼 얼른 해치워버립시다. 제이크, 어떤 장난감을 챙겨오고 싶은지 미리 생각해두렴. 알겠지?"

"알겠어요."

제이크는 그렇게 대답하고 두 남자, 아빠와 피트를 번갈아 보았지만 어느 쪽도 먼저 움직이려 하지 않았다. 심지어 앞으로 뭘 해야 할지도 모르는 것 같았다. 제이크는 자신이 뭔가 하지 않으면 영영 이대로일 거라고 판단했다. 그래서 빈 과일 주스 병을 탁자에 단호한 쿵 소리와 함께 내려놓았다.

"제 그림 그리는 도구요, 아빠."

제이크는 말했다.

"전 그것만 있으면 돼요."

33

상황이 너무 끔찍할 때는 사소한 승리에 매달리는 수밖에 없다. 신문실에서 노먼 콜린스와 다시 마주 앉으면서 어맨다는 그렇게 생각했다. 어젯밤 그 끔찍한 장면을 목격한 이후로 그리고 닐 스펜서를 제때 찾아내지 못했다는 패배감을 느낀 이후로, 어맨다는 피를 갈구하고 있었다. 그리고 때로는 사소한 승리가 유일한 소득이었다.

"중간에 끊어서 미안합니다, 노먼."

어맨다가 말했다.

"이제 계속하죠."

"그럽시다. 이런 일은 아무래도 신속히 결론짓는 편이 좋겠지요?"

"아무렴요."

어맨다는 정중한 웃음을 지었다.

"그렇게 하십시다."

콜린스가 가슴 앞에 팔짱을 끼면서 살짝 능글맞게 웃었다. 어맨다는 놀라지 않았다. 처음 상대에게 눈길이 머문 순간, 그 남자에게 뭔가 어긋난 데가 있다던 피트의 말이 정확히 이해됐다. 남자는 길에서 보면 마주치지 않으려고 본능적으로 길을 건너가게 만드는 그런 부류였다. 터무니없을 정도로 갖춰 입은 정장은 일종의 위장처럼 느껴졌다. 남의 존경을 얻으려는 그 노력은 그 밑에 놓인 불쾌한 뭔가를 숨겨주지 못했다. 그리고 콜린스의 태도를 보면 다른 사람들에게 거리감을, 심지어 우월감을 느끼고 있는 게 분명했다.

신문이 시작된 지 20분쯤 지났을 때, 어맨다가 던진 모든 질문에 술술 대답한 콜린스는 충분히 근거 있는 우월감을 느끼고 있었다. 하지만 그때 스테파니 경사가 문을 두드리고 방 안으로 고개를 집어넣자 어맨다는 잠시 휴식을 선언했다. 이제, 돌아온 어맨다는 손을 뻗어 다시 녹음기를 켰다. 그 맞은편에서, 콜린스는 들으라는 듯 연극적인 한숨을 내쉬었다.

어맨다는 자기가 가져온 종이를 내려다보았다. 이 징그러운 개자식의 얼굴에서 저 느물거리는 웃음을 지워버리면 얼마나 즐거울까. 하지만 그 전에 먼저 처리할 게 있었다.

"콜린스 씨."

어맨다는 말했다.

"명확성을 기하기 위해 기본적인 사실을 잠깐 다시 확인하고 넘어가죠. 올해 7월에, 당신은 휘트로 교도소에서 복역 중인 빅터 타일러를 면회했습니다. 그 면회의 목적이 뭐였습니까?"

"저는 범죄에 관심이 있습니다. 특정 분야의 사람들 사이에서는 전문가로 간주되죠. 타일러 씨의 행위들에 관해 본인과 직접 이야기를 나누고 싶었습니다. 경관들이 오랫동안 타일러 씨와 대화한 것과 분명 매우 비슷한 방식일 거라고 봅니다."

글쎄, 그리 비슷한 방식은 아닐 텐데.

어맨다는 속으로 반박했다.

"대화 내용 중에 프랭크 카터에 관한 것도 있었나요?"

"아닙니다."

"타일러가 카터의 친구라는 걸 알고 있었습니까?"

"몰랐습니다."

"그거 이상하네요. 당신은 무슨 전문가인가 그런 거라면서요?"

"한 사람이 모든 걸 알 수야 없는 노릇 아니겠습니까."

콜린스는 웃음을 지으며 대꾸했다. 어맨다는 거짓말이라고 확신했지만, 콜린스와 타일러의 대화가 녹음된 것도 아니니 입증할 방법은 없었다.

"좋아요."

어맨다가 말했다.

"스펜서가 납치된 날인 7월 30일 오후에서 저녁 시간에 당신은 어디 있었습니까?"

"이미 말씀드렸는데요. 거의 오후 내내 집에 있었습니다. 나중에 중심가까지 걸어가서 그곳 식당에서 식사를 했고요."

"그렇게 명확히 기억하시다니 다행이군요."

콜린스가 어깨를 으쓱했다.

"저는 습관의 동물이라서요. 그날은 일요일이었거든요. 어머니가 살아 계실 때는 모시고 다녔죠. 이제는 혼자 가서 먹고요."

어맨다는 혼자 고개를 끄덕였다. 식당 주인이 그렇다고 증언했으니, 닐 스펜서가 납치된 시간대에 콜린스에게는 확고한 알리바이가 있어 보였다. 그리고 가택 수색이 아직 끝난 건 아니지만 경관들은 닐이 거기 갇혀 있었다고 추정할 만한 증거를 전혀 발견하지 못했다. 어맨다는 콜린스가 현재 사건에 발을 들인 정도가 아니라 아예 목까지 담그고 있다고 확신했다. 하지만 닐 스펜서의 실제 납치 행위와는 아무 관련이 없어 보였다.

"개롤트 가 13번지."

어맨다가 말했다.

"네?"

"당신은 그 집을 매입하려 했었죠."

"그렇습니다. 매물로 나와 있었죠. 그게 왜 범죄 행위가 되는지 영문을 모르겠네요."

"전 그런 말을 한 적 없는데요."

"그 집은 시장에 나와 있었습니다. 전 지금 집에서 오랫동안 살았고, 이제는 날개를 좀 더 펼 때가 됐다는 생각이 들었죠. 말하자면 가지를 뻗친다고나 할까요."

"그런데 매입 제안이 거부당하자 당신은 그 집을 스토킹했죠."

콜린스는 고개를 저었다.

"전혀 사실이 아닙니다."

"케네디 씨는 당신이 자기 차고에 침입하려 했다고 주장하시는데요."

"큰 오해입니다."

"그 차고에서는 어린 아이의 유해가 발견됐고요."

어맨다는 그 시점에서 콜린스에게 한 수 접어주지 않을 수 없었다. 거기서 발견된 것에 대해 이미 훤히 알고 있었으면서 그렇게 놀란 시늉을 할 수 있다니. 하지만 물론 그 시늉을 조금이라도 믿은 건 전혀 아니었다.

"그건…, 충격적이네요."

콜린스가 말했다.

"그 말은 좀 믿기 힘드네요, 노먼."

"저는 전혀 모르는 일입니다."

콜린스가 얼굴을 찌푸렸다.

"전 주인하고 이야기해보셨나요? 그러셔야 하지 않을까요."

"지금 제가 더 궁금한 건 *당신이* 왜 그 집에 그렇게 관심이 많았느냐인데요."

"그건 이미 말씀드렸을 텐데요. 성함이…, 케네디 씨라고 하셨나요? 그분이 오해한 겁니다. 저는 그분 집 근처에도 간 적이 없습니다."

어맨다는 콜린스를 뚫어져라 봤지만, 콜린스도 고집스레 시선을 돌리지 않았다. 서로 대치되는 두 사람의 증언. 심지어 용의자들을 일렬로 세워놓고 그중에서 케네디가 콜린스를 알아보더라도, 그 자체로 혐의를 입증하기는 부족할 듯했다. 사실, 지금으로서는 콜린스가 차고의 유해에 관해 알고 있었다는 걸 입증할 방법이 없었다. 그리고 이 남자는 닐 스펜서의 납치와도 무관한 듯 보였다. 콜린스의 수집품 중 몇 가지를 바탕으로 어쩌면 장물 취급 혐의로 거는 건 가능할지 모르지만, 그것조차 확실하지는 않았다.

그리고 이 우쭐대는 개자식은 그걸 알고 있었다.

적어도 본인은 그렇게 생각하는 듯했다.

어맨다는 다시금 스테파니 경사가 건네준 종이를 내려다보았다. 노먼 콜린스를 서로 연행한 후 채취한 지문에 대한 검색 결과였다. 그리고 비록 콜린스를 닐 스펜서 납치 혐의에 연루시키는 데는 별 성과가 없었지만, 그럼에도 어맨다는 전율을 느꼈다. 이런 순간이면 태어난 이유를 알 것 같았다. 피트도 여기 있어서 이 순간을 함께 음미할 수 있으면 좋을 텐데. 맙소사, 피트는 그럴 자격이 있고도 남았으니까.

"콜린스 씨."

어맨다가 입을 열었다.

"올해 4월 4일 화요일 저녁 어디 있었는지 말씀해주실 수 있습니까?"

콜린스는 망설이다 되물었다.

"뭐라고 하셨죠?"

어맨다는 여전히 종이를 내려다보면서 기다렸다. 그 질문은 적어도 콜린스의 주의를 끄는 데 성공했다. 짐작건대, 콜린스는 닐 스펜서의 납치 당일 자신의 행적에 대한 질문이 더 들어오리라고 예상했을 테고, 그 부분에 관해서는 안전하다고 생각했을 것이다. 하지만 어맨다는 이제 이 새로운 날짜로 인해 콜린스의 발밑에 거대한 싱크홀이 생겨났음을 알았다.

"기억이 잘 안 나는 것 같은데요."

콜린스가 조심스럽게 대꾸했다.

"그럼 제가 좀 도와드리죠. 홀링벡 숲 근처에 계셨나요?"

"아마 아닌 것 같은데요."

"음, 당신 손가락은 분명히 거기 있었는데요. 다른 부분도 그랬나요?"

"전 모르는⋯."

"그날 밤 그곳에서 도미닉 바넷을 살해하는 데 이용된 망치에서 당신 지문이 발견됐습니다."

고개를 들고 콜린스의 이마에 맺히기 시작하는 땀방울을 알아차린 어맨다는 쾌재를 불렀다. 잘난 척하는, 자신이 우월하다고 생각하는 남자. 하지만 난관에 처하자 금세 삐끗해서 탈선해버리는 남자. 자신이 생각한 것보다 더 심각한 난관에 처했다는 걸 서서히 깨달은 콜린스가 출구를 찾으며 자신이 가진 선택지들을 놓고 갈등하는 모습을 지켜보니 흥미로웠다.

"할 말 없습니다."

콜린스가 말했다.

어맨다는 고개를 저었다. 물론 당연한 권리였지만, 그 말은 늘 어맨다를 짜증나게 만들었다. 항상 사람들에게 당신은 침묵을 지킬 권리가 없어라고 말하고 싶었다. 그리고 지금은 콜린스가 숨지 말고 자기가 저지른 짓을 인정하기를 바랐다. 다른 사람들의 목숨이 위태로운 상황이니까.

"지금은 알고 있는 걸 내게 전부 말해주는 게 당신한테 이롭습니다, 노먼."

어맨다는 테이블에 팔을 얹고 짐짓 공감하는 척하려 애쓰며 말했다.

"그리고 *당신*한테만 이로운 것도 아닙니다. 당신은 닐 스펜서의 납치에 전혀 관여하지 않았다고 했죠. 그 말이 진실이라면, 그건 지금 이 순간 저 바깥 어딘가에 살인범이 아직 돌아다니고 있다는 뜻입니다."

"할 말 없습니다."

"그리고 우리가 놈을 찾아내지 못하면, 놈은 더 많은 아이들을 죽일 겁니다. 난 당신이 이 사람에 관해 내게 말하고 있는 것보다 훨씬 더 많이 안다고 생각합니다."

어맨다를 빤히 쳐다보는 콜린스의 얼굴에서는 핏기가 완전히 빠져나갔다. 어맨다는 그렇게 자신감에 차 우쭐대다 비참한 자기 연민의 웅덩이로 그렇게 급속히 추락하는 남자는 처음 본다고 생각했다.

"할 말 없습니다."

콜린스가 나지막이 속삭였다.

266

"노먼…."

"변호사를 불러주세요."

"음, 그거야 어렵지 않죠."

어맨다는 분노와 역겨움을 굳이 숨기려 애쓰지 않고 재빨리 일어섰다.

"아마 당신은 실제로 자신이 얼마나 난처한 상황에 처해 있는지 깨닫게 될 겁니다. 그리고 우리에게 협력하는 게 당신에게 남은 최고의 기회라는 것도요."

"할 말 없습니다."

"그래요, 한 번만 말해도 됩니다."

작은 승리들.

하지만 도미닉 바넷의 살인 혐의로 노먼 콜린스를 공식 체포하면서 어맨다는 자기가 한 모든 말을 다시 떠올렸다. 닐 스펜서를 죽이지 않았다는 콜린스의 말이 사실이라면, 저 바깥 어딘가에 아동 살인범이 여전히 돌아다니고 있었다. 그건 또 다른 어린 남자애가 어맨다의 감독 하에 목숨을 잃을지도 모른다는 뜻이었다.

불현듯 어젯밤 황무지에 시신으로 누워 있던 닐 스펜서의 모습이 다시 떠오르면서 평소라면 느꼈을 득의양양함은 완전히 자취를 감춰버렸다.

작은 승리만으로는 턱없이 부족했다.

34

내가 나가 있던 사이 집은 경찰에게 완전히 점령당한 듯했다. 도착해보니 집 앞에 주차되어 있는 차 두 대와 승합차 한 대가 눈에 띄었다. 경관들과 범죄현장 조사관들이 테이프 쳐진 진입로에서 일하고 있었다. 작업은 차고를 중심으로 이루어지는 듯 보였지만, 경관 두 명이 집 전체의 보안을 위해 포장도로에 배치되어 있었다. 앞문은 열려 있었다. 귀가한 게 아니라 낯선 곳에 온 것 같았다. 침략이라도 당한 듯한, 내 집이 내 집이 아닌 듯한 기분이 들었다.

나는 다른 차들 뒤에 차를 세웠다. 아버지가 탄 차가 내 앞에 섰다.

내 아버지가 *아니지*. 나는 속으로 정정했다.

피트 윌리스 경위.

그 남자를 다른 어떤 존재로 의식할 필요는 없었다. 안 그런가? 그리고 무릎을 꿇고 제이크를 응시하던 그 눈길을 제외하면, 그쪽에서도 그걸 의식하고 싶은 눈치는 보이지 않았다. 거기에 장단을 맞추는 데 나는 아무 불만도 없었다.

처음의 충격은 이제 어느 정도 가라앉았지만, 지진이 일어난 후 비명이 터져 나오기 전 몇 초간의 고요 같은 느낌이었다. 경찰서에서 느꼈던 심정이 아직도 생생하게 기억났다. 아버지가 거기 서서 날 마주 보고 있었다. 날 *보고 있었다*. 그 즉시 오래전 마지막으로 그 남자를 보았을 때의 기억이 떠오르면서 작고 무력해진 기분이

들었다. 그 남자의 눈에 띄지 않기를, 내 몸이 아주 작아지기를 바라던 그 간절한 심정. 하지만 그때 분노가 깨어났다. 그 남자는 내 아들에게 말을 걸 권리 따위 없었다. 그리고 그 다음으로 찾아온 감정은 원망이었다. 그 남자가 내 인생에, 그것도 내게 권위를 행사할 수 있는 위치에서 개입하게 된 현실의 불공평함이 어찌나 사무치던지, 도저히 참을 수 없을 것만 같은 기분이었다.

"괜찮아요, 아빠?"

"난 괜찮아, 친구."

나는 내 앞의 차를 응시하고 있었다. 운전석에 앉은 남자를.

그 남자의 이름은 피트 윌리스 경위야. 난 자신에게 일깨웠다. *그리고 그 남자는 네게 아무런 의미도 없어.*

내가 마음만 단단히 먹는다면.

"좋아."

나는 말했다.

"우리 얼른 해치워버리자."

아버지는 경계선 앞에서 우리를 기다리고 있다가 거기 있는 경관들에게 신분증을 보여준 후 아무 말도 없이 앞장서서 집으로 들어갔다. 원망이 다시 고개를 들었다. 젠장, 내 집에 들어가는 데 저 사람의 허락이 필요하다니. 마치 말 잘 듣는 어린 남자애처럼 고분고분 뒤따라 들어가야 한다는 게 굴욕적으로 느껴졌다. 그리고 아버지가 이 모든 일에 그토록 무심해 보인다는 사실은 그 굴욕감을 더욱 자극했다.

아버지는 클립보드와 펜을 들고 있었다.

"저는 뭐가 당신 것인지 그리고 이사 왔을 때 이미 여기 있었던 것들이 뭔지 알아야 합니다."

"전부 다 제 겁니다."

내가 말했다.

"그리고 어차피 시어링 부인이 방을 전부 치워놨고요."

"부인께도 확인할 겁니다. 염려 마세요."

"염려 안 합니다."

우린 방에서 방으로 돌아다니며 기본적인 생필품들을 챙겼다. 세면도구, 제이크와 내 옷들. 제이크의 방에 있던 장난감 몇 개. 매번 아버지에게 물어봐야 한다는 게 너무도 신경에 거슬렸지만, 아버지는 그냥 고개를 끄덕이며 그 물품들을 받아 적기만 했다. 그러다 이윽고 나는 묻기를 그만뒀다. 아버지는 속으로는 어떻게 생각했는지 몰라도 겉으로는 아무 말 하지 않았다. 사실 날 거의 보지도 않았다. 난 아버지가 무슨 생각을 하고 있을지, 어떤 심정일지 궁금했다. 하지만 그 생각을 애써 억눌렀다. 그건 중요한 게 아니니까.

우리는 아래층 내 서재를 한 바퀴 훑었다.

"노트북이 필요한데요…."

나는 입을 열었지만 제이크가 끼어들었다.

"아빠가 차고에서 찾은 게 누구예요? 그게 닐 스펜서였어요?"

아버지는 난처한 표정을 지었다.

"아니. 그 유해는 훨씬 오래된 거였단다."

"누구 거였어요?"

"음, 어디 가서 말하면 안 된다. 아저씨 생각엔 또 다른 어린 남자애인 것 같아. 오래전에 사라진 아이."

"얼마나 오래전요?"

"20년 전."

270

"우와."

그렇게 긴 시간 개념이 생소한 듯, 제이크는 잠시 멈칫했다.

"그래. 그리고 그 짐작이 맞았으면 좋겠다. 왜냐하면 난 그 이후로 쭉 그 애를 찾아다녔으니까."

무슨 대단한 업적이라도 되는 것처럼, 제이크는 그 말에 크게 놀란 표정을 지었다. 그리고 나는 그게 마음에 들지 않았다. 내 아들이 내 아버지에게 감탄하는 건 고사하고 관심을 갖는 것조차 달갑잖았다.

"저 같으면 벌써 포기했을 거예요."

아버지는 서글픈 미소를 지으며 대답했다.

"그 일은 내게 늘 중요했단다. 누구나 집에 돌아가야 하니까. 넌 그렇게 생각하지 않니?"

"이걸 가져가도 될까요, 윌리스 경위님?"

나는 대화를 중단시키고 싶어, 노트북 코드를 뽑아 들며 말했다. "일에 필요해서요."

"네."

아버지는 우리 둘에게 등을 돌렸다.

"당연히 가져가도 되죠."

*

그 '안가'는 중심가 한쪽 끝에 자리 잡은, 1층에 신문 가판대가 있는 흔한 아파트였다. 바깥에서 봐도 별것 없어 보였고, 윌리스를 따라 안에 들어가서 보니 더욱 별것 없어 보였다.

앞문에서 바로 이어지는 계단을 올라가자 문 네 개가 나왔다. 거실, 욕실, 부엌 그리고 싱글침대 두 개가 놓인 침실 하나. 모두 가구는 최소한으로만 구비되어 있었다. 단순히 아주 싼 월세 집이 아니라 경관들이 쓰는 안가라는 걸 보여주는 흔적은 건물 외벽에 자리 잡고 있는 보안 카메라와 안에 있는 비상 버튼 그리고 앞문 안쪽에 박힌 수많은 잠금장치가 전부였다.

"불편하겠지만 방을 같이 써야겠네요."

아버지는 그렇게 말하고 건조용 장롱에서 가져온 이불과 담요를 들고 방으로 들어갔다. 나는 짐을 풀어 낡은 나무 옷장 꼭대기에 옷을 차곡차곡 집어넣었다. 그 전에 한 겹 쌓인 먼지를 닦아내야 했다. 방은 오랫동안 청소하지 않은 게 분명했다. 먼지 때문에 코가 근질거렸다.

"괜찮습니다."

내가 대꾸했다.

"많이 좁죠. 압니다. 때때로 증인들이 여길 사용하는데, 대부분은 여자들과 아이들이에요."

아버지는 뭔가 말하려는 듯했지만 이내 고개를 저었다.

"보통은 같은 방에 있고 싶어 하죠."

"가정폭력 때문이겠군요."

아버지는 대꾸하지 않았지만, 우리 사이의 그 억눌린 분위기가 더욱 무거워졌다. 내가 제대로 한 방 먹인 게 분명했다. 우리 사이에 놓인 앙금은 여전히 묵묵히 자리를 지켰지만, 침묵이 이따금씩 그러듯 점점 더 커지고 있었다.

"난 괜찮아요."

나는 다시 말했다.

"우리가 여기 얼마나 오래 있어야 할까요?"

"길어야 하루이틀 정도일 겁니다. 아마 그보다 더 빨리 나가게 될 가능성도 있고요. 하지만 이건 큰 사건이 될 겁니다. 아무리 사소한 것도 놓쳐선 안 됩니다."

"경찰에 체포된 남자가 닐 스펜서를 살해했다고 생각하세요?"

"어쩌면요. 이미 말했지만, 댁에서 발견된 유해 역시 비슷한 범죄의 피해자였을 거라고 봅니다. 프랭크 카터, 당시의 살인범에게 일종의 공범 같은 게 있다는 추정은 처음부터 존재했어요. 노먼 콜린스는 공식 용의자였던 적은 한 번도 없었지만, 그 사건에 관심을 드러냈죠. 난 그 남자가 직접 관여했다고는 생각지 않았지만…."

"않았지만?"

"어쩌면 내가 잘못 알았을 수도 있겠죠."

"그래요, 아마 그랬던 것 같네요."

아버지는 아무 말도 하지 않았다. 내가 다시 아버지를 상처 주었다고 생각하니 약간의 짜릿함도 느껴졌지만, 그건 실망스러울 정도로 사소했다. 아버지는 너무 불편하고 어쩔 줄 모르는 것처럼 보였다. 어쩌면 지금 이 순간, 그분 역시 나처럼 무력함을 느꼈을지도 모른다.

"좋아요."

우린 다시 거실로 나갔다. 제이크는 바닥에 무릎을 꿇은 채 그림을 그리고 있었다. 거실에는 소파 한 점과 의자 하나, 바퀴 달린 작은 테이블 그리고 나무 서랍장이 있었는데, 서랍장 위에 놓인 낡은 텔레비전 뒤로 마구 뒤엉킨 케이블이 보였다. 집은 전체적으로 을 씨년스럽고 살풍경한 느낌이었다. 나는 지금 이 순간 우리집, 그러니까 진짜 우리집에서 벌어지고 있을 일들을 생각하지 않으려 애썼다. 그 집에서 아무리 많은 문제가 발생했어도, 여기에 비하면 그곳은 낙원처럼 느껴졌다.

하지만 난 이 일을 버텨낼 거야. 그리고 이 일은 곧 끝날 거야.

그리고 피트 윌리스는 다시 우리 삶에서 떠날 것이다.

"이만 가보겠습니다."

아버지가 말했다.

"만나서 반가웠다, 제이크."

"저도 만나서 반가웠어요, 피트."

제이크가 그림에서 고개를 들지 않은 채 말했다.

"이 멋진 아파트 고마워요."

아버지는 망설이다 대답했다.

"천만에."

나는 층계참으로 아버지를 따라 나와 거실로 통하는 문을 닫았다. 여기엔 창이 하나 있었지만 지금은 초저녁이라 그리로 들어오는 빛은 흐릿했다. 아버지는 어쩐지 떠나기를 망설이는 듯했고, 우린 어둠 속에 잠시 서 있었다. 아버지의 얼굴은 그림자에 가려져 있었다.

"필요한 건 다 있니?"

마침내 아버지가 말했다.

"그런 것 같네요."

"제이크는 착한 아이 같더라."

"네."

내가 말했다.

"착한 아이 맞아요."

"창의적이더구나. 너랑 똑같이."

나는 대꾸하지 않았다. 우리 사이의 침묵은 이제 내 살갗을 따끔

거리게 했다. 어스름한 빛 때문에 제대로 보이지는 않았지만, 아버지는 그 말을 한 걸 후회하는 듯했다. 하지만 이윽고 아버지가 다시 입을 열었다.

"너희 집에서 네가 쓴 책들을 봤다."

"전에는 모르셨나요?"

아버지는 고개를 저었다.

"조금은 관심이 있었을 줄 알았어요."

나는 말했다.

"어쩌면 날 찾아봤거나."

"넌 날 찾아봤니?"

"아뇨, 하지만 그건 다르죠."

그 말을 입 밖에 내자마자 난 내 자신이 싫어졌다. 그건 우리 사이의 역학관계를 다시금 인정하는 말이었기 때문이다. 우리 둘 사이에서 상대를 찾고 걱정하고 신경 쓰는 건 내가 아니라 그 사람의 몫이라는. 나는 그 사람이 그게 진실이라고 생각하길 원치 않았다. 그건 진실이 아니었다. 그 사람은 내게 아무것도 아니었다.

"난 오래전에…."

아버지가 입을 열었다.

"내가 네 인생에서 빠져주는 게 네게 최선일 거라고 판단했다. 네 어머니와 나, 둘 다 그렇게 결정했지."

"뭐, 그런 식으로 말하는 것도 한 방법이겠네요."

"그런 것 같구나. 그건 내 입장에서 하는 말이지. 그리고 난 그 약속을 지켜왔다. 항상 쉬운 건 아니었지. 궁금할 때가 많았으니까. 하지만 그게 최선이라고…."

말끝을 흐리는 아버지는 갑자기 전에 없이 무력해 보였다.

자기 연민은 좀 넣어두시죠.

하지만 그렇게 말하지는 않았다. 내 아버지가 과거에 무슨 짓을 했든, 그 이후로는 앞으로 나아간 게 분명했다. 이제는 알코올 중독자처럼 보이지도, 술 냄새를 풍기지도 않았다. 몸도 탄탄했다. 그리고 피로에 지친 기색과는 별도로 차분한 분위기가 있었다. 난 이 남자와 내가 철저히 남남이라는 사실을 다시금 자신에게 상기시켰다. 우린 아버지와 아들이 아니었다. 우린 적도 아니었다.

우린 아무것도 아니었다.

그 사람은 창밖으로 서서히 저물어가는 하루를 바라보고 있었다.

"샐리…, 네 어머니 말이다. 어떻게 됐니?"

유리 깨지는 소리.

어머니의 비명 소리.

그 후로 일어난 그 모든 일들을 떠올렸다. 홀어머니로서 맞닥뜨려야 했던 그 모든 시련에도 불구하고 날 위해 최선을 다했던 그분을. 어머니의 죽음에 따른 그 고통과 비참함을. 그런 상실을 감당해야 하기엔 너무 이른 나이에 떠나버린 리베카처럼.

"그분은 돌아가셨어요."

나는 말했다.

아버지는 아무 말도 없었다. 잠시 맥을 놓는 듯 보였지만 이내 자신을 추슬렀다.

"언제?"

"그건 당신이 알 바 아니죠."

내 목소리에 담긴 분노는 나조차 놀라게 만들었다. 하지만 내 아버지는 아무런 동요를 보이지 않았다. 거기 서서, 내 공격의 충격을 온몸으로 받아내고 있었다.

"그래."

아버지는 조용히 말했다.

"그런 것 같구나."

이윽고 아버지는 앞문을 향해 계단을 내려갔다. 반쯤 내려갈 때까지 그 뒷모습을 지켜보다 나는 큰소리로 말했다.

"난 그날 밤을 기억해요, 알죠? 당신이 떠나버리기 전날 밤. 당신이 날 본 마지막 순간. 얼마나 취해 있었는지 기억해요. 당신 얼굴이 새빨갰던 것도. 당신이 무슨 짓을 했는지. 어머니한테 유리잔을 던졌죠. 어머니는 비명을 질렀고."

아버지는 꼼짝도 않고 그대로 계단에 멈춰 서 있었다.

"난 모조리 기억해요."

나는 말을 이었다.

"그런데 당신이 이제 와서 감히 어떻게 어머니 이야기를 물어?"

아무 대꾸도 없었다.

이윽고 아버지는 다시 조용히 계단을 내려가기 시작했다. 내게 남은 건 역겨움과 분노로 쿵쿵 울리는 심장 소리뿐이었다.

35

안가를 나선 피트는 차를 몰고 텅 빈 도로를 질주해 곧장 집으로 향했다. 부엌 찬장이 피트를 부르고 있었고, 이번에는 기꺼이 항복할 작정이었다. 이제 결정을 내리고 나니 그 충동이 어느 때보다도 더 강해졌고, 피트는 마치 목숨이라도 달린 양 집을 향해 속도를 높였다.

집에 돌아와 문을 잠그고 커튼을 쳤다. 집 안은 적막에 싸여 있었고, 주인이 안에 있으나 없으나 똑같이 비어 보였다. 하긴 피트가 집에 무슨 존재감을 더할 수 있겠는가? 최소한도의 가구만 배치된 거실을 둘러보았다. 거실만이 아니라 집 전체도 마찬가지였다. 모든 공간이 똑같이 금욕적인 방식으로 주의 깊게 정돈되어 있었다. 실상 피트는 오랫동안 빈집에서 살아온 거나 다름없었다. 진짜 삶이 두려워 회피로 일관해 온 인생의 빈약한 잔동사니. 그게 깔끔하고 깨끗하다고 해서 덜 서글픈 건 아니었다.

텅 비었어. 무의미해.

무가치해.

머릿속의 목소리는 승리감에 차 쾌재를 부르고 있었다. 피트는 그 자리에 선 채 천천히 호흡을 고르며 자신의 심장 박동을 의식했다. 하지만 이건 이미 여러 번 겪은 상황이었고, 매번 이런 식이었다. 술을 마시고 싶은 충동이 가장 거셀 때는 뭐든 다 자극이 될 수 있었다. 좋고 나쁘고를 막론하고 그 어떤 사건이나 깨달음도, 모든 게 그 충동을 부추길 수 있었다.

하지만 그건 전부 거짓말이었다.

이건 전에도 겪은 일이야.

넌 이겨낼 수 있어.

그 충동은 일순 잠잠해졌지만, 이내 피트가 무슨 속셈인지 눈치 채고 다시금 으르렁대기 시작했다. 피트는 집으로 차를 몰고 오는 내내 그 충동이 자신을 장악했다고, 이제는 포기하는 수밖에 없다고 믿었지만, 이제 운전대는 다시 피트의 손아귀에 쥐어져 있었다.

가슴에서 고통이 소용돌이쳤고, 이제는 한계라고 느껴졌다.

이건 전에도 겪은 일이야.

넌 이겨낼 수 있어.

식탁. 술병과 사진.

오늘 밤 피트는 유리잔까지 꺼내 와, 잠시 망설인 후 병을 따고 보드카를 손가락 두 마디만큼 따랐다. 그야 안 될 것도 없지 않은 가? 마시든가 안 마시든가, 둘 중 하나지. 이건 길을 따라 얼마나 멀리까지 가느냐의 문제가 아니었다. 끝까지 가느냐 아니냐였다.

그때 휴대폰이 윙윙 울렸다. 어맨다가 노먼 콜린스의 신문 상황 을 알려주려고 보낸 문자였다. 도미닉 바넷의 살인 혐의로 콜린스 에게 올가미를 씌우긴 했지만, 닐 스펜서와 관련해서는 상황이 더 모호하고, 콜린스가 변호사를 부르기로 했다는 내용이었다.

'노먼 콜린스가 닐 스펜서를 죽였다고 생각해요?'

아까 톰이 그렇게 물었다.

'어쩌면.'

피트는 그렇게 대답했다. 그리고 어떤 방식으로든 콜린스가 관련되어 있다는 것만은 분명했다. 하지만 닐을 납치하고 살해한 범인이 콜린스가 아니라면, 그건 저 바깥 어딘가에 진짜 살인범이 아직 돌아다니고 있다는 뜻이었다. 그 생각을 떠올리자 콜린스를 체포함으로써 느낀 일말의 안도감은 종적도 없이 사라져버렸다, 20년 전, 경찰서 접수창구에 앉아 있는 미란다와 앨런 스미스를 보고 악몽이 끝나려면 한참 멀었음을 깨달은 그때처럼.

하지만 지금은 그게 문제가 아니었다. 아무리 오랫동안 연이 끊겼어도 톰은 피트의 아들이고, 이는 이튿날 어맨다에게 그 이야기를 털어놓고 이해 상충을 이유로 스스로 조사에서 빠져야 한다는 뜻이었다. 그러면 이 사건의 스트레스를 벗어날 수 있을 텐데, 생각했던 것과는 달리 안도감은 느껴지지 않았다. 이미 이처럼 깊숙이 끌려 들어와 다시 카터를 맞대면하고, 지난밤 황무지에 누워 있는 닐 스펜서의 시신까지 보고 나니 이제는 끝까지 가보고 싶은 마음이 고개를 든 것이다. 그게 자신을 아무리 망가뜨린다 해도.

휴대폰을 한쪽에 내려놓은 후 유리잔을 응시하면서 그렇게 오랜 세월이 지나 톰을 본 자신의 심정을 분석해보려 했다. 그 재회는 자신을 뼛속까지 흔들어놓아야 마땅한데, 그럼에도 이상하게 차분한 심경이었다. 오랜 세월이 지나면서 피트는 자신이 아버지라는 사실에 둔감해졌다. 더는 자신의 인생과 아무 관련도 없는, 마치 무슨 학교에서 배운 객관적 사실일 뿐인 것처럼. 샐리에 대한 기억은 이제 어느 정도 무뎌져서 견딜 만했지만, 아버지로서 실패했다는 사실은 너무 뼈아파서 그 생각만큼은 무슨 일이 있어도 피하려 안간힘을 써온 터였다. 아들의 인생에서 자신은 흔적도 없이 사라져주는 편이 낫다고 생각했고, 자신도 모르게 톰이 어떤 남자가 됐을지를 상상하고 있는 걸 깨달을 때마다 재빨리 그 생각을 밀쳐냈었다. 건드리기엔 너무 뜨거운 쇳덩이처럼.

하지만 이제는 알았다.

피트는 자신을 아버지로 생각할 권리가 전혀 없었지만, 그날 오후 만난 남자를 평가하지 않기란 불가능했다. 작가라. 당연했다. 어렸을 때 톰은 항상 창의력이 넘쳤다. 늘 피트가 이해할 수 없는 이야기를 지어내거나, 장난감들을 가지고 정교한 시나리오를 펼치곤 했다. 제이크는 그 나이 때의 톰과 꽤 비슷해 보였다. 예민하고 영리한 아이. 비록 아는 사실은 얼마 안 되지만, 톰이 평생 고난과 비극을 겪었다는 것만큼은 명백했다. 그럼에도 톰은 홀몸으로 제이크를 훌륭하게 키워냈다. 아들이 좋은 남자로 자랐다는 데는 의심할 여지가 없었다.

무가치하지 않아. 쓸모없지도 않고 실패자도 아니야.

그건 잘된 일이었다.

피트는 손끝으로 잔 가장자리를 훑었다. 자신이 만들어준 비참한 어린 시절을 아들이 잘 극복했다는 건 잘된 일이었다. 피트가 톰의 인생에 이미 주입한 것 이상의 독을 주입하기 전에 거기에서 빠져나온 건 잘한 일이었다. 이는 부정할 여지가 없는 사실이었다. 이처럼 오랜 시간이 지났음에도 아들은 아버지를 기억했다. 도저히 잊을 수 없을 만큼 큰 영향을 미친 것이다.

난 그 마지막 밤을 기억해요.

그렇게 말하던 아들의 얼굴에 서려 있던 미움이 여전히 눈에 선했다. 피트는 잔을 집어 들었다 다시 내려놓았다. 하지만 좀 이상했다. 그렇지 않나? 피트는 미움 받아도 당연했다. 누구보다도 자신이 그 사실을 잘 알았다. 하지만 미움 받을 거라면 적어도 타당한 이유가 필요했다. 피트는 샐리가 톰을 데리고 떠났을 즈음 거의 하루도 빠짐없이, 밤낮 가리지 않고 술을 마셨지만, 그날 저녁만큼은 절대적으로 선명하게 기억했다. 톰이 말한 그런 상황은 절대 일어날 수 없었다.

그게 중요한가?

아마 아니겠지. 아들의 기억이 곧이곧대로 진실은 아니라 해도, 그만하면 충분히 진실로 느껴졌다. 피트 자신이 느끼는 패배감처럼. 그리고 결국 그게 가장 중요한 종류의 진실이었다.

샐리와 함께 찍은 그 친숙한 사진을 보았다. 그 사진을 찍었을 때는 아직 톰이 생기기 전이었지만, 사진 속 젊은 남자의 표정은 어쩐지 머지않아 아버지가 되리라는 걸 알고 있는 것 같았다. 햇살이 눈부셔 찡그린 눈. 곧 사라져버릴 듯한 짓다 만 미소. 사진 속 남자는 마치 자신이 완전히 패배하고 모든 것을 잃을 것을 이미 아는 것처럼 보였다.

샐리는 여전히 아주 행복해 보였다.

피트는 오래전에 놓치고 만 그 여자가 어딘가에 살아 있다는, 만족스럽고 사랑 넘치는 삶을 살고 있다는 상상을 늘 붙들고 있었다. 자신의 존재가 사라진 것이 아내와 아들에게 득이 됐다는 서글픈 믿음에 매달렸다. 하지만 이제는 진실을 알았다. 득은 없었다. 샐리는 죽었다.

온 세상이 죽어버린 것 같았다.

피트는 다시금 잔을 들어 올렸지만, 이번에는 바로 내려놓지 않고 그 비단 같은 액체가 일렁이며 이루는 물결을 지켜보았다. 좀 전까지만 해도 그건 너무나 무고해 보였다. 잔이 움직여져 숨어 있던 안개가 드러나기 전까지는 그냥 물 같았다.

전에도 겪은 상황이었다. 견뎌낼 수 있었다.

하지만 굳이?

방 안을 둘러보며 자신의 존재를, 그 공허감을 다시금 가늠했다. 피트에게는 아무것도 없었다. 공기로 만들어진 남자. 닻 없는 삶. 건져낼 가치가 있는 게 아무것도 없는 과거와 구하려 애쓸 만큼 가치 있는 게 하나도 없는 미래.

아니, 그건 진실이 아니다. 안 그런가? 닐 스펜서의 살인자는 어쩌면 여전히 저 바깥에 있을지도 모른다. 만약 그 아이가 살해당한 원인이 피트가 과거에 저지른 실수에서 비롯됐다면 그걸 제대로 바로잡는 건 피트의 몫이었다. 그 일이 자신에게 개인적으로 어떤 영향을 미치든 간에. 좋든 싫든, 어차피 악몽 속으로 다시 끌려온 이상 그 끝을 보는 수밖에 없었다. 심지어 그 때문에 자신이 망가져버린다 해도. 이해 상충, 그렇다. 하지만 피트만 조심하면 누구도 알 수 없는 일이었다. 그리고 톰 역시 두 사람의 먼 과거가 알려지는 걸 바라지 않을 테고.

그건 술을 마시지 않을 한 가지 이유였다.

그리고 또….

이 멋진 아파트 고마워요.

피트는 제이크가 아까 한 말을 떠올리고 웃음을 지었다. 너무 이상한 말이었지만, 재미있었다. 재미있는 아이였다. 착한 아이. 제이크는 창의력이 있었다. 개성이 있었다. 아마도 다루기 쉬운 아이는 아닐 것이다. 톰이 가끔 그랬던 것처럼.

피트는 제이크 생각에 조금 더 오래 매달렸다. 앉아서 그 아이에게 말을 거는 자신의 모습을 상상했다. 어린 톰에게 자신이 그랬던, 아니, 그래야 했던 방식으로 제이크와 함께 놀아주는 모습을. 물론 아무 소용없는 어리석은 생각이었다. 이틀 정도만 지나면 그 두 사람의 인생에서 자신의 역할은 끝날 테고, 아마도 두 번 다시는 만날 일이 없을 것이다.

하지만 그럼에도 피트는 술을 마시지 않겠다고 결심했다.

오늘밤은 아니야.

물론 잔을 던져버리는 건 쉬웠다. 그건 한 번도 어렵지 않았다. 그 대신 피트는 자리에서 일어나 부엌으로 가 개수대에 천천히 술을 따라 버렸다. 액체가 개수대 구멍으로 차츰 사라지는 걸 지켜보면서 가슴이 시키는 대로 제이크를 다시 생각했다. 수년간 경험하지 못한 감정이 찾아왔다. 거기에는 아무런 이유도 없었다. 아무런 근거도 없었다. 하지만 그건 거기 존재했다.

희망이었다.

제4부

36

이튿날 아침 제이크를 학교에 데려다줄 때, 비록 겉으로 드러내지는 않았지만 나는 그 애가 우리의 새 상황에 그토록 잘 적응했다는 사실에 여전히 놀라고 있었다. 지난밤 안가에서 그 애는 아무불만 없이 곧장 잠이 들었고, 나는 거실에 혼자 앉아 노트북을 펼쳐놓고 생각에 골몰했다. 마침내 침대에 들었을 때, 나는 더없이 평화로워 보이는 아이의 얼굴을 내려다보며 제이크가 실제로 우리의 새 집보다 여기에서 더 평온함을 느끼는 게 아닌가 하는 생각을 했다. 꿈을 꾸고 있다면 무슨 꿈을 꾸고 있을지 궁금했다.

한편 나는 비록 몸은 피곤했지만 낯선 주변 환경 때문에 여느 때보다 더 잠들기가 힘들었다. 그래서 제이크가 기분 좋아 보이고 그날 아침을 순조롭게 보내는 걸 보니 정말 다행이다 싶었다. 어쩌면 그 애는 이 모든 걸 일종의 짜릿한 모험으로 생각하는 게 아닐까. 이유가 뭐든, 난 거기에 감사했다. 너무 지쳐 있었고 신경이 곤두서 있어서, 혹 무슨 일이라도 생기면 과연 내가 감당할 수 있을지 자신이 없었다.

나는 제이크를 차에 태우고 학교까지 간 후 걸어서 운동장까지 바래다주었다.

"괜찮니, 친구?"

"전 괜찮아요, 아빠."

"그럼 됐다. 가보렴."

아이에게 물병과 책가방을 건네주며 말했다.

"사랑한다."

"저도 사랑해요."

제이크는 다리 뒤로 가방을 대롱거리며 문간으로 걸어갔다. 셸리 선생님이 거기에서 기다리고 있었다. 난 제이크와 이야기를 나눠보겠다던 셸리 선생님과의 약속을 지키지 않았다. 그냥 제이크의 오늘 하루가 조금은 더 순조롭게 지나가길, 아니면 적어도 그 애가 오늘은 아무도 때리지 않길 바랄 뿐이었다.

"*여전히 몰골이 엉망이네요.*"

정문으로 나서는데 캐런이 갑자기 나타나더니 나와 발을 맞춰 걸었다. 따뜻한 아침 날씨에도 아랑곳없이 여전히 거대한 외투 차림이었다.

"어제 그렇게 말했을 때는 내가 기분 나빠할까 봐 걱정했잖아요."

"네, 하지만 기분 안 나빴잖아요, 안 그래요?"

캐런은 어깨를 으쓱했다.

"하룻밤 자고 나서 생각해보니까 별 문제 없겠더라고요."

"그럼 나보다는 훨씬 푹 잤나 봐요."

"당신 얼굴을 보니까 그런 것 같네요."

캐런은 양손을 주머니에 찔러 넣었다.

"이제부터 뭐 할 거예요? 커피 한 잔 할래요, 아니면 어디 딴 데 가서 쓰러져 있을래요?"

난 망설였다. 할 일은 아무것도 없었다. 아버지한테는 노트북이 일에 필요하다고 말했었지만 내가 이 상태에서 뭔가를 해낼 가능성은 지극히 낮았다. 오늘 내 상태는 언젠가 육지 비슷한 게 나타

288

나길 빌며 개헤엄으로 바다를 건너는 격이었다. 그냥 시간이나 죽이고 있을 게 뻔했다. 캐런을 보니 어차피 시간을 죽일 거면 다른 방식으로 죽이는 게 낫겠다는 생각이 들었다.

"그래요."

내가 말했다.

"커피 좋네요."

캐런은 메인 로드까지 간 후 작은 모퉁이 상점과 마을 우체국을 지나 해피 피그라는 이름의 음식점으로 날 인도했다. 앞 창문에는 목초지 풍경이 그려져 있었고, 소박하고 좁은 실내에는 농장 부엌처럼 나무 탁자들이 놓여 있었다.

"좀 작위적이죠."

캐런은 문을 밀어 열자 종이 땡그랑거렸다.

"하지만 커피는 마셔줄 만해요."

"카페인만 들어 있으면 난 상관없어요."

커피는 확실히 향이 좋았다. 우린 카운터에서 주문을 하고, 아무 말도 없이 약간 어색하게 나란히 서서 기다렸다. 그 후 음료를 받아 테이블로 가서 앉았다.

캐런은 외투를 털듯이 벗었다. 그 밑에는 흰 블라우스와 청바지를 받쳐 입고 있었는데, 중무장에서 벗어나니 어찌나 날씬해 보이는지 난 그만 놀라고 말았다. 중무장이라 해도 지나친 과장은 아니었다. 머리카락을 뒤로 모아 느슨하게 하나로 묶는 캐런의 양 손목에서 나무 팔찌들이 서로 부딪치며 작은 덜그럭 소리를 냈다.

"그래서…."

캐런이 말했다.

"당신 주변에선 도대체 무슨 일이 일어나고 있는 거죠?"

"이야기하자면 길어요. 어디까지 알고 싶은데요?"

"아, 전부 다요."

난 잠시 생각에 잠겼다. 작가로서 내가 항상 지켜 온 신조 중 하나는 탈고하기 전까지는 절대 내용을 발설하지 않는다는 거였다. 말로 다 해버리면 글로 쓰려는 욕구가 줄어들었기 때문이다. 마치 이야기를 하고 싶은 욕구에 어떤 정해진 용량이 있는 것 같았다. 어떤 식으로든 이야기를 밖으로 꺼내놓으면 압박이 그만큼 줄어드는 것이다.

그래서 그걸 염두에 두고, 난 캐런한테 모든 걸 털어놓기로 결심했다.

전부는 아니고 거의 다.

내 차고에 가득한 쓰레기와 노먼 콜린스로 밝혀진 남자가 우리 집에 찾아온 사연은 캐런도 이미 알고 있었다. 하지만 제이크가 한밤중 유괴당할 뻔한 대목에 이르자 캐런은 눈썹을 추켜올렸다. 그 후 난 시어링 부인에게서 들은 이야기와 어제까지 전개된 상황을 들려주었다. 시신이 발견된 것. 안가.

그리고 가장 마지막으로, 내 아버지 이야기까지.

지금까지 난 캐런이라는 사람에 대해 꽤 가볍다는 인상을 가지고 있었다. 짓궂고 다소 냉소적이며 농담을 즐기는 사람. 하지만 내가 설명을 마쳤을 즈음, 캐런은 크게 충격 받은 듯 심각한 표정을 짓고 있었다.

"젠장."

캐런이 나지막이 내뱉었다.

"언론에는 자세한 이야기가 전혀 나오지 않았어요. 그저 어느 집에서 유해가 발견되었다고만 했죠. 그게 당신 집일 줄은 상상도 못했어요."

"아직 기밀로 유지하고 있는 것 같아요. 적어도 내가 알기로 경찰은 그게 토니 스미스라는 아이의 유해라고 생각해요. 프랭크 카터의 피해자 중 하나였죠."

"아이 부모가 너무 안 됐네요."

캐런이 고개를 저으며 말했다.

"20년이라니. 비록 그렇게 세월이 많이 흘렀으니 어느 정도 짐작은 하고 있었겠지만요. 어떻게 보면 마침내 종지부가 찍힌 셈이니 일말의 위안이 됐을지도 모르겠네요."

난 아버지가 한 말을 떠올렸다.

"누구나 집으로 돌아가야 하죠."

나는 말했다.

캐런은 고개를 옆으로 틀었다. 더 묻고 싶은 게 있는데 왠지는 모르지만 엄두가 안 나는 것 같았다.

"체포됐다는 남자 있잖아요."

마침내 캐런이 입을 열었다.

"노먼 콜린스요."

"노먼 콜린스, 맞아요. 그 남자는 그 사실을 어떻게 안 거죠?"

"나도 모르죠. 그 사건에 처음부터 관심이 있었다는 건 분명하지만."

난 커피를 홀짝였다.

"아버지는 그 남자가 줄곧 카터의 공범이었다고 생각하는 것 같아요."

"그리고 그 남자가 닐 스펜서를 죽였다고요?"

"그건 잘 모르겠어요."

"그런 거였으면 좋겠네요. 음….."

캐런은 이내 고쳐 말했다.

"내 말은, 끔찍한 소리인 건 알지만, 적어도 그러면 그 개자식은 잡힌 거잖아요. 맙소사, 당신이 밤중에 깨어나지 않았으면….."

"알아요. 그 생각은 하고 싶지도 않아요."

"젠장, 너무 무섭네요."

나도 그랬다. 하지만 물론, 생각하고 싶지 않다고 해서 생각을 안 할 수 있다는 뜻은 아니었다.

"어젯밤 그 남자에 관해 찾아봤어요."

내가 말했다.

"그러니까 카터 말이에요. 좀 소름끼치지만, 알아야 할 것 같더라고요. 위스퍼 맨. 몇 가지 세부사항은 끔찍함 그 자체더군요."

캐런이 고개를 끄덕이며 말했다.

"'문을 반쯤 열어두면 속삭임이 들려오지.' 당신한테 그 말을 듣고 나서 애덤한테 혹시 아느냐고 물어봤어요. 몇몇 아이들이 그걸 외우는 걸 들은 적이 있대요. 그 애는 물론 카터에 대해 들어본 적도 없지만, 내 짐작엔 틀림없이 그게 유래인 것 같아요. 입에서 입으로 전해진 거죠."

"귀신을 조심하라는 경고."

"맞아요. 다만 이건 현실이었고요."

난 그 말에 관해 생각했다. 애덤은 그게 무슨 뜻인지 모르면서 그걸 들었고, 어쩌면 그건 피더뱅크 너머로까지 퍼졌는지도 모른다. 아이들 사이에는 그런 게 흔히 유행하니까. 어쩌면 제이크의 옛날 학교 아이들 중 누군가가 그걸 외우고 있었고, 그렇게 해서 제이크의 귀에까지 들어갔는지도 모른다.

당연히 그런 식일 수밖에 없다. 그 여자애가 제이크한테 가르쳐 준 게 아니다. 왜냐하면 그 애는 현실이 아니니까.

하지만 나비는 그런 식으로 설명할 수 없다. 바닥의 남자애도 그렇고.

캐런은 내 머릿속을 읽은 눈치였다.

"제이크는 어때요? 이 모든 상황에 그 애는 어떻게 대처하고 있나요?"

"내 생각엔 괜찮은 것 같아요."

난 다소 무력하게 어깨를 으쓱했다.

"모르겠어요. 그 애와 난…, 이따금씩 서로 터놓고 대화를 나누는 게 힘들어요. 그 애는 대하기 쉬운 애는 아니에요."

"쉬운 아이는 없어요."

캐런이 말했다.

"그리고 나도 가장 쉬운 사람은 아니고요."

"쉬운 사람도 없고요. 하지만 당신은 어때요? 그토록 오랜만에 아버지를 만났으니 분명 기분이 이상했을 텐데요. 정말 그분과 전혀 연락이 없었나요?"

"전혀요. 상황이 최악으로 치달으면서 어머니가 아버지를 떠났어요. 그 후로 난 한 번도 아버지를 못 만났어요."

"최악으로 치달아요?"

"술 때문에요."

나는 말했다.

"폭력이랑…."

나는 그 부분에서 말꼬리를 흐렸다. 세세한 이야기를 입에 올리기보다는 그런 식으로 얼버무리는 편이 더 쉬웠지만, 사실 마지막

날 밤을 빼면 아버지가 어머니나 나를 향해 육체적으로 폭력을 행사한 기억은 전혀 없었다. 술은…, 그랬다. 비록 당시 난 그걸 제대로 이해하지 못했지만. 그냥 아빠가 늘 화가 나 있었고, 며칠씩 사라졌다 나타났고, 늘 돈이 없었고, 부모님이 격렬한 말다툼을 벌였다는 것만 알았다. 그리고 아버지에게서 뻗어 나오던 불만과 비통함을 기억했다. 온 사방에 만연한 위협의 감각. 마치 당장이라도 뭔가 나쁜 일이 일어날 것만 같았다. 그때 느꼈던 두려움이 떠올랐다. 하지만 어쩌면 그 두려움은 실제적인 폭력 때문이었는지도 모른다.

"마음이 아프네요."

캐런이 말했다. 난 어색함을 떨치려 다시금 어깨를 으쓱했다.

"고마워요. 하지만 맞아요. 그분을 보니까 기분이 이상했어요. 물론 그분을 기억하지만, 예전하고는 달라졌더군요. 지금은 술꾼처럼 보이지 않았어요. 전체적인 몸가짐이 달라 보였달까. 더 차분해졌어요."

"사람들은 변하니까요."

"맞아요. 그리고 사실 잘된 거죠. 우리 둘 다 이젠 완전히 다른 사람이에요. 난 이제 어린애가 아니죠. 그분은 정말이지 내 아버지가 아니고요. 문제 될 건 전혀 없어요."

"그 말은 어째 별로 믿음이 안 가는데요."

"음, 있는 그대로 말한 거예요."

"그 말은 믿어줄게요."

캐런은 커피를 마저 마셔버리고 다시 외투를 입기 시작했다.

"유감스럽지만 난 이만 사랑하는 당신을 버리고 가야 할 것 같아요."

"어디 딴 데 가서 쓰러져 있으려고요?"

"아뇨, 난 푹 잤거든요. 잊었어요?"

"맞아요."

난 바닥에 남은 커피를 휘휘 저었다. 캐런은 어디로 가는지 내게 말해줄 마음이 없는 눈치였고, 난 내가 캐런에 관해 아는 게 거의 전무하다는 걸 깨달았다.

"그러고 보니 우린 그동안 계속 내 이야기만 했네요. 좀 불공평한 것 같아요."

"그야 당신 이야기가 나보다 훨씬 흥미로우니까 그렇죠. 특히 지금은요. 어쩌면 당신 이야기를 책으로 써 봐도 좋을 것 같아요."

"어쩌면요."

"음, 미안해요. 난 당신을 구글로 검색했어요."

캐런은 잠시 민망해하는 눈치였다.

"난 뭘 알아내는 데 재주가 있거든요. 어디 가서 말하면 안 돼요."

"비밀 지켜줄게요."

"고마워요."

캐런은 뭔가 더 하고 싶은 말이 있는 듯 잠시 입을 다물었다. 하지만 이내 생각이 바뀌었는지, 고개를 저으며 "나중에 봐요" 하고 말했다.

"그래요. 조심히 가요."

남은 커피를 비우며 캐런이 방금 하려던 말이 뭐였는지 생각했다. 그리고 구글로 날 검색했다는 말을 곱씹었다. 그게 무슨 뜻이지?

그리고 내가 그 말에 기분 좋아하면 잘못일까?

37

"다 드신 건가요, 손님?"

남자는 순간 자기가 어디 있는지, 방금 그 질문이 무슨 뜻인지 갈피를 잡지 못하고 도리질을 쳤다. 그 후 자신을 향해 웃음을 짓고 있는 웨이트리스를 보고 식탁을 내려다본 후 자기가 커피를 다 마셨음을 깨달았다.

"네."

남자는 의자 등받이에 몸을 기댔다.

"죄송합니다. 잠시 다른 생각을 하고 있어서요."

웨이트리스는 다시 웃음을 지으며 빈 커피 잔을 들어올렸다.

"뭐 다른 거 더 갖다드릴까요?"

"아마, 조금 더 있다가요."

더 주문할 생각은 전혀 없었고 어차피 가게는 반쯤 비어 있었지만, 예의를 지키고 사회적 관행을 존중하는 게 현명했다. 남자는 친절을 권리로 착각하는 사람으로 기억되고 싶지는 않았다. 아니, 아예 기억되고 싶지 않았다.

그리고 남자는 거기에 능숙했다. 비록 다른 사람들이 그걸 더욱 수월하게 만들어주긴 했지만. 존재의 소음 속에 길을 잃은 듯한 사람들이 너무 많았다. 주변 세계를 의식하지 못한 채 몽유병에 걸린 듯 인생을 흘려보내는 사람들. 휴대폰의 최면에 걸려 누가 바로 옆을 지나가도 알아차리지 못하는 사람들. 자기중심적이고 배려가 없으며, 주변에 있는 것들에 거의 주의를 쏟지 않는 사람들. 특별히 눈에 띄는 존재가 아닌 타인들은 그들의 머릿속에서 꿈처럼 순식간에 사라지게 마련이었다.

남자는 두 테이블 건너 앉은 톰 케네디를 응시했다.

케네디는 남자에게 등을 돌리고 있었고, 이제 여자가 자리를 떴으니 남자는 마음껏 케네디를 쳐다볼 수 있었다. 여자가 이쪽을 보고 앉아 있을 때는 커피를 홀짝이거나 휴대폰을 들여다보는 척하며 자신을 눈에 띄지 않는 가게 풍경의 일부로 만들었다. 하지만 물론 내내 귀를 쫑긋 세운 채 엿듣고 있었다. 주위에서 들리는 대화는 특별히 신경을 쓰지 않으면 온통 뒤엉켜 알아들을 수 없는 배경소음이 되지만, 주파수를 맞추면 그중 하나를 포착해 쉽사리 따라갈 수 있었다. 그냥 집중만 하면 충분했다. 마치 잡음이 사라지고 깨끗한 신호만 남을 때까지 라디오 채널을 아주 조금씩 조정하는 것처럼.

아까 케네디가 한 말이 있었는데, 남자는 거기에 진심으로 동의했다.

이따금씩 서로 터놓고 대화를 나누는 게 힘들어요.

그 애는 대하기 쉬운 애는 아니에요.

음, 남자는 제이크가 자신의 보살핌 하에서 꽃을 피울 거라고 확신했다. 그 아이가 응당 가져야 할 가정을, 그 아이가 필요로 하는 사랑과 관심을 아이에게 줄 것이다. 그러고 나면 남자 역시 치유되고 온전해진 기분을 느낄 것이다.

그리고 만약 그렇지 않으면….

시간은 감각을 무뎌지게 만드는 힘이 있다. 남자는 이제 자기가 닐 스펜서에게 한 짓을 생각해도 그전만큼 힘들지 않았다. 그 후 겪었던 전율은 오래전에 희미해졌고, 이제는 그 기억을 떠올려도 냉정을 잃지 않을 수 있었다. 사실 거기엔 즐거움 비슷한 것조차 있었다. 왜냐하면 그 녀석은 그런 일을 당해도 쌌으니까. 안 그런 가? 그리고 그 일이 있기 전 모든 게 순조로워 보이던 두 달간은 평화롭고 행복한 시간이었다면, 그 마지막 날 이후에도 어느 정도는 마음을 달래주는 고요함이, 올바름의 감각이 있었다.

하지만 안 돼.

이번엔 그렇게 되지 않을 거야.

톰 케네디가 자리에서 일어나 문으로 향했다. 남자는 케네디가 자기 옆을 지나갈 때 휴대폰을 내려다보며 느긋하게 화면을 두드렸다.

남자는 잠시 그대로 앉아 자신이 들은 다른 이야기들을 생각했다. 노먼 콜린스가 누구였지? 그 이름은 전혀 기억에 없었다. 아마 그 무리 중 하나겠지만, 이 콜린스라는 자가 왜 지금 와서 체포됐는지는 짐작도 가지 않았다. 하지만 그건 남자에게 득이 됐다. 경찰은 그쪽에 정신이 팔릴 테니까. 케네디는 경계를 풀 것이다. 그건 남자가 그냥 틈을 잘 보기만 하면 된다는 뜻이었다. 그러면 모든 게 잘 풀릴 것이다.

남자는 자리에서 일어섰다.

주위가 더 시끄러울수록 눈에 띄지 않고 조용히 사라지기가 더 쉬웠다.

38

난 널 너무 오랫동안 찾아다녔어.

피트는 차에서 내려 병원 건물로 가 엘리베이터를 타고 시립 병리연구소가 있는 지하층으로 내려갔다. 엘리베이터의 한쪽 벽은 거울로 되어 있었는데, 거기 비친 피트의 모습은 좋아 보였다. 심지어 평온해 보였다. 흔들어서 달그락 소리를 듣기 전에는 안에 든 게 산산조각 났음을 알 수 없는, 정성껏 포장된 선물 같았다.

살면서 이토록 불편한 기분을 느낀 적이 있었는지 기억나지 않았다.

피트는 토니 스미스를 20년간 찾아다녔다. 어떤 면에서는 심지어 그 아이의 부재가 자신을 붙잡아준 게 아닌가 하는 생각도 들었다. 비록 한 번도 의식 전면에 나온 적 없는 생각이었지만, 그게 자신에게 목적의식과 계속 나아갈 이유를 준 것이 아닌가. 그럼에도, 아무리 그 생각을 피하려 애써도, 피트에게 그 사건은 절대 끝난 적이 없었다.

그래서 피트는 그 사건이 끝나는 자리에 반드시 있어야 했다.

피트는 이곳 해부실을 증오했다. 처음부터 그랬다. 소독약 냄새는 깊게 스며든 악취를 결코 가려주지 못했고, 모진 조명과 번쩍번쩍 광이 나는 금속 표면들은 오로지 거기에 전시된 얼룩덜룩한 시신들을 한층 더 눈에 띄게 만들 뿐이었다. 이곳에서는 죽음이 당연하다는 듯 눈앞에 펼쳐져 있고, 손으로 만질 수 있을 것만 같았다. 이런 해부실의 주인공은 무게와 각도, 세세한 화학 및 생물학 지식이 휘갈겨 적힌 클립보드들이었다. 이 모든 건 너무나 차갑고 임상적이었다. 이곳을 찾을 때마다 피트는 인간 삶의 가장 중요한 부분들, 그러니까 감정, 개성, 경험 같은 것들은 더는 존재하지 않음으로써 그 존재가 더 두드러진다는 사실을 깨달았다.

병리학자인 크리스 데일은 피트를 해부실 맞은편 끝에 있는 바퀴 달린 들것으로 인도했다. 데일의 뒤에서 피트는 현기증으로 기절할 것만 같은 기분을 느끼며 뒤돌아 나가버리고 싶은 충동과 싸워야 했다.

"이쪽이 우리 아이입니다."

데일이 나지막이 말했다. 데일은 경찰들 사이에서 늘 무뚝뚝하고 뻣뻣한 태도로 정평이 난 남자였다. 정중함은 오로지 자신이 환자라고 부르는 이들에게만 보여주었다.

우리 아이.

그 어조와 태도는 마치 이제 자신이 이 유해의 보호자라고 선언하는 듯했다. 그동안 겪어야 했던 수모는 끝났고, 이제는 자신이 보살펴줄 거라고.

우리 아이.

피트는 생각했다.

뼈들은 어린아이의 형태로 펼쳐져 있었지만, 세월로 인해 다수가 조각나 있었고, 살점은 조금도 남지 않았다. 피트는 오랜 세월 동안 수많은 유골을 보았다. 어떻게 보면 죽은 지 얼마 안 된, 겉보기엔 분명 인간인데 그 기묘한 정물성이 더는 그렇지 않음을 알려주는 피해자들보다 그편이 더 보기 쉬웠다. 유골은 일상적 경험과 너무 멀찍이 떨어져 있어서, 감정이 덜 실린 눈으로 볼 수 있었다. 그럼에도 현실은 늘 아프게 찔러 왔다. 사람은 결국 죽는다는 사실 그리고 짧은 시간이 흐르고 나면 오로지 대상물만이 남고, 뼈는 쓰러진 곳에 버려져 나뒹구는 물체에 불과하다는 것.

"아직 완전한 사후부검은 실시되지 않았습니다."

데일이 말했다.

"이후에 실시할 예정입니다. 그 전까지 제가 말씀드릴 수 있는 건 이게 사망 당시 약 6세였던 남자애의 유해라는 겁니다. 지금으로서는 사망 원인도 딱히 짚이는 게 없고, 끝까지 알아내지 못할지도 모릅니다. 하지만 사망한 지 오래된 것만은 분명합니다."

"20년쯤요?"

"아마도요."

데일은 피트가 뭘 묻는지 알고 잠시 망설이다 자기 옆에 있는 또 다른 들것을 몸짓으로 가리켰다.

"이건 현장에서 추가로 발견된 물품들입니다. 물론 유해를 보존하기 위해 그대로 담아 온 상자도 있고요. 옷가지는 유골 밑에 깔려 있었습니다."

피트는 한 걸음 더 다가섰다. 옷은 낡았고 거미줄이 엉겨 붙어 있었지만 데일과 해부 팀이 조심스럽게 꺼낸 후 처음 발견됐을 때와 동일하게 차곡차곡 개어서 쌓아놓았다. 피트는 옷가지를 확인하기 위해 굳이 뒤적여볼 필요도 없었다.

파란색 조깅바지. 검은색 아동용 폴로셔츠.

피트는 뒤돌아 다시 유해를 보았다. 이 사건은 오랜 세월 동안 피트를 단단히 틀어쥐고 놓아주지 않았지만, 토니 스미스를 실제로 본 건 이번이 처음이었다. 지금까지는 오로지 시간 속에 영원히 멈춰버린 어린 남자애의 사진들만이 존재했다. 상황이 아주 조금만 달랐어도, 피트는 어쩌면 오늘 길거리에서 26살이 된 토니 스미스를, 누군지도 모르는 채 지나쳤을 수도 있었다. 피트는 예전에 한 인간을 지탱하고 담고 있던 작고 부서진 틀을 내려다보았다. 거기 담긴, 꽃을 피웠을지도 모르는 그 모든 가능성을 내려다보았다.

그렇게 끝까지 희망을 붙들고 있었는데 내가 그런 짓을 해버렸으니 말이야.

프랭크 카터의 그 말이 머릿속에 단단히 들러붙어 있었다. 피트는 잠시 아무 말 없이 아래를 내려다보며 그 막대한 순간을 몸으로 받아들이려 애썼다. 하지만 그건 애초에 거기에 없었다. 들것에 얹힌 텅 빈 뼈의 껍데기 속에 토니 스미스가 존재하지 않는 것과 마찬가지였다. 피트는 이 사라진 어린 남자애를 중심으로 한 궤도에 너무 오래 붙들려 있어서, 그 아이의 소재라는 수수께끼 주위를 빙빙 돌면서 평생을 보낸 것이나 다름없었다. 중력의 중심은 이제 사라졌지만, 그럼에도 자신의 궤도는 바뀌지 않은 듯했다.

"여기 있는 것들 역시 상자에서 발견된 겁니다."

데일이 말했다. 피트가 돌아보니 병리학자는 주머니에 양손을 찔러 넣고 앞으로 몸을 숙인 채 토니 스미스가 발견됐을 때 들어 있던 종이상자를 내려다보고 있었다. 더 가까이 가서 보니 데일의 시선은 거미줄에 들러붙은 나비를 향해 있었다. 죽은 게 분명했지만, 날개의 화려한 무늬는 여전히 선명하고 생생했다.

"시체 나비."

피트가 말했다. 병리학자는 놀란 표정으로 피트를 보았다.

"형사님이 나비 팬이신 줄은 여태 몰랐네요."

"전에 다큐멘터리를 본 적 있습니다."

피트가 어깨를 으쓱했다. 자신이 뭔가를 보거나 읽는 건 늘 그저 시간을 죽일 목적이라고만 생각했는데 그중 뭔가가 머리에 남아 있었다니. 스스로도 뜻밖이었다.

"저녁 때 할 일이 없어서요."

"그렇군요."

피트는 자세한 내용을 찾아 기억을 뒤졌다. 이 종류의 나비는 영국의 토착종이지만 비교적 희귀했다. 다큐멘터리는 그것을 찾겠다고 무리를 이루어 들판과 산울타리를 헤집고 다니는 괴짜들을 추적했다. 그리고 나비는 마지막에 발견됐다. 시체 나비는 썩어가는 고기에 이끌렸다. 직접 본 적은 한 번도 없었지만, 피트는 그 다큐멘터리를 본 이후로 주말에 시골길과 산울타리를 수색할 때면 혹시 나비들이 눈에 띄어 자신이 올바른 곳을 수색 중이라는 걸 알려주지 않을까 하는 생각을 했다.

주머니 속에서 휴대폰이 진동했다. 어맨다가 보낸 메시지가 와 있었다. 서둘러 읽어 내렸다. 노먼 콜린스가 감방에서 하룻밤을 보내고 나더니 '할 말 없음' 입장에 대한 생각이 바뀌어 이제는 입을 열 준비가 된 모양이라며, 가능한 한 빨리 서로 돌아와 달라는 내용이었다.

휴대폰을 집어넣은 후 피트는 앞에 놓인 종이상자에서 눈길을 떼지 못한 채 조금 더 머뭇거렸다. 상자는 갈색 포장용 테이프로 친친 동여매져 있었다. 오랜 세월 동안 여러 차례 봉해졌다 개봉되고 다시 봉해진 흔적이 선명했다. 이 다음엔 지문을 찾아낼 수 있지 않을까 하는 희망에서 감식반으로 보내질 것이다. 피트는 상자 표면을 눈으로 훑으며 그 세월 동안 거기에 닿았을 보이지 않는 손길들을 상상했다. 사람들이 상자를, 그 안에 아무도 모르게 숨겨진 뼈들을 덮고 있는 피부를 손끝으로 누르는 광경을 그려보았다.

상찬 받는 최고의 소장품.

잠시, 피트는 그런 인간들이 심장 박동을 상상해본 적이나 있을지 궁금했다. 아니면 그런 인간들이 칭송하는 것은 오히려 심장 박동의 부재일까.

39

신문실에서 어맨다와 피트의 맞은편에 앉은 노먼 콜린스의 변호사는 무거운 한숨을 내쉬었다.

"제 의뢰인은 도미닉 바넷의 살인을 인정할 준비가 되어 있습니다."

변호사는 말했다.

"하지만 닐 스펜서의 유괴와 살인에는 어떤 식으로도 관여하지 않았습니다."

어맨다는 변호사를 빤히 보며 기다렸다.

"그러나 제 의뢰인은 어제 개롤트 가에서 발견된 유해에 관해 자신이 아는 바를 솔직하고 빠짐없이 진술할 준비가 돼 있습니다. 공권력을 허비하게 만들 의도는 전혀 없습니다. 그렇지 않으면 또 다른 아이가 위험에 처할 수도 있으니까요. 그리고 제 의뢰인은 자신이 할 진술이 실제 범인을 체포하는 데 도움이 될지도 모른다고 믿습니다."

"그러면야 저희는 대단히 감사하겠죠."

어맨다는 개수작이라는 걸 바로 눈치챘지만 짐짓 정중한 미소를 지어 보였다. 책상 맞은편에 입을 꾹 다문 채 앉아 있는 콜린스는 위축되고 상처받은 표정을 짓고 있었다. 애초에 교도소에 가기에 걸맞은 체격을 지니지 못한 남자였다. 구류 상태로 하룻밤을 보내고 나니 어제 이곳에서 보여준 잘난 척하던 모습은 흔적도 없이 사라져버렸다. 콜린스가 마침내 입을 열기로 마음먹었다는 사실은 어맨다에게 어느 정도 즐거움을 가져다주었지만, 그 이유는 생명을 살리고 싶은 마음이 아니라 이기심 때문인 게 명확했다. 개과천선 따위가 전혀 아니었다. 그저 경찰에게 털어놓는 것, 자기 입장에서 상황을 설명하는 것이 자신에게 다소 도움이 되리라는 걸 깨달을 시간이 있었을 뿐이다. 협력하는 모습을 보여주면 자신에게 득이 되리라는 것을. 하지만 지금은 역겨움을 드러낼 때가 아니었다. 콜린스가 정말 도움이 될 수 *있다면.*

어맨다는 뒤로 기댔다.

"그럼, 이야기를 들어볼까요."

"어디서부터 시작해야 할지 모르겠네요."

"당신은 토니 스미스의 유해가 그 집에 있는 걸 알았죠, 안 그래요? 거기서부터 시작하죠."

콜린스는 잠시 침묵에 잠겨 그들 사이에 놓인 탁자를 내려다보며 자신을 추스르고 있었다. 어맨다는 자기 옆에 앉은 피트 역시 똑같이 하고 있음을 알아차렸다. 걱정스러웠다. 피트는 평소보다 더 가라앉아 보였고, 서에 도착한 이후로 어맨다에게 거의 말도 걸지 않았다. 뭔가 말을 할까 말까 고민 중인 것 같았는데, 이유는 몰라도 하고 싶은 말을 억누르고 있는 듯했다. 이 일이 피트에게 얼마나 괴로운지, 어맨다는 모르지 않았다. 토니 스미스의 것임이 거의 분명한 유해를 보고 곧장 이곳으로 왔으니. 피트는 비로소 자신이 너무나 오랫동안 찾아다닌 그 아이, 토니 스미스에게 오래전 무슨 일이 일어났는지를 알게 될 참이었다. 그 세월이 피트를 표면적으로는 강하게 만들었을지 몰라도, 어맨다는 피트의 해묵은 상처들이 다시 벌어진다면 어떻게 될지 상상조차 하고 싶지 않았다.

"여러분이 내 관심사를 어떤 눈으로 보시는지 압니다."

콜린스가 나지막이 말했다. 어맨다는 다시 콜린스를 돌아보았다.

"그리고 많은 사람들이 어떤 눈으로 보는지도 알고요. 하지만 제가 제 분야에서 존경과 인정을 받는다는 건 변함없는 사실입니다. 그리고 전 수집가로서 오랜 세월 동안 정평을 쌓아왔고요."

수집가라.

그렇게 말하니 별 문제 없는, 심지어 뭔가 존중할 만한 걸 모으는 것처럼 들렸다. 하지만 어맨다는 콜린스의 수집품들을 이미 상세히 살펴보았다. 어떻게 생겨먹은 인간이길래 그토록 오랜 세월에 걸쳐 그런 것들을 수집하는 데 집착하지? 어맨다는 콜린스와 비슷한 부류의 인간들이 인터넷의 어두운 밑바닥에 쥐떼처럼 슬금슬금 모여드는 광경을 그려보았다. 거래를 하고 계획을 세우고, 사회의 배선을 잘근잘근 쏠아대는 모습을. 그때 문득 자신을 올려다보는 콜린스의 표정을 보고, 어맨다는 자신의 느끼는 역겨움이 무의식중에 얼굴에 드러났음을 깨달았다.

"그건 다른 사람들의 취미와 정말이지 전혀 다를 게 없습니다."

콜린스가 방어조로 말했다.

"제 취미를 두고 대다수 사람들은 별나다고, 일부는 혐오스럽다고 생각하는 걸 이미 오래전에 알게 됐습니다. 하지만 저와 같은 취미를 지닌 다른 사람들도 있습니다. 그리고 저는 오랜 세월에 걸쳐 제가 신뢰할 만한 사람임을 입증했고, 덕분에 다른 사람들보다 더 중요한 작품들에 접근할 수 있었습니다."

"진지한 거래상이라는 말인가요?"

"진지한 작품들을 진지하게 거래하죠."

콜린스는 입술을 핥았다.

"그리고 그런 거래들의 경우 으레 그렇듯, 공개적인 토론의 장들도 있고, 사적인 토론의 장들도 있습니다. 사적인 부분에서는 위스퍼 맨에 대한 제 관심이 잘 알려져 있었습니다. 그리고 몇 년 전에 전 제가 특정한…, 경험에 접근할 수 있다는 걸 알게 됐습니다. 물론 값을 지불할 준비가 되어 있다면 말입니다."

"그 *경험*이라는 게 뭐였죠?"

콜린스는 잠시 어맨다와 눈길을 마주친 후 마치 세상에서 가장 당연한 이야기를 하듯 태연하게 대답했다.

"물론 토니 스미스와 함께 시간을 보내는 거죠."

잠시 침묵이 흘렀다.

"어떻게요?"

어맨다가 말했다.

"우선 교도소로 빅터 타일러를 면회 가야 한다더군요. 모든 건 타일러를 통해 준비됐습니다. 프랭크 카터는 그 일에 관해 알긴 했지만 직접 관여하는 데는 아무런 흥미를 보이지 않았죠. 타일러가 자신을 찾아오는 사람들을 심사했습니다. 저는 필요한 테스트를 기쁜 마음으로 통과했죠. 타일러의 아내에게 비용이 전달된 후, 저는 한 집 주소를 안내받았습니다."

콜린스가 얼굴을 찌푸리며 말을 이었다.

"그 집 주인은 줄리언 심슨이었는데, 딱히 놀랍지는 않았습니다."

"왜죠?"

"불미스러운 부류의 인간이었으니까요. 위생관념도 엉망이었죠."

콜린스는 머리를 두드렸다.

"여기 있어야 할 것들이 전부 들어 있지 않았고요. 사람들은 심슨을 조롱하곤 했지만, 사실 내심으론 다들 두려워했죠. 그 집도 마찬가지였고요. 이상하게 생기지 않았습니까? 아이들은 그 집 정원에 들어갔다 오는 것으로 담력 시합을 하곤 했죠. 거기에서 서로 사진을 찍어주기도 하고요. 심지어 그전부터, 제가 어렸을 때부터 사람들은 그 집을 유령의 집 같은 식으로 생각했죠."

어맨다는 다시 피트를 응시했다. 완벽한 무표정이었지만, 무슨 생각을 하고 있을지 상상하고도 남았다. 줄리언 심슨의 이름은 사건 당시에 한 번도 거론되지 않았다. 경찰은 그 남자나 그 무섭게 생긴 집에 관해 전혀 알지 못했다. 하지만 그건 충분히 이해할 만한 일이었다. 어느 지역에나 심슨 같은 자들은 있었다. 어린아이들은 이런 자들을 알아보고 두려워하지만 반드시 그럴 만한 확실한 근거가 있는 건 아니었다. 확실히 어른들의 주의를 끌 정도는 아니었다. 하지만 그럼에도, 어맨다는 피트가 이 일 때문에 스스로를 탓할 걸 알았다.

"다음에 무슨 일이 일어났죠?"

어맨다는 콜린스에게 물었다.

"저는 개롤트 가에 있는 그 집으로 찾아갔습니다."

콜린스가 말했다.

"심슨에게 추가로 돈을 더 낸 후 아래층 방에서 기다렸죠. 잠시 후 심슨이 밀봉된 종이상자를 가지고 돌아와 조심스럽게 개봉을 했습니다. 그리고 거기에…, 거기 그 애가 있었습니다."

"분명히 해주세요, 노먼."

"토니 스미스요."

어맨다는 차마 엄두가 나지 않는 질문을 억지로 꺼냈다.

"그리고 당신은 토니의 유해를 가지고 뭘 했습니까?"

"뭘 해요?"

콜린스는 진심으로 충격 받은 목소리였다.

"저는 그걸 가지고 아무것도 *하지* 않았습니다. 저는 어떤 사람들하고는 달리 괴물이 아닙니다. 그리고 그런 일이 허용된다 해도 그런 수집품을 손상시킬 마음은 추호도 없습니다. 저는 그냥 거기 가만히 서 있었습니다. 예의를 갖추기 위해서요. 분위기를 느끼면서. 이해하기 힘드실지도 모르지만, 그 몇 시간은 제 평생 가장 강렬한 시간이었습니다."

맙소사.

어맨다는 생각했다.

콜린스는 마치 잃어버린 사랑을 추억하기라도 하는 남자 같아 보였다.

어맨다는 그동안 온갖 시나리오를 다 상상해봤지만, 콜린스의 답은 가장 지루한 동시에 가장 끔찍했다. 살해당한 어린 남자애의 유해와 함께 보낸 시간은 콜린스에게 있어 분명 종교적 경험에 가까운 것이었다. 남자가 자신과 발치에 놓인 상자에 든 서글픈 유해 사이에 뭔가 특별한 관계가 있다고 믿으며 거기 서 있었을 걸 상상하니 자신이 떠올린 그 어떤 시나리오 못지않게 끔찍하게 느껴졌다.

어맨다 옆에서 피트가 앞으로 천천히 몸을 숙였다.

"좀 전에 '어떤 사람들하고는 달리'라고 말했지요?"

그 설명에 어떤 충격을 받았든, 지금 피트의 목소리에서는 그저 피로함밖에 느껴지지 않았다. 영혼까지 지친 것 같다고, 어맨다는 생각했다.

"그 어떤 사람들이라는 게 누구죠, 노먼? 그리고 그 사람들은 뭘 했죠?"

콜린스는 침을 꿀꺽 삼켰다.

"이건 도미닉 바넷이 그 집에 들어온 후였습니다. 줄리언이 죽고 나서요. 그 둘은 아마 친구였던 모양이지만, 바넷은 줄리언 같은 존경심을 갖고 있지 않았습니다. 바넷이 관리를 맡은 이후론 상황이 안 좋아졌죠."

"그래서 그 남자를 죽였습니까?"

어맨다가 물었다.

"수집품을 보존하기 위해서였죠! 그리고 바넷은 더는 제게 접근을 허락하지 않았습니다. 마지막 한 번 이후로는요. 토니는 안전하게 보관될 필요가 있었습니다."

"일부 사람들 이야기를 해봐요, 노먼."

피트가 인내심 있게 말했다.

"이건 바넷이 넘겨받은 다음이었습니다."

콜린스가 망설이다 말을 이었다.

"저는 그동안 몇 차례 방문했었지만, 언제나 똑같았습니다. 토니와 둘만 있으면서 예의를 표하고 싶었죠. 하지만 바넷이 관리를 맡은 후로는 다른 사람들도 동석하기 시작했습니다. 그리고 그 사람들은 저 같은 존경심이 없었죠."

"그 사람들이 뭘 했죠?"

"전 아무것도 보지 못했습니다."

콜린스가 말했다.

"그냥 나와버렸거든요. 역겨워서요. 그리고 바넷은 환불을 거부했습니다. 심지어 절 비웃었죠. 하지만 제가 뭘 어쩌겠습니까?"

"뭐가 그렇게 역겨웠죠?"

피트가 물었다.

"제가 마지막으로 거기에 간 날 밤에는 대여섯 명이 함께 있었습니다. 다들 그 사건에 매혹된 사람들이었죠. 정말 다양한 유형들이 있었는데, 세세히 알게 되면 놀라실 겁니다. 그리고 그중에는 먼 곳에서 일부러 찾아온 사람들도 있는 것 같더군요. 우리는 모두 서로 모르는 사이였습니다. 하지만 그중 일부는 저와는 다른 이유로 찾아온 게 분명했습니다."

콜린스는 침을 꿀꺽 삼켰다.

"바넷은 방에 매트리스를 놔뒀습니다. 빨간 전구를 켜놓고요. 뭐랄까…."

"성적인?"

어맨다가 끼어들었다.

"맞습니다. 그랬던 것 같아요."

콜린스는 자신은 도저히 이해할 수 없다는 듯, 고개를 저으며 탁자를 내려다보았다.

"시신을 상대로가 아니고…, 자기들끼리요. 하지만 그것도 충분히 나빴습니다. 전 그런 일에 동참할 수 없었습니다."

"그래서 떠났습니까?"

"네. 전에 거기 갔을 때는 마치 교회에 있는 것 같았습니다. 고요했고, 아름다웠죠. *신의* 존재를 느꼈습니다. 하지만 그 조명과 그 사람들을 보니…."

콜린스는 다시 말끝을 흐렸다.

"노면?"

마침내 콜린스가 고개를 들었다.

"마치 지옥에 서 있는 것처럼 느껴졌습니다."

*

"그 남자 말을 믿어요?"

어맨다가 물었다.

두 사람은 수사본부로 돌아와 있었다. 피트는 책상 위로 몸을 기울인 채 지난 몇 년간 빅터 타일러의 면회객들을 찍은 감시카메라 사진들을 샅샅이 살피고 있었다. 어맨다의 시선도 그들 위로 움직였다. 남녀노소 할 것 없이 다양했다.

'다양한 유형들.'

콜린스는 그렇게 말했었다.

'솔직히 놀라실 겁니다.'

"콜린스가 닐 스펜서를 죽이지 않았다는 건 믿습니다."

피트가 사진들 위로 손을 휘저으며 대답했다.

"하지만 이것들에 대해서는….'

어맨다는 침묵에 잠긴 피트에게서 불신감을 읽어낼 수 있었다. 자신도 마찬가지였으니까. 경찰로 일하는 동안 끔찍한 일들을 하도 많이 목격한 나머지 사람들이 어디까지 잔인할 수 있느냐는 더 이상 충격적이지 않았다. 범죄현장이나 사고현장에 구경꾼이 모여드는 것도, 지나가는 차들이 끔찍한 대학살의 현장을 구경하려고 속도를 늦추는 것도 보았다. 죽음이 인간에게 발휘하는 인력이라면 이미 알고 있었다. 하지만 이건 아니었다.

"사람들이 왜 그 자를 위스퍼 맨이라고 부르는지 아십니까?"

피트가 나지막이 물었다.

"로저 힐 때문이죠."

"맞아요."

피트가 천천히 고개를 끄덕였다.

"로저는 카터의 첫 피해자였어요. 그 아이가 살던 집은 당시 개축됐는데, 로저는 납치되기 전에 창밖에서 누군가가 속삭이는 소리를 들었다고 부모에게 말했죠. 카터는 그곳에서 작업하고 있던 비계 회사의 소유주였어요. 우리는 그것 때문에 처음 그 자에게 관심을 가지게 됐죠."

"피해자들을 그루밍한 거죠."

"그래요. 카터가 그때 그럴 수 있었던 건 이해가 가지만, 기묘한 점은 다른 피해 아동들의 부모도 모두 자기 아들들이 속삭임을 들었다고 주장했다는 겁니다. 카터와의 명확한 연결고리는 전혀 없었지만, 다들 똑같이 그걸 들었죠."

"어쩌면 정말 들었나 보죠."

"어쩌면요. 아니면 그 무렵 이미 신문에 그 별명이 나가버린 터라 부모들의 머리에 그 생각이 주입됐을 수도 있고요. 누가 알겠습니까? 어쨌든, 그렇게 정해져버렸죠. 위스퍼 맨. 저는 늘 그 별명을 증오했습니다."

어맨다는 아무 말 없이 기다렸다.

"왜냐하면 저는 그 자가 잊히기를 바랐거든요, 아시겠습니까? 그 자에게 별명이 생기지 않길 바랐습니다. 하지만 지금으로선 놈에게 완벽하게 들어맞는 별명 같군요. 왜냐하면 놈은 그동안 줄곧 속삭이고 있었으니까요. 그리고 사람들은, 이 사람들은 그걸 듣고 있었죠."

피트는 사진들을 펼쳐놓았다.

"그리고 제 생각엔 이 사람들 중 누군가가 나머지보다 더 열심히 들은 것 같습니다."

어맨다는 다시 사진들을 보았다. 피트의 말이 옳은 것 같았다. 콜린스의 진술로 미루어보면 지금 앞에 놓여 있는 인물들 다수가 명백한 악으로의 길을 꽤 멀리까지 걸어간 게 분명했다. 그리고 그중 하나가 줄곧 프랭크 카터의 속삭임에 이끌려 다른 이들보다 더 멀리까지 갔다고 믿어도 억측은 아닐 것이다. 이 사람들은 악마의 시종들이었지만, 그들 중 하나는 그보다 더 나빴다.

악마의 제자.

닐 스펜서의 살인범은 이 자들 가운데 있을 거라고, 어맨다는 생각했다.

40

그날 밤 안가에서, 나는 제이크를 재운 후 백포도주 한 잔을 들고 거실로 가 노트북을 켰다.

아직 지난 며칠간의 사건들을 이해하려 노력하는 중이었지만, 글을 써야 한다는 것도 잊지 않고 있었다. 지금 상황에서는 도저히 불가능할 것 같았지만, 조만간 은행 잔고가 동나고 말 것이다. 하지만 그게 제일 급한 건 아니었다. 그보다는 뭔가 일을 하고 있다는 게 중요하게 느껴졌다. 꼭 지금 상황을 잊기 위해서만이 아니라, 원래 그런 식이기 때문이다. 그게 나라는 사람이기 때문에. 그게 내가 되찾아야 하는 것이기 때문에.

리베카.

나는 나머지 부분을 삭제하고 그 이름을 뚫어져라 보았다. 일전에는 감정을 적어 내려가다 보면 결국은 안개 속에서 서사 같은 것이 저절로 나타날 거라고 믿었다. 하지만 지금은 내 감정을 언어 같은 단순한 방식으로 정확히 꼬집어 말하기가 어려웠다. 하물며 다른 무엇으로 승화시킨다는 건 엄두도 나지 않았다.

오늘 아침 카페에서 캐런이 한 말이 계속 머릿속에 도돌이표를 찍었다.

'어쩌면 당신 이야기를 책으로 써 봐도 좋을 것 같아요.'

그리고 캐런이 날 인터넷에서 찾아봤다는 사실도. 지금은 그 사실에 대한 내 감정을 파악했다. 나는 살짝 들떠 있었다. 캐런은 내게 관심이 있다. 나도 끌림을 느꼈나? 그렇다. 다만 그래도 되는 건지 확신이 없었다. 화면에 떠 있는 리베카의 이름을 보았다. 흥분이 사라지고 죄의식이 그 자리를 차지했다.

리베카.

나는 서둘러 자판을 두드렸다.

*

당신이 어떻게 생각할지 난 정확히 알아. 왜냐하면 당신은 늘 나보다 훨씬 현실주의적이었으니까. 당신은 내가 내 인생을 살아가길 바라겠지. 내가 행복하길 바라겠지. 물론 슬프겠지만, 원래 인생은 그런 식이라고 말하겠지. 사실, 당신이라면 분명 그렇게 멍청하게 굴지 좀 말라면서 날 욕했을 거야.

하지만 요는, 아직 내가 당신을 떠나보낼 준비가 됐는지 잘 모르겠어.

어쩌면 행복해서는 안 된다고 느끼는 건 *나*일지도 모르지. 내가 자격이 없다고….

*

초인종이 울렸다.

노트북을 덮고 초인종이 또 울려서 잠든 제이크를 깨우지 않도록 서둘러 아래층으로 내려갔다. 문 앞에 도달해 눈을 문지르며 아까 울지 않아서 다행이라고 생각했다. 정말 다행이었다. 문을 열었을 때 거기 서 있는 사람은 다름 아닌 내 아버지였으니까.

"윌리스 경위님."

나는 말했다.

아버지는 한 차례 고개를 끄덕였다.

"들어가도 되니?"

"제이크가 잠들었어요."

"그럴 거라고 생각했다. 하지만 오래 안 걸릴 거야. 그리고 조용히 할게. 약속하마. 그냥 너한테 상황이 어디까지 진척됐는지 알려주고 싶었다."

문을 쾅 닫아버리고 싶은 마음도 있었지만 유치한 생각이었다. 그리고 어쨌거나 이 사람은 그저 경찰일 뿐이다. 이 일이 전부 끝나고 정리되면 두 번 다시는 만나지 않아도 될 것이다. 아버지가 너무 풀죽은 것처럼, 심지어 거의 굽신대는 것처럼 보인다는 사실역시 도움이 되었다. 지금은 우리 둘 중 내가 더 힘을 가진 것처럼 느껴졌다. 나는 문틈을 더 넓게 벌렸다.

"좋아요."

아버지는 나를 따라 위층 거실로 올라왔다.

"집 수색이 거의 끝났다."

아버지가 말했다.

"너와 제이크는 내일 아침 집으로 돌아갈 수 있을 거야."

"그거 잘됐네요. 노먼 콜린스는요?"

"도미닉 바넷의 살인범으로 기소됐어. 콜린스는 그 집에서 발견된 유해가 우리가 끝내 찾아내지 못한 카터의 피해자라고 확인해줬어. 토니 스미스. 그 자식은 처음부터 알고 있었지."

"어떻게요?"

"그건 이야기가 길다. 자세한 내용은 지금은 중요하지 않아."

"그런가요? 음, 닐 스펜서는요? 그리고 제이크를 납치하려던 자는요?"

"그건 아직 조사하는 중이야."

"그것 참 마음이 놓이네요."

나는 포도주잔을 집어 들고 한 모금 마셨다.

"아, 죄송해요. 무슨 손님 대접이…. 한잔하실래요?"

"난 술 안 마신다."

"예전엔 마셨잖아요."

"그래서 지금은 안 마시지. 어떤 사람들은 적당히가 되는데 어떤 사람들은 안 되니까. 난 그걸 깨닫는 데 시간이 좀 걸렸단다. 넌 아마 적당히가 되는 사람이겠지."

"네."

아버지는 한숨을 쉬었다.

"지금까지 일어난 그 모든 일 때문에 넌 분명 힘들었을 게다. 하지만 내가 보기에 넌 많은 일들을 잘 해낼 수 있는 남자 같구나. 그건 좋은 일이지. 난 그게 기쁘다."

난 그 말에 반박하고 싸우고 싶었다. 그냥 아버지가 날 판단하거나 그 판단을 내게 말할 권리가 없다는 것만이 아니라, 그 판단 자체에 대해서도. 아버지는 절대적으로 오해했다. 난 아무것도 잘하는 게 없었고, 인생에 전혀 잘 대처하고 있지 못했다. 하지만 내가 아버지 앞에서 어떤 식으로든 나약함을 전시하는 일은 절대 있을 수 없으므로, 그냥 아무 말도 하지 않았다.

"어쨌든…."

아버지가 말했다.

"그래. 난 예전에 술을 마셨지. 거기에는 많은 이유가 있었다. 변명하려는 게 아니라, 당시 난 여러 가지 일들 때문에 힘들었단다."

"좋은 남편 노릇을 하는 거라든가."

"그렇지."

"아버지 노릇을 하는 거라든가."

"그것도. 그 책임감. 난 아버지 노릇을 제대로 하는 법을 알지 못했단다. 실은 아버지가 되고 싶지도 않았지. 그리고 너는 다른 아이들과 달랐단다. 이젠 네가 더 나이가 드니 훨씬 대하기 편하구나. 하지만. 넌 늘 창의적이었어. 그렇게 어릴 때부터 이야기들을 지어내곤 했지."

그런 기억, 내게는 없었다.

"제가 그랬다고요?"

"그래. 넌 예민했어. 제이크는 너랑 많이 닮았더구나."

"제 생각에 제이크는 지나치게 예민한 것 같아요."

아버지가 고개를 저었다.

"그런 건 없어."

"있어요. 그것 때문에 사는 게 힘들거든요."

나는 내가 사귀지 못한 또는 나랑 사귀어주지 않은 모든 친구들을 생각했다.

"그리고 아버지야 알 리가 없겠죠. 아버지는 거기 없었으니까."

"그래, 없었지. 그리고 내가 말했듯, 그게 최선이었다."

"음, 적어도 그 점에서는 우리 의견이 일치하는 것 같네요."

그 말을 끝으로 더는 할 말이 남지 않은 것 같았다. 아버지는 그만 가려는 듯 내게 등을 돌렸지만 망설이는 눈치였다. 이윽고 다시 날 돌아보았다.

"하지만 네가 어젯밤 한 말에 관해 생각해봤는데 말이다."

아버지가 입을 열었다.

"내가 떠나기 전에 네 어머니에게 유리잔을 던지는 걸 봤다고 했지."

"그래서요?"

"넌 못 봤어."

아버지가 말했다.

"그런 일은 없었거든. 넌 그날 밤 집에 있지 않았어. 학교 친구네 집에 자러 갔었지."

난 뭔가 말하려다 멈췄다. 이제는 내가 망설일 차례였다. 가장 먼저 드는 생각은 아버지가 거짓말을 하고 있다는 거였다. 그게 틀림없었다. 왜냐하면 난 그날 밤을 너무도 선명히 기억했으니까. 그리고 내게 친구 따윈 없었다. 하지만 혹시 그 말이 진실일 수도 있을까? 내 아버지가 예전엔 어떤 사람이었든, 지금은 거짓말쟁이로 보이지 않았다. 사실, 아무리 인정하기 싫어도, 아버지는 자신의 잘못을 부정할 사람처럼 보이지 않았다.

난 머릿속에서 그 기억을 이리저리 굴려보았다.

유리가 깨진다.

아버지가 고함친다.

어머니가 비명을 지른다.

머릿속에 떠오르는 장면은 선명하기 그지없었지만, 그럼에도 내가 틀렸을 수도 있을까? 그 장면은 내가 떠올릴 수 있는 아동기의 다른 어떤 기억보다도 더 선명했다. 어쩌면 지나치게 선명한가? 혹시 그게 실제 회상이 아니라 감정에 더 가까울 수도 있을까? 실제로 일어났던 구체적 사건이 아니라 내가 느낀 감정이 집약된 것일까?

"하지만 실제로 그런 일이 아주 없었다고는 할 수 없겠지."

내 아버지가 조용히 말했다.

"난 영원히 수치스러워할 거다. 그게 내가 한 짓이었으니까. 난 그 잔을 네 엄마*에게* 던지지 않았다. 왜냐하면 내가 화를 낸 대상은 어리석게도 그 유리잔이었거든. 하지만 아슬아슬했지."

"그걸 본 기억이 나요."

"난 모르겠다. 어쩌면 샐리가 너한테 말했겠지."

"엄마는 아버지에 관해 나쁜 말은 한마디도 안 하셨어요."

난 고개를 저었다.

"그건 아시죠? 심지어 그 모든 일을 겪고서도요."

아버지는 서글프게 웃었다.

그렇다. 아버지는 내 말을 믿었다. 그리고 자신이 얼마나 많은 걸 잃어버렸는지 새삼 절감하고 있는 게 분명했다.

"난 모르겠다."

아버지가 말했다.

"하지만 난 네게 다른 말도 해주고 싶었다. 지금 와서 무슨 의미가 있을지는 몰라도. 별 의미는 없겠지만, 그래도. 넌 내가 널 본 게 그때가 마지막이었다고 했지. 그것도 사실이 아니란다."

나는 어깨를 으쓱했다.

"그야 지금…."

"내 말은, 당시 말이다. 네 어머니가 날 내쫓았고, 그게 최선이었지. 난 존중했다. 솔직히 말하면 거의 안도했달까. 적어도 당연한 결과라고 생각했지. 하지만 그 후에 몇 번, 그런 적이 있었다. 네 엄마가 널 데리고 그곳을 떠나기 전에, 술을 마시지 않은 나를 몇 번 집에 들어오게 해줬단다. 네 엄마는 네가 헷갈리거나 혼란스러워하는 걸 바라지 않았고, 나 역시 그랬다. 그래서 늘 네가 잠들 때까지 기다렸지. 난 자고 있는 네 방으로 들어가서 널 안아주곤 했단다. 넌 한 번도 깨어나지 않았지. 그래서 알지 못했고. 하지만 정말이란다."

나는 그 자리에 아무 말도 없이 서 있었다.

이번에도 아버지의 말은 거짓이 아닌 것 같았고, 나는 큰 충격을 받았다. 어린 시절 내 상상의 친구였던 한밤중의 신사를 떠올렸다. 밤에 내 방으로 들어와 잠든 날 껴안아주던 보이지 않는 남자. 더욱 나쁜 것은, 나는 그게 내게 얼마나 *위로가 됐는지*를 잊지 않고 있었다. 난 그 사람을 두려워하지 않았다. 그리고 한밤중의 신사가 내 인생에서 사라졌을 때, 마치 내 중요한 일부를 잃어버린 것처럼 얼마동안 상실감에 빠져 있었다.

"변명하려는 게 아니다."

아버지가 말했다.

"그냥, 상황이 복잡했다는 걸 네게 알려주고 싶었다. *내가* 복잡했다는 걸. 미안하다."

"알겠어요."

그리고 그 후엔 정말로 아무런 할 말도 없었다.

아버지는 계단을 내려가기 시작했고, 난 여전히 너무 큰 충격에 빠져 있어서 그 분을 그대로 보내는 것 말고는 아무것도 할 수 없었다.

41

　이튿날 아침 나는 평소보다 더 일찍 제이크에게 등교 준비를 시켰다. 학교로 가기 전에 잠시 우리집에 들러야 했다. 아버지는 이미 도착해 차에서 우릴 기다리고 있었다. 우리가 다가오는 걸 보고 차창을 내렸다.

　"안녕."

　아버지가 말했다.

　"좋은 아침이에요, 피트."

　제이크가 자못 근엄한 태도로 말했다.

　"오늘은 어떠세요?"

　그 말에 아버지의 안색이 살짝 밝아졌다. 내 아들이 이따금씩 선택하는 지나치게 격식 차린 말투가 재미있는 모양이었다. 아버지도 장단을 맞춰 대답했다.

　"아주 좋군요, 감사합니다. 당신은 어떠신가요, 제이크 씨?"

　"저는 괜찮습니다. 여기서 지내는 건 흥미로웠지만, 이제는 집으로 돌아가길 기대하고 있습니다."

　"그러시겠지요."

　"하지만 나중에 학교 가는 건 별로고요."

　"그것도 이해가 가는군요. 하지만 학교는 매우 중요하답니다."

　"맞습니다."

제이크는 말했다.

"아무래도 그렇지요."

내 아버지는 그 말에 소리 내 웃기 시작했지만, 이내 날 보고 멈췄다. 아마도 이런 식으로 제이크와 교류하는 게 내게 거슬릴 거라고 짐작한 모양이었다. 하지만 이상한 게, 지금은 별로 그렇지도 않았다. 난 사람들이 내 아들을 보고 감탄하면 기분이 좋았다. 그 애가 자랑스러웠다. 물론 그런 식으로 생각하는 건 멍청한 짓이다. 그 애는 나와는 별개의 한 인간이지 내 업적 같은 게 아니니까. 하지만 그래도 자랑스러운 건 사실이었고, 상대가 내 아버지다 보니 평소보다도 더 그랬다. 이유는 알 수 없었다. 내가 아이 아버지라는 걸 내 아버지의 면전에서 자랑하고 싶은 걸까, 아니면 아버지를 감탄시키고 싶은 어떤 무의식적 욕구가 있는 걸까? 어느 쪽이라 해도 마음에 들지 않았다.

"그럼 거기서 뵙죠."

난 그렇게 말하고 아버지에게 등을 돌렸다.

"이리 온, 제이크."

가는 길은 멀지 않았지만 아침이라 차가 많았다. 제이크는 가는 내내 차 뒷좌석에 멍하니 앉아 조수석을 발로 걷어차며 뭔지 모를 곡조를 휘파람으로 불었다. 이따금씩 나는 거울로 그 애를 흘끔흘끔 엿보았다. 아이는 고개를 한 쪽으로 돌리고 자주 하는 식으로 눈을 찡그린 채 창밖을 내다보았다. 바깥에 세상이 존재한다는 걸 보니 혼란스럽지만 아주 조금은 관심이 있는 것 같았다.

"아빠, 왜 피트를 좋아하지 않아요?"

"월리스 경위님이겠지."

나는 우리집이 있는 거리로 접어들었다.

"그리고 내가 그분을 좋아하지 않는다는 건 사실이 아니야. 난 그분을 몰라. 그분은 경찰이지 친구가 아니니까."

"하지만 잘해주시잖아요. 전 그 아저씨가 좋아요."

"너도 그분을 모르잖아."

"하지만 아빠는 그 아저씨를 모르면서 안 좋아하는데, 난 그 아저씨를 모르면서 좋아하면 안 돼요?"

그런 논리곡예를 상대하기에 나는 너무 지쳐 있었다.

"아빠가 그분을 안 좋아하는 게 아니라니까."

제이크는 대꾸하지 않았고 난 더 이상 내 주장을 내세울 마음이 없었다. 아이들은 눈치가 아주 빠르고, 내 아들은 대다수 아이들보다 더 예민하다. 내가 거짓말하는 게 아마도 그 애 눈에는 빤히 보였으리라.

하지만 그게 정말 거짓말이었을까? 어젯밤 우리 대화는 나에 관한 것이었고, 그래서인지 이제는 아버지에게 이입하기가 더 쉬웠다. 그분 역시 나처럼 아버지 노릇하기가 얼마나 힘든지 안다는 점에서. 그럼에도, 아버지는 아직 어릴 적 내 기억에 남아 있는 그 남자 이상은 아니었다.

증오했던 누군가가 새로운 누군가로 인식되려면 얼마나 세월이 흘러야 하고 얼마나 사람이 바뀌어야 할까? 피트는 이제 다른 누군가였다.

내가 아버지를 좋아하지 않는다는 건 사실이 아니었다. 진실은 내가 아버지를 전혀 모른다는 거였다.

*

집에 도착해서 보니 더 이상 경찰 수사의 흔적은 눈에 띄지 않았다. 심지어 테이프도 제거되어 있었다. 혹시나 엄청난 취재진이 몰려와서 기다리고 있지는 않을까 걱정했지만 그것 또한 기우였다. 그저 자기들끼리 한담을 나누고 있는 한 줌의 기자들이 전부였다. 그 사람들은 진입로에 차를 세우는 내게 별 관심을 보이지 않았다. 하지만 제이크는 관심을 보였다.

"우리 *텔레비전*에 나가는 거예요?"

제이크가 흥분해서 물었다.

"절대 아니지."

"아."

가는 길 내내 우리 차를 따라온 아버지는 우리 뒤에 차를 세우고 재빨리 내렸다. 기자들이 아버지에게 접근했고, 난 고개를 살짝 틀어 그들에게 뭐라고 말하는 아버지를 바라보았다.

"무슨 일이에요, 아빠?"

"잠깐만."

제이크도 그쪽을 보려고 애썼다.

"저 아줌마는?"

제이크가 말했다.

"이런 젠장."

차 안에 잠시 침묵이 흘렀다. 나는 내 아버지를 둘러싸고 모여든 작은 무리를 응시했다. 아버지는 정중한 웃음을 지어 보이고, 좀 봐달라는 듯 어깨를 으쓱하며 뭐라고 설명했다. 몇몇 기자들이 고개를 주억거리는 게 보였지만, 내 관심은 유독 그중 한 사람에게 쏠려 있었다.

"방금 아빠가 욕했어요."

제이크는 감탄한 목소리였다.

"그래, 했지."

난 기자들 사이에서 손에 노트패드를 들고 서 있는 캐런을 외면하며 말했다.

"그리고 맞아. 저기 있는 사람은 애덤의 엄마야."

*

"우리 텔레비전에 나가요, 피트?"

제이크가 물었다.

난 앞문을 등 뒤로 닫고 사슬을 걸었다.

"아빠가 이미 말했잖니, 제이크. 우린 안 나가."

"그냥 피트한테도 한 번 물어본 거예요."

"아니."

피트가 말했다.

"안 나가. 네 아빠가 말한 대로야. 아까 바깥에 있던 사람들한테 아저씨가 말한 게 그거란다. 그 사람들은 기자들이라서 여기에서 일어나는 일에 관심이 있지. 하지만 아저씨가 그 사람들한테 그 일이 너희 둘과는 아무 상관도 없다고 알려줬어."

"조금은 있어요."

제이크가 말했다.

"음, 조금은 그렇지. 하지만 진짜로 그런 건 아니야. 네가 더 많이 알았다면, 아니면 좀 더 깊이 관련됐다면 상황이 달랐겠지."

그 말에, 나는 제이크에게 지금은 바닥의 남자애에 관한 이야기를 다시 꺼낼 때가 아니라는 의미를 담은 눈길을 보냈다. 아이는 날 보고 고개를 끄덕였지만 그렇게 쉽게 화제를 바꿀 마음은 없는 모양이었다.

"아빠가 그 애를 찾아낸 건 *사실*이잖아요."

"그래."

아버지가 말했다.

"하지만 그 정보는 아직 바깥에 있는 사람들에게 공개되기 전이란다. 저 사람들에게 있어 너희 둘은 정말이지 아무 상관없는 사람들이야. 아저씨 생각엔 지금은 그대로 두는 게 최선일 것 같다."

"알았어요."

제이크는 실망한 투였다.

"가서 저 사람들이 뭘 하는지 봐도 돼요?"

"당연하지."

제이크는 위층으로 사라졌다. 아버지와 나는 앞문에서 기다렸다.

"내 말은 진심이다."

잠시 후 아버지가 내게 말했다.

"넌 아무 염려할 것 없어. 언론은 재판에 영향을 미치고 싶지 않을 테니까. 네가 저 사람들과 이야기할 마음이 있다면 나로서는 막을 수 없지만, 저들이 아는 거라고 해야 이 집에서 유해가 발견되었다는 것뿐이니까 네게 그렇게 관심이 있진 않을 게다. 그리고 저 사람들은 제이크 앞에서는 아주 조심할 거야."

나는 속이 뒤집히는 걸 간신히 억누르며 고개를 끄덕였다. 언론이 공식적으로 아는 건 그것뿐이라 해도, 나는 어제 캐런에게 하도 많은 이야기를 해서 도대체 뭘 말하고 뭘 말 안 했는지조차 기억이 나지 않을 정도였다. 캐런은 누군가가 한밤중에 찾아와 제이크를 납치하려 한 걸 알았다. 그 유해를 발견한 사람이 나라는 것도. 피

트가 내 친아버지이며 가정폭력을 저질렀다는 것도. 그리고 지금
은 기억나지 않는 것까지 있을 게 분명했다.

'난 뭔가를 알아내는 데 꽤 재주가 있어요.'

캐런이 그렇게 말했었지.

당시 난 그냥 친구와 이야기하고 있다고 생각했다. 내가 망할 놈
의 기자한테 죄다 떠벌리고 있는 줄은 미처 몰랐다.

그리고 그건 아팠다.

캐런은 내게 말했어야 했다. 나는 캐런이 내게 진심으로 관심이
있는 줄 알았는데, 이제는 과연 그게 진심이었을까 싶었다. 하지만
생각해보면 캐런이 내가 그 사건과 연관이 있다는 걸 미리 알았을
리는 없었다. 하지만 다시 생각해보면, 대화가 끝날 때까지 캐런은
자신이 내가 그렇게 모든 걸 털어놓아서는 안 될 상대라는 걸 알려
주지 않았다.

아버지가 얼굴을 찌푸렸다.

"너 괜찮니?"

"네."

하지만 그 대화로 인해 얼마나 많은 대가를 치러야 할지는 나중
에야 알 수 있을 것이다. 그 전까지는 절대 아버지에게 말할 수 없
었다.

"우리는 여기 돌아와도 안전한가요?"

내가 물었다.

"그래. 노먼 콜린스는 가까운 시일 내에 석방될 리 없고, 만약 그
렇다 해도, 여기엔 더 이상 그 남자의 흥미를 끄는 게 없어. 다른 사
람들한테도 마찬가지고."

"다른 사람들요?"

아버지는 망설이는 눈치였다.

"사람들은 이 집에 늘 관심이 있었단다. 콜린스 말로는 여기가 이 동네의 유령의 집이었다고 하더구나. 아이들은 이 근처에 오는 것으로 담력 시합을 하고. 사진들을 찍고 뭐 그런."

"유령의 집이라. 그 이야기라면 이제 지긋지긋해요."

"어쨌거나 그냥 어린아이들 놀이일 뿐이야."

아버지가 말했다.

"토니 스미스의 유해는 이제 없어. 콜린스가 관심이 있었던 건 그게 전부야. 너도, 제이크도 아니고."

나도 제이크도 아니다…. 하지만 난 그날 밤 그 남자가 우편함 틈새로 층계 밑에 있던 제이크한테 말을 걸던 광경을 몇 번이고 머릿속으로 다시 떠올렸다. 그때 들은 말은 정확히 기억나지 않았지만, 문을 열라고 제이크를 꼬드기고 있었다는 것만은 기억하고도 남았다. 그 남자가 관심 있는 게 단지 차고 열쇠였다는 설명은 도무지 납득이 가지 않았다.

"닐 스펜서는요?"

난 물었다.

"콜린스가 살인범으로 기소됐나요?"

"아니. 하지만 지금은 용의자가 여럿 있어. 범위를 좁혀가는 중이지. 그리고 내 말 믿으렴. 난 여기가 안전하다고 생각하지 않았다면 너희 둘이 여기 돌아오게 하지 않았을 거야."

"제가 오고 싶으면 오는 거죠."

"그래."

아버지는 고개를 돌렸다.

"하지만 난 확실히 반대했을 거다. 특히 제이크가 있으니까. 닐 스펜서의 납치는 기회주의적이었어. 그 애는 혼자서 돌아다니고 있었지. 이 남자는 관심을 끌고 싶어 하지 않아. 그야 당연히 제이크한테서 눈을 떼면 안 되겠지만, 너나 제이크가 어떤 위험에 처해 있다고 생각할 만한 근거는 없어."

자신 있는 말투인가? 긴가민가했지만, 오늘은 아버지의 속내를 읽기가 힘들었다. 피곤해 보였다. 경찰서에서 처음 봤을 때는 몸 상태가 좋다는 게 확연히 보였는데, 오늘은 정말 제 나이로 보였다.

"피곤해 보이시네요."

내가 말했다.

아버지는 고개를 끄덕였다.

"피곤하구나. 그리고 하고 싶지 않은 일을 해야만 한단다."

"뭔데요?"

"그건 중요하지 않아."

아버지는 짧게 대꾸했다.

"중요한 건 그게 해야 할 일이라는 거지."

이 모든 사건은 내 아버지에게서 어떤 대가를 가져간 게 분명했다. 지금 이 순간 아버지의 온몸이 그걸 말해주고 있었다. *중요한 건 그게 해야 할 일이라는 거지.* 지금 내 눈앞에 있는 건 너무 많은 것들의 무게에 짓눌린 채 그 짐을 지고 가려 안간힘을 쓰는 남자였다. 내가 가끔 느끼는 기분을 그분도 느끼고 있는 것 같았다.

"어머니요."

나는 불쑥 내뱉었다.

아버지는 날 돌아보고 아무 말 없이 기다렸다.

"돌아가셨어요."

나는 말했다.

"그건 이미 말했잖니."

"무슨 일이 있었는지 알고 싶다고, 전에 그러셨죠. 어머니는 고생을 많이 하셨어요. 하지만 좋은 분이셨죠. 자식으로서 그 이상 바랄 게 없을 만큼요. 암이셨어요. 그런 식으로 돌아가셔서는 안 되는 분이었지만, 괴로움을 겪지는 않으셨어요. 아주 빨리 가셨죠."

거짓말이었다. 어머니의 죽음은 길고 고통스러웠다. 그리고 내가 왜 이런 이야기를 하고 있는지 스스로도 알 수 없었다. 아버지를, 아버지가 느낄 그 어떤 고통이나 죄의식을 달래줄 의무 따윈 내게 없는데. 그럼에도 아버지의 짐이 약간이나마 가벼워지는 것을 보자 마음속 한구석에서 기쁨이 느껴졌다.

"언제였니?"

"5년 전요."

"그럼 제이크를 보고 갔겠구나?"

"네. 그 애는 그분을 기억하지 못하지만, 맞아요."

"음, 적어도 그건 다행이구나."

잠시 침묵이 흘렀다. 그리고 그때 제이크가 아래층으로 내려오자 우린 동시에 서로를 외면했다. 마치 우리를 옭아매고 있던 긴장의 끈이 툭 끊어진 것 같았다.

"모든 게 정확히 그대로예요, 아빠."

제이크는 수상쩍다는 듯한 투로 말했다.

"우린 물건들을 조심스럽게 수색하는 일을 아주 잘한단다."

아버지가 말했다.

"그리고 뒷정리도."

"굉장해요."

제이크는 뒤돌아 도로 거실로 갔다. 아버지가 고개를 저었다.

"보통 아이가 아니구나, 쟤는."

"네. 제이크는 그래요."

"진척 상황이 있으면 연락하마."

아버지가 말했다.

"하지만 그 전에라도 혹시 뭔가 도움이 필요하면…, 내 말은, 뭐든 괜찮으니까, 내 연락처는 여기 있다."

"고맙습니다."

난 고개를 살짝 수그린 채 진입로를 걸어 나가는 아버지의 뒷모습을 지켜보다 손에 쥔 명함을 뒤집어 보았다. 차에 오르는 아버지 주위로 기자들이 모여드는 게 보였다. 대다수는 이미 자리를 떴다. 나는 남은 얼굴들을 훑으며 캐런을 찾았다. 하지만 캐런은 가고 없었다.

42

이번이 마지막이야.

피트는 혼자 다짐했다.

그걸 잊지 마.

하얗고 밝은 교도소 면회실에서 그 괴물이 도착하길 기다리는 동안 매달릴 생각은 그것뿐이었다. 그 오랜 세월 동안 피트는 이곳을 너무 많이 찾았고, 매번 충격 받은 상태로 돌아갔다. 하지만 오늘을 마지막으로 더는 이곳에 돌아올 이유가 없을 것이다. 예전에 늘 이런 면회의 핵심이었던 토니 스미스가 발견됐고, 지금 찾고 있는 남자에 관해 프랭크 카터가 입을 열지 않겠다고 하면 자신은 두 번 돌아보지 않고 이 면회실을 걸어 나갈 것이다. 피트는 그렇게 결정했다. 그리고 두 번 다시는 카터와 마주 앉는 그 끔찍한 경험을 할 필요가 없을 것이다.

이번이 마지막이야.

그 생각은 도움이 되긴 했지만 약간뿐이었다. 조용한 면회실의 공기는 기대와 위협으로 가득했고 반대편의 잠긴 문은 위협으로 꿈틀거리는 듯했다. 카터 또한 이게 두 사람의 마지막 만남임을 분명 알고 있을 테고, 피트는 그걸 최대한 활용하기로 작심한 터였다. 지금까지, 이런 만남에서 느끼는 공포는 늘 정신적이고 감정적이었다. 육체적인 두려움을 느낀 적은 한 번도 없었다. 하지만 지금

이 순간만큼은 방을 갈라놓은 널찍한 책상과 상대가 차고 있을 단단한 수갑이 고마웠다. 심지어 체육관에서 보낸 그 모든 시간이 이 때에 대비한 것이 아니었나 하는 생각마저 무심결에 들 정도였다.

자물쇠가 풀리는 소리에 심장이 펄쩍 뛰었다.

평정을 유지하자.

익숙한 절차가 진행됐다. 교도관들이 먼저 들어온 다음 카터가 느긋한 태도로 들어왔다. 피트는 앞의 책상 위에 놓인, 자신이 가져온 봉투에 온 신경을 집중함으로써 평정을 유지하려 했다. 이윽고 맞은편 의자에 카터의 커다란 덩치가 무겁게 착륙했지만, 모른 척 그대로 봉투만 응시했다. 한번쯤은 내 입장이 되어보라지. 카터는 좀 기다려도 돼. 피트는 교도관들이 물러나고 문이 닫히는 소리가 들릴 때까지 침묵을 지켰다. 그리고 그제야 고개를 들었다. 카터 또한 호기심이 어린 얼굴로 봉투를 빤히 보고 있었다.

"나한테 편지라도 썼나, 피트?"

피트는 대꾸하지 않았다.

"난 자네한테 편지를 쓸까 하는 생각을 종종 했지."

카터가 고개를 들고 웃음을 지었다.

"어떻게 생각하나?"

피트는 소름이 끼치는 것을 억눌렀다. 카터가 자신의 집주소를 알아낼 가능성은 거의 없었지만, 카터에게서 편지를 받는다는 생각만 해도 견딜 수 없었다. 다시금, 피트는 침묵을 지켰다.

카터는 못마땅한 듯 고개를 저었다.

"지난번에도 말했잖나, 피트. 자네는 그게 문제야, 알아? 난 자네하고 대화하려고 이렇게 애를 쓰는데, 나는 자네한테 이야기를 해주고 도움을 주려고 엄청난 노력을 기울인다고. 그런데 때때로 자네는 내 말을 귓등으로도 안 듣는 것 같아."

"시작한 곳에서 끝난다."

피트가 말했다.

"이젠 이해했네."

"하지만 널 스펜서한테는 좀 늦었지."

"내가 관심 있는 건 자네가 그걸 어떻게 알았느냐야, 프랭크."

"그리고 내가 말했듯, 그게 자네 문제라니까."

카터가 다시 뒤로 등을 기대자 그 무게에 짓눌린 의자가 삐걱거렸다.

"자네는 듣질 않아. 솔직히, 내가 어떤 애새끼한테 무슨 관심이 있겠어? 그건 심지어 내가 하려던 말도 아니었어."

"아니라고?"

"전혀 아니지."

카터는 갑자기 관심이 생긴 듯 다시 앞으로 몸을 숙였다. 피트는 움찔할 뻔한 걸 간신히 참았다.

"어이, 하나 더 있어. 바깥세상 사람들이 날 잊어간다던 자네 말 기억하나?"

피트는 기억을 떠올리고 고개를 끄덕였다.

"자네는 내게 그게 진실이 아니라고 했지."

"맞아. 하하! 아마 이젠 내 말이 이해가 가겠지? 자네는 자신이 얼마나 틀렸는지 깨달았을 거야. 자네는 몰랐지만 그동안 내게 줄곧 깊은 관심을 품고 있었던 사람들이 수두룩했으니까."

그렇게 말하는 카터의 눈동자가 희미한 광채를 발했다. 피트는 놈이 그 오랜 세월 동안 얼마나 즐거워했을지 그저 상상만 할 따름이었다. 토니 스미스의 유해가 숨겨진 집을 일부러 찾아가는, 그 집을 무슨 일종의 성지인 양 떠받드는 노먼 콜린스 같은 팬들의 존재 덕분에. 아니, 그게 다가 아니었다. 그동안 피트가 그 비밀을 전혀 모르고 있었다는 사실 역시 틀림없이 카터에게는 즐거움이었을 것이다. 피트가 그 실종된 아이를 끊임없이 찾아다니는 와중에, 다른 이들은 그토록 손쉽게 그 아이를 만날 수 있다는 사실이.

"그래, 프랭크. 내가 틀렸어. 이젠 알았어. 그리고 자네는 이 모든 일 때문에 틀림없이 꽤나 우쭐했겠지. 위스퍼 맨."

피트가 얼굴을 찡그리며 내뱉었다.

"자네의 전설은 살아 있어."

카터가 씩 웃었다.

"너무나 다양한 방식으로."

"그러니 이제 다른 사람들 이야기를 좀 해볼까."

카터는 아무 말도 하지 않고 봉투를 보면서 입 꼬리를 더욱 끌어올렸다. 카터의 허를 찔러 닐 스펜서의 살인범에 관해 입을 열게 만드는 것은 불가능했다. 피트는 자신이 뭔가 알아내려면 행간을 읽어내야 한다는 것을 알고 있었다. 이는 카터가 끊임없이 주절대게 만들어야 한다는 뜻이었다. 그리고 비록 카터가 몇 가지 주제에 관해서는 의도적으로 모호하게 굴었지만, 지난 세월 동안 그 집을 찾아온 방문객 이야기를 꺼내면 반색할 게 분명했다. 적어도 이제는 비밀이 밝혀졌으니.

"좋아."

피트가 말했다.

"왜 하필이면 빅터 타일러였지?"

"아, 빅터는 좋은 친구지."

"흥미로운 관점이군. 하지만 사실 내가 물은 건 이 모든 일을 준비하는 데 왜 중개인이 필요했느냐는 거야."

"쉽게 접근할 수 있어서는 좋을 게 없지. 안 그런가, 피트?"

카터는 고개를 젓고는 말을 이었다.

"만약 신을 누구나 볼 수 있다면 굳이 교회에 갈 사람이 얼마나 되겠어? 거리를 좀 두는 편이 더 낫지. 물론 신도들한테도 더 좋고. 더 안전하니까. 자네가 아마 그동안 날 찾아온 면회객들을 확인했을 것 같은데?"

"자네를 만나는 건 나 혼자뿐이지."

"그러니 이 얼마나 대단한 영광인가?"

카터가 껄껄 웃었다.

"돈은 어때?"

"돈이 뭐?"

"타일러는 돈을 받았어. 아니, 적어도 그자의 아내가 받았지. 심슨도 그랬고, 그 다음은 바넷이. 하지만 자네는 아니었지."

"내가 돈에 무슨 관심이 있겠어?"

카터는 짐짓 모욕당한 표정을 지으며 대꾸했다.

"내가 지금 인생에서 바라는 건 오직 자유뿐이야. 빅터는, 이미 말했지만 좋은 친구야. 점잖은 친구지. 그리고 줄리언도 날 제대로 대해줬어. 그러니 그 보답으로 뭔가 받는 게 있어야 공평하잖아. 바넷은 전혀 몰랐고, 관심도 없었지. 하지만 사람들이 그곳을 방문하기 위해 돈을 낸 건 잘된 일이야. 당연히 돈을 내야지, 망할. 난 가치가 있으니까, 안 그래?"

"아니."

카터는 다시 껄껄 웃었다.

"어쩌면 그 친구들이 몽땅 자네한테 체포당해서 나랑 같이 여기서 지내게 될 수도 있겠군. 그 친구들한테는 정말 짜릿한 경험이 될 거야, 안 그래? 분명 즐거워할 거라고 내기해도 좋아."

너만큼은 아니겠지. 피트는 속으로 생각했다.

봉투를 집어 들어 자신이 가져온 사진들을 꺼냈다. 얇은 파일에는 지난 세월 동안 감시카메라에 찍힌, 빅터 타일러를 찾아온 면회객들의 사진들이 들어 있었다. 피트는 맨 위에 놓인 노먼 콜린스의 사진을 카터를 향해 조심스레 테이블 위로 밀어 보내며 물었다.

"이 남자, 알아보겠나?"

카터는 사진을 거들떠보지도 않고 내뱉었다.

"아니."

다음 사진.

"이 남자는 어때?"

"난 이 망할 자식들을 몰라, 피트."

카터가 눈알을 굴렸다.

"내가 자네한테 도대체 몇 번이나 말해야 하지? 자네는 듣질 않아. 이 작자들이 누군지 궁금하면 빅터한테 가서 물어보라고."

"그럴 거야."

사실 이미 한 시간 전에 어맨다와 함께 타일러를 취조한 터였다. 타일러는 친구인 카터에 비하면 그 상황을 썩 즐거워하지 않았다. 분통을 터뜨렸고 협조하길 거부했다. 타일러의 아내 또한 연루되어 있음을 감안하면 그런 반응은 이해 못할 것은 아니었다. 하지만 침묵은 그 누구에게도 득 될 게 없었다. 신원이 밝혀진 면회객들에 대해서도 추적과 신문이 이루어지고 있었고, 피트는 그들 중에서 닐 스펜서의 살인범을 찾아낼 수 있을 거라고 확신했다.

다만 밝혀지지 않은 한 명이 있었다.

피트는 또 다른 사진을 테이블 위로 밀어 보냈다. 젊은, 아마도 20대나 30대 초반으로 보이는 남자의 사진이었다. 평균적인 신장과 체격. 검은 안경. 어깨까지 내려오는 갈색 머리카락. 남자는 여러 차례 타일러를 면회했고, 가장 최근은 닐 스펜서가 살해당하기 일주일 전이었다.

"이 남자는 어때?"

카터는 사진을 보지도 않고 피트를 응시하며 웃음을 지었다.

"자네가 관심 있는 게 이 녀석이로군, 안 그래?"

피트는 대꾸하지 않았다.

"자네는 너무 훤히 들여다보인다니까, 피트. 너무 투명해서 탈이야. 앞서 두 사진으로 내가 경계를 풀게 만든 다음 중요한 세 번째 사진을 들이대 내 반응을 볼 작정이었겠지. 이게 자네가 찾는 남자지, 안 그래? 아니면 적어도, 자네 생각엔 그렇겠지?"

"아주 영리하군, 프랭크. 이 남자를 알아보겠나?"

카터의 시선이 조금 더 피트에게 머물렀다. 하지만 그러는 와중에 수갑 찬 손을 뻗어 사진을 자신에게 더 가까이 가져갔다. 마치 나머지 신체로부터 손만이 분리돼 별도로 작동하는 것처럼 기묘한 움직임이었다. 머리통은 움직이지 않았고 표정 역시 조금도 바뀌지 않았다. 이윽고 카터는 눈을 내리깔고 사진을 뜯어보았다.

"아."

나직한 목소리가 흘러나왔다.

피트는 자기 앞에 놓인 사진을 구석구석까지 빨아들일 듯 들여다보는 카터를 응시했다. 놈의 거대한 가슴이 느린 호흡에 맞추어 천천히 오르락내리락했다.

"이 남자에 관해 말해줘, 피트."

카터가 말했다.

"나야말로 자네가 뭘 아는지가 더 궁금한데."

피트는 기다렸다. 마침내 카터는 고개를 들고 거대한 손가락으로 사진을 부드럽게 두드렸다.

"이 녀석은 다른 놈들보다 조금 더 영리하지, 안 그래? 면회할 때 가명을 사용했지만 그걸 입증할 서류가 있었겠지. 자네는 그걸 확인해서 진짜가 아닌 걸 알았을 테고."

그건 사실이었다. 남자는 면회 당시 신분증을 제시했다. 이름은 리엄 애덤스, 나이는 29세였으며 피더뱅크에서 50킬로미터쯤 떨어진 곳에서 양친과 함께 살았다. 아침 동 트자마자 그 집에 들이닥친 경관들을 맞이한 리엄의 양친은 이게 무슨 일인가 싶어 어리둥절한 표정이었다. 그 텅 빈 표정에는 이윽고 공포가 스며들었다. 왜냐하면 리엄은 이미 죽은 지 10년도 지났으니까.

"계속하지."

피트가 카터에게 말했다.

"자네는 새 신분을 사기가 얼마나 쉬운지 아나, 피트? 자네 상상보다 훨씬 쉽지. 그리고 내가 말했듯, 이 녀석은 아주 영리한 녀석이야. 요즘 같은 때 누군가한테 전할 말이 있으면 당연히 그래야지, 안 그래? 여기 이…."

카터는 목소리를 낮췄다.

"이 녀석은 아주 세심해."

"아는 걸 더 말해줘, 프랭크."

하지만 카터는 대답하는 대신 조금 더 오래 사진을 들여다보았다. 마치 많은 이야기를 들어 온 상대를 마침내 직접 만나게 되어 호기심이 동한 사람 같았다. 하지만 그 순간, 카터는 갑자기 흥미를 잃은 듯 큰 소리로 코를 홀쩍였다. 그리고 사진을 도로 테이블 위로 밀어 보냈다.

"내가 아는 건 다 말했어."

"난 자네 말 안 믿어."

"그리고 내가 이미 말했지만, 자넨 늘 그게 문제야."

카터는 피트에게 웃음을 지어 보였지만 눈동자는 이제 텅 비어 있었다.

"자네는 도무지 듣는 법이 없어, 피트."

＊

피트는 실망감을 간신히 억누르며 어맨다가 기다리는 차로 돌아갔다. 조수석에 올라 문을 꽝 닫았다. 챙겨 온 사진들이 손에서 떨어져 발치로 쏟아졌다.

"젠장."

허리를 숙여 사진들을 주워 모았지만, 그중 중요한 건 오직 한 장뿐이었다. 피트는 문제의 사진을 따로 빼서 무릎 위에 얹어 놓고 나머지를 모두 봉투에 쑤셔 넣었다. 죽은 십대 아이의 이름을 사칭한 남자, 검은 안경을 쓴 갈색 머리의 남자. 하지만 머리색도 아마 염색한 걸 테고 지금은 달라졌겠지. 남자는 그 어떤 나이대도 될 수 있었다. 거의 누구라도 될 수 있었다.

"내가 맞혀볼게요."

어맨다가 말했다.

"카터가 그리 자발적으로 입을 열지 않았나 봐요?"

"언제나처럼 매력적으로 굴었죠."

피트는 자신에게 화를 내며 한 손으로 머리를 쓸어 올렸다. 그렇다. 이번이 마지막이었다. 그리고 견뎌냈다. 하지만 언제나처럼 그 대화에서 아무것도 얻어내지 못했다. 카터가 뭔가 알고 있는 게 분명한데도.

"개자식."

피트가 내뱉었다.

"말해줘요."

어맨다가 말했다.

피트는 잠시 자신을 추스른 후 그 대화를 상세히 들려주었다. 피트가 카터의 말을 안 듣는다는 건 개소리였다. 당연히 피트는 카터의 한마디 한마디에 귀를 기울였다. 카터와의 모든 대화는 피트에게 스며들었다. 그 말들은 땀과는 반대로 체내로 스며들어 축축하게 적셨다. 피트가 말을 마치자 어맨다는 잠시 생각에 잠겼다.

"카터가 이 남자가 누군지 아는 것 같아요?"

"잘 모르겠어요."

피트는 사진을 내려다보며 대답했다.

"어쩌면요. 확실히 뭔가 아는 게 있는 건 분명해요. 아니면 모르는데 그냥 내가 알아내려고 발버둥치는 걸 즐기는 거든가. 그 개자식의 한마디 한마디를 해독하려 애쓰는 걸요."

"평소보다 욕이 늘었네요, 피트."

"화가 나서요."

자넨 도무지 듣질 않아.

"다시 한 번 돌이켜봐요."

어맨다가 인내심 있게 말했다.

"이번 면회 말고요. 저번 면회. 카터가 당신에게 자기 말을 안 듣는다고 말한 게 그때가 맞죠?"

"늘 시작한 곳에서 끝난다."

망설이다 기억을 떠올린 피트가 입을 열었다.

"그 일은 황무지에서 시작됐으니, 닐 스펜서는 거기로 돌아가야 했죠. 다만 카터는 자기 말뜻이 그게 아니라고 했지만."

"그렇다면 무슨 뜻이었죠?"

"알 게 뭡니까?"

피트는 양손을 내던지고 싶었다.

"그 후 꿈에서 토니 스미스를 보았다는 이야기를 했죠. 하지만 그건 진짜가 아니었어요. 틀림없이 날 조롱하려고 지어낸 소리일 겁니다."

"하지만 그렇다 해도…."

잠시 침묵에 잠겼던 어맨다가 말을 이었다.

"놈이 그걸 아무 생각 없이 지어낸 건 아니에요. 그리고 당신 자신도 그렇게 말했죠. 그게 당신이 놈을 면회한 이유고요. 당신은 늘 놈이 무심결에 뭔가를 발설하기를 바랐잖아요."

피트는 반박하려 했지만 어맨다의 말이 맞았다. 만약 정말 꿈을 꾼 게 아니라면 일부러 꾸며낸 이야기일 테고, 카터가 그걸 그런 식으로 묘사한 데는 이유가 있을 것이다. 그리고 어쩌면 그 틈새에서 일말의 진실이 새어 나왔을지도 모른다. 피트는 머릿속으로 그 기억을 다시 훑었다.

"놈은 그게 토니였는지 아니었는지 잘 모르겠다고 했어요."

"꿈속에서요?"

"네."

피트가 고개를 끄덕였다.

"남자애의 티셔츠가 얼굴 위로 끌어올려져 있어서, 제대로 보지 못했다고요. 자기는 그런 방식을 좋아한다고 했어요."

"닐 스펜서하고 똑같군요."

"네."

"그 사실은 대중에 공개된 적이 한 번도 없었죠."

어맨다는 좌절감에 고개를 저었다.

"그리고 카터는 사디스트였어요. 놈이 왜 피해자들의 얼굴을 보고 싶어 하지 않았을까요?"

피트는 거기에 아무런 대답도 가지고 있지 않았다. 카터는 늘 자신의 동기에 관해 말하기를 거부했다. 하지만 그 범행들에 그 어떤 명백한 성적 요소도 없었음에도, 어맨다가 옳았다. 놈은 아이들에게 심한 상처를 입혔고, 명백한 사디스트였다. 왜 아이들의 얼굴을 가렸는지에 관해서는 수많은 설명이 존재했다. 각기 다른 프로파일러 다섯 명한테 묻는다면 다섯 명 모두 제각기 다른 답을 내놓을 것이다. 아마도 그 이유는 피해자들을 육체적으로 더 통제하기 쉽게 만들기 위해서였으리라. 아니면 소리를 죽이기 위해서. 어디 있는지 모르게 하려고. 겁을 주려고. 자신을 못 보게 하려고. 자신이 그 아이들을 보지 않으려고. 프로파일링이 개소리인 이유 중 하나는 수많은 범죄자들이 거의 늘 똑같은 행동을 하지만, 그 이유는 제각기 엄청나게 다르다는 거였다. 그리고…. 망설이던 피트가 나지막이 내뱉었다.

"이 망할 애새끼들은 전부 다 똑같아."

"뭐라고요?"

"그게 카터가 내게 한 말이었어요."

피트는 얼굴을 찌푸렸다.

"뭐, 그 비슷한 말이었죠. 꿈에서 본 아이가 누군지 하는 이야기를 할 때요. '이 조그만 애새끼들은 전부 똑같아. 그중 누구라도 상관없어.'"

"계속해요."

하지만 피트는 다시 침묵에 잠겨 그 숨은 의미를 파악하려 애쓰고 있었다. 답은 바로 손 닿는 곳 너머에 있는 것만 같았다. 카터에게 있어 자신이 해치는 대상이 누구인지는 중요하지 않았다. 오히려 피해자들의 얼굴을 전혀 보고 싶어 하지 않았다.

하지만 왜?

자신이 그들을 보지 않으려고.

어쩌면 피해자들 대신 누군가를 상상하고 싶어서였을 수도 있을까? 피트는 다시 사진을 내려다보았다. 누구든 될 수 있는 그 남자를. 카터의 얼굴에 떠오른 그 기묘한 표정이 생각났다. 카터는 그 사진 속 남자에 대한 호기심을 감추려 했지만 실패했다. 마치 오랫동안 관심을 가져온 사람을 이제야 마침내 직접 보게 된 것처럼. 그때 다른 뭔가가 떠올랐다. 그 세월 동안 자신이 아들 톰 생각을 안 하려고 얼마나 애썼는지, 그럼에도 막상 직접 만난 아들을 평가하지 않기가 얼마나 힘들었는지. 비록 어린 시절 흔적들이 일부 남아 있긴 했지만, 그 남자는 피트가 기억하는 그 어린 남자애와 너무도 달랐다.

왜냐하면 아이들은 너무 많이 변하니까.

난 내가 아는 걸 자네한테 전부 다 말했어.

그리고 이제, 피트는 다른 아이를 떠올렸다. 다른 꼬마 남자아이. 영양실조의, 작고 겁에 질린 그 아이는 피트가 프랭크 카터의 잠긴 별실 문을 열 때 제 엄마 다리 뒤에 숨어 있었다.

지금쯤이면 20대 후반이 됐을 그 조그만 남자아이.

내 가족을 이리로 데려와. 그 말이 뇌리를 스쳤다. 그년하고 그 꼬마 개자식.

"내가 제대로 듣지 않은 게 그거였어요."

43

점심 직전, 노크 소리가 들렸다.

나는 노트북을 놓고 일어섰다. 그날 아침 제이크를 학교에 데려다주고 나서 내가 제일 먼저 한 일은 구글에 캐런을 검색하는 거였다. 찾기 쉬웠다. 캐런 쇼의 이름으로 작성된 지역 신문의 온라인 기사가 수백 건이나 있었고, 그중엔 닐 스펜서의 유괴와 살해를 다룬 내용도 있었다. 한 편 한 편 읽어 나갈수록 속이 더 뒤집혔다. 두려운 건 그저 캐런이 앞으로 쓸 기사 때문만이 아니었다. 내가 어제 커피숍에서 술술 털어놓은 그 모든 상세한 개인사…, 거기에 배신감도 있었다. 나는 캐런이 내게 진심으로 관심이 있다는 말도 안 되는 망상을 했고, 이젠 바보가 된 기분이었다. 사기당한 기분이 이럴까 싶었다.

노크 소리가 다시 들렸다. 시험하는 듯 나지막한 소리였다. 마치 내가 그 노크 소리를 듣지 못하기를 바라는 것 같기도 했다. 그리고 난 그게 누구일지 짐작이 갔다. 노트북을 한쪽으로 밀어놓고 문간으로 갔다.

캐런이 문 앞 계단에 서 있었다.

난 벽에 기대어 가슴 앞에 팔짱을 꼈다.

"그 안에 도청장치 있어요?"

내가 커다란 외투를 향해 고갯짓을 하며 그렇게 묻자 캐런은 얼굴을 찌푸리며 되물었다.

"잠깐 들어가도 돼요?"

"뭐하려요?"

"그냥…, 설명하고 싶어서요. 오래 안 걸릴 거예요."

"그럴 필요 없어요."

"있을 것 같은데요."

캐런은 깊이 뉘우치는, 심지어 수치스러워하는 듯한 표정이었지만 난 해명과 사과는 거의 언제나 듣는 사람이 아니라 말하는 사람들을 위한 거라던 내 어머니의 말을 떠올렸다. 그리고 캐런에게 당신 기분 좋아지자고 남의 시간을 빼앗지 말라고 쏘아붙이고 싶었다. 하지만 지금 내 눈앞에 있는 캐런은 평소에 보던 모습과는 달리 너무나 무력해 보여서 도저히 그럴 수 없었다. 이 일이 자신에게 정말 중요한, 꼭 해야 할 일이라고 생각하는 것 같았다. 난 벽에서 몸을 뗐다.

"좋아요."

우린 거실로 갔다. 집 꼬락서니 때문에 약간 민망해졌다. 아침 식사를 마치고 치우지 않은 접시가 노트북 옆 소파에 놓여 있었고, 제이크의 펜과 그림들이 여전히 바닥에 나뒹굴고 있었다. 하지만 지저분해서 미안하다고 사과할 마음은 없었다. 어떻게 생각하든 무슨 상관이람? 이전 같았으면 상관이 있었을 것이다. 이제 와서 부인해봤자 무의미하다. 바보 같지만 사실은 사실이었다.

캐런은 방 반대편에서 멈춰 섰다. 커다란 외투를 벗을 기미가 없는 게, 자기가 여기 있어도 될지 아직 확신이 안 서는 듯했다.

"뭐 마실 것 좀 드릴까요?"

캐런은 고개를 저었다.

"그냥 오늘 아침 일에 관해 설명하고 싶었어요. 어떻게 보였을지 알아요."

"그걸 어떻게 봐야 할지, 어떻게 생각해야 할지 난 잘 모르겠는데요."

"미안해요. 내가 말했어야 했어요."

"맞아요."

"실은 거의 말하기 직전까지 갔었어요. 당신은 믿지 않을지 몰라도, 실제로 어제 아침에 난 내 등짝을 걷어차고 싶은 기분이었어요. 내 말은, 커피숍에서요. 당신이 나한테 그 이야기를 하고 있는 내내요."

"하지만 당신은 결국 내 말을 막지 않았죠."

"음, 뭐랄까…, 당신이 내게 기회를 안 줬죠."

캐런은 그렇게 말하며 대담하게 미소를 지어 보였다. 그러자 내가 익히 아는 캐런이 잠깐 보였다.

"솔직히 당신은 가슴에 맺힌 게 많아 보였고, 난 어떤 의미에서는 당신한테 도움이 돼서 기뻤어요. 하지만 언론인으로서는 그 모든 이야기를 듣는 게 고통스러웠죠."

"정말로요?"

"네. 왜냐하면 내가 그걸 절대 써먹지 못할 걸 알았으니까요."

"분명 써먹을 수 있을 텐데요."

"음, 뭐 공개하지 않겠다고 서약한 건 아니니까요. 하지만 그건 당신이나 제이크한테 불공평하잖아요. 이건 직업인으로서의 윤리라기보다는 개인적인 윤리에 더 가까워요."

"맞아요."

"늘 이런 식이죠, 젠장맞을."

캐런이 더 큰 웃음소리를 냈다.

"여기로 이사 온 이후로 얻은, 역사상 가장 큰 기삿감인데. 그리고 대형 신문사들이 전혀 모르는 걸 나 혼자 알고 있는데 그걸 못 써먹다니."

나는 대꾸하지 않았다. 그걸 써먹지 않았다는 캐런의 말은, 적어도 아직까지는 진실이었다. 캐런의 가장 최근 기사는 오늘 아침에 올라왔는데, 거기 담긴 건 다른 언론들과 똑같은 기본적인 내용뿐이었다. 내가 캐런에게 한 이야기는 언론에서 다룬 것을 훨씬 넘어서는 수준이었고, 또한 캐런이 다루는 분야이기도 했다. 하지만 아무리 강력한 유혹을 받았어도, 캐런은 아직까지 그걸 조금도 누설하지 않았다. 내가 지금 기사로 써먹지 않겠다는 캐런의 말을 믿는 건가? 아무래도 그런 것 같았다.

"누군가 다른 사람한테도 말한 적 있어요?"

캐런이 물었다.

"아뇨."

잠시 아버지의 말대로 아무것도 모른다고 잡아뗄까도 생각했지만, 이 상황에서 그런 거짓말은 무의미하게 느껴졌다.

"다른 기자들은 일찌감치 떠났어요. 집으로 몇 차례 전화가 걸려왔지만, 그냥 무시했어요."

"짜증나죠."

"난 어차피 전화를 안 받으니까요."

"맞아요. 나도 전화 별로 안 좋아해요."

"그보다는 애초에 나한테 전화를 거는 사람도 없지만요."

딱히 농담으로 한 말은 아니었는데 캐런이 웃었다. 기분이 썩 나쁘지는 않았다. 대화가 길어질수록 우리 목소리는 더 낮아졌고, 방 안의 긴장은 이제 어느 정도 해소됐다. 그게 얼마나 안도감을 주는지, 거의 놀라울 지경이었다.

"언론이 포기하지 않을 것 같아요?"

내가 물었다.

"그건 앞으로 상황이 어떻게 돌아가느냐에 달렸죠. 내 경험상, 당신을 계속 귀찮게 군다면 그중 누군가하고 이야기를 나눠도 나쁘지는 않을 것 같아요."

캐런은 손을 들어 올렸다.

"그게 꼭 나일 필요는 없고요. 사실, 이 말을 하느니 차라리 혀를 깨물고 싶지만 사실 내가 아니었으면 좋겠다는 마음도 어느 정도는 있어요."

"왜요?"

"그야 우린 친구잖아요, 톰. 그러면 객관적이기가 더 힘들거든요. 이미 말했지만, 난 어제 내 등짝을 걷어차고 싶었어요. 내가 무슨 냄새를 맡고 일부러 당신을 커피숍으로 데려간 게 아닌 건 알죠? 당신이 들려준 이야기는 전혀 뜻밖이었어요. 내가 무슨 수로 알았겠어요? 하지만 요는, 일단 당신이 인터뷰를 하고 나면 점차 관심이 사그라질 거예요. 하지만 우선은 좀 두고 봐요."

나는 잠시 생각해보았다.

"하지만 내 이야기는 계속 들어줄 수 있죠?"

"그럼요. 그리고 있잖아요, 이 모든 일은 그렇다 치고, 언젠가 다시 같이 커피 한잔하러 가면 좋을 것 같아요. 당신 생각은 어때요?"

"어쩌면 이번엔 내가 당신의 지저분한 과거를 캐낼지도 모르죠."

캐런은 웃음을 지었다.

"그래요, 어쩌면 그럴 수 있을지도요."

나는 잠시 생각한 후 물었다.

"좀 더 있다 갈 수 있어요? 뭐 좀 마실래요?"

"힘들 것 같아요. 아까는 그냥 체면 때문에 사양한 게 아니에요. 정말이지 얼른 가봐야 해요."

거실을 나가려던 캐런이 뭔가가 떠올랐는지 멈춰 섰다.

"오늘밤은 어때요? 애덤은 아마 엄마한테 봐달라고 부탁하면 될 거예요. 혹시 같이 술 한잔하거나 그럴 수 있어요?"

엄마한테 아이를 봐달라고 부탁한다?

남편이나 파트너가 아니라?

나는 무심결에 캐런이 싱글일 거라고 생각했는데, 캐런이 방금 그 생각을 확정해준 셈이었다. 의도적인 건지 그냥 우연인지는 알 수 없지만, 어쨌든 난 너무 좋다고 말하고 싶었다. 맙소사, 여자랑 같이 술을 마시러 나가는 일이 내 인생에 다시 있을 줄이야. 마지막으로 그런 적이 언젠지도 까마득할 지경이었다. 하지만 단순히 그래서만은 아니었다. 난 캐런과 술을 마시고 싶은 거였다. 내가 아침 내내 바보가 된 기분을 느끼며 속상해한 건 매우 빤한 이유 때문이었다. 하지만 그건 물론 불가능했다.

"아마 아이를 봐줄 사람을 못 찾을 거예요."

나는 말했다.

"그죠. 알아요. 잠깐만요."

캐런은 외투에 손을 뻗어 명함을 한 장 꺼냈다.

"생각해보니 내 연락처를 안 알려줬더라고요. 내 연락처는 여기다 있어요. 물론, 당신이 원하면요."

그렇다. 난 원했다.

"고마워요."

나는 명함을 받고 말했다.

"난 명함이 없네요."

"뭐래. 그냥 나한테 문자를 보내면 내가 저장하면 되잖아요."

"그럼 되겠네요. 뭐래, 정말."

캐런이 앞문에서 멈춰 서더니 물었다.

"제이크는 오늘 어때요?"

"놀랍게도요, 너무나 멀쩡해요."

난 말했다.

"어떻게 그럴 수 있는지 도무지 이해가 안 가지만요."

"난 이해가 가는데요. 내가 말했듯, 당신은 자신한테 너무 가혹해요."

그리고 곧장 캐런은 가버렸다. 난 캐런의 뒷모습을 잠시 지켜보다가, 내 손에 든 명함을 내려다보았다. 이건 내가 오늘 받은 두 번째 명함이고, 둘 다 내게 복잡한 기분을 안겼다. 하지만 맙소사, 캐런과 술 한잔하면 얼마나 좋을까. 그건 평범한 사람들이 하는 일이었다. 나도 정말 할 수 있을 것 같았다.

거실로 돌아와 휴대폰을 꺼내 든 채 지금 상황에 관해 곰곰이 궁리해보았다.

망설여졌다. 자신이 없었다.

그냥 나한테 문자를 보내면 내가 저장하면 되잖아요.

결국, 내가 처음으로 문자를 보낸 상대는 캐런이 아니었다.

44

다시 돌아온 경찰서 상황실은 이런저런 활동으로 생기가 넘쳤다. 대다수 경관은 기존에 하던 활동들을 이어가고 있었지만, 소수는 이제 프랭크 카터의 아들인 프랜시스를 추적하는 핵심 업무에 집중하고 있었다. 그 새로운 전개는 모두에게 전율을 안겼다. 방 안의 새로 솟아난 에너지는 손에 잡힐 듯했다. 결실 없는 실마리를 따라다니느라 제자리를 빙빙 돌면서 두 달을 흘려보낸 후, 이제야 비로소 새로운 길이 열린 것처럼 보였으니까.

어맨다는 그 길이 반드시 어딘가로 이어져야 하는 건 아니라고 자신에게 상기시켰다. 지나친 희망을 품지 않는 게 늘 최선이다. 하지만 그러기가 항상 힘들었다.

"아니에요."

피트가 그렇게 말하고 두 사람 사이의 책상에 놓인 종이더미에 한 장을 더 얹어놓았다.

"아니에요."

어맨다 역시 종이를 얹으며 말했다.

프랭크 카터가 법정에 세워져 유죄판결을 받은 이후 프랜시스는 어머니와 함께 그곳을 떠났고, 그 사건의 악명을 벗어나기 위해 신분을 바꿨다. 그동안 두 사람이 함께 살았던 괴물의 그림자에서 벗어나 새로운 삶을 시작할 기회였다. 제인 카터는 제인 파커가 됐고, 프랜시스는 데이비드가 됐다. 그 이후 그 두 사람은 사실상 사라져버렸다. 그처럼 흔해빠진, 익명 같은 이름을 택한 것은 아마도 그걸 위해서였으리라. 이제 어맨다와 피트에게 주어진 임무는 이 나라에 사는 그 수많은 데이비드 파커 중에서 맞는 데이비드 파커를 찾아내는 거였다.

다음 장. 이 데이비드 파커는 44세였다. 그들이 찾는 건 아마도 27세일 터였다.

"아니에요."

어맨다가 말했다.

그렇게 계속됐다.

두 사람은 대체로 침묵 속에서 이름들을 지워나갔다. 어맨다는 자기 앞에 놓인 종이에만 집중하는 피트를 보며 그렇게 몰두하는 데는 신경 쓰이는 다른 뭔가를 잊으려는 마음도 있을 거라고 짐작했다. 프랭크 카터와의 대화는 틀림없이 피트를 뒤흔들어 놓았겠지만, 이제는 긴장감이 더 높아졌다. 피트는 카터의 아들인 프랜시스가 아직 어린아이였을 적에 만난 적이 있었다. 사실상 그 아이를 구한 것이나 다름없었다. 이제 피트를 알아가기 시작한 어맨다는 지금 그 남자의 머릿속에 무슨 생각이 지나가고 있을지 쉽게 상상할 수 있었다. 아마도 자신을 괴롭히는 질문들을 던지고 있을 것이다. 당시 자신의 행위가 이 새로운 공포로 자라날 씨앗을 심은 것은 아닐까? 혹시, 아무리 좋은 의도였다 해도 내가 저지른 어떤 실수가 이 모든 걸 초래했다면?

"프랜시스가 연루됐는지는 아직 확실하지 않아요."

어맨다가 말했다.

"맞아요."

피트는 더미에 종이 한 장을 더 얹었다.

지금 자신이 그 어떤 말을 해도 피트를 그런 생각에서 건져줄 수 없음을 아는 어맨다는 좌절감에 혼자 한숨을 푹 쉬었다. 하지만 어맨다가 한 말은 진실이었다. 프랜시스 카터의 아동기가 아무리 끔찍했어도, 어맨다는 어린 시절에 당하던 끔찍한 학대를 벗어나 멀쩡한 어른으로 자란 사람들을 숱하게 봐왔다. 지옥에서 벗어나는 길은 사람들의 머릿수만큼 있었고, 엄청나게 많은 사람들이 올바른 길을 택했다.

또한 어맨다는 예전 조사를 충분히 숙지한 터라 피트가 아무 잘못도 하지 않았다는 걸 확신할 수 있었다. 다른 누가 맡았어도 그보다 더 잘할 수는 없었을 것이다. 제인 카터를 끈질기게 붙들고 늘어진 것도 그렇지만, 자신의 본능에 따라 프랭크 카터를 예의 주시했고, 결국 놈을 무릎 꿇렸다. 토니 스미스를 제때 구하는 데는 실패했지만, 모두를 구한다는 건 애초에 불가능한 임무였다. 당시에는 깨닫지 못하는 실수들은 항상 있게 마련이었다.

그리고 닐 스펜서에 대해 생각하면서, 어맨다는 자신 역시 거기에 매달려야 한다는 걸 알았다. 놓친 것들, 심지어 타석에 설 기회조차 없었던 것들을 생각하다 보면 결국 발목이 붙들려 익사할지도 모른다는 사실을 믿고 싶지 않았다.

어맨다는 다시 서류에 신경을 돌리고 데이비드 파커의 목록을 꾸준히 지워 나갔다.

"아니에요."

종이가 더 쌓였다.

"아니에요."

계속 같은 말이 반복됐다. 아니에요. 아니에요. 아니에요. 소득

없이 세 명을 연달아 명단에서 제외한 후, 어맨다는 불현듯 피트가 너무 오래 침묵에 잠겨 있음을 깨달았다. 희망에 찬 얼굴로 피트를 보았지만, 피트는 더는 책상 위의 서류에 집중하고 있지 않았다. 손에 든 휴대폰을 멍하니 응시하고 있었다.

"뭐예요?"

어맨다가 물었다.

"아무것도 아닙니다."

하지만 아무것도 아니지 않은 게 분명했다. 사실, 어맨다는 자신의 눈을 믿을 수 없었다. 피트가 웃고 있다니. 내가 헛것을 봤나? 정말 희미한 웃음이었지만, 생각해보니 그 정도조차 본 적이 없었다. 늘 너무나 근엄하고 진지하기만 했다. 집주인이 불 하나 켜기를 고집스레 거부하는 집처럼, 어둠 그 자체였다. 하지만 지금은 방 하나에 불이 들어온 것처럼 보였다. 문자메시지를 받은 것 같은데. 혹시 여자한테 온 건가? 아니, 남자일지도 모르지. 어차피 피트의 사생활에 관해서라면 아무것도 모르는 거나 마찬가지니까. 어쨌거나 늘 심각하기만 해 보이던 피트의 이 낯선 표정은 어맨다에게 마치 반가운 휴식과도 같았다. 그래서 걱정이 됐다. 이 새로운 빛이 꺼지지 않았으면 했다.

"뭐예요?"

어맨다는 좀 더 짓궂은 투로 다시 물었다.

"그냥, 오늘 저녁에 시간이 있느냐고 누가 물어봐서요."

휴대폰을 탁자에 내려놓는 피트의 얼굴에서는 웃음기가 사라졌다.

"당연히 없죠."

"바보같이 굴지 마요."

피트가 어맨다를 보았다.

"진지하게 하는 말이에요."

어맨다가 말했다.

"엄밀히 말해 이건 내 사건이지 당신 사건도 아니잖아요. 나야 야근해야 되면 하는 거지만, 당신은 업무 시간 끝나면 퇴근하도록 해요."

"안 됩니다."

"되거든요. 그리고 가서 뭐든 하고 싶은 일을 해요. 뭔가 진척이 있으면 계속 알려줄게요."

"그건 제가 할 일입니다."

"전혀 아니죠. 심지어 우리가 찾는 그 데이비드 파커를 찾아낸다 해도, 그 남자가 이 일에 어떤 식으로…, 아니 애초에 연루됐는지 아닌지도 아직은 모르잖아요. 우선은 그냥 이야기나 해봐야죠. 그리고 내 생각엔 당신 말고 다른 사람이 그 일을 맡는 게 상대와 당신 양쪽 모두에게 더 나을 것 같아요. 당신한테 이 사건이 얼마나 중요한지 몰라서 그러는 게 아니에요. 하지만 우린 과거에 살 수 없어요, 피트. 다른 것들도 중요해요."

어맨다는 피트의 휴대폰을 향해 고갯짓을 했다.

"때로는 날이 저물면 문을 닫고 떠날 줄도 알아야 해요. 내 말, 무슨 말인지 알겠어요?"

뭐라고 다시 반박할 줄 알았던 어맨다의 예상과는 달리, 잠시 침묵에 잠겼던 피트가 이윽고 고개를 끄덕였다.

"과거에 살 수는 없죠."

피트가 되풀이했다.

"그 말이 맞아요. 당신이 생각하는 이상으로요."

"아, 난 내 말이 얼마나 맞는지 알아요. 믿어도 돼요."

피트가 웃음을 지으며 대답했다.

"그럼, 알겠습니다."

그 후 피트는 다시 휴대폰을 집어 들고, 약간 어색하게 답신을 보내기 시작했다. 문자를 별로 받아본 적 없어서 답장하는 데 익숙하지 않은 것 같았다. 아니면 어쩌면 그냥 유독 이번 문자가 피트를 불안하게 만드는 것일지도. 어쨌거나 어맨다는 그런 모습을 보니 기뻤다. 피트의 얼굴에 다시 그 희미한 미소가 떠오르는 걸 보니 좋았다.

살아 있어. 피트를 지켜보는 어맨다의 머리에 그런 생각이 떠올랐다.

그 수많은 일을 겪고 나서, 피트는 마침내 인생에 뭔가 기대할 만한 일이 생긴 남자처럼 보였다.

45

아버지는 그날 저녁 7시까지 오겠다고 약속했는데, 시간을 어찌나 딱 맞춰 왔는지 혹시 미리 도착해서 약속 시간 전까지 밖에서 기다린 게 아닐까 싶을 정도였다. 어쩌면 나를 존중하는 마음에서, 자신이 나와 제이크의 인생에 끼어들도록 허락을 받고 싶으면 내 뜻을 그대로 따라야 한다는 생각에서였을까. 하지만 사실 난 그분이 누구에게나 똑같이 대할 가능성이 높다고 생각했다. 규율을 중시하는 사람.

아버지는 퇴근 후 바로 왔는지 말끔한 정장 바지와 셔츠 차림이었다. 하지만 깔끔해 보이고 머리카락이 젖어 있는 걸 보면 샤워를 하고 옷을 갈아입은 게 분명했다. 술 냄새도 나지 않았다. 아버지가 뒤따라 집 안으로 들어올 때, 나는 무의식적으로 그걸 확인했다. 아버지가 술을 끊지 않았다면 지금쯤은 이미 한잔했을 시간이고, 아직 내게는 이 약속을 취소할 여유가 있었다.

제이크는 거실 바닥에 무릎을 꿇고 몸을 웅크린 채 그림을 그리고 있었다.

"피트 경관님 오셨어."

나는 아이에게 말했다.

"안녕하세요, 피트."

"적어도 고개라도 좀 드는 척할 수 없니?"

제이크는 혼자 한숨을 폭 쉬었지만 이내 쥐고 있던 펜에 뚜껑을 덮었다. 손가락이 온통 잉크 범벅이었다.

"안녕하세요, 피트 아저씨."

제이크가 다시 말했다. 아버지가 웃음을 지었다.

"좋은 저녁이구나, 제이크. 오늘 내가 널 돌보도록 허락해줘서 고맙다."

"천만에요."

"우리 둘 다 감사해요."

나는 말했다.

"길어야 두어 시간밖에 안 걸릴 거예요."

"얼마든지 있다 와도 된다. 책을 가져왔으니까."

아버지는 두꺼운 페이퍼백을 손에 들고 있었다. 흘끗 본 거라 제목은 읽을 수 없었지만, 앞표지에 윈스턴 처칠의 흑백 사진이 있었다. 내가 항상 읽어야지 하고 생각만 하는, 딱 그런 종류의 심각하고 묵직하고 두꺼운 책이었다. 그걸 보자 괜히 신경이 쓰였다. 내 아버지는 육체적으로는 물론이고 정신적으로도 자신을 변화시켜, 지금 내 눈앞에 있는 이 과묵하고 인상적인 남자가 되었다. 거기 비하면 내가 약간 모자란 존재인 듯한 기분이 드는 걸 어쩔 수 없었다.

하지만 어리석은 생각이다.

당신은 자신한테 너무 가혹해요.

아버지는 소파에 책을 내려놓았다.

"집 구경 좀 시켜줄래?"

"처음 오신 것도 아니잖아요."

"그때는 목적이 달랐지."

아버지가 말했다.

"여긴 너희 집이잖니. 네가 직접 구경시켜주면 좋을 것 같다."

"좋아요. 우리 그냥 위층에 잠깐만 올라갔다 올게, 제이크."

"네, 알겠어요."

아이는 이미 다시 그림을 그리고 있었다. 나는 앞장서서 위층으로 올라가 아버지에게 욕실과 제이크의 방을 보여주었다.

"평소엔 목욕을 하는데 오늘밤은 그냥 건너뛰세요."

내가 말했다.

"한 30분쯤 있으면 잠자리에 들 시간이에요. 잠옷은 저기 이불 위에 있어요. 읽어주실 책은 저기 밑에 있고요. 보통은 불을 끄기 전에 한 챕터를 같이 읽는데, 저 책은 반쯤 읽었어요."

아버지는 묘한 표정으로 책을 내려다보았다.

"《셋의 힘》?"

"네, 다이애나 윌 존스 거예요. 아마도 제이크한테는 너무 옛날 책이겠지만, 그 애가 워낙 좋아해서요."

"뭐 어떠냐."

"그리고 이미 말씀드렸지만, 전 금방 돌아올 거예요."

"뭔가 좋은 일 있니?"

난 망설이다 대답했다.

"그냥 친구랑 술 한잔하려고요."

더 자세히 설명하고 싶지 않았다. 우선 누가 봐도 데이트로 보일 약속을 위해 외출한다고 인정하려니 이상하게 십대로 돌아간 기분이 들었다. 물론 아버지와 난 내 성장기라는 어색한 시기를 몽땅 건너뛰었으니, 지금 이렇게 다소 이상한 기분이 드는 것도 자연스러운 일이겠지. 우린 그걸 이야기할 언어를 만들어 나갈 기회를 얻지 못했다.

"즐거운 시간 보내고 오렴."

아버지가 말했다.

"네."

나도 즐거울 거라고 생각했고, 그러자 다시금 십대로 돌아간 기분이 들었다. 배 속에서 나비가 팔랑이는 것 같았다. 물론 데이트는 아니었다. 데이트라고 생각하면서 오늘 저녁을 시작하는 건 어리석은 짓이리라. 그건 실망으로 가는 지름길이다. 그리고 캐런과 나 둘 다 집에 아이들이 있으니 무슨 일이 실제로 일어날 것 같지는 않았다. 도대체 남들은 어떻게 데이트를 하지? 정말이지 짐작도 가지 않았다. 데이트를 한 지가 하도 오래되어서 사실상 십대나 별다를 것도 없었다.

나비.

순간 아버지를 들어오게 한 후 앞문을 잠그지 않았다는 생각이 떠올랐다. 엉뚱한 생각이었지만 흥분이 가라앉고 두려움이 살짝 고개를 들었다.

"오세요."

나는 말했다.

"이제 다시 아래층으로 내려가죠."

46

아빠와 피트 아저씨가 위층에서 돌아다니느라 천장이 삐걱거렸다. 제이크는 두 사람이 대화를 나누고 있다는 건 알 수 있었지만 정확히 무슨 말을 하는지는 알아들을 수 없었다. 하지만 제이크 이야기일 게 당연했다. 어떻게 재우고 하는 뭐 그런 것들. 그건 괜찮았다. 가능한 한 빨리 침대에 눕고 싶었다. 제이크는 이 날이 빨리 끝나기를 간절히 원했으니까.

자러 간다는 것의 핵심은 그거였다. 잠은 뭐랄까, 모든 걸 씻어내준다. 말다툼이든 걱정이든, 뭐든 다.

겁이 나거나 속상한 일이 있어서 도저히 잠이 안 올 것 같아도 잠은 결국 찾아오고, 아침에 일어나면 자기 전에 느낀 기분은 어느 정도 사라져 있다. 마치 잠이 무슨 커다란 수술이라도 되는 것처럼 말이다. 아빠의 말에 따르면, 그런 일은 실제로 종종 있었다. 의사들이 그동안 겪어야 하는 모든 무서운 일들을 모르도록 일부러 환자를 재운 다음 다시 더 나은 몸으로 깨어나게 한다고 했다.

지금으로서, 제이크가 원하는 것은 그 공포가 사라지는 거였다.

다만 공포는 정확히 맞는 단어가 아니었다. 공포는 뭔가 구체적인 대상이 있어야 한다. 야단을 맞는다거나. 하지만 제이크가 느끼고 있는 건 아무 데도 내려앉을 곳이 없는 새의 기분에 좀 더 가까웠다. 오늘 아침 이후로 뭔가 나쁜 일이 일어날 거라는 느낌을 줄

곧 지울 수 없었지만, 도대체 그게 뭔지는 알 수 없었다. 하지만 지금으로서 한 가지는 확실했다. 아빠가 오늘밤 나가지 않았으면 한다는 거였다.

하지만 그 느낌은 느낌일 뿐이니까, 더 일찍 잠자리에 들수록 더 나을 것이다. 지금 느끼는 감정이 공포든 뭐든, 아침에 깨어나면 아빠는 집에 돌아와 있을 거고, 모든 건 다시 좋아질 것이다.

"아니, 넌 겁먹는 게 맞아."

제이크는 펄쩍 뛰어올랐다. 여자애가 제이크 옆에 앉아서 다리를 몸 앞으로 쭉 뻗고 있었다. 등교 첫날 이후로 한 번도 못 봤지만, 여자애의 무릎에 난 상처는 여전히 금방 생긴 것처럼 불그스름했고, 머리카락은 언제나처럼 한쪽으로 뻗친 채였다. 그리고 그 표정으로 미루어 제이크는 여자애가 지금도 놀 기분이 아니란 걸 알 수 있었다. 그 애도 뭔가가 잘못됐다는 걸 알고 있는 게 분명했다. 심지어 제이크보다도 더 겁먹은 듯 보였다.

"너희 아빠는 나가면 안 돼."

여자애가 말했다.

제이크는 자신의 그림을 다시 내려다보았다. 지금 느끼는 두려움과 똑같이, 제이크는 여자애가 실체가 아니라는 걸 알았다. 아무리 진짜처럼 보일지라도. 그 애가 진짜이길 자신이 아무리 간절히 원하더라도.

"어떤 나쁜 일도 안 일어날 거야."

제이크가 속삭였다.

"아니, 일어나. 일어난다는 거 너도 알잖아."

제이크는 고개를 저었다. 지금은 분별 있고 어른스럽게 굴어야 할 때였다. 왜냐하면 아빠는 제이크가 착한 아이가 되어줄 거라고 믿고 있었으니까. 그래서 제이크는 여자애가 자기 옆에 없는 것처럼 계속 그림을 그렸다. 물론 여자애는 제이크 옆에 없었다. 하지만 그럼에도 제이크는 여자애가 화가 났다는 걸 느낄 수 있었다.

"넌 아빠가 그 아줌마랑 만나는 거 싫잖아."

여자애가 말했다.

제이크는 계속 그림을 그렸다.

"네 엄마의 자리를 다른 사람한테 뺏기는 건 싫잖아, 안 그래?"

제이크는 그림 그리던 걸 멈췄다.

그렇다. 그건 당연히 싫었다. 그리고 그런 일은 일어나지 않을 것이다. 안 그런가? 하지만 제이크는 아빠가 오늘밤 상황을 설명하던 태도에 어딘가 이상한 구석이 있었다는 걸 부인할 수 없었다. 다시금, 그 느낌은 이름을 붙일 만큼 명확하지 않았지만, 모든 게 약간 삐뚜름하고 잘못되어 보이긴 했다. 마치 일부러 말하지 않는 뭔가가 있는 것처럼. 하지만 아무도 엄마의 자리를 뺏을 순 없다. 그건 아빠도 바라지 않을 것이다.

다만 그때 아빠가 썼던 글이 머리에 떠올랐다.

하지만 그 이야기는 이미 아빠랑 했었다. 책에 나오는 이야기처럼, 그건 진짜가 아니었다. 게다가 아빠는 요즘 너무 슬펐고, 오늘 일은 어쩌면 아빠한테 도움이 될지도 몰랐다. 이건 중요한 일이었다. 제이크는 아빠가 아빠 자신으로 살게 놔둘 필요가 있었다. 그게 제이크에게도 좋았다.

제이크는 용감해야 했다.

잠시 후, 여자애는 제이크의 어깨에 고개를 기댔다. 하지만 아이의 머리카락은 제이크의 목에 눌려 납작해지지 않고 그대로 뻗쳐 있었다.

"난 너무 무서워."

여자애가 나지막이 속삭였다.

"가지 마시라고 해, 제이크."

여자애가 뭐라고 더 말하려 하는데 계단을 내려오는 무거운 발소리가 제이크의 귓가에 울렸다. 여자애는 그대로 사라졌다.

47

우리가 아래층으로 내려왔을 때 제이크는 여전히 그림을 옆에 놓고 펜을 손에 든 채 거실 바닥에 앉아 있었다. 하지만 지금은 그림을 그리지 않고 멍하니 허공을 응시하고 있었다. 사실은 마치 울기 직전인 것처럼 보였다. 나는 아이에게 다가가서 옆에 웅크려 앉았다.

"괜찮아, 친구?"

제이크는 고개를 끄덕였지만 나는 믿지 않았다.

"왜 그러니?"

"아무것도 아니에요."

"흐음."

나는 얼굴을 찌푸렸다.

"어째 믿음이 안 가는데. 오늘밤이 걱정돼서 그러니?"

제이크는 망설이다 대답했다.

"어쩌면 조금요."

"음, 충분히 그럴 수 있어. 하지만 넌 괜찮을 거야. 솔직히 아빤 네가 이제 아빠한테 질려서 다른 사람이랑 같이 있으면 좋아할 줄 알았는데."

그 말에 제이크가 날 똑바로 보았다. 여전히 너무도 작고 너무도 가냘파 보였지만, 동시에 나는 그 애가 그처럼 나이 들어 보이는 건 처음이라고 생각했다.

"아빠는 내가 아빠랑 있기를 원하지 않는다고 생각해요?"

아이가 물었다.

"아이고, 제이크. 이리 오렴."

나는 제이크가 내 무릎에 올라와 안길 수 있도록 자세를 바꿨다. 그 애는 내게 올라앉은 후 그 조그만 몸을 내게 찰싹 붙였다.

"아빤 조금도 그렇게 생각 안 해. 그런 뜻으로 한 말이 아니었어."

하지만 실은 그 뜻이었다. 어쨌거나 어느 정도로는. 리베카가 죽고 나서 내 가장 큰 두려움 중 하나는 나와 제이크 사이에 접점이 없다는 거였다. 우리가 서로 잘 모른다는. 그리고 마음 한구석에서는 차라리 나라는 사람이, 이 어쭙잖은 아버지가 없는 편이 그 애에게 더 나을 거라는 생각도 없지 않았다. 한 번 뒤돌아보지도 않고 학교 건물로 들어가버리는 게 제이크의 본심인 것만 같았다.

어쩌면 제이크도 나에 관해 똑같은 생각을 하고 있는지도 모른다. 어쩌면 그 애는 오늘 저녁 내 외출이 내가 그 애랑 같이 있고 싶어 하지 않는다는 뜻이라고 느끼는지도 모른다. 내가 그 애를 치워버리고 싶어서 567클럽에 등록시킨 거라고. 그야 나 혼자만의 시간과 공간이 필요하긴 했지만, 그건 전혀 진실이 아니었다.

이토록 서글픈 일이 또 있을까. 우리 둘 다 같은 마음이라니. 우리 둘 다 중간에서 만나려고 이처럼 노력하는데 어째서인지 늘 서로 엇갈리다니.

"아빠도 너랑 같이 있고 싶어."

나는 말했다.

"오래 나가 있지 않을 거야. 약속할게."

그 애는 날 안은 손에 힘을 살짝 더 주었다.

"꼭 가셔야 해요?"

나는 깊은숨을 들이쉬었다.

내가 해야 할 대답은 '아니, 꼭 가야 하는 건 아니야'였다. 제이크가 너무 속상해하는 것 같아서 떠나기 망설여졌다.

"안 가도 돼."

나는 대답했다.

"하지만 괜찮을 거야, 약속할게. 넌 곧 잠자리에 들 거고, 잠들었다 깨어나면 아빠는 다시 집에 와 있을 거야."

그 애는 침묵에 잠겨서 내가 방금 한 말을 곱씹고 있었다. 하지만 그 사이 그 애의 불안이 내게도 스며드는 것 같았다. 근심. 두려움, 거의⋯, 뭔가 나쁜 일이 일어날 거라는 급작스런 공포. 바보 같은 생각이었고, 그런 생각을 할 이유는 하나도 없었다. 하지만 집에 있으려면 있을 수도 있었다. 그렇게 말하려는데 제이크가 내게 그럴 틈을 주지 않고 고개를 끄덕였다.

"알겠어요."

"그래."

나는 말했다.

"좋아. 사랑한다, 제이크."

"저도 사랑해요, 아빠."

제이크가 포옹을 풀자 나는 일어나 문간에서 기다리고 있던 아버지에게 다가갔다.

"제이크는 괜찮니?"

"네. 괜찮을 거예요. 하지만 무슨 문제라도 있으면, 제 휴대폰 번호 아시죠?"

"안다. 하지만 괜찮을 거다. 아마 그냥 익숙하지 않아서 그런 거겠지."

아버지는 내게 그렇게 말하고는 목소리를 약간 높여 제이크에게 말했다.

"하지만 우린 아주 재미있을 거야, 제이크. 넌 나한테 잘해줄 거지, 응?"

이제 다시 그림을 그리기 시작한 제이크는 대답 대신 고개를 끄덕였다.

나는 웅크려 앉아 그림에 집중하고 있는 그 애를 잠시 지켜보면서, 내 아들을 향한 이루 말할 수 없는 사랑이 솟구치는 걸 느꼈다. 하지만 결정은 이미 내려졌다. 우린 다시 궤도에 오를 것이다. 우리 둘 다. 모든 게 괜찮을 것이다. 난 제이크와 함께 있고 싶고, 그 애는 나와 함께 있고 싶어 한다. 우린 어떻게 해서든 그걸 가능하게 만들 방식을 찾아낼 것이다.

"두어 시간만 나갔다 올게요."

나는 아버지에게 다시 말했다.

"그거면 충분할 거예요."

48

"거의 다 왔습니다."

다이슨 경사가 말했다.

"알아."

어맨다가 대꾸했다.

어맨다가 다이슨에게 운전대를 맡긴 데는 한 시간 동안만이라도 휴대폰에서 떼놓으려는 목적도 있었다. 두 사람은 이제 피더뱅크에서 80킬로미터쯤 떨어진 곳에서, 커다란 대학 캠퍼스 가장자리를 따라 나아가고 있었다. 모퉁이를 돌자 이 도시 학생들의 집결지가 나타났다. 집들은 전부 붉은 벽돌 건물이었고, 좁다란 거리에 빽빽하게 몰려 서 있었다. 다들 적어도 3, 4층은 되는 높이였다. 대여섯 명이 모여서 동거하거나, 방 하나씩 따로 세를 줄 수 있어서 서로 옆집에 누가 사는지도 모르면서 살 수 있는 건물들. 이질적인 사람들로 이루어진 2.5제곱킬로미터의 지역. 싸고 자취를 감추기 쉬운 곳. 그리고 바로 데이비드 파커, 이전에는 프랜시스 카터였던 남자가 자신의 집으로 선택한 곳.

신원은 분명했다. 맞는 나이대 그리고 빅터 타일러의 교도소 면회객에 들어맞아 보이는 체격. 이 인물이 포착된 건 피트가 퇴근하기 한 시간 전이라, 어맨다는 피트가 선약을 깨고 조사에 동참하겠다고 우길까 봐 좀 걱정했다. 실제로 그러고 싶어 하는 게 분명했다. 하지만 피트는 어맨다가 지역 경찰에 연락해 그 주소로 찾아갈 약속을 잡는 걸 가만히 보기만 했고, 시간이 되자 뭐라고 토를 달지 않고 퇴근 준비를 했다. 어맨다에게 행운을 빌고 뭔가 발전이 있으면 계속 알려달라고 부탁했다. 어맨다는 피트가 일단 결정을 내린 후로 오히려 안심하지 않았을까 하는 생각이 들었다.

자신도 그랬으면 얼마나 좋을까. 하지만 어맨다는 마음 한구석으로 지금 차 안에 같이 있는 게 피트였으면 하는 생각을 하고 있었다. 아까 경찰서에서 두 사람이 나눈 이야기는 모두 여전히 진실이었다. 프랜시스 카터가 이 사건에 연루됐다는 확고한 증거 따윈 전혀 없었고, 이건 일상적인 방문에 불과했다. 하지만 그럼에도 뭔가 느낌이 있었다. 배 속을 찌르르 울리게 만드는, 공포와 흥분의 중간쯤인 듯한 그 느낌. 그건 어맨다에게 멀지 않았다고, 무슨 일인가가 일어날 거라고 말해주고 있었다. 그리고 그 일이 일어날 때, 반드시 날이 바짝 서서 준비가 되어 있어야 한다고.

다이슨은 가파른 언덕에서 아래로 꺾었다. 이곳 집들은 계단처럼 갈수록 낮아져서, 지붕들이 어둑해지는 하늘을 등지고 톱날 무늬를 이루고 있었다. 프랜시스 카터 또는 데이비드 파커는 커다란 셰어하우스의 지하실 원룸에 세 들어 살고 있었다.

그게 조건에 맞나?

몇 가지 점에서는 말이 됐지만 그렇지 않은 점들도 있었다. 만약 카터가 그들이 찾는 남자라면, 그 남자는 확실히 혼자만의 장소가 필요할 것이다. 하지만 누구의 눈도 귀도 닿지 않는 곳에 두 달 동안이나 아이를 몰래 숨겨놓는다는 게 정말 가능할까? 아니면 닐은 다른 곳에 갇혀 있었을까?

차가 속도를 늦췄다.

이제 알게 되겠지.

다이슨은 주위를 온통 하얗게 표백시키는 가로등 아래에 차를 세웠고, 두 사람은 차에서 내렸다. 건물은 4층짜리로, 양옆의 두 집 사이에 짓눌린 것처럼 보였다. 앞쪽에는 조명이 없었다. 어맨다는 낮은 벽돌담에 난 녹슨 철문을 조용히 열고 안으로 들어섰다. 왼쪽에는 돌보는 사람이 없는 듯 지저분한 작은 정원이 있었고, 가파른 계단이 앞문으로 이어졌다. 그리고 정원을 지나자마자 나타난 계단은 성인 한 사람이 간신히 지나갈 정도로 폭이 좁았으며 지하로 이어졌다. 계단 위에서 내려다보니 앞창이 보였다. 파커의 원룸 문은 위의 정문에 가려져 보이지 않았다.

어맨다는 계단을 내려갔다. 벽돌로 쌓아진 정원 쪽의 벽이 계단에 그림자를 드리웠다. 아래쪽은 공기가 훨씬 차가워서 흡사 무덤으로 내려가는 기분이었다. 검고 지저분한 정사각형 창의 구석에는 거미줄이 쳐져 있었다. 그림자에 가려진 파커의 앞문이 희미하게 눈에 들어왔다. 어맨다는 세게 노크하며 외쳐 불렀다.

"파커 씨? 데이비드 파커?"

대답은 없었다. 어맨다는 몇 초쯤 더 기다린 후 다시 노크했다.

"데이비드?"

어맨다는 말했다.

"안에 있어요?"

다시금, 대답은 침묵뿐이었다. 다이슨은 옆에서 눈 위에 손 그늘을 만들어 창문 속을 들여다보려 애쓰고 있었다.

"아무것도 안 보여요."

다이슨은 더러운 유리창에서 몸을 떼고 말했다.

"이제 어쩌죠?"

시험 삼아 문손잡이를 돌려본 어맨다는 끼익 소리와 함께 손잡이가 돌아가자 흠칫했다. 문이 살짝 열렸다. 짙은 곰팡내가 즉시 안에서 새어나왔다.

"이런 동네에서 이렇게 문을 안 잠그고 다니면 안전하지 않을 텐데요."

다이슨이 말했다.

바로 문 앞에 있던 어맨다와는 달리 아직 곰팡내를 맡지 못해 하는 말이었다. 전혀 안전하지 않지. 어맨다는 속으로 생각했지만, 다이슨의 말과는 맥락이 달랐다. 방 안은 칠흑처럼 검었고, 배 속의 찌르르 하는 감각은 어느 때보다도 더 강해졌다. 그 감각은 어맨다에게 그 안에서 뭔가 위험한 게 기다리고 있다고 말하고 있었다.

"방심하지 마."

어맨다는 다이슨에게 그렇게 말한 후 손전등을 꺼내 들고 조심조심 안으로 발을 들여놓았다. 한쪽 외투 소매로 코와 입을 가린 채, 반대편 손에 든 손전등으로 눈앞의 광경을 서서히 비췄다. 온 사방이 먼지투성이라 마치 모래 폭풍 한복판에 들어와 있는 것 같았다. 손전등을 이리저리 움직일 때마다 곳곳의 쓰레기들이 언뜻언뜻 눈에 들어왔다. 누더기가 다 된 회색 가구들, 뻣뻣한 카펫 위에 아무렇게나 나뒹구는 구겨진 헌 옷가지. 곧 부서질 듯한 나무 탁자 위에 흩어져 있는 서류들. 벽과 천장은 습기로 얼룩덜룩했고, 더러운 접시와 그릇들을 손전등으로 꾸준히 훑던 어맨다는 뭔가 움직임을 포착했다. 그것들은 황급히 시야에서 벗어나면서 커다란 그림자를 던졌다.

"프랜시스?"

어맨다가 외쳐 불렀다.

하지만 이제 이곳엔 아무도 살지 않는 게 분명했다. 버려진 집이었다. 누군가가 이곳을 나가면서 앞문을 굳이 잠그지도 않았고, 그대로 다시 돌아오지 않았다. 어맨다는 옆 벽에 붙어 있는 전등 스위치를 위아래로 딸깍거렸다. 아무 반응도 없었다. 파커는 1년치 집세를 미리 냈지만 전기요금은 안 낸 모양이었다.

옆에 와 선 다이슨이 내뱉었다.

"맙소사."

"여기서 기다려."

어맨다가 말했다.

방 안에 흩어진 쓰레기를 조심조심 피해가며 안쪽으로 들어가니 문이 두 개 있었다. 하나를 열자 욕실이 나왔고, 어맨다는 욕지기를 참으며 손전등을 앞뒤로 움직여 그 안을 비췄다. 여기에서는 거실보다도 훨씬 심한 악취가 풍겼다. 젖은 수건이 구겨진 채 바닥에 떨어져 있었는데, 썩어서 검은 곰팡이가 핀 게 보였다.

어맨다는 문을 닫고 다음 문 앞으로 갔다. 이 문은 침실로 이어졌다. 어맨다는 눈앞에 펼쳐질 광경을 각오하고 손잡이를 돌려 문을 밀어 연 후 손전등으로 그 안을 비췄다.

"뭐 좀 있어요?"

어맨다는 다이슨의 질문을 무시하고 조심스레 문턱을 넘었다.

그곳도 먼지투성이였지만, 이 방만큼은 집의 다른 부분과는 달리 신경 써서 관리한 게 분명했다. 카펫은 부드러웠고, 집 안의 다른 것들에 비하면 더 새 것 같아 보였다. 가구는 한 점도 없었지만, 카펫 위에 물건들이 놓여 있던 자국이 남아 있었다. 커다란 직사각형으로 눌린 자국은 아마도 서랍장을 놓아두었던 흔적인 듯했다. 무엇의 흔적인지 짐작이 가지 않는 정사각형 자국 하나. 한쪽 벽

끝에 있는 서로 멀찍이 떨어진 작은 정사각형 자국 네 개. 아마 기다란 테이블의 다리로 짐작되는 그 자국은 깊이도 더 깊었다. 테이블 위에 뭔가 무거운 걸 놓아두었던 게 아닐까.

하지만 침대가 있었던 흔적은 눈에 띄지 않았다.

그러나 그 순간, 어맨다는 뭔가를 알아차리고 재빨리 반대편 벽을 손전등으로 비췄다. 그 벽은 원룸의 나머지 부분에 비해 좀 더 최근에 칠해진 게 분명했을 뿐더러 꾸민 흔적도 보였다. 밑부분 근처에 누군가가 그려놓은 그림이 있었다. 밑부분에는 풀잎과 단순한 모양의 꽃들이 그려져 있었고, 그 위로 벌들과 나비들이 맴돌고 있었다.

어맨다는 사진에서 본 프랭크 카터의 별실을 떠올렸다.

이런, 맙소사.

천천히, 손전등 빛을 위로 움직였다.

천장 가까이에서 화난 태양이 검은 눈으로 어맨다를 내려다보았다.

49

네 아빠가 어렸을 때 이 책들을 좋아했단다.

제이크의 침대 옆에 무릎을 꿇고 그 책을 집어 들면서 피트는 하마터면 그렇게 말할 뻔했다. 방 안의 조명은 너무나 부드러웠고 담요를 덮고 누운 제이크는 너무나 작아서, 피트는 잠시 다른 시간으로 이동했다. 아직 어린 톰에게 책을 읽어주던 기억이 되살아났다. 다이애나 윈 존스의 책들은 톰이 가장 좋아하던 것들이었다.

《셋의 힘》. 내용은 기억나지 않았지만, 표지는 보자마자 눈에 익었고 손끝을 대자 찌르르 울리는 기분이 들었다. 아주 오래된 판형인 듯했다. 표지는 가장자리가 너덜너덜했고 책등은 하도 닳아 세로로 죽죽 줄이 가서 제목을 읽을 수 없었다. 혹시 이게 내가 예전에 읽어준 바로 그 책인가? 피트는 그럴 거라고 짐작했다. 톰은 그 책을 간직했고, 이제는 자기 아들에게 읽어주고 있었다. 단순히 세월을 거쳐 아버지에게서 아들에게로 전해 내려온 이야기가 아니라 그걸 담고 있는 종이들까지 동일했다. 그 생각에 피트는 경이로움을 느꼈다.

네 아빠가 어렸을 때 이 책들을 좋아했단다.

하지만 피트는 말하기 전에 혀를 깨물었다. 제이크가 자신과 톰의 관계를 모르기 때문만이 아니었다. 그걸 밝히는 건 피트의 몫이 아니고, 앞으로도 절대 아닐 것이다. 상관없었다. 세월이 흐르면서 자신이 달라졌고 더는 톰의 최악의 기억 속 끔찍한 아버지가 아니라 해도, 절대 훌륭한 아버지라고 주장할 수는 없었다.

그 남자가 사라졌다면, 그의 모든 것도 사라져야 했다. 그리고 그 자리에 있는 건 새로운 남자일 것이다.

"자, 그럼."

방 안의 조명에 맞추려는 듯, 피트의 목소리도 조용하고 부드러워졌다.

"어디까지 읽었니?"

＊

피트는 조용히 아래층으로 내려왔다. 일부러 챙겨 온 책은 아직 들춰보지도 못했다. 위층에서 느낀 온기가 아래층까지 따라 내려왔고, 조금 더 그 안에 빠져 있고 싶었다.

이제껏 너무 오랫동안 일부러 생각을 억누르려 애쓰며 살아 왔다. 책, 음식, 텔레비전…. 그런 일상적 행위들을 의식으로 삼아 생각이 위험한 방향으로 향하는 것을 막았다. 잡생각을 떨쳐버리려고 손가락을 딱 튕기는 것처럼. 하지만 지금은 달랐다. 피트를 괴롭히던 목소리들은 조용했다. 오늘 밤은 술을 마시고 싶은 충동이 강렬하지 않았다. 여전히 그 충동이 존재한다는 건 느낄 수 있었다. 촛불을 끄고 나면 연기가 가물가물 피어오르는 것처럼. 하지만 열과 빛은 이미 꺼지고 없었다.

제이크에게 책을 읽어주는 건 너무 사랑스러운 일이었다. 아이는 조용히 주의를 집중해 듣고 있다가 한두 장쯤 넘어가자 자기가 직접 읽고 싶다고 했다. 비록 더듬거리긴 했지만, 아이의 어휘력이

예사롭지 않은 건 분명했다. 방 안의 평화로움이 피트의 온몸으로 스며들었다. 비록 피트 자신은 아들의 어린 시절을 엉망으로 만들었을지라도, 그의 아들은 그걸 대물림하지 않았다.

15분쯤 기다리다 확인해보니 제이크는 이미 깊이 잠들어 있었다. 피트는 아이의 평온한 모습에 경이로움마저 느끼며 잠시 그대로 서 있었다.

이게 네가 술 때문에 잃어버린 거야.

샐리의 사진을 보면서 자신에게 이미 수도 없이 한 말이었다. 피트는 그동안 자신이 잃어버린 인생에 대한 기억을 회피해 왔다. 대체로는 그거면 충분했지만 그렇지 않을 때도 더러 있었고, 지난 몇 달간의 시험은 가장 견디기 힘들었다. 그리고 어떻게 해서인지는 몰라도 피트는 그걸 견뎌냈다. 이제 제이크를 내려다보고 있으니 그 사실이 엄청나게 기뻤다. 날아오는 줄도 몰랐던 총알을 피한 기분이었다. 미래는 비록 불확실할지언정 확실히 존재하고 있었다.

네가 술을 끊은 덕분에 뭘 얻었는지 봐.

이 생각이 한결 나았다. 후회와 안도감의 차이일까. 생명이 없는, 회색 재로 가득한 차가운 난로와 여전히 뜨겁게 타오르는 불의 차이. 난 이걸 잃어버리지 않았어. 그렇다고 아직 완전히 손에 넣은 건 아니지만, 적어도 잃어버리지는 않았어.

아래층으로 내려와 잠깐 책을 읽긴 했지만 사건 생각을 떨칠 수 없었다. 혹시 새로운 소식이 없나 해서 끊임없이 휴대폰을 확인했다. 아무것도 없었다. 지금쯤이면 어맨다가 프랜시스 카터를 경찰서로 데려왔거나 신문하고 있어야 할 것 같은데. 피트는 그게 사실이길 바랐다. 너무 바빠서 상황을 알려줄 수 없다는 건 긍정적인 바쁨이었다.

프랜시스 카터.

피트는 그 아이를 선명히 기억했다. 하지만 물론 프랜시스 카터는 이제 완전히 다른 사람이었다. 그 남자애로부터 자라났지만 이제는 별개의 존재가 된 다 큰 어른 남자. 20년 전에는 그 아이와 별로 대화를 나눠보지 못했다. 신문은 대부분 전문적인 훈련을 받은 경관들에 의해 세심하게 이루어졌다. 작고 창백하고 겁에 질린 그 아이는 반쯤 감은 듯한 눈으로 테이블만 내려다보고 있었다. 대답은 단답식으로 간신히 하는 정도였다. 아버지와 함께 살면서 얼마나 큰 트라우마를 겪었는지 한눈에 보였다. 지옥을 경험한 취약한 아이.

카터의 말이 다시 떠올랐다. 게다가 녀석의 윗도리가 얼굴을 덮고 있어서 제대로 보이지가 않거든. 난 그 방식이 마음에 들어서 말이야.

카터에게 모든 아이는 똑같았다. 누구라도 상관없었다. 그리고 카터는 아이들의 얼굴을 보고 싶어 하지 않았다. 하지만 어째서? 피트는 생각했다. 혹시 그 피해자들이 자기 아들이라고 상상하고 싶어서가 아니었을까. 건드리면 잡혀갈 각오를 해야 하는 아이. 그래서 그 대신 다른 아이들을 대상으로 자신의 증오심을 해소해야 했나?

피트는 잠시 그대로 가만히 앉아 있었다.

만약 그게 사실이라면, 어린아이는 거기에 대한 반응으로 어떤 감정을 느낄까? 아마도 자신이 무가치하다고, 죽어도 싸다고 느끼지 않을까. 자기 대신 목숨을 잃어야 했던 아이들에 대한 죄의식. 보상하고 싶은 간절한 욕망. 자기 같은 아이들을 돕고 싶은 바람. 방법은 몰라도 그래야만 자신을 치료하기 시작할 수 있을 것 같아서.

이 남자는 세심해.

피트가 건넨 사진의 남자를 보고 카터가 한 말이었다.

씩 웃으면서.

자네는 도무지 듣는 법이 없어, 피트.

닐 스펜서는 납치되어 2개월 동안 감금됐지만 그동안 잘 보살핌을 받았다. 누군가가 그 아이를 보살폈다. 그러다 뭔가가 잘못됐고, 닐은 살해당해 처음 납치당한 바로 그 황무지에 버려졌다. 피트는 아이의 시신이 황무지에서 발견된 그날 밤 자신이 한 생각을 떠올렸다. 더는 필요 없어진 선물을 도로 가져다놓은 것 같다고. 하지만 이제는 생각이 바뀌었다.

어쩌면 그건 실패한 실험에 더 가까울지도 모른다.

그 순간, 위층에서 제이크의 비명이 들려왔다.

50

    캐런과 만나기로 약속한 곳은 집에서 몇 블록쯤 떨어진 펍으로, 학교에서도 멀지 않았다. 마을의 단골집이라 다들 그냥 피더뱅크라고 불렀다. 거기 도착했을 때 내가 느낀 건 단순한 어색함이 아니었다. 날씨가 따뜻해서 거리와 바로 붙어 있는 야외석은 사람들로 가득했고, 커다란 창을 통해 들여다보이는 실내 역시 북적거렸다. 제이크의 등교 첫날 운동장에 들어서던 그때로 돌아간 것 같았다. 나를 제외한 모든 사람들은 서로 아는 사이고, 나는 지금도, 앞으로도 절대 속할 일 없는 곳으로 들어가는 기분이었다.

    캐런이 바에 있는 게 보여서 사람들을 헤치고 그리로 갔다. 사람들의 체온과 웃음소리가 온 사방을 가득 메웠다. 커다란 외투는 어디로 갔는지, 오늘 저녁 캐런은 청바지와 흰색 탑 차림이었다. 캐런 옆에 가 서자 불안감은 심지어 더욱 강해졌다.

    "안녕하세요."

    난 시끄러운 배경음악 속에서 목소리를 높였다.

    "안녕."

    캐런은 웃음을 지어 보이고는 몸을 가까이 기울여 말했다.

    "시간 딱 맞춰 왔네요. 뭐 마실래요?"

    나는 아무거나 대충 골랐다. 캐런은 돈을 지불하고 내게 파인트 잔을 건넨 후 바에서 일어나 따라오라는 듯 고개를 끄덕였다. 그리고 군중을 헤치고 가게 더 안쪽으로 향했다. 나는 오늘밤 약속에 대해 내가 완전히 오해했나 하는 생각을 하며 따라갔다. 혹시 자기 친구들에게 날 소개시킬 생각인가. 하지만 바를 지나자마자 문이 하나 있었고, 그걸 통과하자 다른 야외석이 나왔다. 이곳은 펍 뒤쪽에 따로 분리된 공간이었고, 주위에 나무가 잔뜩 심어져 있었다. 잔디 위에 둥근 나무 테이블을 띄엄띄엄 놓아두었고, 옆에는 부모들이 술을 마시는 동안 아이들끼리 놀 수 있도록 낮은 밧줄 다리가 있는 작은 놀이터가 만들어져 있었다. 캐런은 날 반대편 끝에 있는 빈 테이블로 이끌었다.

"아이들을 데려왔어도 괜찮았겠네요."

내가 말했다.

"그래요. 우리가 정신이 나갔다면요."

캐런이 자리에 앉으며 말했다.

"당신이 믿을 수 없을 만큼 무책임한 아버지가 아니라면 아마 베이비시터를 찾은 거겠죠?"

난 캐런 옆에 앉았다.

"네. 우리 아버지요."

"우와."

캐런은 눈을 깜빡였다.

"전에 나한테 해준 이야기로 미루어보면 분명 기분이 좀 이상하겠네요."

"네, 이상해요. 평소 같았으면 부탁하지 않았겠지만…, 음, 한잔 하고 싶은 생각이 워낙 간절해서요. 급한 처지에 이것저것 가릴 수 없죠."

캐런이 눈썹을 치켜올렸다. 난 얼굴을 붉혔다.

"그분 말이에요. 당신 말고."

"하! 그건 그렇고 이건 전부 비공개예요."

캐런이 그렇게 말하며 내 팔에 한 손을 얹었는데, 기분 탓인지 좀 오래 머무른 듯했다.

"어쨌든 당신이 이렇게 나올 수 있어서 기뻐요."

캐런이 말했다.

"나도요."

"그건 그렇고, 건배."

우린 잔을 부딪쳤다.

"그래서, 그분에 관해서는 전혀 걱정이 안 돼요?"

"내 아버지요?"

나는 고개를 저었다.

"솔직히, 그런 걱정은 없어요. 터놓고 말하면 내 감정이 뭔지 잘 모르겠어요. 그냥 이번 한 번뿐이잖아요. 사실 뭐라고 정의하기도 그렇죠."

"그래요. 그렇게 생각하는 게 합리적이죠. 사람들은 온갖 걸 다 걱정해요. 때로는 그냥 흘러가는 대로 따라가는 게 더 나을 때도 있는데. 제이크는 어때요?"

"아, 그 애는 아마도 나보다 그분을 더 좋아할 거예요."

"그건 절대 사실이 아니라고 봐요."

그때 집을 나오기 직전 내게 매달리던 제이크가 떠올라 고개를 들려는 죄의식을 애써 억눌렀다.

"어쩌면요."

나는 말했다.

"내가 전에도 말했지만, 당신은 자신에게 너무 가혹해요."

"어쩌면요."

나는 되풀이했다. 나는 술을 홀짝였다. 머릿속 한구석에는 여전히 불안감이 남아 있었지만 그게 지금 캐런과 함께 있는 것과 전혀 무관하다는 건 알고 있었다. 사실, 이렇게 앉아 있으니 놀라울 정도로 마음이 느긋해졌고, 캐런과 보통 친구 사이보다 더 가까이 앉아 있는 게 더없이 자연스럽게 느껴졌다. 아니, 불안이 아직 완전히 사라진 건 아니었다. 제이크가 걱정되어서였다. 아이 생각을 머리에서 지우기가 힘들었다. 아무리 여기 있고 싶어도, 지금 내가 있어야 할 훨씬 중요한 곳이 있다는 본능적인 느낌을 도저히 떨쳐버릴 수 없었다. 나는 술을 한 모금 더 마시고 바보같이 굴지 말라고 속으로 자신을 타일렀다.

"당신 어머니가 애덤을 봐주고 있다고 했죠?"

"맞아요."

캐런은 눈동자를 도르륵 굴린 후 자신의 전체 상황을 설명하기 시작했다. 작년에 피더뱅크로 돌아왔는데 큰 이유는 어머니가 여기 살기 때문이라고. 모녀 사이는 좋았던 적이 없지만 어머니가 손자를 아끼니까, 다시 자리를 잡고 일어서는 동안 그편이 도움이 될 거라고 판단했다는 것이다.

"애덤의 아버지는 같이 안 사나요?"

"같이 살면 여기서 당신이랑 이러고 있겠어요?"

캐런이 웃으며 핀잔을 주었다. 내가 어깨를 힘없이 살짝 으쓱하자 캐런은 더 뭐라고 하지 않았다.

"네, 같이 안 살아요. 그리고 어쩌면 애덤한테는 힘든 일일지도 모르지만, 애들한테는 그편이 더 나을 때도 있어요. 당시에는 깨닫지 못할 수도 있지만요. 브라이언, 그러니까 내 전남편은…, 우리 그냥, 그 사람이 어떤 면에서 당신 아버지랑 비슷했다고 해두죠. 아니, 여러 면에서."

캐런은 술을 한 모금 마셨다. 딱히 불편한 분위기는 아니었지만 그래도 그 이야기는 거기에서 끝내는 게 자연스러울 것 같았다. 어떤 대화는 때를 기다릴 필요가 있다. 언젠가 더는 피할 수 없게 될 때, 그때 하면 될 것이다. 난 잠시 정원 반대편 구석의 놀이기구에 매달려 기어오르는 아이들을 바라보았다. 이제는 완연히 저녁이었다. 해가 저물고 주위의 나무들에서 각다귀들이 깜빡거렸다. 하지만 여전히 따뜻했다. 여전히 좋았다.

다만….

난 이제 다른 쪽을 바라보았다. 내 안의 나침반은 이미 내 집이 여기서 어느 방향에 있는지 파악했다. 심지어 나는 제이크에게서 그리 멀리 떨어져 있지도 않았다. 아마 직선 거리로 기껏해야 몇 백 미터일 것이다. 하지만 너무 멀게 느껴졌다. 그때 아이들을 다시 돌아봤는데, 단순히 날이 어두워지고 있는 게 아니라 햇빛이 뭔가 이상한 것 같았다. 왠지는 몰라도. 모든 게 이상한 느낌이었다.

"아."

캐런이 가방에 손을 뻗으며 말했다.

"방금 기억났어요. 까먹을 뻔했네. 좀 민망하지만, 사인 좀 해줄래요?"

내 가장 최근 책이었다. 그걸 보자 내가 모든 면에서 얼마나 손을 놓고 있었는가가 떠오르면서 갑자기 가슴에 돌덩이가 내려앉았다. 하지만 성의를 무시하고 싶지 않고 또 상황이 좀 우습기도 해서 애써 웃음을 지어 보였다.

"당연하죠."

캐런은 내게 펜을 건넸다. 난 표지를 넘겨 적기 시작했다.

캐런에게.

도무지 뭐라고 써야 할지 떠오르지 않아 거기서 멈춰야 했다.

알게 돼서 진심으로 기뻐요. 읽고 형편없다고 생각하지 않았으면 좋겠네요.

내게 책에 사인을 해달라고 부탁하는 사람들 중에는 기다렸다 나중에 읽는 타입도 있다. 하지만 캐런은 그런 타입이 아니었다. 내가 쓴 걸 그 자리에서 읽고 소리 내 웃었다.

"절대 그럴 리 없잖아요. 그건 그렇고 왜 내가 이 책을 읽을 거라고 생각해요? 곧장 이베이 경매에 올릴 수도 있는데."

"그래도 돼요. 비록 아마 당신 은퇴 자금이 되어 주지는 못하겠지만."

"그건 걱정 말아요."

주위가 더욱 어두워졌다. 다시 놀이터를 바라보는데 파란색과 흰색 원피스를 입은 조그만 여자애가 거기 서서 날 보고 있었다. 그 애와 눈이 마주친 한순간, 주위의 다른 모든 게 배경으로 흐려졌다. 이윽고 아이가 씩 웃고는 밧줄 다리를 향해 달려가자 다른 여자애가 깔깔 웃으며 뒤쫓아 달려갔다. 나는 고개를 저었다.

"괜찮아요?"

캐런이 물었다.

"네."

"흐음. 왜 난 그 말에 믿음이 안 갈까요. 제이크 때문에 그래요?"

"그런 것 같아요."

"아이가 걱정돼서요?"

"모르겠어요. 어쩌면요. 아마 별거 아니겠지만, 저녁 때 그 애를 집에 두고 혼자 나온 건 처음이라서요. 솔직히 이렇게 나오니까 좋아요. 하지만 기분이….”

“너무 이상하다고요?”

“약간요, 네.”

“이해해요.”

캐런은 공감 어린 웃음을 지어 보였다.

“처음 애덤을 엄마한테 맡겨놓고 나오기 시작했을 때 나도 똑같았어요. 마치 무슨 끈 같은 거로 집에 매여 있는데 그게 점점 가늘게 잡아당겨져서 끊어질 것 같은 느낌. 가슴속 깊숙이에서 돌아가야만 할 것 같은 불안감이 들었죠.”

난 고개를 끄덕였지만, 실은 그 정도가 아니었다. 내 안의 감각은 뭔가가 끔찍하게 잘못됐다고 말하고 있었다. 하지만 아마 그냥 캐런 말이 맞겠지. 내가 지나치게 예민하게 굴고 있는 거겠지.

“하지만 난 괜찮아요.”

캐런이 말했다.

“진심이에요. 처음엔 그럴 수 있어요. 오늘은 여기까지만 하고 그만 들어가 봐요. 우린 나중에 또 약속을 잡으면 되죠. 물론 당신만 그러고 싶다면요.”

“당연히 그러고 싶죠.”

“좋아요.”

캐런이 날 보았고, 우리 둘의 눈이 서로 마주쳤다. 우리 사이의 공간에 스파크가 일어나는 듯했다. 지금 내가 몸을 기울이면 캐런역시 앞으로 몸을 숙여 올 거고, 우린 키스를 나누게 될 것이다. 입술이 마주치는 순간 우리의 눈은 사르르 감길 테고 그 키스는 숨결처럼 부드럽겠지. 하지만 그럴 생각이 없다면 이제 우리 중 하나는 고개를 돌려야 하리라. 하지만 이 순간은 분명히 존재했고, 우리 둘 다 그걸 느꼈다. 그리고 이 순간은 언제고 다시 찾아올 것이다.

　그럴 거면 지금 하자.

　그 순간, 휴대폰이 울리기 시작했다.

51

그날 오후, 제이크와 아빠는 학교가 끝나고 집으로 오는 중이었다. 원래는 아빠가 일하고 엄마가 데리러 오기로 정해진 날이었지만 그날은 예외였다.

아빠는 소설가였고, 사람들은 돈을 내고 아빠의 책을 사 읽었다. 제이크는 그게 아주 멋지다고 생각했다. 그리고 아빠도 이따금은 그렇다고, 맞다고 했다. 그 이유 중 하나는 아빠는 다른 대다수 부모님들과는 달리 매일 정장을 입고 회사에 출근해서 시키는 일을 할 필요가 없기 때문이었다. 하지만 힘든 점도 있었는데, 소설을 쓴다는 건 다른 사람들한테는 직업처럼 보이지 않았기 때문이었다.

제이크는 상황을 완전히 이해하는 건 아니었지만, 그것 때문에 엄마 아빠 사이에 약간 문제가 생겼다는 건 어렴풋이 알았다. 제이크를 학교에 데려다주고 데리러 오는 일은 대부분 아빠 몫이었는데, 그건 아빠가 글을 별로 안 쓰고 있다는 뜻이었기 때문이다. 그리고 그 해결책은 엄마가 제이크를 더 자주 데리러 오는 거였다. 오늘 당번은 원래 엄마였다. 하지만 아빠가 학교로 와서 엄마는 몸이 안 좋다고, 그래서 어쩔 수 없이 아빠가 대신 왔다고 설명했다.

그게 아빠가 말한 방식이었다. 어쩔 수 없이 왔다고.

"엄마는 괜찮아요?"

제이크는 물었다.

"엄마는 괜찮아."

아빠가 대답했다.

"그냥 퇴근하고 와서 조금 어지러워서 누워야겠다고 했어."

제이크는 그 말을 믿었다. 그야 당연히 엄마는 괜찮을 테니까. 하지만 아빠는 왠지 평소보다 굳어 있는 것처럼 보였고, 그래서 제이크는 아빠가 요즘 쓰는 글이 평소보다도 더 잘 안 풀리나 보다고 생각했다. 그리고 제이크까지 데리러 와야 했으니…, 음, 나쁜 일에 더 나쁜 일이 겹친 걸 뭐라고 하더라?

제이크는 종종 자기가 아빠에게 골칫거리인 것처럼 느껴졌다. 자기가 없었으면 상황이 좀 더 쉬워졌을 것 같았다.

차에서 아빠는 제이크의 하루에 대해 평소 하는 질문들을 했다. 학교는 어땠는지, 뭘 했는지. 늘 그랬듯 제이크는 최선을 다해 대답을 회피했다. 굳이 이야기할 만한 재미있는 일은 하나도 없었고, 어차피 아빠가 정말 그렇게 관심이 있어서 묻는 것 같지도 않았다. 아빠가 집 앞에 차를 세웠다.

"가서 엄마 봐도 돼요?"

제이크는 안 된다는 대답이 돌아올 거라고 반쯤 예상했다. 왠지는 모르지만. 아마 그게 자신이 진심으로 원하는 일이니까, 아빠가 그냥 자신을 실망시킬 목적으로 안 된다고 할 것 같았다. 하지만 터무니없는 생각이었다. 아빠는 제이크의 머리카락을 헝클어뜨리며 웃는 얼굴로 이렇게 말했으니까.

"당연하지, 친구. 엄마 아프니까 조심하고, 알겠지?"

"그럴게요."

아빠가 문을 열자 제이크는 신도 벗지 않은 채 집 안으로 뛰어들어갔다. 평소라면 엄마한테 야단맞았겠지만, 신은 별로 더럽지도 않았고, 제이크는 얼른 엄마한테 가서 기분 좋게 만들어주고 싶었다. 부엌을 뛰어나가 거실로 향했다. 그리고 멈춰 섰다.

거기엔 뭔가 잘못된 게 있었다. 방 반대편 끝의 열린 커튼 사이로 저녁 햇살이 비스듬히 들어와 방의 절반을 비추고 있었다. 평화로워 보였고, 모든 게 매우 정적이고 조용했다. 하지만 그게 문제였다. 누군가가 몰래 숨어 있다 해도 보통은 인기척을 느낄 수 있다. 사람들의 존재는 공간을 차지해서 어쩐지 공기가 달라지기 때문이다. 하지만 지금 집은 전혀 그렇게 느껴지지 않았다.

텅 빈 것처럼 느껴졌다.

아빠는 차에서 뭔가 할 일이 있는지 아직 밖에 있었다. 제이크는 천천히 거실을 걸어갔지만, 마치 자신이 앞으로 가는 게 아니라 방이 후진하는 듯한 느낌을 받았다. 침묵은 너무 거대해서 마치 조심하지 않으면 부딪쳐 멍이 들 것만 같았다.

창 옆쪽에, 문이 열려 있었다. 문 밖에는 작은 공간이 있고, 계단이 있었다. 더 가까이 다가가자 그게 점점 더 눈에 들어왔다.

뒷문의 대리석 무늬 유리.

제이크의 귀에는 이제 자신의 심장 박동밖에 들리지 않았다.

하얀 벽지.

이제는 너무 느리게 걷고 있어서 거의 멈춘 거나 마찬가지였다.

울퉁불퉁한 나무 계단 난간.

제이크는 바닥을 내려다보았다.

엄마….

*

"아빠!"

제이크는 미처 제대로 깨어나기도 전에 그렇게 외쳤다. 그 후 이불을 머리끝까지 뒤집어쓰고 다시 소리쳤다, 조그만 심장이 거칠게 팔딱팔딱 뛰었다. 옛 집을 이사 나온 이후로는 그 악몽을 꾸지 않았는데, 이제 다시 돌아온 악몽의 힘은 한층 더 강해져 있었다.

제이크는 기다렸다.

지금이 몇 시쯤인지, 잠든 지 얼마나 됐는지 알 수 없었다. 하지만 아빠가 집에 돌아와 있어야 할 시간은 지났겠지? 잠시 후, 계단을 올라오는 침착한 발소리가 들렸다.

제이크는 용기를 내어 이불 밖으로 머리를 내밀었다. 복도 등이 켜져 있었고, 누군가가 방 안으로 들어오면서 긴 그림자를 던졌다.

"안녕."

남자가 부드럽게 말했다.

"왜 그러니?"

피트. 한 박자 늦게 생각이 났다. 피트는 좋았지만 아빠가 아니었다. 지금 제이크가 와줬으면 하는, 제이크에게 필요한 사람은 아빠인데.

피트는 나이에 어울리지 않는 날렵하고 단호한 동작으로 침대 옆에 책상다리를 하고 앉았다.

"뭐 잘못됐니?"

"나쁜 꿈을 꿨어요. 아빠는 어디 있어요?"

"아직 안 오셨어. 악몽은 정말 싫지, 안 그러니? 무슨 악몽이었는데?"

제이크는 고개를 저었다. 그 악몽의 내용에 관해서는 아빠한테도 아직 한 번도 말한 적 없었고, 아마 앞으로 말할 일 없을 것 같았다.

"괜찮아."

피트는 혼자 고개를 주억거렸다.

"아저씨도 나쁜 꿈을 꾸거든. 사실은 아주 자주 꾼단다. 하지만 사실 아저씨 생각에 악몽을 꾸는 건 나쁘지 않은 것 같아."

"왜 안 나빠요?"

"왜냐하면 우린 때로 정말 나쁜 일을 겪으면, 그걸 잊어버리고 싶어서 머릿속에 깊숙이 묻어버리거든."

"귀벌레처럼요?"

"응, 아마도. 하지만 결국 그건 나올 수밖에 없지. 그리고 악몽은 우리 뇌가 그걸 처리하는 방식일지도 몰라. 그걸 점점 더 작게, 마침내 더는 아무것도 남지 않을 때까지 조각조각 분해하는 거지."

제이크는 그 말을 생각해보았다. 그 악몽은 어느 때보다도 더 무서웠는데, 그렇다면 내 뇌는 뭔가를 분해하는 게 아니라 오히려 쌓고 있는 게 아닐까. 하지만 그러고 보면 꿈은 늘 같은 지점에서 끝났다. 바닥에 누워 있는 엄마를 본 걸 뚜렷이 기억해내기 전에. 어쩌면 피트가 맞는지도 모른다. 어쩌면 제이크의 뇌는 너무 겁에 질린 나머지 분해를 시작하기 전에 그 광경을 위해 먼저 스스로를 단단히 쌓아 올려야 했는지도 모른다.

"그걸 안다고 해서 더 견디기 쉬워지지는 않지. 아저씨도 알아."

피트가 말했다.

"하지만 너 그거 아니? 악몽은 절대, 절대 널 다치게 할 수 없어. 겁낼 건 아무것도 없단다."

"알아요."

제이크가 대꾸했다.

"하지만 그래도 아빠가 보고 싶어요."

"분명 곧 돌아오실 거야."

"지금 보고 싶어요."

악몽이 돌아오자 이전에 여자애에게 들은 경고가 다시 떠올랐고, 뭔가가 잘못됐다는 확신이 전에 없이 강해졌다.

"아빠한테 전화해서 집에 오라고 해주실 수 있어요?"

피트는 잠시 침묵에 잠겼다.

"제발요."

제이크가 말했다.

"아빠는 싫어하지 않으실 거예요."

"그건 아저씨도 알지."

피트는 그렇게 말하고 휴대폰을 꺼냈다.

제이크는 피트가 화면을 옆으로 밀고 번호를 누른 후 귀에 갖다 대는 모습을 조마조마한 심정으로 지켜보았다. 그때 아래층에서 앞문이 열렸다.

"아, 아빠가 오셨구나."

피트는 발신을 취소했다.

"이제 됐다. 아저씨는 아래층에 내려가서 아빠를 데려올 테니까, 그동안 여기 잠깐 혼자 있어도 괜찮지?"

아뇨, 제이크는 속으로 생각했다. 안 괜찮아요. 이 어둠 속에서 단 1초도 더 혼자 있고 싶지 않았다. 하지만 적어도 아빠는 이제 집에 왔으니까. 그 사실에 안도감이 밀려들었다.

"좋아."

피트가 일어나서 방을 나간 후 삐걱대는 계단 소리에 이어 아저씨가 아빠의 이름을 부르는 소리가 들렸다.

제이크는 방문 틈새로 들어오는 복도 불빛을 응시하며 귀에 온 신경을 집중했다. 몇 초 동안은 아무 소리도 들리지 않았다. 하지만 그때 뭔지 모를 소리가 들렸다. 뭔가가 움직이는, 마치 가구를 옮기는 것 같기도 하고, 엄청 힘든 일을 하느라 저절로 새 나오는 신음 같기도 했다.

또 다른 큰 소리. 뭔가 무거운 게 넘어졌다.

그리고 다시 침묵.

제이크는 아빠를 외쳐 부를까 했지만 알 수 없는 이유로 다시금 가슴속에서 심장이 거칠게 뛰고 있었다. 마치 악몽에서 깨어난 직후처럼 거칠게. 그리고 귓가에서 침묵이 너무 쩌렁쩌렁 울려서 마치 악몽 속으로, 옛날 집의 거실로 다시 돌아온 것만 같았다.

제이크는 텅 빈 복도를 바라보며 기다렸다.

잠시 후 새로운 소리가 들렸다. 다시 계단을 밟는 소리. 누군가가 올라오고 있었지만, 그 사람은 천천히 그리고 조심스럽게 움직이고 있었다. 마치 자신도 침묵을 두려워하는 것처럼.

그리고 그때 누군가가 제이크의 이름을 속삭였다.

52

"분명히 별일 아닐 거예요."

캐런은 날 따라잡으려 걸음을 재촉하면서 말했다. 태연한 목소리를 내려 애쓰고 있었다. 그리고 당연히 그 말이 맞았다. 나는 과잉반응하고 있는 게 분명했다. 캐런이 따라잡기 힘들 정도로 빨리 걷고 있으니. 캐런은 물어보지도 않고 당연하다는 듯 날 따라왔지만, 그렇지 않았다면 나는 지금 뛰고 있었을 것이다. 캐런 말이 옳겠지만, 걱정할 일은 전혀 없을 가능성이 높지만, 그럼에도 내 심장은 그게 아니라고 느끼기 때문이었다. 뭔가가 지독히 잘못됐다는 그 확실한 느낌.

나는 휴대폰을 꺼내어 아버지에게 다시 전화를 걸었다. 아까 펍에 있을 때 아버지에게 전화가 걸려왔지만 미처 받기 전에 끊겼다. 그건 틀림없이 무슨 일이 있다는 뜻이었다. 전화를 걸어보았지만 아버지는 받지 않았다.

휴대폰은 울리고 또 울렸다. 아버지는 여전히 전화를 받지 않았다.

"망할."

나는 우리 블록으로 접어들면서 발신 취소를 눌렀다. 어쩌면 아버지는 실수로 전화했거나 마음이 바뀌어 나와 통화할 필요가 없다고 느꼈는지도 모른다. 하지만 난 아버지가 앞서 얼마나 예의를 차렸는지 그리고 제이크를 봐달라는 요청을 받고 얼마나 기뻐 보였는지를 떠올렸다. 그렇게 사소한 방식으로라도 우리 삶에 들어오도록 허락을 받았다는 데 기뻐하는 듯했다. 그런 분이니, 도저히 어쩔 수 없는 상황이라고 생각하지 않았으면 내게 전화를 걸지 않았을 것이다. 중요한 일이 아니고서야 절대 그랬을 리 없다.

오른편 들판에는 저녁 어둠이 짙게 깔려 있었다. 아무도 없는 것 같았지만, 너무 어두워서 멀리까지는 보이지 않았다. 나는 캐런의 눈에 내가 완전히 미친놈으로 비칠 거라고 생각하면서도 걸음을 더 빨리했다. 아무리 비합리적이라 해도, 나는 거의 패닉 상태였다. 그리고 그게 더 중요했다.

제이크….

진입로에 도착했다.

앞문은 열려 있었고, 그 틈새로 네모진 빛이 새어 나왔다. 문을 반쯤 열어두면…. 그리고 그때 나는 실제로 뛰기 시작했다.

"톰….."

나는 문 앞에 도달했지만 문턱에서 멈춰 섰다. 계단 밑의 목재 위에 피 묻은 발자국이 잔뜩 문대져 있었다.

"제이크?"

나는 집 안을 향해 외쳐 불렀다. 집 안은 조용했다. 나는 조심조심 안으로 발을 들여놓았다. 귓가에서 심장이 거칠고 빠르게 뛰고 있었다. 캐런이 날 따라잡았다.

"무슨…, 아, 맙소사."

오른쪽으로 고개를 돌려 거실을 들여다보았다. 하지만 거기에서 날 기다리는 광경은 도무지 말이 되지 않았다. 아버지가 창가에서 마치 잠든 것처럼 등을 내게 돌리고 몸을 웅크린 채 누워 있었다.

피 웅덩이가 그분의 몸을 둘러싸고 있었다. 나는 고개를 가로저었다. 아버지의 몸 일부분은 피범벅이었다. 더 위쪽으로, 머리 주위에 피 웅덩이가 고여 있었다. 아버지는 미동도 하지 않았다. 눈에 보이는 그 광경을 이해할 수 없어 나 또한 잠시 그 자리에 얼어붙었다.

내 옆으로 온 캐런이 충격을 받고 날카롭게 숨을 들이쉬었다. 곁눈질로 캐런의 창백한 낯빛이 보였다. 눈은 휘둥그레했고 손으로 입을 막고 있었다.

제이크. 나는 생각했다.

"톰…."

하지만 나는 더 듣고 있지 않았다. 아들 생각에 최면에서 깨어나 감전된 듯 움직이기 시작했다. 캐런을 지나쳐 가능한 빨리 계단을 올라갔다. 기도하면서. 생각하면서. 제발!

"제이크!"

위층 층계참에도 피가 묻어 있었다. 아래층에서 그 끔찍한 짓을 저지른 누군가가 카펫을 밟고 간 자국이었다. 누군가가 내 아버지를 공격하고 그 후 여기로 올라와서, 여기로….

내 아들의 방으로 들어왔다.

나는 방 안에 들어섰다. 침대 시트는 말끔히 개켜져 있었다. 제이크는 거기 없었다. 거기엔 아무도 없었다. 나는 그대로 얼어붙은 채 서 있었다. 공포가 살갗을 스멀스멀 기어갔다.

캐런은 아래층에서 통화 중이었다. 뭐라고 미친 듯 떠들고 있었다. 구급차. 경찰. 그 뒤엉킨 단어들을 지금의 나는 한마디도 알아들을 수 없었다. 마치 머리의 전원이 꺼지려는 것 같았다. 두개골이 갑자기 쩍 벌어져서 내 뇌가 거대한, 이해할 수 없는 공포의 만화경에 노출된 것만 같았다.

침대로 다가갔다.

제이크는 사라졌다. 하지만 그건 불가능했다. 제이크가 사라진다는 건 절대 말이 안 되니까.

이게 실제 상황일 리 없어.

보물 꾸러미는 침대 옆 바닥에 놓여 있었다. 그걸 집어든 순간, 그 애가 자기 의지로 그걸 놓고 어딘가에 갈 리가 없다는 사실과 더불어 현실감이 나를 정통으로 가격했다.

보물 꾸러미는 여기 있고 제이크는 여기 없다.

이건 악몽이 아니다. 실제 상황이다.

내 아들이 사라졌다.

그게 내가 첫 비명을 내지른 순간이었다.

제5부

53

아이가 실종되고 첫 48시간이 가장 중요하다.

닐 스펜서가 사라졌을 때는 그중 첫 두 시간이 허비되었다. 아이가 사라진 걸 아무도 알아채지 못한 탓이었다. 한편 제이크 케네디의 경우, 수사는 아이의 아버지와 그 친구가 집에 도착한 지 몇 분 내에 시작됐다. 어맨다는 당시 그곳에서 80킬로미터 거리에 있는 경찰서에 다이슨과 함께 있었다.

어맨다는 이제 톰 케네디의 집 앞에 도착해 시계를 확인했다. 밤 10시를 갓 지났다. 아이가 실종되면 가동되는 모든 시스템은 이미 시작됐다. 지금 어맨다 옆에 서 있는 이상하게 생긴 집은 환히 불이 켜졌고 사람들로 북적거렸다. 경관들이 근처 집들의 현관에 서서 사람들을 신문하고 있었다. 손전등 빛이 길 맞은편 들판 위를 훑었다. 목격자 진술과 감시 카메라 영상이 확보됐다. 사람들은 근처를 수색하고 있었다.

상황이 달랐다면 피트 자신도 수색팀과 함께 나가 있었을 것이다. 하지만 오늘밤은 물론 그렇지 않았다. 어맨다는 평정을 잃지 않으려 애쓰면서 병원에 전화해 가능한 한 냉정하게 피트의 상태를 물었다. 아직 혼수상태를 벗어나지 못했고 중태라는 대답이 돌아왔다. 맙소사. 나이에 비하면 엄청나게 강건한 피트였지만, 오늘 저녁에는 그게 별 도움이 되지 않은 모양이었다. 어쩌면 무슨 이유론가 방심한 사이 기습을 당했는지도 모른다. 방어흔이 몇 군데 있긴 했지만 칼로 옆구리와 목, 머리 등 여러 군데를 찔렸다. 필요 이상으로 광기 어린 공격이었다. 살해 의도가 있었음이 분명했고, 앞으로 몇 시간이면 그 의도가 실현될지 아닐지가 밝혀질 것이다. 오늘밤을 넘길 수 있을지 아슬아슬한 상태라는 게 의사 소견이었다. 어맨다는 그저 앞서는 도움이 되어주지 못한 강건함이 이제라도 피트를 지켜주길 바랄 뿐이었다.

당신은 할 수 있어요, 피트. 어맨다는 생각했다.

당신은 이겨낼 거예요. 그래야만 해.

어맨다는 휴대폰을 집어넣은 후 재빨리 온라인 사건 파일에 뭔가 새로 업데이트된 게 있는지 확인했다. 아직은 아무런 진척도 없었다. 경관들은 이미 톰 케네디 및 함께 외출했던 여성, 캐런 쇼에게서 진술을 받았다. 어맨다는 지역 신문의 범죄 담당 기자인 쇼의 이름을 알고 있었다. 본인들의 진술에 따르면 두 사람은 단순히 친구 사이로 술 한잔하려고 만났다. 두 사람의 아이가 같은 학교, 같은 학년이니 어쩌면 정말 그게 전부였을 수도 있으리라. 하지만 어맨다는 모두를 위해 제발 쇼가 대다수 기자들보다는 더 믿을 만한 사람이기를 빌었다. 특히 지금 같은 상황에서는.

어맨다는 피트가 왜 그 집에 있었는지 아직 알아내지 못했다.

그날 오후 휴대폰의 메시지를 읽고 약속을 잡는 피트의 모습은 생기가 넘쳤다. 이 일 때문이었던 게 분명했다. 그리고 나중에 그 이유가 뭐라고 밝혀지든, 피트가 사건에 개입했고 업무 외의 이유로 여기 있으면 안 된다는 사실은 변함이 없었다. 그건 직업정신에 어긋나는 짓이었다.

그리고 어맨다를 더욱 곤혹스럽게 만드는 건 실제로 자신이 피트를 종용해 여기로 오게 만든 장본인이라는 사실이었다. 피트가 행복하길 바라서 한 일이었는데. 어맨다가 그렇게 종용하지 않았다면 피트는 여전히 살아 있을 것이다.

아니, 아직 살아 있거든.

어맨다는 그 사실에 매달렸다. 지금은 다른 건 모두 잊고 집중하고 프로답게 굴어야 할 때였다. 한가롭게 감정 따위를 내보일 여유는 없다. 죄의식. 두려움. 분노. 가만 내버려두면 그중 하나가 뛰쳐나오면서 마치 한 줄에 묶인 개들처럼 다른 감정들까지 같이 끌고 나올 것이다. 그리고 그래서는 조금도 이로울 게 없다.

피트는 아직 살아 있어.

제이크 케네디는 아직 살아 있어.

어맨다는 그중 어느 쪽도 잃을 마음이 없었지만, 지금 뭔가 손써볼 수 있는 건 그중 한 명에 대해서만이었다. 어맨다는 사건 파일을 덮고 차에서 내렸다.

*

집으로 들어간 어맨다는 계단 밑에 말라붙은 피 웅덩이를 조심스레 타넘고 눈앞에 펼쳐질 광경에 대비해 마음의 각오를 다지며 거실로 들어섰다.

CSI 몇 명이 측정과 분석 및 사진 촬영 작업을 하고 있었지만 어맨다는 그들을 무시하고 뒤집힌 커피 테이블과 가구와 바닥의 혈흔에 초점을 맞췄다. 출혈이 어찌나 심했던지 아직까지 허공에 피비린내가 진동할 정도였다. 경찰로 근무하면서 이보다 심한 것도 보아왔지만, 피해자가 피트였다는 걸 떠올리니 지금 보고 있는 광경을 받아들이기가 쉽지 않았다.

어맨다는 잠시 CSI를 지켜보았다. 감식 작업은 너무 음울하고 너무 철저해서 마치 방이 이미 살인현장으로 취급되고 있는 것처럼 느껴졌다. 마치 여기 있는 모두가 어맨다는 아직 알지 못하는 사실을 알고 있는 것 같았다.

창고방에 들어갔다. 벽을 빙 둘러 책장이 있었고, 바닥에는 아직 풀지 않은 이삿짐 상자 몇 개가 놓여 있었다. 톰 케네디가 그것들 사이를 정교한 경로를 그리며 서성이고 있었다. 마치 우리에 갇힌 동물을 보는 듯했다. 캐런 쇼는 컴퓨터 책상 옆의 의자에 앉아서 한 손으로는 팔꿈치를 받치고 한 손으로는 입을 가린 채 바닥을 내려다보고 있었다.

톰은 어맨다가 들어온 걸 알아차리고 걸음을 멈췄다. 어맨다는 톰의 얼굴을 읽을 수 있었다. 이런 상황에 처하면 사람들은 저마다 다른 대처 방식을 보여준다. 거의 불가사의할 정도로 침착한 사람들이 있는가 하면 신경을 딴 데로 돌리기 위해 부산하게 움직이는 사람들도 있었다. 하지만 어떤 경우든 목적은 회피였다. 톰 케네디는 지금 패닉 상태였고, 그걸 억누르려 애쓰고 있었다. 아들이 있는 곳으로 갈 수 없다면 어디로든 가야만 했다. 서성이던 걸 멈추자 톰의 몸이 덜덜 떨리기 시작했다.

"톰."

어맨다가 불렀다.

"힘든 거 알아요. 지금 엄청나게 두려워하고 있는 거 알아요. 하지만 내 말을 잘 들어줘야 해요. 그리고 나를 믿어줘야 해요. 우린 제이크를 찾을 겁니다. 약속할게요."

톰의 시선이 어맨다를 향했다. 그 눈빛엔 명확한 불신이 드러나 있었다. 어쩌면 그건 지키지 못할 약속일지도 모른다. 하지만 어맨다는 진심이었다. 제이크를 찾고 납치범을 잡을 때까지 멈추지도 쉬지도 않을 것이다. 그 결심은 어맨다의 가슴속에서 불처럼 활활 타오르고 있었다. 닐 스펜서를 납치한 남자를, 피트의 목숨을 위태롭게 만든 그 남자를 잡고 말 것이다.

내 감독 하에 또 다른 아이를 잃진 않을 거야.

"아이를 납치한 범인에 대해 짐작 가는 바가 있어요. 그리고 놈을 찾아낼 겁니다. 이미 말했지만, 약속해요. 동원 가능한 한 모든 인력이 범인을 잡고 당신 아들을 찾는 데 초점을 맞추고 있습니다. 우린 아이를 무사히 집으로 데려올 겁니다."

"그 범인이 누군데요?"

"지금은 말씀드릴 수 없습니다."

"내 아들은 그 자와 단둘이 있어요."

그렇게 말하는 톰의 표정은 온갖 끔찍한 가능성을 상상하고 있음을 명확히 보여주었다. 어맨다는 상상 가능한 최악의 공포가 톰의 머릿속에서 영화 필름처럼 펼쳐지고 있으리라고 짐작했다.

"힘든 거 알아요, 톰."

어맨다가 말했다.

"하지만 그래도 이 점을 기억해줬으면 좋겠어요. 이 자가 닐 스펜서를 납치한 남자와 동일인물이라고 할 때, 놈이 그전에 닐을 잘 보살폈다는 걸요."

"그리고 그 후 살해했죠."

어맨다는 그 말에 아무 대꾸도 할 수 없었다. 그 대신 몇 시간 전 다녀온 버려진 원룸과 프랜시스가 자기 아버지의 별실을 흉내 내 그곳을 꾸며놓은 방식을 떠올렸다. 프랜시스는 어렸을 때 그 끔찍한 광경을 목격한 게 분명했고, 끝내 그 방을 진정으로 벗어나지 못한 모양이었다. 자신의 일부가 그대로 거기 갇혀버린 것이다. 그렇다. 프랜시스는 얼마 동안은 닐 스펜서를 보살폈다. 하지만 그 후 뭔가 더 어두운 충동이 고개를 들었으리라. 놈이 제이크를 대상으로는 그 충동을 더 잘 억누를 수 있으리라고 짐작할 만한 근거는 전혀 없었다. 사실 그 반대였다. 이런 살인자들은 일단 한번 선을 넘으면 가속도가 붙는 경향이 있었다.

하지만 어맨다는 아직은 그 생각을 좀 미뤄둘 작정이었다. 그러나 그건 톰에게는 물론 불가능했다.

"왜 제이크였을까요?"

"확실한 건 알 수 없습니다."

어맨다는 또한 톰의 물음에 담긴 간절함을 읽을 수 있었다. 비극과 공포에 직면한 사람이 이유를 찾는 건 자연스러운 일이었다. 비극을 왜 미리 막지 못했는가, 어떻게 하면 그 끔찍한 일을 막을 수 있었을까 하는. 그런 생각들은 아픔을 달래기 위한 것이었지만 결국 죄의식을 부추길 뿐이었다.

"용의자는 어쩌면 이 집에 관심이 있었을지도 모릅니다. 노먼 콜린스와 동일한 방식으로요. 어쩌면 놈은 당신 아들이 여기 살고 있는 걸 우연히 알게 되어, 아마도 그래서 제이크를 표적으로 정했을지도 모릅니다."

"그 애가 눈에 띄었다는 거군요."

"그래요."

잠시 침묵이 흐른 뒤, 이윽고 톰이 물었다.

"좀 어떤가요?"

어맨다는 순간 제이크 이야기라고 생각했지만, 그 후 톰의 시선이 자신을 지나쳐 거실을 향해 있는 걸 보고 피트의 상태를 물은 것임을 깨달았다.

"그분은 집중 치료실에 있어요."

어맨다가 말했다.

"제가 조금 전에 듣기로는요. 위중한 상태지만…, 음, 피트는 투사예요. 누군가가 그걸 이겨낼 수 있다면 그분도 이겨낼 수 있을 겁니다."

톰은 공감한다는 듯 고개를 주억거렸지만, 어맨다는 납득할 수 없었다. 두 남자는 거의 알지도 못하는 사이였으니까. 다시금, 어맨다는 피트가 그날 오후에 얼마나 좋아했는지를 떠올렸다. 갑자기 살아난 듯 보이던 그 모습을.

"그분이 왜 여기 있었죠?"

어맨다가 물었다.

"그분은 여기 있으면 안 됐어요."

"제가 제이크를 봐달라고 부탁했습니다."

"하지만 왜 피트한테?"

어맨다는 침묵에 잠긴 톰을 지켜보았다. 말을 해야 할지 말아야 할지, 한다면 뭐라고 해야 할지 고민 중인 듯했다. 불현듯, 어맨다는 전에도 이 표정을 본 적이 있음을 깨달았다. 그 갸웃한 고개와 턱선의 각도 그리고 진지한 표정. 지금 어맨다의 눈앞에 서 있는 톰 케네디의 공허한 표정은 피트를 거의 빼쏜 것 같았다.

맙소사. 어맨다는 속으로 탄식했다.

하지만 톰이 고개를 젓고 살짝 몸을 움직이자 그런 인상은 사라졌다.

"그분이 제게 명함을 주셨어요. 혹시 뭔가 필요한 게 있으면 연락하라고요. 그리고 그분과 제이크는…, 음, 제이크가 그분을 좋아했어요. 서로 좋아했죠."

톰은 머뭇대며 설명했다.

어맨다는 톰이 말을 마칠 때까지 눈길을 떼지 않았다. 비록 지금은 아까처럼 대놓고 닮아 보이지는 않았지만, 단순한 착시는 아니었다. 끝까지 추궁할 수도 있겠지만, 지금은 그걸 따질 상황이 아니라고 판단했다. 그 짐작이 옳다면 그것과 관련된 문제는 나중에 처리해도 될 것이다.

사실 지금 어맨다가 해야 할 일은 곧장 경찰서로 돌아가 자신이 한 약속을 충실히, 가능한 한 잘 이행하는 거였다.

"좋아요."

어맨다가 말했다.

"이제 난 여길 나가서, 당신 아들을 찾아내서 집으로 데려올 겁니다."

"전 뭘 하죠?"

어맨다는 거실을 돌아보았다. 톰이 밤새 여기 있을 수 없다는 건 말할 필요도 없는 일이었다.

"이 지역에 가족이 없으시죠?"

"네."

"당신은 내 집으로 오면 돼요."

캐런이 그제야 처음으로 입을 열어 말했다.

"난 정말 괜찮아요."

어맨다는 캐런을 보았다.

"정말 괜찮으시겠어요?"

"네."

캐런의 표정을 보면 이 상황의 심각성을 제대로 이해하고 있는 게 분명했다. 톰은 고민에 빠진 듯 잠시 침묵을 지켰다. 비록 이 기자를 완전히 믿는 건 아니었지만, 어맨다는 톰이 제발 동의하길 속으로 빌었다. 지금 같은 상황에 안가를 알아봐주는 성가신 일까지 떠맡는 건 정말이지 피하고 싶었다. 그리고 톰도 동의하고 싶은 게 분명했다. 금방이라도 쓰러질 것 같았다. 그래서 어맨다는 슬쩍 밀어붙이기로 마음먹었다.

"좋아요, 그럼."

어맨다는 명함을 내밀었다.

"이게 내 연락처예요. 직통번호죠. 해 뜨자마자 그쪽으로 가족 연락 담당관을 보낼게요. 하지만 그 전이라도 뭐든 필요한 게 있으면 전화 주세요. 나도 당신 번호를 갖고 있어요. 피트의 상태에 관한 것도 포함해서 뭔가 조금이라도 진척 상황이 있으면 즉시 알려드릴게요."

어맨다는 잠시 망설이다 목소리를 살짝 낮춰 덧붙였다.

"바로 연락할게요, 톰. 약속해요."

54

낮이 가고 찾아온 밤은 싸늘했다.

남자는 진입로에 서서 따뜻한 커피잔으로 양손을 데우고 있었다. 뒤쪽의 집은 문이 열려 있어 어둡고 조용한 실내가 들여다보였다. 세상이 온통 너무나 조용해서 컵에서 김이 올라오는 소리까지 들을 수 있을 것 같았다.

남자는 피더뱅크에서 몇 킬로미터쯤 떨어진, 사람들이 살기를 꺼리는 지역의 외딴 거리에 보금자리를 꾸렸다. 재정적 이유도 이유였지만, 주요 목적은 프라이버시였다. 이웃집 중 하나는 비어 있었고, 다른 한 집에 사는 사람들은 심지어 술을 마시고 있지 않을 때도 이웃과 왕래가 없었다. 남자 집의 작은 진입로 양편에는 산울타리가 울창하게 자라 남들 눈에 띄지 않고 드나들기 쉬웠고, 차도에는 지나가는 차 한 대 구경하기 힘들었다. 여긴 일부러 찾아올 만한 곳도, 어딘가 다른 곳으로 가는 길에 지나칠 법한 곳도 아니었다. 한마디로, 사람들이 기피하는 장소였다.

프랜시스는 자신의 존재가 그 점에 기여했다고 상상하며 뿌듯해했다. 어떤 이유로든 여길 지나치는 사람은 어떤 원초적 본능 수준에서 여길 얼른 벗어나야 한다는 걸 느끼는 게 아닐까 하고. 그러니까 제이크 케네디의 이전 집과 아주 비슷한 식으로.

공포의 집.

프랜시스는 어렸을 때 그 집이 얼마나 괴물 같아 보였는지를 떠올렸다. 그 집이 위험하다는 건 아이들 사이에서는 거의 상식이었지만, 그 이유는 아무도 몰랐다. 그 집에 귀신이 들렸다고 하는 애들도, 살인자가 살던 집이라고 하는 애들도 있었다. 물론 모두 근거 없는 이야기였다. 단순히 생김새 때문일 뿐. 만약 그 아이들이 프랜시스 역시 그 집처럼 취급하지만 않았더라면, 프랜시스는 그 집이 공포의 집인 진짜 이유를 말해줄 수도 있었을 것이다. 하지만 그 말을 들어줄 사람은 아무도 없었다.

마치 오래전 일처럼 느껴졌다. 프랜시스는 이제쯤 경찰이 자신의 옛 삶의 흔적을 발견했을지 궁금했다. 만약 그랬다 해도 문제될 건 없었다. 먼지 말고는 거의 아무것도 남겨두지 않았으니까. 돌이켜보면 정말 쉬운 일이었다. 그럴 마음만 있으면 다른 사람이 되는 건 어떻게 보면 너무 간단했다. 여기에서 남쪽으로 100킬로미터쯤 떨어진 곳에 사는 남자에게서 새로운 신분을 사는 데는 1,000파운드도 안 들었다. 그 이후로 프랜시스는 변이를 시작할 수 있도록 주위에 고치를 잣고 있었다. 송충이가 전과는 전혀 다른, 강렬하고 강력한 모습으로 변해 고치에서 나오듯이.

그럼에도 예전의 자신이었던, 그 역겨운 겁쟁이 남자애의 흔적들은 남아 있었다. 프랜시스라는 이름은 오래전에 버렸지만 여전히 마음속에서는 자신을 그렇게 생각했다. 아버지가 그 남자애들한테 하는 짓을 자신에게 억지로 지켜보게 만들던 걸 기억했다. 아버지의 얼굴 표정으로 미루어 프랜시스는 아버지가 그 아이들을 미워한다는 걸 그리고 할 수만 있다면 자신에게도 같은 짓을 하고 싶어 한다는 걸 너무나 잘 알았다. 그 죽은 남자애들은 그저 아버지가 가장 경멸하는 아이의 대역일 뿐이었다. 프랜시스는 자신이 얼마나 무가치하고 역겨운지를 늘 잘 알고 있었다.

프랜시스는 그 옛날 자신의 눈앞에서 살해당한 남자애들을 구할 수도, 아이였던 예전의 자신을 도와주거나 위로할 수도 없었다. 하지만 보상할 수는 있었다. 왜냐하면 세상에는 자신 같은 아이들이 너무 많았고, 그 아이들을 구해서 보호하기엔 너무 늦지 않았으니까.

프랜시스와 제이크는 서로에게 도움이 될 것이다.

프랜시스는 커피를 한 모금 홀짝인 후 밤하늘과 그 무의미한 별자리 패턴을 올려다보았다. 그 집에서 벌어진 폭력을 다시 떠올리자 전율로 아직도 살갗이 따끔거렸다. 그 감각을 떠올리지 말아야 한다는 건 알고 있었다. 비록 그날 저녁 물리적 충돌이 일어날 걸 예견했다 해도, 막상 그 상황에 처했을 때는 어찌나 자연스럽게 느껴지던지 놀라울 정도였다. 살인은 처음이 아니었고, 두 번째는 더 쉬웠다. 닐을 죽인 건 어쩔 수 없어서였지만, 그럼으로써 전에는 오로지 어렴풋하게만 인지했던, 잠겨 있던 욕망의 자물쇠가 풀린 것 같았다.

기분 좋았잖아, 안 그래?

손에 든 커피잔에서 커피가 갑자기 출렁거렸다. 아래를 내려다본 프랜시스는 자신의 손이 가볍게 떨리고 있음을 알았다.

평정을 찾아야 한다.

하지만 그러고 싶지 않은 마음도 조금은 있었다. 이제는 닐 스펜서에게 자신이 한 짓을 별 거리낌 없이 떠올릴 수 있었고, 살인이라는 행위에서 자신이 즐거움을 느낀다는 사실을 부인할 수 없었다. 지금까지는 그저 인정하기가 두려웠을 뿐이었다. 돌이켜보면, 아버지가 자신 옆에 함께 있었던 것 같았다.

지켜보면서.

흡족한 듯 고개를 끄덕이면서.

이제는 너도 이해했겠지. 안 그러니, 프랜시스?

그래요. 프랜시스는 이제 왜 아버지가 자신을 그토록 미워했는지 이해했다. 그토록 무가치한 존재였으니까. 하지만 이제는 달랐다. 지금 아버지의 눈을 들여다보면 어떤 기분일까. 지금 우리의 모습에 비추어 예전의 우리 모습을 서로 용서할 수 있을까.

난 아버지와 똑같아요. 보여요?

아버지는 더는 날 미워할 필요가 없어요.

프랜시스는 고개를 저었다. 맙소사, 내가 무슨 생각을 한 거람? 널에게 일어난 일은 실수였다. 이제는 정신을 똑바로 차려야 한다. 보살펴야 할 제이크가 있으니까.

안전하게 지켜줘야 할 아이. 사랑해줘야 할 아이.

왜냐하면 그게 모든 아이들이 원하고 필요로 하는 거니까, 안 그런가? 부모에게 사랑받고 소중히 여겨지는 것. 그 생각에 심장이 아파왔다.

그게 아이들이 세상에서 그 무엇보다도 더 원하는 거였다.

프랜시스는 마지막 남은 커피를 홀짝이고 얼굴을 찡그렸다. 식어버린 커피 찌꺼기를 문간의 잡초 위에 쏟아버리고 도로 안으로 들어갔다. 조용한 바깥세상을 떠나 조용한 안쪽 세상으로.

아이에게 잘 자라는 인사를 할 시간이다.

이제 실수는 없어.

그럼에도, 프랜시스는 제이크가 있는 위층으로 올라가면서 계속 닐 스펜서를 죽인 일과 그때 기분이 어땠는지를 떠올렸다.

난 아버지랑 똑같아요. 보여요?

어쩌면 결국 그리 끔찍한 실수는 아니었을지도 모른다.

55

악몽에서 깨어나면 상황은 정상으로 돌아가야 한다.

이런 게 아니라.

처음 눈을 떴을 때, 제이크는 어리둥절했다. 방 안이 너무 밝았다. 불이 켜져 있었는데, 그것부터 잘못됐다. 그리고 그 순간 여기가 자신의 방이 아니라 다른 아이의 방이라는 걸 깨달았고, 그것역시 잘못됐다는 걸 알았다. 하지만 머리가 너무 어질어질해서 어떻게 된 상황인지 이해가 가지 않았다. 그저 뭔가 잘못됐다는 생각에 가슴 속이 매듭처럼 조여 오는 느낌뿐이었다. 자리에서 일어나앉는데 주변이 온통 출렁거렸다. 그리고 그때 한 가지 기억이 떠오르면서, 그 매듭이 더욱 빨리 조여들었다. 가슴을 짓누르는 패닉이온몸으로 번졌다.

제이크는 집에 있어야 했다. 그리고 집에 있었다. 하지만 어떤아저씨가 계단을 올라와서 제이크의 방으로 들어왔고, 그 후 제이크의 얼굴에 뭔가가 씌워졌다. 그리고 그 후….

기억이 없었다.

이곳에서 깨어날 때까지.

아마도 10분쯤 전이었을 것이다. 처음에는 또 악몽을 꾼 게 틀림없다고 생각했다. 새로운 악몽이라고. 그야 확실히 그렇게 느껴졌으니까. 하지만 간절한 마음에 자신을 꼬집어보기 전에도, 제이크는 이게 악몽이기엔 너무 현실적이라는 걸 알고 있었다. 공포가 너무 강렬했다. 꿈이었다면 지금쯤 깨어났을 것이다. 그때 어떤 아저씨가 닐 스펜서를 납치해 해쳤다는 이야기를 들은 게 떠올라서, 어쩌면 이게 결국 악몽이 맞을지도 모른다고 생각했다. 악몽인데, 다만 깨어나지 못하는 악몽. 세상은 나쁜 아저씨들로 가득했다. 반드시 잠들어 있을 때만 꾸는 건 아닌 악몽들로 가득했다.

제이크는 이제 옆을 보았다.

여자애가 거기, 제이크 옆에 있었다!

"넌⋯."

"쉬잇. 목소리 낮춰."

여자애는 좁은 방 안을 둘러보고 침을 꼴깍 삼켰다.

"내가 여기 있다는 걸 그 아저씨가 알면 안 돼."

물론 여자애는 진짜 여기 있는 게 아니었다. 마음속 깊숙이에서는 제이크 역시 그걸 알고 있었다. 하지만 여자애를 보고 너무 기쁜 나머지 그 생각은 일부러 안 하려고 했다. 하지만 여자애 말이 옳았다. 제이크가 누군가하고 이야기하는 걸 그 아저씨가 들어서는 좋을 게 없을 것이다. 그러면 아마⋯.

"아주 큰일나겠지?"

제이크는 속삭였다.

여자애는 심각하게 고개를 끄덕였다.

"나 어디 있어?"

제이크가 물었다.

"난 네가 어디 있는지 몰라, 제이크. 내가 아는 건 그냥 어디든 네가 있는 곳이 내가 있는 곳이라는 것뿐이야."

"절대 내 곁을 떠나지 않는다는 말이야?"

"난 절대 네 곁을 떠나지 않을 거야. 결코."

여자애는 주위를 다시 둘러보고는 말을 이었다.

"그리고 최선을 다해 널 도와줄 거야. 하지만 난 널 지켜줄 순 없어. 이건 아주 심각한 상황이야. 너도 알고 있지, 응? 이건 옳은 것과 아주, 아주 한참 거리가 멀어."

제이크는 고개를 끄덕였다. 모든 게 잘못됐고, 제이크는 안전하지 않았고, 갑자기 모든 게 견디기 힘들어졌다.

"아빠한테 갈래."

그런 소리를 입 밖에 내다니, 한심해 보일 것 같았다. 하지만 일단 말하고 나자 도저히 억누를 수 없었다. 그래서 제이크는 낮은 목소리로 몇 번이고 되풀이한 후 이윽고 울기 시작했다. 어쩌면 정말 간절한 마음으로 바라면 현실로 이루어질 것 같은 생각도 들었다. 하지만 그렇지 않았다. 지금은 아빠가 마치 딴 세상에 있는 것처럼 느껴졌다.

"힘들겠지만 조용히 하도록 노력해봐."

여자애가 제이크의 어깨에 한 손을 얹으며 말했다.

"넌 용감해져야 해."

"아빠한테 갈래."

"아빠는 널 찾아내실 거야. 너도 알고 있잖아."

"아빠한테 갈래."

"야, 제이크. 제발 좀."

여자애가 제이크의 어깨를 쥔 손에 힘을 쥐었다. 제이크를 안심시키려는 것일까, 자신도 겁을 먹은 것일까.

"날 위해서라도 좀 진정해줘."

제이크는 울음을 참으려고 애를 썼다.

"그래야지."

여자애는 손을 놓고 잠시 입을 다문 채 귀를 쫑긋 세웠다.

"지금은 괜찮은 것 같아. 그러니 우리가 해야 할 일은 우리가 지금 있는 곳이 어디인지를 가능한 자세히 알아내는 거야. 그럼 여길 빠져나갈 방법을 알 수 있을지도 모르니까. 알겠지?"

제이크는 고개를 끄덕였다. 여전히 겁에 질려 있었지만, 여자애가 하는 말은 이치에 맞았다.

일어나서 방 안을 둘러보았다.

방 한쪽 벽은 가슴 높이에서 지붕처럼 안쪽으로 기울었다. 그러니 여긴 다락방인 게 분명했다. 다락방에는 한 번도 와 본 적이 없었다. 다락방 하면 늘 어둡고 먼지투성이에 나무판자가 그대로 드러나 있고 겹겹이 쌓인 종이 상자에, 거미가 득시글대는 광경을 상상했다. 하지만 여긴 깔끔하게 카펫이 깔렸고 네 벽은 밝은 흰색이었으며 벽 아래쪽에는 풀과 벌과 나비들이 그려져 있었다. 천장에 매달린 알전구의 가혹한 빛이 모든 것에 초현실적인 분위기를 덧씌우지만 않았어도 어쩌면 마음에 들었을지도 모른다. 그 빛 때문에 그림들이 당장이라도 살아날 것처럼 보였다. 침대는 낡고 헌 것처럼 보이는 트랜스포머 시트로 꾸며져 있었다.

이곳은 아무래도 다른 아이의 방인 게 분명했다. 다만 여기엔 옳거나 자연스러운 느낌은 없었다. 마치 애초에 진짜 남자애가 지낼 목적으로 꾸며놓은 방이 아닌 것 같았다.

반대편 벽에 문이 하나 있었다. 제이크는 그리로 가서 떨리는 손으로 문을 밀어 열었다. 작은 변기와 개수대. 둥근 고리에 걸린 수건 하나. 그리고 대야와 비누 하나. 뒤를 돌자 방 한쪽이 좁은 복도로 이어진 게 보였다. 하지만 그 반대편 끝은 다른 벽으로 막혀 있었다. 복도 공간에 발을 들여놓은 제이크는 자신이 어두운 층계 꼭대기에 서 있음을 깨달았다. 층계 맨 밑에 닫힌 문이 보였다.

벽에는 나무 난간이….

제이크는 계단 맨 밑이 시야에 들어오기 전에 재빨리 뒷걸음쳤다. 도로 침대로 뛰어갔다.

안 돼, 안 돼, 안 돼.

층계는 옛날 집의 것과 거의 완전히 똑같았다.

이제는 심장이 너무 빨리 뛰고 있었다. 숨이 막힐 것만 같았다.

"앉아, 제이크."

그것조차 무리였다.

"괜찮아."

여자애가 부드럽게 말했다.

"그냥 숨 쉬어."

제이크는 눈을 감고 온 신경을 집중했다. 처음에는 힘들었지만 이윽고 공기가 들어오면서 심장 박동이 느려지기 시작했다.

"앉아."

제이크가 시키는 대로 하자 여자애는 아무 말도 없이 제이크의 어깨에 한 손을 얹고 부드럽게 쉿 소리를 냈다. 제이크의 호흡이 다시 규칙적이 되자 여자애는 손을 뗐지만, 여전히 아무 말도 하지 않았다. 제이크는 여자애가 자신이 내려가서 문손잡이를 돌려보길 바란다는 걸 알았지만, 그런 건 절대 불가능했다. 절대. 계단은 절대 불가능했다. 만약 문이 열려 있다 해도….

"어차피 잠겨 있을 거야."

여자애가 말했다.

제이크는 안도감을 느끼며 고개를 끄덕였다. 여자애의 말이 옳왔고, 그건 제이크가 거기 내려갈 필요가 없다는 뜻이었다. 하지만 그 아저씨가 억지로 그러라고 시키면 어쩌지? 생각해야 할 게 너무 많았다. 너무 무서웠다. 제이크는 그럴 자신이 없었고, 그 아저씨가 자신을 안아서 계단을 내려가 줄 것 같지도 않았다.

"저번에 너희 아빠가 너한테 쪽지 써준 거 기억하니?"

여자애가 물었다.

"응."

"그럼 말해봐."

"심지어 우리가 말다툼을 할 때도 우린 여전히 서로를 많이 사랑한다고."

"그건 사실이야."

여자애가 말했다.

"하지만 이 아저씨는 그렇지 않아."

"무슨 뜻이야?"

"난 네가 여기에서 아주아주 착하게 굴어야 한다고 생각해. 말다툼 같은 게 벌어졌다가는 무슨 일이 일어날지 몰라."

여자애가 옳다고, 제이크는 생각했다. 아빠랑은 나중에 화해하면 되지만 여기에서는 상황이 다르다. 착하게 굴지 않으면, 만약 위스퍼 맨이 제이크한테 화가 나면 아주 좋지 않은 상황이 벌어질 게 분명했다.

여자애가 벌떡 일어났다.

"침대에 누워. 얼른 빨리."

잔뜩 겁에 질린 여자애의 표정을 보고, 제이크는 지금은 이유를 물어볼 때가 아니라는 걸 알았다. 이불을 끌어당겨 머리 위로 뒤집어썼다. 아래층 자물쇠에 열쇠가 돌아가는 소리가 들렸다.

남자가 오고 있었다.

"눈을 감아."

여자애가 급박하게 말했다.

"잠든 척해."

제이크는 눈을 질끈 감았다. 잠든 척하는 건 평소 같으면 하나도 어렵지 않았을 것이다. 집에서는 늘 그랬는데, 자지 않고 있으면 아빠가 계속 확인하러 올 테니까. 제이크는 아빠를 성가시게 만들고 싶지 않았다. 여기에서는 더 힘들었지만, 제이크는 계단이 삐걱거리는 소리를 들으며 잠든 사람들이 그러하듯 느리고 고르게 숨을 쉬려고 애썼다. 그리고 잠든 사람들은 눈을 질끈 감지 않으니까 눈에서 힘을 살짝 뺐다. 그리고 그때….

그때 남자가 방에 들어왔다.

제이크는 부드러운 숨소리를 들을 수 있었다. 그 후 서서히 다가오는 남자의 그 끔찍한 존재감이 느껴졌다. 얼굴이 근질거리기 시작했다. 남자가 침대 바로 옆에서 자신을 내려다보고 있음을 느낄 수 있었다. 남자는 제이크를 빤히 보고 있었다. 제이크는 눈을 계속 감고 있었다. 적어도 잠들어 있는 동안은 나쁜 어린이가 될 수 없으니까. 말다툼을 하게 될 위험은 없으니까. 시키지 않아도 잠자리에 드는 어린이는 착한 어린이니까.

몇 초쯤 침묵이 흘렀다.

"세상에."

남자가 속삭였다.

남자의 목소리에는 경이감이 가득했다. 왠지 모르지만 여기에 작은 남자애가 누워 있는 게 마치 뜻밖인 것 같았다. 제이크는 남자가 자신의 얼굴에 들러붙은 머리카락을 떼어낼 때 움찔하지 않으려 안간힘을 썼다.

"완벽해."

친숙한 목소리였다. 제이크는 그렇게 생각했지만, 확신은 없었다. 하지만 맞는지 아닌지 확인하려고 눈을 뜰 마음은 없었다. 남자는 자리에서 일어나, 이윽고 조용히 멀어졌다.

"난 널 보살펴줄 거야, 제이크."

딸깍 소리가 들리고 감은 눈꺼풀 너머의 어둠이 더 짙어졌다.

"넌 이제 안전해. 약속해."

남자가 도로 층계를 내려가 다시 문을 닫고 자물쇠를 잠글 때까지 제이크는 천천히 고르게 숨을 쉬고 있었다. 그때까지도 감히 눈을 뜰 엄두는 나지 않았다. 여자애가 한 말을 생각하고 있었다. 아빠가 제이크를 찾아낼 거라고.

심지어 우리가 말다툼을 할 때도 우린 여전히 서로를 많이 사랑해.

제이크는 그 말을 믿었다. 그렇게 때문에 두 사람은 말다툼을 해도 괜찮았다. 아빠는 제이크를 사랑하고 제이크가 안전하기를 원했다. 아무리 화가 나도 두 사람은 늘 결국 같은 자리에 돌아와 있을 것이다. 마치 아무 일도 없었던 것처럼.

하지만 또한 제이크의 마음속 작은 일부는 사실 자신이 아빠를 무척 힘들게 만들었음을 알고 있었다. 자기가 종종 아빠한테 도움이 되기보다는 신경이 쓰이는 존재였다는 걸. 제이크는 아빠가 오늘밤 자기를 두고 나갔던 걸 생각했다. 그리고 아빠가 지금 어디 있든, 이제 귀찮게 구는 제이크가 없어졌으니 심지어 기뻐하는 건 아닐까 하는 생각을 했다.

아니야.

아빠는 날 찾아낼 거야.

마침내 제이크는 눈을 떴다. 침대 가에서 환한 빛을 발하고 있는 여자애를 제외하면 방 안은 이제 칠흑처럼 어두웠다. 여자애는 촛불처럼 밝았고, 그 빛이 좁은 다락방 안을 비췄다.

"우린 어떡하지, 제이크?"

여자애는 속삭였다.

"나도 몰라."

"우린 어떡하지?"

제이크는 이제 알아들었다.

"용감해져야지."

제이크는 나지막하게 속삭였다.

"우린 용감해질 거야."

56

나는 소스라치며 깨어났다. 순간 내가 있는 곳이 어디인지 몰라 어리둥절했다. 주위의 방 안은 어둡고 낯설었으며 이상한 그림자로 가득했다. 여기가 도대체 어디지? 확실한 건 내가 있어야 할 곳이 아니라는 것뿐이었다. 여기가 어디든 난 다른 곳에 있어야 한다. 내가 있어야 하는 곳은….

캐런의 거실.

비로소 기억이 났다. 제이크가 실종됐다.

난 잠시 얼어붙은 듯 그대로 소파에 앉아 있었다. 심장이 거칠게 뛰었다.

내 아들이 납치됐다.

현실감이 전혀 없었지만 이건 현실이었다. 두려움이 촉수처럼 온몸으로 뻗치면서 마치 아드레날린 주사라도 맞은 듯 잠기운이 한순간에 날아가버렸다. 내가 어떻게 이 상황에서 잠이 들 수가 있었지? 몸은 피곤했지만, 지금 이 순간 내 안에서 윙윙 울리는 공포는 이미 견딜 수 없을 지경이었다. 어쩌면 난 너무 지치고 망가진 나머지 그냥 전원이 꺼져버렸는지도 모른다.

휴대폰을 확인해보니 거의 아침 6시였다. 캐런은 늦게까지 잠을 이루지 못하는 나를 두고 새벽에 먼저 자러 갔다. 자지 않고 같이 소식을 기다리겠다고 고집을 부렸지만 어제 저녁에 일어난 사건들 때문에 캐런 역시 기진맥진한 상태라, 우리 둘 중 한 명은 쉬어야 한다고 내가 설득했다. 위층으로 올라가기 전에 캐런은 뭔가 진척이 있으면 깨워서 알려달라고 내게 부탁했다. 그 이후로 어떤 메시지도, 부재중 전화도 와 있지 않았다. 상황에는 아무런 변화가 없었다. 제이크가 납치당한 지 몇 시간이 더 흘렀다는 사실만 제외하면.

나는 일어나서 전등을 켜고 거실을 서성이기 시작했다. 몸이라도 움직이지 않으면 감정이 날 집어삼킬 게 분명했다. 제이크와 함께 있고 싶은 간절한 심정이 그럴 수 없는 현실과 내 안에서 계속 충돌했다. 그리고 그 충돌 때문에 심장이 뒤틀리고 일그러졌다.

난 계속 제이크의 얼굴을 그려보았다. 그 이미지가 너무도 생생해, 눈을 감으면 손을 뻗어 그 애의 부드러운 뺨을 건드릴 수 있을 것만 같았다. 지금쯤 틀림없이 잔뜩 겁에 질려 있겠지. 어쩔 줄 모르고 당황하고 공포에 사로잡혀 있겠지. 내가 어디 있는지, 왜 내가 자기를 찾으러 오지 않았는지 궁금해하고 있겠지.

그 애가…, 그 애가 아직 어딘가에 있긴 하다면.

난 고개를 저었다. 그런 생각은 감히 할 엄두도 나지 않았다. 벡 경위는 어제 내게 그 애를 반드시 찾아낼 거라고 했고, 난 그 말을 믿어야만 한다. 왜냐하면 그렇지 않으면…, 그 애가 죽었다면…, 그 너머에는 아무것도 존재하지 않을 테니까. 세상의 끝. 모든 생각은 뒤죽박죽이 되어 그 의미를 잃고 내 인생은 산산조각이 날 것이다. 그 이후에 남는 건 무의미한 잡음뿐.

그 애는 살아 있어.

난 나를 부르는 제이크의 목소리를 상상했다. 내 심장으로 그 소리를 들을 수 있을 것만 같았다. 하지만 단순한 상상이 아니라 그 애가 실제로 내게 닿을락 말락 하는 주파수로 외치고 있는 것처럼 느껴졌다. 그 애는 살아 있다. 물론 내가 그걸 알 방법은 전혀 없다. 하지만 최근 설명할 수 없는 사건들이 그렇게 많았으니, 그게 정말 불가능한 것만은 아니지 않을까?

그런지 아닌지는 중요하지 않았다.

그 애는 살아 있다. 난 아직 그 애를 느낄 수 있으니까. 그래야만 했다.

그래서 난 머릿속에서 명확하고 선명한 문장을 만들었다. 그 후 거기에 온 힘을 실어 우주로 날려 보냈다. 그 메시지가 어떻게든 그 애에게 닿기를 빌었다. 그 애가 자신의 심장으로 그걸 듣고 그게 진실임을 느끼길 빌었다.

난 널 사랑한다, 제이크.

그리고 널 찾아낼 거야.

*

잠시 후, 조리대에 몸을 기댄 채 블랙커피를 마시며 먼동이 트는 지평선을 바라보고 있는데 머리 위에서 마루 판자가 삐걱거리는 소리가 들렸다. 주전자 물을 다시 올렸다. 몇 분쯤 지나자 캐런이 아래층으로 내려왔다. 옷은 다 갖춰 입고 있었지만 여전히 피로한 기색이었다.

"뭔가 소식은요?"

캐런이 물었다.

나는 고개를 저었다.

"전화 안 해봤어요?"

"아직요."

난 망설이고 있었다. 우선, 내가 괜히 귀찮게 굴지 않으면 경찰은 제이크를 찾는 일에 더 집중할 수 있을 테니까. 그리고 연락을 하지 않으면 듣고 싶지 않은 말을 굳이 듣지 않아도 되니까.

"이제 하려고요. 하지만 뭔가 소식이 있으면 이미 그쪽에서 전화를 했겠죠."

주전자가 딸깍 하고 꺼졌다. 캐런은 인스턴트커피 가루를 머그잔에 담았다.

"애덤한테는 뭐라고 했어요?"

나는 물었다.

"아무 말 안 했어요. 그 애는 당신이 소파에서 잔 건 알아요. 하지만 난 다른 말은 안 했어요."

"거치적거리지 않게 피해 있을게요."

"그럴 필요 없어요."

하지만 난 애덤이 내려온 후 부엌을 벗어나지 않았다. 애덤은 거실에서 텔레비전을 보며 아침을 먹었다. 부엌 창밖에는 이미 날이 밝아오고 있었다. 새로운 아침. 난 텔레비전 소리를 건성으로 흘려들으며 인생이 계속된다는 사실에 경이를 느꼈다. 어쩌면 늘 이런 식인지. 우린 자신의 일부를 뒤에 두고 온 다음에야 그게 얼마나 굉장한 것인지를 깨닫곤 한다.

캐런은 애덤을 데리고 나가기 전에 내게 열쇠를 주었다.

"가족 연락 담당관은 몇 시에 온대요?"

캐런이 물었다.

"모르겠는데요."

캐런이 내 팔에 한 손을 얹고 말했다.

"전화를 해요, 톰."

"그럴게요."

캐런은 서글프고 진지한 얼굴로 날 잠시 보고 있다가 내 뺨에 입을 맞췄다.

"나 차 가져가요. 금방 돌아올게요."

"알겠어요."

앞문이 닫히자 난 소파에 도로 무너졌다. 휴대폰은 옆에 있었다. 그렇다. 경찰에 전화할 수도 있지만 뭔가 소식이 있었으면 백 경위가 틀림없이 먼저 전화를 했을 것이다. 이미 알고 있는 사실을 굳이 확인하고 싶지 않았다.

제이크를 아직 찾지 못했다는 사실을.

그 애가 아직 위험에 처해 있다는 사실을.

그래서 그 대신 집에서 챙겨온 물건들에 손을 뻗었다. 내 아들의 보물 꾸러미.

비록 몸은 함께 있지 못할지언정, 적어도 그 애와 더 가까이 있는 기분을 느낄 수 있는 방법이 하나 있었다. 손에 들린 보물 꾸러미가 새삼 너무나 무겁고 크게 느껴졌다. 제이크는 내게 그걸 들여다보면 안 된다고 한 적이 없지만, 굳이 말할 필요도 없었다. 그 애의 수집품은 그 애 거지 내 것이 아니니까. 그 애는 충분히 자신만의 비밀을 가질 수 있는 나이다. 그래서 때때로 아무리 유혹을 받았어도, 난 한 번도 그 믿음을 저버린 적이 없었다.

날 용서하렴, 제이크.

난 잠금쇠를 열었다.

난 네가 내 곁에 있다고 느끼고 싶어.

57

잠에서 깨어났을 때, 집 안은 조용했다.

프랜시스는 잠시 침대에 그대로 누운 채 천장을 응시하며 귀에 온 신경을 집중했다. 아무 소리도 들리지 않았다. 아무 움직임도 없었다. 하지만 바로 머리 위에 있는 아이의 존재감이 느껴졌고, 그것 때문에 집이 더 꽉 찬 것 같았다. 뭐든 할 수 있을 것 같은 기분이었다.

저 위에 아이가 있어.

평온함과 정적에 기운이 솟는 듯했다. 당연히 이래야지. 이건 제이크가 상황을 이해하고, 거기에 만족한다는 뜻이었다. 어쩌면 심지어 새 집에 와서 들뜨고 신이 났는지도 모른다.

프랜시스는 아이가 어젯밤 얼마나 수월하게 정착했는지를 돌이켜보았다. 잘 있나 확인하러 올라갔을 때 아이는 이미 편안하게 잠들어 있었다. 닐 스펜서의 경우, 그 애는 처음에는 울며불며 비명을 질렀다. 이웃은 없는 거나 마찬가지였지만 그래도 다락방 벽에 방음을 해둔 게 천만다행이었다. 프랜시스는 잠깐 떼쓰다 말겠거니 생각하고 엄청난 인내심을 발휘했다. 하지만 이젠 닐이 처음부터 글렀음을, 처음부터 상황이 그런 식으로 끝날 수밖에 없었음을 알았다.

어쩌면 제이크는 정말 다를지도 모른다.

그렇지 않아, 프랜시스.

아버지의 목소리.

개들은 다 똑같아.

그 혐오스러운 꼬마 개자식들은 모두 결국 널 실망시키고 말 거야.

어쩌면 진실일지도 모르지만, 프랜시스는 그 생각을 떨쳐버렸다. 제이크에게 기회를 주어야 한다. 진정으로 아껴주고 보살펴주는 행복한 집에서 즐거워하고 감사할 기회를. 물론 닐 스펜서 때처럼 그렇게 수많은 기회를 줄 수는 없겠지만.

샤워를 했다. 샤워는 늘 프랜시스를 취약하게 느끼도록 만들었다. 닫힌 공간 안에 물소리가 가득 차면 집 안의 다른 소리를 들을 수 없었고, 눈을 감으면 뭔가가 욕실로 몰래 들어와 샤워 커튼 바로 뒤에 서 있을 것만 같았다. 얼굴에 묻은 거품을 재빨리 씻어내고 눈을 떠 배수구로 내려가는 물줄기를 응시했다. 닐을 처리한 후 막힌 배수구를 뚫어야 했다. 다시 그런 상황에 처한다면, 다시 뚫으면 된다.

넌 네가 뭘 하고 싶은지 알지.

심장이 다소 지나치게 빨리 뛰고 있었다.

아래층으로 내려가 자신이 먹을 아침식사와 커피를 준비하고 전화로 용무를 처리한 후 제이크가 먹을 아침을 차리기 시작했다. 팔로 조리대의 빵 부스러기를 쓸어버린 후 크럼핏 두 개를 토스터에 넣었다. 둘 다 먹다 남은 거였고 테두리에 곰팡이가 피어 있었지만 그 정도면 나쁘지 않았다. 제이크가 어떤 음료를 좋아하는지는 몰라도, 한쪽에 마개를 따놓은 오렌지 주스가 있었다. 닐이 마시다 남긴 거였다. 그거면 충분할 터였다.

처음이라고 너무 잘해줄 필요는 없지.

접시와 플라스틱 병을 들고 위층으로 올라간 프랜시스는 층계 참에 멈춰 서서 다락방 문에 귀를 갖다 댔다.

침묵.

하지만 뭔가가 걸렸다. 어쩐지 소리가 들리는 것 같았다. 아이가 누군가에게 속삭이고 있나? 그게 사실이라 해도 소리가 너무 작아서 뭐라고 하는지 알아들을 수 없었다. 심지어 그게 사실인지도 확신할 수 없었다.

프랜시스는 귀에 온 신경을 집중했다.

침묵.

이윽고 다시 그 속삭임.

목덜미의 솜털이 바짝 곤두섰다. 저 위엔 아무도 없다. 제이크가 이야기할 상대는 없다. 하지만 불현듯 그게 아닐지도 모른다는 불합리한 공포가 엄습했다. 어떻게 된 건지는 몰라도 이 아이를 집에 들일 때 누군가나 뭔가가 함께 따라온 것 같았다. 뭔가 위험한 것이.

어쩌면 널에게 이야기하고 있을지도 몰라.

하지만 어리석은 생각이었다. 프랜시스는 유령을 믿지 않았다. 어렸을 때 이따금씩 아버지의 별관 문 앞에 가서 그 어린 남자애 중 누군가가 문 반대편에 서 있는 걸 상상하곤 했다. 심지어 나무 문짝 너머에서 숨 쉬는 소리가 들리는 것처럼 느껴질 때도 있었다. 하지만 그건 모두 현실이 아니었다. 유령은 오로지 프랜시스의 머릿속에만 존재했다. 유령은 누군가를 통해 이야기하지, 직접 말을 걸지는 않는다.

자물쇠를 풀고 문을 연 후 아이를 겁주지 않으려고 천천히 층계를 올라갔다. 하지만 속삭이던 소리가 멈춘 게 신경에 거슬렸다. 제이크가 자신에게 숨기는 비밀이 있다는 게 마음에 들지 않았다.

다락방에 올라가보니 아이는 침대에 앉아 양손을 무릎에 얹고 있었다. 프랜시스는 아이가 서랍장에 넣어둔 옷들을 스스로 골라 입은 걸 보고 기뻤다. 하지만 건드리지도 않은 듯한 장난감 상자를 보자 기분이 가라앉았다. 뭐야, 이걸로는 부족하다는 건가? 그 장난감들은 프랜시스에게는 큰 의미가 있는, 오랫동안 간직해 온 것들이었다. 그것들을 갖고 놀게 해준다는 데 아이는 마땅히 감사해야 했다. 여기 왔을 때 입고 있던 파자마는 어쨌나 둘러보니 침대 위에 말끔히 개켜져 놓여 있었다. 그건 좋았다. 나중에 아이를 돌려놓게 된다면 필요할 터였다.

"좋은 아침이야, 제이크."

프랜시스는 짐짓 유쾌하게 말했다.

"벌써 옷을 입었네."

"좋은 아침이에요. 교복이 어디 있는지 모르겠어요."

"하루 정도는 쉬어도 될 것 같은데."

제이크가 고개를 끄덕였다.

"좋아요. 아빠가 저를 데리러 오시나요?"

"음, 그 질문은 좀 복잡하구나."

프랜시스는 침대로 다가갔다. 남자애는 거의 소름끼칠 정도로 차분해 보였다.

"그리고 지금으로서는 네가 신경 쓸 필요 없는 질문이기도 하고. 지금은 그냥 네가 안전하다는 것만 알고 있으면 돼."

"알겠어요."

"그리고 내가 널 보살필 거야."

"감사합니다."

"누구랑 이야기하고 있었니?"

아이는 어리둥절한 표정으로 되물었다.

"누구랑 이야기를 해요?"

"아니, 했잖아. 누구였니?"

"안 했는데요."

프랜시스는 아이의 뺨을 있는 힘껏 갈기고 싶은 급작스런 욕구가 치솟는 걸 느꼈다.

"우리집에서 거짓말은 금지야, 제이크."

"거짓말 아니에요."

제이크가 고개를 옆으로 돌리자 프랜시스는 잠시 실제로 존재하지 않는 누군가의 목소리가 들리는 것 같은 이상한 느낌이 들었다.

"어쩌면 제가 혼잣말하고 있었는지도 몰라요. 그랬다면 죄송해요. 이따금씩 제가 생각에 잠겨 있을 때 그런 일이 있어요. 생각이 딴 데 가서요."

프랜시스는 무슨 말을 해야 할지 고민했다. 어느 정도는 이해할 수 있었다. 자신도 이따금씩 꿈의 세계에서 길을 잃었으니까. 그건 제이크가 프랜시스와 비슷하다는 뜻이었고, 어떤 의미에서는 마음에 들었다. 뭔가 자신이 고쳐줄 게 있다는 뜻이었으니까.

"그건 우리가 함께 노력해봐야겠구나."

프랜시스가 말했다.

"여기, 아침 좀 가져왔다."

제이크는 접시와 병을 받아든 후 시키지 않았는데도 먼저 감사하다고 말했다. 그것 역시 마음에 드는 점이었다. 짐작하건대 어딘가에서 예의범절을 좀 배운 모양이었다. 하지만 아이는 손에 들고 있는 걸 바로 먹지 않고 그냥 내려다보고만 있었다. 빵에 여전히 붙어 있는 곰팡이가 프랜시스의 눈에 띄었다. 아이는 만족하지 않는 게 분명했다.

"배 안 고프니, 제이크?"

"아직은요."

"키가 크고 튼튼해지려면 먹어야 해."

프랜시스는 인내심 있게 웃음을 지었다.

"이따 뭐 하고 싶은 거 있니?"

제이크는 잠시 침묵을 지켰다.

"모르겠어요. 어쩌면 그림을 좀 그리면 좋을 것 같아요."

"그거라면 할 수 있지! 내가 도와줄게."

제이크는 웃음을 지었다.

"감사합니다."

하지만 제이크가 인사 뒤에 프랜시스의 이름을 말하자 프랜시스는 침묵에 잠겼다. 아이가 프랜시스를 알아본 건 당연했지만, 웃어른의 이름을 함부로 부르는 건 예의에 어긋나는 짓이다. 아이는 훈육이 필요하다. 위아래는 명확해야 한다.

"웃어른의 이름을 그런 식으로 부르면 안 되지."

프랜시스는 말했다.

"여기에서는 그러면 안 돼. 알아듣겠니?"

제이크는 고개를 끄덕였다.

"왜냐하면 우리집에서는 웃어른을 존경해야 하거든. 알아듣겠어?"

제이크는 다시 고개를 끄덕였다.

"그리고 어른들이 우리를 위해 해주시는 것들에 대해 감사해야 해."

프랜시스는 접시를 향해 몸짓을 했다.

"아주 힘들게 차린 거란다. 아침을 먹으렴. 어서."

잠시, 제이크의 얼굴에서 그 소름끼치는 차분함이 사라지고 금세라도 눈물이 쏟아질 것 같았다. 아이는 다시 옆으로 고개를 돌렸다.

프랜시스는 주먹 쥔 손을 옆구리에 갖다 붙였다.

그냥 한 번만 내 말을 들어. 프랜시스는 속으로 생각했다.

딱 한 번만.

하지만 그때 제이크가 차분함을 되찾은 표정으로 프랜시스를 돌아보더니 크럼핏 하나를 집어 들었다. 가장자리의 곰팡이가 조명을 받아 선명하게 보였다.

"네."

그 애는 말했다.

"선생님."

58

보물 꾸러미를 열고 내용물을 확인하려니 마치 무슨 범죄라도 저지르는 기분이 들었다.

안에는 종잇조각을 비롯한 각종 잡동사니가 들어 있었는데, 대부분 내가 기억하는 과거의 물건들이었다. 맨 처음 눈에 들어온 건 색색깔의 팔찌 입장권들로, 리베카가 끊기보다는 잡아당겨 빼는 걸 좋아해서 전부 이음매가 늘어나 있었다. 우리가 사귀기 시작했을 때 같이 갔던 음악 축제에서 받은 것이었다. 당시는 제이크가 태어나기 전이었다. 아니, 아이 생각 같은 건 아직 한참 먼 미래의 일이었다. 리베카와 난 친구들과 함께 야영을 하고 술 마시고 춤추며 주말을 보냈다. 그 친구들은 그 후로 시간이 흐르면서 하나둘씩 멀어졌지만 그때 우린 젊고 아무 걱정이 없었으며 추위나 비 따위는 전혀 아랑곳하지 않았다. 지금 그 팔찌 입장권을 보고 있으니 마치 좋았던 시절의 부적처럼 느껴졌다.

탁월한 선택이야, 제이크.

내가 아는 작은 갈색 파우치도 있었다. 내용물을 손바닥에 쏟았다. 눈앞이 살짝 흐려졌다. 말도 안 되게 작고 깃털처럼 가벼운 치아 하나. 리베카가 죽고 나서 오래지 않아 처음 빠진 제이크의 유치였다. 그날 밤 난 제이크의 침대 밑에 돈과, 이 치아는 특별하니 가지고 있으라고 적은 이빨 요정의 쪽지를 함께 넣어두었다. 그 후로 그 쪽지를 본 건 이번이 처음이었다.

난 그걸 조심스레 다시 집어넣은 후 접혀 있던 종이 한 장을 펼쳤다. 제이크와 내가 나란히 서 있는 모습이 서툰 솜씨로 그려져 있었다. 내가 제이크를 위해 그려준 거였다. 그림 아랫부분에는 그 말이 씌어 있었다.

심지어 우리가 말다툼을 할 때도 우린 여전히 서로를 많이 사랑해.

그걸 보니 눈물이 나왔다. 그동안 너무 많은 말다툼이 있었다. 우린 서로 너무 닮았건만, 그럼에도 서로를 이해하는 데 실패했다. 둘 다 상대를 향해 손을 뻗었지만 어째서인지 늘 엇갈렸다. 하지만 맙소사⋯. 그건 진실이었다. 나는 그 애를 한순간도 빠짐없이 사랑했다. 너무나 사랑했다. 지금 어디 있든, 나는 그 애가 그걸 알기를 바랐다.

다른 물품들을 뒤적거렸다. 뭔가 성스러운 걸 건드리고 있는 듯한 기분이었다. 드문드문 뭔지 모를 수수께끼 같은 것들도 있었다. 종이 몇 장이 더 있었는데, 그 애가 받은 얼마 안 되는 파티 초대장 같은 것도 있었지만 대부분은 이해할 수 없는 것들이었다. 잉크가 날아간 티켓과 영수증, 리베카가 뭐라고 끼적인 쪽지들. 모두 별 의미 없는 게 분명해서, 제이크가 왜 그것들을 소중하게 간직했는지 이해가 가지 않았다. 어쩌면 그런 소소함과 한눈에 봐도 알 수 있는 일상성이 오히려 그 애의 마음에 들었는지도 모른다. 아직은 경험이 부족해서 이해할 수 없는 어른들의 물건. 하지만 리베카가 그것들을 일부러 보관했다는 사실을 생각해보면, 어쩌면 제이크는 그것들을 충분히 오래 들여다봄으로써 제 엄마를 더 잘 이해할 수 있을지도 모른다.

그 후 훨씬 오래된 듯한 종이가 눈에 띄었는데, 스프링 공책에서 뜯어낸 거라 한쪽이 너덜너덜했다. 종이를 펼친 즉시 난 리베카의 손 글씨를 알아보았다. 리베카가 쓴 시였다. 잉크가 흐려진 것으로 미루어 아마 십대 시절에 쓴 것 같았다. 난 읽어 내려갔다.

문을 반쯤 열어두면 속삭임이 들려오지.
바깥에서 혼자 놀면 집에 못 가게 되지.
창문을 안 잠그면 유리창 두드리는 소리가 들리지.
외롭고 슬프고 우울하면 위스퍼 맨이 널 잡으러 오지.

다시 한 번 읽었다. 거실의 네 벽이 내게서 멀어지는 듯한 착각이 들었다. 제대로 이해하려고 찬찬히 다시 한 번 읽었다. 리베카가 쓴 것만은 확실했다. 더 어렸을 때 쓴 글씨였지만, 내가 내 아내의 손글씨를 모를 수는 없었다.

제이크는 여기서 그걸 배운 게 분명했다.

제 엄마로부터.

리베카는 어렸을 때 그 말을 알게 됐고, 글로 적었다. 암산을 해보니 리베카는 프랭크 카터가 한창 범죄 행각을 벌이던 시절에 13살이었다. 아마도 그 나이대 여자애들은 그 자가 저지른 범죄 행위에 관심을 가졌으리라.

하지만 그건 리베카가 그걸 어디서 들었는지를 설명해주지 못했다.

난 쪽지를 한쪽으로 밀어놓았다.

보물 꾸러미에는 사진이 여러 장 들어 있었는데, 전부 다 너무 오래된 것들이라 구식 카메라로 찍은 게 분명했다. 휴가 때 찍은 사진들. 리베카의 부모님은 사진 뒷면에 날짜와 설명을 적어 놓았다.

1983년 8월 2일, 생후 이틀째.

사진을 뒤집자 소파에 앉아 아기를 가슴에 안고 있는 여자가 보였다. 리베카의 어머니였다. 딸에게 모험심을 물려준 열정적인 분이었지만, 난 그분과 그리 오래 알고 지내지 못했다. 사진 속 그분은 무척 지친 기색이었지만 그럼에도 들떠 보였다. 아기는 노란 울 담요에 폭 싸인 채 잠들어 있었다. 날짜로 미루어 그 아이는 리베카일 수밖에 없었지만, 내 아내가 한때는 그토록 작았다는 게 어쩐지 믿기 힘들었다.

1987년 4월 21일, 물놀이.

이번 사진에는 울창한 신록을 배경으로 리베카를 안은 채 나무다리 위에 서 있는 리베카의 아버지가 찍혀 있었다. 리베카는 힘차게 흘러가는 물 위로 나뭇가지를 늘어뜨리고 생글생글 웃으며 카메라를 마주 보고 있었다. 아직 네 살도 안 됐지만, 난 그 어린아이에게서 리베카의 흔적을 알아볼 수 있었다. 이미 당시부터, 리베카는 내 머릿속에 여전히 선명하게 남아 있는 그 미소를 짓고 있었다.

1988년 9월 3일, 등교 첫날.

초등학생이 된 리베카가 파란 점퍼와 줄무늬 회색 치마를 입고 자랑스럽게 서 있는 학교는….

로즈 테라스 스쿨이었다.

난 그 사진을 몇 초쯤 들여다보았다.

학교는 이제 눈에 익었고, 사진 속 아이는 확실히 리베카였다. 하지만 그 둘은 서로 어울리지 않았다. 그럼에도 어느 쪽도 잘못된 건 아니었다. 같은 철책에 같은 계단. 문 위의 검은 돌에는 '여학생'이라고 새겨져 있었다. 그리고 건물 앞에 서 있는 이 아이는 내 아내였다.

등교 첫날.

리베카는 여기 피더뱅크에 살았다.

난 기겁했다. 내가 어떻게 그걸 몰랐을 수가 있지? 리베카의 부모님이 돌아가시기 전, 우린 그분들이 사시는 사우스코스트를 몇 차례 방문했다. 그분들이 그곳에 정착한 건 리베카가 어느 정도 자란 후였지만 리베카는 그곳을 고향으로, 자신의 뿌리로 여겼다. 어쩌면 단지 삶이 꽃을 피우는 십대 시절을 보낸 곳, 성인기까지 이어진 친구들을 사귀고 추억을 만든 곳이라서였을지도 모른다. 그 증거가 바로 내 눈앞에 있었다. 리베카는 어렸을 때 그곳에 살았다. 아니, 적어도 그 학교에 다닐 만큼 가까운 곳에 살았다. 위스퍼 맨 괴담을 들었을 정도로 충분히 가까운 곳에.

내 아이패드에서 새로 살 집을 보았을 때 제이크가 그 집에 얼마나 집착했는지가 떠올랐다. 그 사진을 온라인에서 본 이후로 검색 결과에 뜬 다른 집들은 그 애에게 아예 보이지도 않는 것 같았다. 그건 우연일 리 없었다. 난 재빨리 제이크가 간직해둔 리베카의 다른 사진들을 뒤적였다. 대부분은 휴가 때 찍은 스냅사진들이었지만, 그중 몇 장의 배경은 더 친숙했다. 뉴 로드 사이드에서 아이스크림을 먹고 있는 리베카. 동네 공원에서 그네를 타고 높이 날고 있는 리베카. 메인 로드 가의 포장도로에서 세발자전거를 타고 있는 리베카.

그리고 그 다음은….

그리고 그 다음은 우리집.

그 광경은 학교 사진 못지않게 기묘하게 느껴졌다. 리베카가 있는 곳은 절대 있어서는 안 되고 있을 수도 없는 곳, 즉 지금 우리 집

앞이었다. 포장도로에 선 채 한 발은 뒤로 빼 진입로에 올려놓고 있었다. 담력 시합에서 이기기 위해 용기를 낸 여자아이. 기묘한 각도와 엉뚱하게 자리 잡은 창문들 때문에 무시무시한 인상을 풍기는 집이 그 아이를 뒤에서 굽어보고 있었다.

동네 공포의 집. 아이들은 그 집에 가까이 가는 것으로 담력 시합을 벌이곤 했다. 사진을 찍거나 하는 방법으로.

애초에 그 집이 제이크의 눈길을 끈 이유가 그거였다. 이미 본 적 있는 집이라서. 자기 엄마가 그 앞에 서 있는 걸 봤기 때문에.

그리고 그때 난 사진 속 리베카를 제대로 보았다. 나이는 일곱 살이나 여덟 살쯤 돼 보였고, 상처가 난 무릎이 드러날 정도로 짧은, 파란색과 흰색으로 된 체크무늬 원피스를 입고 있었다. 바람이 부는 날 찍은 사진인지, 머리카락이 한쪽으로 뻗쳐 있었다.

리베카는 제이크가 그린 그림에서 제이크와 나란히 창문 속에 서 있던 바로 그 여자애였다.

마침내 찾아온 깨달음과 함께 나는 다시 애써 눈물을 억눌렀다.

아무리 말이 안 되는 걸 알아도, 나는 내 아들의 상상의 친구가 단지 그 애의 상상 이상이라는 생각이 들기 시작했다. 그리고 그 존재를 느낄 수 있을 것만 같았다. 다만 그 애는 유령이나 귀신을 보는 게 아니었다. 제이크의 상상의 친구는 그저 그 애가 너무 그리운 마음에 자기 나이 또래의 여자애로 상상해낸 그 애의 엄마였다. 리베카가 예전에 그랬듯 자기랑 놀아줄 존재. 그 애가 처한 새롭고 끔찍한 세상을 헤쳐 나가도록 도와줄 존재.

난 사진을 뒤집었다.

1991년 6월 1일. 그렇게 쓰여 있었다. 용감해져야 해.

이 집에 이사 오던 날 제이크가 마치 찾는 사람이라도 있는 것처럼 이 방에서 저 방으로 뛰어 다니던 게 떠올랐다. 그러자 심장이 찢어질 듯 아파왔다. 나는 그 애를 너무 심하게 실망시켰다. 제이크는 어차피 힘들어했겠지만, 나는 그 애가 그걸 헤쳐 나가도록 더 잘 도와줄 수 있었고 도와줘야만 했다. 내 아픔에만 그렇게 빠져 있지 말고 더 신경을 써주고 더 옆에 있어주어야 했다. 하지만 난 그렇게 하지 않았다. 그래서 그 애는 그 대신 기억에서 위안을 찾아야 했다. 난 사진을 내려놓았다.

너무 미안하다, 제이크.

그 후, 별 소용없을 걸 알면서도 난 제이크가 간직해둔 나머지 물건들을 뒤졌다. 하나하나가 마음을 아프게 찔렀다. 어쩌면 난 이제 내 아들을 영영 잃어버렸고, 이것만이 남은 인생 동안 그 애를 가까이 느낄 수 있는 유일한 방법이 아닐까. 내 인생이 이미 끝난 게 아니라면 말이다.

하지만 그때 그 애가 가지고 있던 마지막 종이를 펼쳐 본 나는 그대로 얼어붙었다. 내가 보고 있는 게 뭔지, 그게 무슨 뜻인지 이해하는 데 잠시 시간이 걸렸다. 다음 순간 난 휴대폰을 집어 들고 앞문을 향해 가고 있었다.

59

"천천히요."

어맨다가 말했다.

"뭘 찾아냈다고요?"

어맨다는 밤새 일하느라 한숨도 자지 못했고, 아침 9시가 되어가는 지금은 그 영향을 온몸으로 느낄 수 있었다. 피로라는 말로는 부족했다. 삭신이 쑤시고 생각은 널을 뛰었다. 이 와중에 톰 케네디가 전화를 걸어 와 횡설수설하다니, 이보다 달갑잖은 상황이 또 있을까. 더군다나 그 말은 맥락이 없고, 톰 본인은 정신이 반쯤 나간 것처럼 들렸다.

"말씀드렸잖아요."

톰이 말했다.

"그럼요."

"나비 그림이라고요."

"네."

"좀 천천히, 그게 무슨 뜻인지 설명해주실 수 있어요?"

"그건 제이크의 보물 꾸러미에 있었어요."

"보물…, 뭐라고요?"

"그 애는 물건들을 수집했어요. 소중히 간직했죠. 자기한테…, 뭐랄까…, 의미가 있는 것들을요. 그중에 이 그림이 있었어요. 차고에 있던 나비와 같은 나비를 그린 거였어요."

"그렇군요."

어맨다는 북적거리는 상황실 안을 둘러보았다. 지금 그곳은 자신의 머릿속 못지않게 혼란 그 자체로 보였다. 집중하자. 나비 그림이라고? 그건 톰 케네디한테는 뭔가 의미가 있는 게 분명했지만, 아직 어맨다는 그 이유를 이해할 수 없었다.

"제이크가 그 그림을 그렸다는 건가요?"

"아니에요! 그게 핵심입니다. 그림이 너무 세밀해요. 어른이 그린 것처럼요. 제이크가 그 나비를 그리고 있긴 했어요. 하지만 그건 그 애가 등교한 첫날 저녁이었어요. 제 생각엔 누가 그 애한테 그걸 베껴 그리라고 준 것 같아요. 안 그러면 그 애가 어떻게 그 나비를 봤겠어요? 그 나비는 차고에 있었는데 말이에요. 안 그렇습니까?"

"차고라고요?"

"그러니까 그 애는 어딘가 다른 데서 본 게 틀림없어요. 틀림없이 이게 그 출처일 겁니다. 누군가가 그 애한테 그걸 그려준 거예요. 그 나비를 직접 본 사람이요."

"당신 차고에 들어왔던 사람이요?"

"차고나 집에요. 전에 그렇게 말씀하시지 않았나요? 노먼 콜린스처럼, 거기 사체가 있다는 걸 아는 사람들이 많았다고요. 제이크를 데려간 남자가 아마 그런 사람들 중 하나일 거라고 하셨잖아요."

어맨다는 잠시 입을 다문 채 생각에 잠겨 있었다. 그렇다. 그렇게 생각하고 있었다. 그리고 케네디가 찾아냈다는 그림은 아마 아무 의미도 없겠지만, 그 외에 달리 추적할 만한 실마리가 있는 것도 아니었다.

"그 그림을 그린 게 누구죠?"

어맨다가 물었다.

"몰라요. 그린 지 얼마 안 된 것처럼 보여요. 그러니까 아마 학교 사람 중에 누군가가 아닐까 싶어요. 제이크는 등교 첫날 그 나비를 그렸으니까, 그날 그 그림을 학교에서 집으로 가져온 거죠."

학교.

닐 스펜서가 실종된 후, 경찰은 그 아이와 일정 정도 이상 접점이 있었던 모든 사람을 신문했고, 거기에는 교직원들도 포함됐다. 하지만 의심스러운 사람은 아무도 없었다. 그리고 물론 제이크는 학교에 며칠밖에 다니지 않았다. 이 그림이 뭔가 조금이라도 관련이 있다 해도, 그 출처는 학교가 아닐 것이다.

"하지만 확신하시는 건 아니죠?"

"네."

톰이 대답했다.

"하지만 그게 다가 아니에요. 그날 저녁 제이크는 상상의 존재와 대화하고 있었어요. 그 애가 원래 그러거든요. 상상의 친구들이 있어요. 다만 그때 제이크는 그 상대가 '바닥의 남자애'라고 했어요. 자, 나비 그림도 그렇지만 그 애가 그걸 어떻게 알았겠습니까? 누군가한테서 들은 게 아니라면요."

"모르죠."

어맨다는 그게 단순히 우연일 수도 있고, 그렇지 않다 해도 학교 사람을 의심할 이유는 없다고 지적하고 싶은 충동을 억눌렀다. 그 대신 지금 상황에서 훨씬 적절해 보이는 지적을 하기로 마음먹었다.

"전에는 이 이야기를 할 생각을 못 하신 건가요?"

전화기 너머는 침묵에 잠겼다. 아들을 유괴당한 사람한테 너무

심했나. 어떤 것들은 나중에 돌아봐야만 깨달을 수 있는 법이다. 그림과 상상의 친구. 창밖에서 속삭이는 괴물. 어른들은 늘 아이들의 말을 제대로 귀담아듣지 않는다. 하지만 톰 케네디가 경찰에 이 이야기를 더 일찍 했다면, 그리고 어맨다가 그 말에 귀를 기울였다면, 상황은 약간이나마 달라졌을지도 모른다. 어맨다는 녹초가 된 채 여기 앉아 있지 않을 것이고, 피트는 병원에 있지 않을 것이고, 제이크 케네디는 실종되지 않았을 것이다. 어맨다는 도저히 목소리에 비난조를 지울 수 없었다.

"톰? 왜 그 이야기를 하지 않았죠?"

"그게 무슨 의미인지 몰랐습니다."

톰이 대답했다.

"음, 어쩌면 아무 의미 없을지도 몰라요. 하지만…, 아, 젠장, 잠깐만요."

화면에 메시지 알림창이 떴다. 캐런 쇼의 집으로 파견된 가족 연락 담당관 리즈 밤버가 보낸 메시지로, 집에 도착했는데 아무도 없다는 내용이었다. 어맨다는 얼굴을 찌푸리고 전화기를 귀에 바짝 붙였다. 톰의 침묵 너머로 교통 소음이 들려왔다.

"지금 어디 계시죠?"

어맨다가 물었다.

"학교로 가는 길입니다."

맙소사. 어맨다는 급히 앞으로 몸을 숙였다.

"제발 그러지 말아요."

"하지만…."

"하지만이고 뭐고 안 돼요. 그래선 좋을 게 없어요."

어맨다는 눈을 감고 이마를 문질렀다. 젠장, 도대체 무슨 생각을 하는 거지? 하긴 자기 아들이 실종된 판에 지금 제정신이겠어.

"내 말 들어요."

어맨다가 말했다.

"지금 당장요. 당신은 캐런 쇼의 집으로 돌아가야 해요. 경관이, 리즈 밤버 경사가 거기서 기다리고 있어요. 내가 말해놓을 테니까 같이 서로 와요. 그 다음에 같이 그 그림 이야기를 해봐요. 알겠죠?"

톰은 대답하지 않았다. 어맨다는 제이크를 구해야 한다는 절박한 마음과 자신의 목소리에 담긴 권위 사이에서 갈등하는 톰의 모습이 상상이 갔다.

"톰? 사태를 악화시키지 말자고요."

"알겠습니다."

톰이 전화를 끊었다.

망할. 어맨다는 그 말을 믿어도 될지 확신이 없었지만 지금으로서는 아무것도 할 수 있는 일이 없었다. 우선 리즈에게 답장을 보냈다. 지침을 전달한 후 의자 등받이에 몸을 기대고 얼굴에 약간이나마 생기를 불어넣으려고 마른세수를 했다.

또 다른 보고서가 책상에 올려졌다. 눈을 뜨고 확인했지만 쓸모없는 목격자 진술서가 더 추가됐을 뿐이었다. 이웃 사람 중에 뭔가 보거나 들은 사람은 아무도 없었다. 무슨 재주를 부렸는지, 프랜시스 카터, 자칭 데이비드 파커는 누구의 주의도 끌지 않고 그 집으로 들어가 노련한 경관의 살해를 시도한 후 아이를 납치해 사라졌다. 말 그대로 악마 같은 행운이었다.

하지만 물론 그건 단순한 운은 아니었다. 20년 전, 놈은 여리고 나약한 남자애였지만 그 후로 불안정하고 위험한 남자로 성장한 게 분명했다. 그것도 남의 눈에 띄지 않고 움직이는 데 능숙한 남자로.

한숨이 나왔다.

그럼 학교인가. 과연 무슨 소용이 있을지는 모르지만.

한 번만 다시 살펴보자.

60

캐런 쇼의 집으로 돌아가요.

잠깐은 정말 그 말을 따를 생각이었다. 어쨌거나 벡 경위는 경찰이고, 경찰이 시킨 대로 따라야 한다는 게 내 본능이었다. 그리고 경위의 말은 나를 아프게 찔렀다. 난 수많은 잘못을 저질렀지만, 가장 큰 잘못은 경찰에게 말하지 않은 게 너무 많았다는 거였다. 당시엔 제이크를 보호하려는 의도였지만, 그렇다고 내가 이 일을 미연에 방지할 수도 있었다는 사실이 달라지는 건 아니었다.

그건 제이크가 나 때문에 실종됐다는 뜻이었다.

이런 상황에서 내 말을 진지하게 상대해주지 않은 벡 경위만 탓할 수는 없다는 건 알고 있다. 하지만 경위는 제이크가 그린 그림을 아직 보지 못했다. 누군가가 그 애에게 그 그림을 주어 베껴 그리게 했다. 그것도 최근에.

그렇다면 제이크는 왜 그걸 가지고 있었을까?

그게 뭐가 그렇게 특별해서?

등교 첫날 이후에 일어난 일들을 떠올려보았다. 우리가 벌인 말다툼. 그 애가 컴퓨터 화면에서 읽은 내 글. 우리 사이의 거리. 그 그림이 그 애의 보물 꾸러미에 들어가게 된 이유로 짐작 가는 건 하나뿐이었다. 그걸 준 사람이 내가 보여주지 않은 다정함과 지지를 그 애한테 보여주었기 때문이라는 것.

그리고 그 생각이 나 대신 결정을 내려주었다.

*

나는 때맞춰 학교에 도착했다. 정문은 아직 열려 있었고, 학부모와 아이들 몇 명이 운동장에서 어슬렁거리고 있었다. 잠깐 교무실로 갈까 생각해보았다. 필요하다면 그래야겠지만 교무실로 가려면 보안문을 통과해야 했다. 반면 여기서 제이크의 교실까지는 바로 갈 수 있었다.

거칠게 뛰는 심장을 안고 정문으로 뛰어 들어가다 마침 문을 나오고 있던 캐런과 엇갈렸다.

"톰⋯."

"잠깐만요."

셸리 선생님이 열린 문 옆에 서 있었고, 마지막까지 남은 아이들이 무리를 지어 그 뒤에서 줄줄이 나오고 있었다. 선생님은 나를 보고 화들짝 놀란 눈치였다. 아마도 내 몰골이 내 생각만큼 광인처럼 보이는 모양이었다.

"케네디 씨⋯."

"이걸 누가 그렸죠?"

나는 종이를 펼쳐서 나비 그림을 보여주며 물었다.

"이걸 누가 그렸느냐고요."

"전 모르⋯."

"제이크가 실종됐어요."

내가 말했다.

"아시겠습니까? 누군가가 내 아들을 납치했다고요. 제이크는 등교 첫날 이 그림을 집으로 가져왔어요. 난 이걸 그린 게 누군지 알아야겠어요."

선생님은 고개를 저었다. 난 선생님이 이해하기엔 너무 많은 정보를 주절대고 있었다. 이 여자를 붙잡고 흔들어 이게 얼마나 중요한 일인지 이해시키고 싶은 절박한 충동이 치밀었다. 그리고 잠시후, 난 캐런이 내 옆에서 내 팔에 부드럽게 손을 얹고 있음을 깨달았다.

"톰. 좀 침착해요."

"난 이미 침착해요."

나는 나비 그림을 손가락으로 두드리는 동안에도 셸리 선생님에게서 눈길을 떼지 않았다.

"이걸 제이크한테 그려준 게 누구죠? 다른 아이였나요? 아니면 교사? 혹시 당신이 그렸어요?"

"난 모른다니까요!"

선생님의 얼굴은 상기되어 있었다. 나 때문에 겁을 먹은 것이다.

"잘 모르겠어요. 어쩌면 조지였을지도 몰라요."

종이를 쥔 내 손에 힘이 빠졌다.

"조지요?"

"우리 교실 도우미 중 하나예요. 하지만…."

"지금 어디 있습니까?"

"금방 올 거예요."

선생님이 뒤를 돌아본 순간, 나는 지체하지 않고 곧장 그 여자를 지나쳐 복도로 들어섰다.

"케네디 씨!"

"톰…."

난 두 사람을 무시하고 제이크의 반 아이들이 물건들을 걸어두는 보관실 양옆을 살핀 후 뛰기 시작했다. 제이크도 여기 있었어야 하는데. 모퉁이를 돌아 복도로 들어서자 교실로 걸어가는 아이들로 온 사방이 가득했다. 나는 이리저리 빠져나가며 앞으로 가다 도중에 멈췄다. 어느 게 제이크의 교실인지, 조지는 도대체 어디 있는지 알 수 없었다. 갈팡질팡하며 두리번거리는 나를 둘러싸고 홀이 빙빙 돌았다. 난 문제를 일으키고 있었고, 마음속 깊은 곳에서는 그 사실을 알고 있었지만 아무래도 상관없었다. 어차피 제이크를 찾지 못하면 내 인생은 끝장이고, 조지가 여기 있다면 그동안은 제이크를 해칠 수 없을 테니까….

애덤.

캐런의 아들이 손수레에 물병을 담은 후 복도 끝 쪽에 있는 문으로 들어가는 게 보였다. 그리로 뛰어가는데 여자 접수직원과 아마도 경비원인 듯한 더 나이 든 남자 한 명이 복도 끝에서 내 쪽으로 오는 게 눈에 띄었다. 셸리 선생님이 연락을 한 모양이었다. 학교에 침입자가 나타났으니 그야 당연하겠지.

"케네디 씨!"

접수직원이 외쳤다. 하지만 난 그들보다 먼저 교실에 도착해 재빨리 안으로 들어갔다. 앞을 가로막는 아이들을 밀치지 않는 게 내 인내심의 한계였다. 교실 안은 온갖 색채들이 불협화음을 이루고 있었다. 벽은 노란 색으로 칠해져 있었고 아마도 수백 장은 될 코팅된 종이들로 꾸며져 있었다. 곱셈표, 과일과 숫자를 그린 그림들, 다양한 직업명과 그 직업에 종사하는 사람들을 보여주는 조그만 그림들. 난 조그만 책걸상들로 이루어진 바다를 둘러보며 어른을 찾았다. 나이 지긋한 여자 한 명이 방 끝쪽에 서서 클립보드를 움켜쥔 채 혼란스러운 얼굴로 날 보고 있었다. 하지만 그 외에 다른 어른은 눈에 띄지 않았다. 그리고 그때 내 팔에 누군가의 손이 얹혔다. 돌아보니 내 옆에 나이 든 경비원이 단호한 표정으로 서 있었다.

"여기 계시면 안 됩니다."

"알겠습니다."

난 경비원의 손을 내 몸에서 떨쳐버리고 싶은 충동을 간신히 억눌렀다. 어차피 무의미한 짓이었다. 조지가 누구든, 여기엔 없었다. 하지만 그 깨달음과 동시에 찾아든 좌절감에 난 결국 그 남자의 손을 떨쳐버리고 말았다.

"좋아요."

교실을 나오자 경비원은 거칠게 문을 닫았다. 셸리 선생님이 손에 휴대폰을 쥔 채 나를 향해 걸어오고 있었다. 저 휴대폰으로 경찰한테 이미 신고 전화를 했을까. 만약 그렇다면 이제 경찰은 내 말을 진지하게 생각해보기 시작했을지도 모른다.

"케네디 씨…."

"알아요. 난 여기 있으면 안 되죠."

"이건 무단침입이에요."

"그럼 앰버 경고[3]를 발령하라고 하든가요."

선생님은 무슨 말을 하려다 말고 억누르는 눈치였다. 걱정스러운 감정이 가장 커 보였다.

"제이크가 실종됐다고 하셨죠?"

"네."

---

3 아동 실종 사건에서 각종 매체와 통신수단을 통해 실종 아동 및 용의자의 정보를 최대한 널리 알리는 시스템.

내가 말했다.

"누군가가 어젯밤 그 애를 납치했어요."

"죄송합니다. 도저히 상상이 안 가네요. 그렇게 흥분하시는 건 당연히 이해합니다."

과연 그럴까. 지금 내 안에서 느껴지는 패닉은 마치 감전된 것 같았다.

"조지를 찾아야 해요."

나는 말했다.

"그 사람은 여기 없어요."

접수직원이 말했다. 가슴 앞에 팔짱을 낀 채 서 있는 그 여자는 셸리 선생님보다 훨씬 냉랭한 표정을 짓고 있었다.

"그 사람은 어디 있습니까?"

내가 물었다.

"음, 아마 집에 있겠죠. 좀 전에 전화로 병가를 신청했어요."

머릿속에서 알람이 울렸다. 그건 절대 우연일 리 없었다. 그리고 이는 그 자가 지금 이 순간 제이크와 함께 있다는 뜻이었다.

"어디 살죠?"

"직원의 인적사항은 알려드릴 수 없습니다."

나는 잠시 그 여자를 곧장 지나쳐 교무실로 들어갈까 하는 생각을 했다. 경비원이 길목을 가로막고 있었지만, 상대는 60대라 맞붙어 싸우면 내가 이길 것 같았다. 그 후엔 경찰을 상대해야 하겠지만 그동안 교무실에서 캐비닛을 뒤져 원하는 정보를 찾을 수 있다면 그만 한 가치가 있을 것이다. 하지만 그럴 수 없다면 괜한 짓을 한 게 된다. 그리고 내가 체포된다면 제이크에게도 그다지 도움이 안 될 테고.

"경찰이 달라면 줄 겁니까?"

나는 물었다.

"당연하죠."

난 뒤돌아 내가 온 길을 되짚어 복도를 걸어갔다. 사람들이 내가 정말 가는지 확인하려고 내 뒤를 따라왔다. 밖으로 나오자마자 등 뒤에서 문이 닫히고 잠겼다. 운동장에는 이제 거의 아무도 없었고, 캐런 혼자 문간에서 불안한 표정으로 날 기다리고 있었다.

"하느님 감사합니다, 젠장."

캐런이 내뱉었다.

"당신, 그러다 체포당할 수도 있었다는 거 알아요?"

"난 그 남자를 찾아야 해요."

"조지요? 그게 누구예요?"

"교실 도우미요. 제이크한테 따라 그리라고 그림을 그려 줬어요. 나비요. 차고에 있던 남자애의 시신과 함께 발견된 거랑 똑같은 나비요."

캐런은 미덥지 않은 표정을 지었다. 그리고 내가 하는 말을 내 귀로 들으니 캐런을 탓할 수만은 없었다. 하지만 벡과 마찬가지로, 난 도저히 다른 사람들을 이해시킬 수 없었다. 제이크를 납치한 자는 그 유골에 관해 알았고, 따라서 나비와 바닥의 남자애에 관해서도 알았다. 내 아들은 마음이 약하고 외로움을 탈 뿐, 영혼과 대화하는 능력 따윈 없었다. 누군가한테서 그 이야기를 들은 게 분명했다. 그 애에게 접근할 수 있는 누군가한테서.

그리고 그 누군가는 지금 그 애와 함께 있다.

"경찰은요?"

캐런이 물었다.

"경찰도 날 안 믿어요."

캐런이 한숨을 푹 쉬었다.

"알아요."

나는 말했다.

"하지만 내가 맞아요, 캐런. 그리고 난 제이크를 찾아야 해요. 그애가 다친다는 생각만 해도 난 견딜 수 없어요. 그 애가 나와 함께 있지 않다는 생각만 해도요. 그리고 그 모든 건 내 탓이에요. 난 그애를 찾아야만 해요."

잠시 아무 말 없이 생각에 잠겨 있던 캐런이 다시금 한숨을 푹 쉬었다.

"조지 손더스."

캐런이 말했다.

"학교 웹사이트에 나와 있는 조지라는 이름은 그것뿐이에요. 당신이 안에 있는 사이에 주소를 알아냈어요."

"맙소사."

"말했잖아요."

캐런이 대꾸했다.

"난 뭘 알아내는 데 재주가 있다고."

61

"그런 걸 그리고 있으면 안 될 것 같은데."

여자애의 목소리에는 불안감이 담겨 있었다. 여자애는 작은 다락방 침실 안을 앞뒤로 서성이다 이따금씩 멈춰 서서 제이크의 그림을 내려다보았다. 앞서 제이크가 조지가 시키는 대로, 조지가 그려준 그 집과 정교한 정원을 따라 그리고 있을 때는 아무 말도 하지 않았다. 하지만 제이크는 결국 포기하고 그 대신 전투 장면을 그리기 시작했다.

둥글게 둥글게, 동그라미가 돌아갔다.

힘의 장. 아니면 포털. 어느 쪽인지는 제이크 자신도 잘 몰랐고, 아마 중요하지도 않을 것이다. 보호해줄 뭔가 또는 탈출구. 어느 쪽이든 좋았다. 제이크를 안전하게 지켜주거나 여기에서, 조지로부터, 계단 아래에서 꿈틀거리고 있는 그 끔찍한 존재로부터 멀리 데려가주기만 한다면 뭐든 상관없었다. 제이크는 조지가 아까 나가면서 문을 잠그지 않았을지도 모른다고 생각했다. 여자애는 제이크가 몰래 내려가서 확인해보길 바라는 것 같았지만…. 어림없는 일이었다. 심지어 앞문까지 길이 쭉 열려 있다 해도, 절대로.

"제발 그만해, 제이크."

제이크는 손을 멈췄다. 어차피 손이 너무 떨려서 펜을 쥐고 있기도 힘들 지경이었다. 손에 너무 힘이 들어가 종이가 찢어지기 시작했다.

"내가 할 수 있는 한 노력했어."

제이크가 말했다.

"하지만 안 돼."

조지는 그림을 그리라고 종이 네 장을 주었는데, 제이크는 집과 정원의 그림을 따라 그리느라 이미 세 장을 써버렸다. 하지만 그림은 너무 복잡했다. 어쩌면 조지는 일부러 그런 게 아닐까. 그 역겨운 아침식사와 똑같이 일종의 시험이었던 게 아닐까. 다만 제이크가 생각하기에 조지는 학교 선생님들과는 달리 제이크가 시험을 통과하기를 원하는 것 같지 않았다. 셸리 선생님은 첫날 제이크를 노란불에 올렸지만 아마 그렇게 하고 싶어서 그런 건 아니었을 것이다. 하지만 조지는 달랐다. 뭐든 좋으니 제이크를 빨간불에 올릴 핑계를 일부러 찾고 있는 것처럼 느껴졌다.

그래서 제이크는 노력했다. 최선을 다했다. 그리고 마지막 남은 종이에 전투 장면을 그리고 있었다. 창의력을 발휘하는 건 좋은 거니까. 맞지?

아빠는 늘 제이크의 그림을 좋아했다.

하지만 지금은 아빠 생각을 하고 싶지 않았다. 다시 그림을 그리기 시작했다. 둥글게 둥글게. 그리고 어쩌면 여자애 말이 옳겠지만, 제이크는 지금 자신을 멈출 수 없었다. 손을 멋대로 놀리는 것처럼 보이겠지만, 그나마 그게 비명 지르고 싶은 걸 간신히 억누를 수 있는 방법이었다. 그러니 어쩌면 이건 사실 제이크가 지르는 비명일지도 모른다….

계단 맨 밑의 문이 열렸다.

둥글게 둥글게.

올라오는 발걸음 소리.

그리고 그때 잉크가 고이는 바람에 종이가 찢어져 형체가 튀어나왔다.

넌 이제 안전해. 제이크는 생각했다.

그리고 그때 조지가 방에 들어왔다.

조지는 웃는 얼굴이었지만 모든 게 잘못됐다. 제이크는 조지가 보호자의 껍데기를 걸치고 있는 것 같다고 생각했다. 다만 그건 불편하고 몸에 맞지 않아 보였고, 내심 얼른 벗어버렸으면 하는 것 같았다. 제이크는 그 가면 밑에 뭐가 있을지 보고 싶지 않았다. 자리에서 일어났다. 심장이 몸만큼이나 심하게 떨렸다.

"자, 그럼!"

조지가 성큼성큼 다가왔다.

"얼마나 잘했나 보자."

조지는 바로 앞까지, 그림이 보이는 곳까지 와서 멈춰 섰다. 웃음이 사라졌다.

"염병, 도대체 뭐야?"

제이크는 그 욕설을 듣고 눈을 깜빡였다. 그리고 비로소 자신의 눈에 눈물이 맺힌 걸, 자신이 이미 울고 있었다는 걸 알아차렸다. 그 깨달음과 동시에 다 놓아버리고 싶은, 다 포기하고 목 놓아 울고 싶은 엄청난 충동이 솟구쳤다. 하지만 그걸 막은 건 조지의 얼굴에 떠오른 표정이었다. 조지는 솔직한 감정을 원하지 않을 것이다. 제이크가 무너져버리면 조지는 그저 제이크가 울음을 멈출 때까지 기다렸다가 정말 울어야 할 이유를 만들어줄 것이다.

"그건 내가 그리라고 시킨 게 아닌데."

"다른 것들을 보여줘."

여자애가 재빨리 말했다.

제이크는 눈을 비빈 후 여자애가 시킨 대로 다른 그림들을 가리켰다.

아빠가 보고 싶어요.

그 말이 가슴 속에서 터지기 직전의 거품처럼 부풀어 올랐다.

"전 최선을 다했어요."

제이크가 말했다.

"하지만 못 그리겠어요."

조지가 텅 빈 눈으로 그림들을 찬찬히 내려다보았다. 방 안은 잠시 침묵에 잠겼다. 공중에 위협적인 전류가 감돌았다.

"이 정도로는 부족해."

참으려 했지만 그 말은 제이크를 아프게 찔렀다. 자기가 그림에 전혀 재주가 없다는 걸 알았지만 그래도 아빠는 늘 제이크의 그림이 마음에 든다고 했다. 왜냐하면….

"전 최선을 다했어요."

"아니야, 제이크. 확실히 넌 그러지 않았어. 넌 포기했잖아, 안 그래? 연습할 종이가 남아 있었는데, 그 대신…, 이걸 그리기로 마음먹었지."

조지는 전투 그림을 향해 경멸하듯 손을 휘둘렀다.

"이 집안에 있는 것들은 공짜가 아니야. 낭비하면 안 돼."

"죄송하다고 말해."

여자애가 제이크에게 속삭였다.

"죄송해요."

"죄송하다는 말로는 부족해, 제이크. 전혀 충분하지 않아."

조지는 무척 심각한 표정으로 제이크를 내려다보았다. 양손이 떨리는 걸 보니 자신을 억누르려 애쓰는 것 같았다. 그리고 제이크는 그림이 그저 핑계일 뿐이라는 걸 알았다. 마음속 깊은 곳에서 조지는 제이크에게 화를 내고 싶어 했다. 조지의 양손이 떨리고 있는 건 그래도 될 만큼 충분히 잘못한 건지를 놓고 갈등하고 있기 때문이었다.

조지는 마음의 결정을 내렸다.

"그러니 넌 처벌을 받아야 할 거야."

그리고 그때 조지는 완전히 침착해졌다. 껍데기는 벗겨졌다. 제이크는 모든 착함과 상냥함이 오로지 가면이었다는 듯 떨어져나가는 걸 볼 수 있었다. 마치 티셔츠를 벗는 것처럼 간단하게. 그리고 그 앞에는 괴물이 서 있었다.

제이크는 그 괴물과 단둘이 있었다.

그리고 그것은 제이크를 해칠 작정이었다.

뒷걸음치던 제이크의 종아리가 작은 침대에 닿았다.

"아빠가 보고 싶어요."

"뭐라고?"

"아빠! 난 아빠가 보고 싶어요!"

조지가 걸음을 한 발짝 다가서는 순간, 제이크는 아래층 어딘가에서 들려오는 알람 소리에 펄쩍 뛰어올랐다. 조지는 그 자리에 멈춰 섰다. 그리고 아주 천천히 고개를 돌려 계단 쪽을 돌아보았다. 몸은 여전히 제이크를 향한 채였다.

알람이 아니야. 제이크는 깨달았다.

누군가가 초인종을 누르고 있었다.

62

프랜시스는 부글부글 끓어오르는 분노를 억누르며 2층 침실로 내려가 재빨리 흰 로브를 걸쳤다. 아프다고 말해놓았으니 그렇게 보여야 한다. 지금 느끼는 분노를 숨기고 겉으로는 차분한 척하려 애를 썼다. 하지만 너무 깊이 숨기지 않는 편이 좋을 것이다. 혹시 필요한 상황이 오면 바로 꺼내 쓸 수 있어야 하니까.

염병할 초인종.

아직도 울리고 있었다. 아래층으로 향했다. 경찰은 아닐 거라고 판단했다. 경찰이 뭔가 낌새를 채고 찾아온 거라면 이렇게 정중하게 방문하지는 않을 것이다. 앞문의 외시경으로 바깥을 엿보았다. 그동안에도 요란한 초인종 소리는 끊임없이 귀를 찌르고 있었다. 어안렌즈 속으로 계단과 정원이 보이고, 이윽고 초인종을 누르고 있는 톰 케네디의 거칠고 단호한 얼굴이 보였다. 프랜시스는 몸을 살짝 움츠렸다. 젠장, 무슨 재주로 날 찾아냈지? 경찰도 아닌 주제에 여긴 도대체 뭐 하자고 온 거지?

그리고 도대체 왜 자기 아들을 되찾고 싶어 하지?

프랜시스는 문에서 몸을 뗐다. 문을 열어줄 필요는 없었다. 어차피 곧 가버릴 게 분명하니까. 제정신이 아닌 다음에야 거기에 더 버티고 있을 이유가 없었다.

하지만 초인종은 쉬지 않고 울렸다.

케네디의 얼굴 표정을 떠올리며 프랜시스는 어쩌면 그 남자가 정말 미쳤는지도 모른다고 생각했다. 제이크가 보살핌 받지 못하는 아이인 건 분명했지만, 아이를 잃은 아버지는 원래 그렇게 되는지도 모른다. 아니면 혹시 내가 상황을 잘못 판단한 걸까.

문에 이마를 기댔다. 문 밖에 있는 남자와의 거리는 이제 겨우 10센티미터 안팎에 불과했다. 케네디의 존재를 생각하니 이마가 지끈거렸다. 제이크가 알고 보니 사랑받는 아이였을 수도 있을까? 아이를 너무 사랑해서, 아이가 납치당한 게 저 남자를 이렇게 극한으로 몰아간 것일 수도 있을까? 그 생각이 떠오르는 순간 온몸에 상실감과 절망감이 폭발하듯 밀려닥쳤다. 그게 사실이라면 불공평한 이야기다. 하나도 공평하지 않다. 어린 남자애들을 누가 그렇게 신경 쓴다고. 프랜시스는 마음속 깊은 곳에서 그 사실을 줄곧 알고 있었지만 지금은 확신했다. 그 아이들은 무가치하다. 아무것도 해줄 가치가 없다. 그저….

초인종은 계속 울렸다.

"알았다고요."

프랜시스는 소리쳤다.

케네디는 그 목소리를 들은 게 분명했다. 하지만 기세는 여전했다. 프랜시스는 재빨리 부엌으로 가 식기 건조대에서 작고 예리한 칼을 골라 로브 주머니에 집어넣었다. 마침내 초인종이 멈췄다. 프랜시스는 상실감을 억누르고 다시 분노를 꺼내서 손닿는 곳 바로 바깥으로 치워놓았다.

놈을 없애버려.

아이를 처리해.

프랜시스는 가장 선량한 표정을 짓고 문간으로 돌아갔다.

63

"알았다고요."

난 문 안에서 들려온 그 목소리에 너무 놀란 나머지 초인종에서 손가락을 떼는 것도 잊었다.

누가 문을 열어줄 거라는 기대는 이미 버린 참이었다. 거기에서 버티고 있었던 건 아마 달리 갈 곳이나 할 일이 없어서였을 것이다. 심지어 내가 거기 얼마나 오래 서 있었는지도 알 수 없었다. 그냥 초인종을 누르는 데에만 열중했다. 마치 그걸 붙잡고 있으면 어째서인지 제이크를 구할 수 있는 것처럼.

뒤로 물러서서 차에서 기다리는 캐런을 돌아보았다. 캐런은 휴대폰을 귀에 바짝 붙인 채 불안한 시선으로 날 지켜보고 있었다. 나는 경찰에 신고하기를 원하는 캐런에게 백 경위의 연락처를 알려주었다. 나와 눈이 마주치자 캐런이 고개를 저었다.

난 문을 돌아보았지만 앞으로 어떤 상황이 벌어질지 도무지 짐작도 가지 않았다. 제이크의 보물 꾸러미를 들여다본 이후로 오로지 아드레날린에만 의지해 움직였는데, 막상 여기 오고 나니 도대체 조지 손더스에게 무슨 말을 해야 할지, 뭘 어떻게 해야 할지 갈피를 잡을 수 없었다. 젠장.

잠금쇠가 돌아가는 소리.

어젯밤 보았던 아버지의 모습이 다시 떠올랐다. 몸에 난 상처들.

그분은 강건하고 유능한 경찰이었는데도 가볍게 제압당하고 말았다. 아버지에게 무기가 없었고 아마도 기습을 당했을 걸 감안하더라도 그랬다. 도대체 내가 뭘 할 수 있지?

내 생각이 짧았다.

문이 열렸다.

난 사슬이 걸려 있을 거라고 예상했다. 손더스가 잔뜩 켕기는 태도로 몸을 절반만 드러내고 바깥을 엿볼 거라고 생각했다. 하지만 문은 조금도 거리낌 없이 활짝 열렸고, 난 그 남자를 본 순간 충격을 받았다. 어떻게 봐도 평범해 보였고, 20대일 거라고 짐작하고 있었는데도 엄청나게 어려 보였다. 어린애 같은 부드러운 느낌이 있었다. 그렇게 무해해 보이는 사람을 보게 될 줄은 전혀 예상하지 못했다.

"조지 손더스?"

내가 물었다.

남자는 순순히 고개를 끄덕이고는 걸치고 있는 흰 로브를 더 단단히 여몄다. 지저분하게 헝클어진 검은 머리카락과 얼굴 표정으로 미루어 방금 잠에서 깬 듯했다. 어리둥절하고 살짝 짜증이 난 듯한 기색이었다.

"로즈 테라스 학교에서 일하시는 분 맞죠?"

조지가 눈을 찡그리고 날 보았다.

"네. 맞아요."

"제 아들이 거기 다닙니다. 당신이 그 애를 가르치는 걸로 아는데요."

"아. 음, 아뇨, 전 가르치지 않아요. 그냥 교실 도우미입니다."

"3학년요. 제이크 케네디."

"맞아요. 음, 우리 반인 것 같아요. 하지만 아마⋯, 그 애의 담임 선생님과 이야기를 하셔야 할 것 같은데요."

조지는 얼굴을 찌푸리더니, 이제야 생각났다는 듯 졸리고 혼란스러운 표정으로 덧붙였다.

"그리고 학교로 가셔야죠. 도대체 제 주소는 어떻게 아셨죠?"

난 그 남자를 보았다. 얼굴은 창백했고, 더운 아침 기온에도 불구하고 몸을 살짝 떨고 있었다. 정말 아픈 것처럼 *보였다*. 그리고⋯, 나 때문에 약간 불안해하는 것 같았다. 하지만 딱히 내 앞이라서 불안해하는 눈치는 아니었다. 그냥 학생의 아버지가 자기 집까지 찾아왔다는 상황 때문에 불편해하는 듯 보였다.

"그게, 학교 일 때문에 온 게 아닙니다."

내가 말했다.

"그럼 무슨 일 때문인데요?"

"제이크가 실종됐습니다."

손더스가 이해가 안 간다는 듯 고개를 가로저었다.

"누군가가 그 애를 납치했어요."

나는 말했다.

"닐 스펜서처럼요."

"이런 세상에."

손더스는 진정으로 경악한 표정을 지었다.

"정말 큰일이네요. 이 일이 언제⋯?"

"어젯밤에요."

"이런, 세상에."

손더스가 다시 되풀이하고는 눈을 감고 이마를 문질렀다.

"끔찍한 일이네요. 끔찍해요. 전 제이크랑 뭘 그다지 같이 해보지는 못했지만 정말 착한 아이 같던데요."

착한 아이 맞아. 난 생각했다.

내 의심에 의심이 들기 시작했다. 날 여기까지 이끈 증거는 종잇장처럼 얇고, 실제로 본 손더스는 파리 한 마리도 안 죽일, 아니, 못 죽일 사람 같았다. 그리고 제이크가 납치됐다는 소식에 진심으로 놀란 것처럼 보였다. 이 남자는 충격 받은 기색이 역력했다.

난 나비 그림을 들어 보였다.

"당신이 이걸 그 애한테 그려줬나요?"

손더스가 그림을 유심히 보았다.

"아뇨. 본 적도 없는데요."

"당신이 그린 게 아니라고요?"

"네."

남자는 한 걸음 뒤로 물러섰다. 종이를 쥐고 있는 내 손은 덜덜 떨리고 있었고, 손더스는 정확히 나 같은 남자가 갑자기 문 앞으로 찾아온다면 누구라도 그럴 법한 방식으로 반응하고 있었다.

"바닥의 남자애는요?"

나는 물었다.

"뭐라고요?"

"바닥의 남자애요."

날 응시하는 남자의 얼굴은 이제 확실히 공포에 질려 있었다. 자기가 뭔가 의심을 받고 있다는 걸 점차 깨달은 사람이 느낄 법한 그런 공포였다. 그리고 혹시 이게 연기라면, 이 남자는 굉장한 연기자였다.

이건 실수야. 난 생각했다.

하지만 그렇다 해도.

"제이크!"

난 남자의 뒤편을 향해 고함쳤다.

"뭐 하시는…?"

난 손더스와 거의 가슴이 맞닿을 정도로 문틀에 몸을 밀어붙이고 다시 소리쳤다.

"제이크!"

대답은 없었다.

잠시 침묵이 흐른 후 손더스가 침을 삼켰다. 꿀꺽 하는 소리가 어찌나 컸던지 내 귀에 들릴 정도였다.

"케네디…, 씨?"

"네."

"힘들어하시는 건 이해할 수 있습니다. 정말로요. 하지만 지금 절 겁주고 계세요. 이게 지금 무슨 상황인지는 잘 모르지만, 정말이지 이제 그만 가주셔야 할 것 같아요."

난 손더스를 쳐다보았다. 그 눈빛에 선연히 드러난 공포는 내가 보기엔 진짜 같았다. 전신이 살짝 움츠린 상태로 꼿꼿이 굳어 있었다. 상대가 단순히 목소리만 좀 높여도 움츠러드는 유형의 소심한 남자였다. 그리고 이미 나 때문에 움츠러든 것 같았다.

손더스는 진실을 말하고 있었다.

제이크는 여기 없었다. 그리고 난….

그리고 난….

난 고개를 젓고는 한 발 뒤로 물러났다.

엉망이다. 전부 망쳐버렸다. 여기 온 건 실수였다. 경찰이 시킨 대로 캐런의 집으로 돌아가 있었어야 했다. 내가 뭔가 더 잘못을 저지르기 전에. 이미 망친 것보다 더 심하게 상황을 망쳐버리기 전에.

"죄송합니다."

나는 말했다.

"케네디 씨…."

"죄송합니다. 이제 갈게요."

64

여기서 기다려.

안 그러면 달리 무슨 방법이라도 있나? 없다.

제이크는 침대에 앉아 양손으로 가장자리를 꽉 쥐고 있었다. 조지는 방을 나간 후 계단 아래의 문을 잠갔다. 초인종은 그때까지도 계속 울리고 있었다. 소리는 1분쯤 더 지속되다 마침내 멈췄고, 그래서 제이크는 조지가 문을 열어줬나 보다고 짐작했다. 아마도 문간에 찾아온 누군가와 아직 이야기하는 중이겠지. 그게 아니면 분명히 여기로 도로 올라왔을 테니까. 그 누군지 모를 사람이 찾아오기 전에 하려던 일을 마저 하려고.

어쩌면 내가 말을 잘 들으면 안 그럴지도 몰라. 제이크는 그렇게 생각했다.

어쩌면 내가 여기서 기다리면 조지는 나를 다시 좋아해줄지도 몰라.

"넌 그게 진실이 아닌 걸 알잖아, 제이크."

제이크는 고개를 돌렸다. 여자애는 제이크 옆에 앉아 있었고, 다시금 심각한 표정을 짓고 있었다. 하지만 이제는 달랐다. 여자애의 얼굴엔 두려움이 가득했지만, 또한 차분한 단호함 역시 깃들어 있었다.

"그 아저씨는 나쁜 사람이야."

여자애가 말했다.

"그리고 널 해칠 작정이야. 네가 어떻게든 막지 않으면 널 해치고 말 거야."

제이크는 울고 싶었다.

"내가 어떻게 그 아저씨를 막을 수 있는데?"

여자애는 부드러운 웃음을 지었다. 마치 그 질문에 대한 답은 우리 둘 다 알지 않느냐고 말하는 듯했다. 아니, 아니, 아니야. 제이크는 맞은편 방구석을 건너다보았다. 거기엔 층계로 이어지는 짧은 통로가 있었다. 하지만 거기 내려간다는 건 절대 불가능한 일이었다. 그 밑에서 기다리는 무언가를 마주한다는 건 절대 불가능한 일이었다.

"난 그렇게 못 해!"

"하지만 찾아온 사람이 너희 아빠면 어떡해?"

그게 바로 제이크가 감히 두려워 엄두를 내지 못하던 생각이었다. 아빠가 실은 제이크를 찾고 싶어 했고, 어떻게든 찾아냈고, 그래서 지금 아래층에 와 있을지도 모른다는 생각.

그건 너무 큰 희망이었다.

"아빠가 와서 날 데려갈 거야."

"그러려면 네가 여기 있다는 걸 아셔야겠지. 지금은 모르는 게 분명하고."

잠시 생각에 잠겼던 여자애가 말을 이었다.

"어쩌면 네가 아빠를 중간으로 마중 가야 할지도 몰라."

제이크는 고개를 저었다. 그건 너무 큰 요구였다.

"난 저기 못 내려가."

잠시 침묵에 잠겼던 여자애가 이윽고 나지막한 목소리로 말했다.

"내게 악몽 이야기를 해줘."

제이크는 눈을 질끈 감았다.

"엄마를 발견하는 꿈이잖아, 안 그래?"

"맞아."

"그리고 넌 전에는 아무한테도 그 이야기를 하지 않았지, 심지어 아빠한테도. 왜냐하면 그게 너무 무서웠으니까. 하지만 이제 나한테는 그 이야기를 해도 돼."

"못 해."

"아니, 할 수 있어."

여자애가 속삭였다.

"내가 도와줄게. 네가 거실에 들어갔는데 집이 텅 빈 것처럼 느껴졌지. 아빠는 거기 없었어, 안 그래? 아빠는 아직 밖에 계셨지. 그래서 넌 거실을 지나갔어."

"하지 마."

제이크가 말했다.

"햇살이 비쳤지."

제이크는 눈을 질끈 감았지만 그래도 소용없었다. 예전 집의 뒤쪽 창문으로 비스듬히 들어오던 햇살이 감은 눈꺼풀 속으로 떠올랐다.

"넌 아주아주 느리게 걸었어. 왜냐하면 뭔가가 잘못됐다는 걸 느낄 수 있었으니까. 뭔가가 없어졌어. 왠지 몰라도 넌 그걸 이미 알고 있었어."

그리고 이제 제이크는 뒷문과 벽 그리고 난간을 볼 수 있었다.

모든 게 차례차례 눈앞에 펼쳐졌다.

그리고 그 후….

"그리고 넌 봤지."

여자애가 말했다.

"안 그래?"

이건 악몽이 아니었다. 그래서 잠에서 깨어남으로써 도망칠 수가 없었다. 그랬다. 제이크는 엄마를 보았다. 엄마는 한쪽 뺨을 카펫에 댄 채 계단 밑에 누워 있었다. 얼굴은 창백하다 못해 살짝 파란 기까지 돌았으며 눈은 감겨 있었다. 나중에 아빠한테 심장마비였다는 설명을 듣긴 했지만, 제이크는 이해할 수 없었다. 심장마비는 더 나이 많은 사람들이 걸리는 거니까. 하지만 아빠는 젊은 사람들도 가끔 그럴 때가 있다고 말했다. 아마 심장이 너무⋯. 그리고 아빠는 말끝을 흐리고 울기 시작했다. 제이크도 함께 울었다.

하지만 그건 더 나중 일이었다. 당시 제이크는 그냥 거기 선 채, 머리로 이해할 수 없는 감정에 압도되어 그저 눈에 보이는 광경을 그대로 받아들이고 있었다.

"난 봤어."

제이크가 말했다.

"그게 뭐였지?"

"엄마였어."

그냥 엄마였다. 무서운 괴물 같은 게 아니라. 무서운 건 그때 제이크가 느낀 기분과 그 상황의 의미였다. 그 순간, 엄마가 아니라 제이크의 일부가 거기 누워 있는 것 같았고, 자신의 내부에서 폭발한 온갖 감정들은 아무리 시간이 지나도 설명할 수 없을 것 같았다. 그건 우주가 태어난 빅뱅만큼이나 어마어마했다. 하지만 그건 그냥 엄마였다. 제이크는 엄마를 무서워할 필요가 없었다.

"우린 당장 아래층으로 가야 해."

여자애가 제이크의 어깨에 손을 얹으며 말했다.

"겁낼 건 아무것도 없어."

제이크는 눈을 뜨고 여자애를 보았다. 여자애는 아직 거기 있었고, 왠지 몰라도 이전 어느 때보다도 더 현실적으로 보였다. 제이크는 그 여자애처럼 자신을 사랑해주는 사람은 본 적이 없다고 생각했다.

"나랑 같이 가줄래?"

제이크가 물었다.

여자애는 웃음을 지었다.

"당연하지. 언제나, 우리 왕자님."

그 후 침대에서 일어난 여자애는 제이크의 양손을 붙잡고 일으켜 세웠다.

"우린 어떡해야 한다고?"

여자애가 말했다.

65

"미안해요. 이제 갑니다."

내가 누구한테 사과하는 건지도 알 수 없었다. 아마 손더스한테 겠지. 아무런 증거도 없이 이렇게 집까지 찾아와서 의심하고 몰아 세우고 겁을 주었으니. 하지만 사과의 의미는 단순히 그것만은 아니었다. 그 사과는 제이크에게 하는 거였다. 리베카에게. 심지어 나자신에게. 난 우리 모두를 실망시켰다.

캐런을 돌아보았다. 여전히 휴대폰을 귀에 바짝 붙이고 있었지만, 날 보고 다시 고개를 저었다.

"저기요."

손더스가 조심스레 입을 열었다.

"괜찮습니다. 이미 말씀드렸지만, 괴로워서 그러시는 거 알아요. 그리고 지금 얼마나 힘드실지 감히 상상도 안 갑니다. 하지만…."

손더스는 말끝을 흐렸다.

"압니다."

나는 대꾸했다.

"경찰한테 제가 아는 걸 전부 얘기할게요. 그리고 그 애를 찾으시길 빕니다. 아드님을요. 이 모든 게 뭔가 착오 같은 거였으면 좋겠네요."

"고맙습니다."

고개를 끄덕이고 막 차로 돌아가려는데 뒤쪽, 집안 어딘가에서 소음이 들렸다. 난 걸음을 멈추고 손더스를 돌아보았다. 누군가가 멀리서 쾅쾅 두드리며 고함치고 있었지만, 너무 멀어서 간신히 들릴락 말락 했다.

손더스도 그 소리를 들었다. 내가 등을 돌린 사이 그 남자의 표정은 달라져 있었는데, 좀 전과는 달리 아프거나 유약하거나 무해해 보이지 않았다. 마치 앞서의 성격은 단지 위장이었고 떨어져 나가버린 것처럼, 난 뭔가 철저히 낯선 것을 마주하고 있었다.

남자는 황급히 문을 닫으려 했다.

"제이크!"

난 재빨리 계단을 올라가 문이 닫히기 직전에 발을 끼워 넣었다. 문짝이 무릎에 부딪쳤지만 상관없었다. 한손을 문설주 안쪽에 버티고 등을 딱 붙인 채 온 힘으로 밀쳤다. 손더스는 반대편에서 끙끙대며 힘을 주고 있었다. 하지만 내 덩치가 더 컸고 아드레날린이 급히 솟구치면서 내 무게를 더해주고 있었다.

제이크가 이 집안 어딘가에 있다. 내가 당장 그 애한테 가지 못하면 손더스는 그 애를 죽일 것이다. 이제 놈이 이 상황에서 벗어날 방법은 없었다. 누구 마음대로. 하지만 내가 집 안에 들어가지 못하는 한 놈은 여전히 내 아들을 해칠 수 있었다.

"제이크!"

갑자기 저항이 사라졌다.

손더스가 물러선 게 분명했다. 문이 벌컥 열림과 동시에 나는 거실로 쏜살같이 뛰어 들어가 놈을 들이받았다. 충돌하는 순간 손더스는 힘없이 내 옆구리를 때리고는 비실거리며 뒷걸음쳤고, 난 놈을 밀면서 함께 바닥에 넘어졌다. 놈은 바닥에 머리를 부딪쳤고, 내

오른 팔뚝이 놈의 턱에 걸쳐졌다. 난 왼손으로 놈의 오른팔을 움직이지 못하게 바닥에 내리누르고 있었다. 놈은 벗어나려고 몸을 들썩거렸지만 나에 비해 덩치가 너무 작았다. 난 갑자기 놈을 제압할 수 있다는 확신이 들었다.

하지만 그때 날 밀치고 일어나려고 버둥대던 손더스의 손이 아까 맞은 내 옆구리에 닿았고, 갑자기 고통이 덮쳐왔다. 몸이 마비될 정도는 아니었지만 역겹고 지독한 통증이었다. 저 안쪽 깊은 곳에서부터 뭔가가 잘못됐다는 느낌이 들었다. 내려다보니 놈은 여전히 내게 주먹을 갖다 대고 있었다. 그리고 놈이 걸친 흰색 로브로 차츰 번져가는 핏자국이 보였다.

놈이 쥐고 있던 칼은 내 몸 어딘가에 박혀 있었다. 놈이 분노의 비명을 지르며 나를 밀치고 몸을 일으키자 내 온몸의 세포가 놈과 함께 새된 비명을 질렀다.

제이크!

난 내가 머릿속으로 그렇게 외친 건지 아니면 실제로 외친 건지 알 수 없었다.

내 얼굴에서 10센티미터도 떨어지지 않은 손더스의 얼굴이 이를 드러낸 채 내게 침을 뱉으며 날 물어뜯으려 하고 있었다. 난 놈을 짓눌렀다. 시야 가장자리가 작디작은 별들로 쪼개지기 시작하고 있었다. 그리고 그때 놈이 다시 몸을 들썩이자 칼이 함께 움직이면서 그 별들이 폭발했다. 이대로 일어나게 두면 놈은 나를 죽인 다음 제이크를 죽일 것이다. 놈을 더 힘주어 짓누르자 칼이 다시 움직이면서 폭발하는 별들이 흰 빛으로 흐려져 점차 내 시야를 가득 채웠다. 하지만 놈이 일어나게 놔둘 수는 없었다. 죽는 한이 있어도 절대 놈을 놔주지 않을 것이다.

제이크.

그 두드리는 소리와 고함은 여전히 내 위쪽 어딘가에서 들려오고 있었다. 이제는 뭐라고 외치는지 알아들을 수 있었다. 내 아들이 위층에 있고, 그 애는 날 부르고 있었다.

제이크.

빛이 나를 집어삼키면서 별들이 사라졌다.

아빠가 미안해.

66

아드레날린은 정신이 번쩍 들게 하는 효능이 있다.

프랜시스 카터.

어맨다는 생각했다.

또는 데이비드 파커.

또 다른 가명을 쓰고 있을지도 모르지만.

아까 서에서, 어맨다는 학교 직원들을 하나하나 살펴보며 20대 후반의 남자를 찾았다. 학교의 남자 직원은 경비원까지 포함해서 총 네 명이었고, 그중 나이대가 일치하는 남자는 한 명뿐이었다. 조지 손더스는 24살이었고, 프랜시스 카터는 아마 이제 27살쯤 됐을 것이다. 하지만 가짜 신분증을 살 때 나이는 얼추 비슷하기만 하면 된다.

닐 스펜서가 실종된 후 손더스에게도 신문을 실시했지만 걸리는 부분은 전혀 없었다. 어맨다는 녹취록을 읽었다. 손더스는 교양 있어 보이고 믿음이 가는 남자였다. 범행 시간대에 알리바이가 없긴 했지만, 그리 놀라운 일은 아니었다. 전과는 전혀 없었다. 주의해야 할 징후는 전혀 보이지 않았다. 캐볼 만한 거리는 아무것도 없었다. 다만, 이제 새로운 조사 결과 진짜 조지 손더스는 그 3년 전에 사망했음이 밝혀졌다.

손더스의 집이 있는 거리로 들어서는데 이상하게 비현실적인 느낌이 들었다. 목적지에서 약간 떨어진, 주인이 없는 듯한 집 앞에 차를 세웠다. 그 뒤로 승합차 한 대가 들어왔고, 서로 반대 방향에서 다른 차 두 대가 더 접근해 언덕 아래로 약간 떨어진 자리에 차를 세웠다. 모두 손더스가 창밖을 내다봐도 아무것도 볼 수 없도록 일부러 사각지대에 자리 잡았다. 그건 중요했다. 놈이 집 안에 바리케이드를 치고 틀어박혀 인질극에 돌입한다면 그야말로 달갑지 않은 상황이 될 것이다.

하지만 상황이 그렇게 흘러가진 않을 거야. 어맨다는 생각했다. 막다른 구석에 몰리면 손더스는 그냥 제이크 케네디를 죽여 버리겠지.

어맨다는 그동안 줄곧 울리고 있던 휴대폰을 비로소 꺼냈다. 부재중 통화 네 통. 첫 세 통의 발신 번호는 모르는 번호였다. 넷째는 병원에서 온 거였다. 피트의 소식이 있다는 뜻이었다.

어맨다의 안에서 뭔가가 무너져 내렸다. 지난밤 자신이 피트를 잃지 않겠다고, 제이크 케네디를 반드시 찾아내겠다고 얼마나 굳게 다짐했는지를 떠올렸다. 실로 어리석은 생각이었다. 하지만 지금은 감정에 휘둘릴 때가 아니라고 다짐하고 정신을 집중했다. 이 일들 중에서 지금 어떻게든 해볼 수 있는 건 단 하나뿐이었으니까.

내 책임 하에 또 한 아이를 잃을 수는 없어.

어맨다는 차에서 내렸다.

거리는 조용했다. 여긴 거의 완전히 버려진 곳처럼 보였다. 잠든 채로 서서히 죽어 가는 도시의 한 귀퉁이. 등 뒤에서 승합차 문이 열리고 신발 밑창이 타맥을 긁는 소리가 들렸다. 언덕 밑으로 포장도로에 모여드는 경찰들이 보였다. 작전은 우선 어맨다가 혼자인 척 먼저 접근해 문을 열게 만든 후 안으로 진입하는 거였다. 그 후

한바탕 활극이 벌어질 테고, 놈은 몇 초 안에 기습체포될 것이다.

하지만 그때 집 앞에 세워져 있는 캐런 쇼의 차가 눈에 띄었다. 그리로 다가가던 어맨다는 조지 손더스의 집 문이 열려 있는 걸 알아채고 달리기 시작했다.

"전원, 움직여!"

앞뜰을 지나 집으로 달려가 열린 문으로 들어서자 거실이 나왔다. 거실 바닥엔 몸뚱이들이 뒤엉켜 있고 사방이 피 웅덩이였지만 한눈에 봐서는 누가 다쳤고 누가 안 다쳤는지 판단할 수 없었다.

"제발 도와줘요."

캐런 쇼의 목소리였다. 어맨다는 그리로 움직였다. 쇼는 무릎으로 프랜시스 카터의 한쪽 팔을 깔아뭉갠 채 움직이지 못하게 하려 애쓰고 있었다. 그리고 그 둘 사이에서 톰 케네디가 프랜시스 카터의 몸통을 누르고 있었다. 카터 자신은 꼼짝없이 붙들려 눈을 질끈 감은 채 절박하게 움직이려 안간힘을 쓰고 있었다. 하지만 놈의 힘으로는 두 사람의 체중을 이길 수 없었다.

위쪽 어딘가에서 쾅쾅 두드리는 소리와 고함소리가 어맨다의 귀에 들려왔다.

"아빠! 아빠!"

경관들이 어맨다 뒤로 들이닥쳤다. 십여 명의 몸뚱이가 좁은 공간에 부대꼈다.

"이 사람 건드리지 말아요."

캐런이 고함쳤다.

"칼에 찔렸어요."

어맨다는 카터의 목욕 가운에 번진 피를 보았다. 톰 케네디는 미동도 하지 않았다. 죽었는지 살았는지 판단이 안 섰다.

오늘 이 사람까지 잃는다면….

"아빠! 아빠!"

적어도 저 비명만큼은 어맨다가 해결할 수 있는 거였다.

어맨다는 층계로 달려갔다.

제6부

67

피트는 죽음 직전에 눈앞에 평생이 스쳐 간다던 말을 떠올렸다.

이제 그게 진실임을 알게 됐지만, 물론 그건 살아 있는 동안에도 항상 일어나는 일이었다. 인생이 참 빨리도 지나갔군. 피트는 생각했다. 어렸을 때, 나비와 하루살이의 수명을 알고 깜짝 놀란 적이 있었다. 겨우 며칠이나 심지어 몇 시간밖에 못 사는 존재들이 있다니, 도저히 이해가 안 갔다. 하지만 피트는 이제 그게 모두에게 해당된다는 사실을 이해했다. 단지 관점의 문제였다. 매 해는 갈수록 더 빨리 지나갔다. 마치 서로서로 팔짱을 낀 채 점점 더 큰 원을 그리며 도는 친구들처럼, 한밤중이 다가올수록 더 빨리 돌아갔다. 그리고 갑자기 끝나버렸다.

지금 피트의 눈앞에서 그 광경이 시간의 흐름을 거슬러 펼쳐지고 있었다.

복도에서 들어오는 부드러운 조명이 방 안에서 평화롭게 잠들어 있는 어린 남자아이를 비추고 있었다. 아이는 얼굴 앞에서 양손을 포갠 채 모로 누워 있었다. 모든 게 잠잠했다. 사랑받는 아이가 안전하고 따뜻하게 그리고 두려움 없이 잠들어 있었다. 침대 옆 바닥에 책장이 펼쳐진 채 떨어져 있는 오래된 책이 눈에 띄었다.

네 아빠도 어렸을 때 이 책들을 좋아했단다.

그리고 그 후 조용한 시골길이 눈앞에 나타났다. 때는 여름으로,

온 세상이 활짝 꽃을 피우고 있었다. 피트는 주위를 둘러보며 눈을 껌뻑였다. 따뜻한 타맥 도로 양편의 산울타리는 울창하고 생명력으로 가득했다. 나무 잎사귀들이 머리 위에서 서로 손을 맞잡고 캐노피를 이루어 세상을 라임색과 레몬색으로 물들였다. 나비들이 날개를 팔랑대며 들판 위를 날아갔다. 이곳이 이토록 아름다웠나. 예전에는 신경이 온통 딴 데가 있어서 미처 알아차리지 못했다. 보아도 본 게 아니었다. 이젠 너무도 선명히 보이는 그 광경에, 피트는 자신이 그걸 보지 못할 정도로 다른 데만 집중할 수 있었다는 게 놀라웠다.

또 다른 주마등. 하지만 이번 장면은 너무 역겨워서 거부하고 싶었다. 공중에는 포도주 냄새가 진동하고, 파리 떼가 아무 목적 없이 날쌔게 윙윙 날아다녔다. 화난 태양이 바닥에 누운 아이들을 내려다보고 있었다. 하지만 그 아이들은 이제 더는 아이들이 아니었다. 그리고 그 후 어떻게 된 건지는 몰라도 시간이 좀 더 빨리 역행했다. 자비롭게도. 피트는 뒷걸음쳤다. 문이 흔들리다 닫혔다. 자물쇠가 딸깍 잠겼다.

지옥은 그 누구도, 단 한 번도 보아서는 안 된다.

다시 그 안을 들여다볼 필요는 없었다.

이번 장면은 해변이었다. 다리에 닿는 모래는 비단처럼 부드럽고 고왔고, 하늘을 꽉 채운 듯한 밝은 흰색 태양이 정수리를 뜨겁게 달궜다. 앞쪽에 펼쳐진 거품 이는 바다는 은으로 된 깃털 같았다. 옆에 있는 여자는 너무나 가까이 앉아 있어서, 여자의 팔에 난 솜털이 피트의 살갗을 찌릿하게 했다. 여자는 다른 손에 든 카메라를 자신과 피트에게 향하고 있었다. 피트는 햇살에 눈을 찡그린 채 웃으려 애를 썼다. 그때 그곳에서 피트는 너무 행복했다. 당시에는 깨닫지 못했지만 사실이었다. 이 여자를 너무도 사랑했지만, 어떤 이유에서인지 그걸 말로 표현할 방법을 알지 못했다. 지금은 알았다. 너무 간단했다. 찰칵 하고 셔터가 닫힌 순간 피트는 고개를 돌려 여자를 보고, 자신이 그 단어를 단순히 입 밖으로 내는 것만이 아니라 온몸으로 느끼도록 허용했다.

"사랑해."

여자는 피트를 보며 웃었다.

여기 한 집이 있었다. 그 보기 흉한 판잣집은 증오로 꿈틀거리고 있었다. 그 안에 살고 있는, 피트가 아는 그 남자와 매우 비슷했다. 안으로 들어가고 싶지 않았지만 선택권이 없었다. 피트는 작았다. 이제 다시 아이로 돌아가 있었다. 그리고 여긴 피트의 집이었다. 앞문이 덜커덕 하고 열리자 발밑의 카펫이 먼지를 한숨처럼 뿜어냈다. 원망으로 가득 찬 공기는 숨 막힐 듯 답답하고 잿빛이었다. 거실 벽난로 옆 안락의자에 괴팍한 늙은 남자가 앉아 있었다. 지저분한 점퍼에서 튀어나온 배가 허벅지에 얹혀 있었다. 남자는 얼굴에 조소를 띠고 있었다. 늘 그랬다. 그렇지 않으면 무표정이었다.

피트는 언제나 실망만 주었다. 이제는 자신이 얼마나 쓸모없는 존재였는지를 선명히 볼 수 있었다. 자신이 한 일 중 제대로 해낸 일은 아무것도 없었다는 걸.

하지만 그건 사실이 아니었다.

당신은 날 몰라. 피트는 생각했다.

한 번도 알지 못했지.

어렸을 때 피트에게 아버지는 알지 못하는 외국의 언어와 같았지만 지금은 그 언어에 통달했다. 그 남자는 피트가 다른 사람이길 바랐고, 그래서 피트를 혼란스럽게 만들었다. 하지만 이제 자신의 아버지라는 책을 처음부터 끝까지 읽을 수 있게 된 피트는 그 중 자신에 관한 내용은 하나도 없다는 걸 알았다. 자신의 책은 따로 있었고, 그저 그걸 이해하는 데 시간이, 너무도 많은 시간이 필요했을 뿐이었다.

이제 아이의 방이 보였다. 창문도 없고 싱글침대 두 개가 간신히 들어갈 정도로 작은 방이었다. 침대에 누워 시트와 베개의 냄새를 한껏 마시자 갑작스럽게 친숙함이 밀려들었다. 매트리스와 나무 틀 사이에 애착 담요가 끼어 있었다. 피트는 본능적으로 손을 뻗어 그 부드러운 천 끄트머리를 코에 갖다 대고 눈을 감고 숨을 들이켰다.

이게 끝이라는 걸 피트는 깨달았다. 그동안 살아온 인생의 뒤엉킨 실타래가 눈앞에 마치 태피스트리처럼 쭉 펼쳐졌고, 이제 그걸 보니 명확히 이해할 수 있었다. 이제 와 돌이켜보니 그 모든 게 너무나 빨랐다.

처음으로 돌아가 다시 할 수만 있다면 얼마나 좋을까.

이제 열린 문이 보였다. 허름한 복도에서 비스듬히 들어온 조명이 피트의 몸을 비추고 있었다. 이윽고 다른 남자가 망설이는 듯 느리고 조심스러운 걸음걸이로 들어왔다. 어딘가 다쳤거나 아픈 곳이 있는 듯한 걸음걸이였다. 남자는 힘겹게 침대로 다가와 무릎을 꿇었다.

뭘 해야 할지 망설이는 듯, 잠든 피트를 얼마동안 지켜보던 남자는 마침내 결정을 내린 모양이었다. 허리를 숙여 조심스럽게 피트를 껴안았다.

그리고 피트는 그 무렵 더 깊은 꿈에 거의 잠겨 있었음에도 그 포옹을 느낄 수 있었다. 어쩌면 단순히 상상한 걸지도 모르지만. 그리고 잠깐이나마 이해받고 용서받은 듯한 기분이 들었다. 마치 하나의 동그라미가 완성되거나 뭔가 몰랐던 걸 알게 된 것처럼.

마치 없어졌던 자신의 퍼즐 조각 하나가 마침내 제자리를 찾은 것처럼.

68

집에 돌아오니 편지 한 통이 기다리고 있었지만 어맨다는 곧장 뜯어보지 않았다.

휘트로 왕립교도소 소인을 보면 누가 보낸 것인지는 빤했고, 지금은 그걸 마주할 엄두가 나지 않았다. 프랭크 카터는 피트를 20년 동안이나 괴롭혔다. 조롱하고 가지고 놀았다. 하필이면 피트가 죽은 날, 득의양양해하는 카터의 편지를 읽을 마음은 전혀 없었다. 물론 이 편지를 보냈을 때 카터가 그걸 알았을 리는 없었다. 하지만 생각해보면 그 자는 어쩐지 모든 걸 아는 것 같았다.

엿이나 먹으라지. 어맨다는 더 나은, 더 중요한 할 일이 있었다.

어맨다는 식탁 테이블에 편지를 놔두고 가득 채운 포도주 잔을 들어 올렸다.

"당신에게 건배, 피트."

나지막한 목소리였다.

"잘 가요."

그리고 그 후, 자신을 억누르지 못하고 울기 시작했다. 말도 안 되는 일이었다. 어맨다는 눈물을 쉽게 보이는 사람이 아니었다. 늘 침착하고 감정에 좌우되지 않는 게 자랑이었다. 하지만 이 수사는 어맨다를 바꿔놓았다. 그리고 어차피 지금은 누가 보고 있는 것도 아니니까 자신을 놓아줘도 괜찮을 것이다. 기분이 좋았다. 잠시 후 어맨다는 자신이 사실 피트를 위해서 우는 것도 아니라는 걸 깨달았다. 그보다는 지난 몇 달을 쏟아내는 것에 더 가까웠다.

피트를 위해서, 맞다. 하지만 닐 스펜서를 위해서이기도 했다. 톰과 제이크 케네디를 위해서.

그 모든 것을 위해서.

마치 몇 주 동안 숨을 참고 있었던 것만 같았다. 이 흐느낌은 간절하게 필요했던 깊은 호흡이었다.

어맨다는 단숨에 잔을 비우고 한 잔 더 따랐다.

톰과 이야기를 나눈 후 사정을 알게 된 어맨다는 아마도 피트라면 자신이 술에 취하는 걸 바라지 않을 거라고 생각했다. 하지만 그래도 이해해줬을 것이다. 사실 피트가 지금 자신을 본다면 어떤 표정을 지을지 상상이 갔다. 다 안다는 표정. 피트가 늘 어맨다에게 지어 보이던, 이렇게 말하는 듯한 표정. 나도 겪어봤어요. 그리고 다 알아요. 하지만 그건 말로 표현할 수 있는 게 아니죠. 안 그래요?

그렇다. 피트는 다 알았다. 위스퍼 맨 사건은 그 남자의 인생에서 마지막 20년을 집어삼켰다. 그 모든 일을 겪고 난 지금, 어맨다는 조심하지 않으면 자신 역시 똑같은 처지가 되고 말 거라고 생각했다. 하지만 어쩌면 그것도 나쁘지 않을지도 모른다. 아니, 심지어 그렇게 되는 게 맞는지도 모른다. 어떤 사건들은 사람을 놓아주지 않고, 발톱을 깊이 박고 매달린다. 떨쳐버리려고 아무리 애를 써도 소용없다. 언제까지나 꼬리처럼 질질 끌고 다니게 만든다. 이 사건 이전에 어맨다는 늘 자신에게는 그런 일이 일어나지 않을 거라고 생각했다. 자신은 피트 같은 방식으로 발목 잡히지 않고 라이언스처럼 사다리를 올라갈 거라고. 하지만 이제는 자신을 조금 더 잘 알았다. 자신이 이 짐을 앞으로 오랫동안 지고 다니게 되리라는 걸. 알고 보니 어맨다는 전혀 이성적이지 못한 그런 경찰이 될 운명이었다.

그러면 그러라고 하지.

어맨다는 둘째 잔마저 들이켜고 셋째 잔을 따랐다.

물론 매달리는 데에는 긍정적인 점도 있었다. 그 모든 문제에도 불구하고, 매달리는 건 중요한 일이었다. 제이크 케네디는 너무 늦기 전에 발견됐다. 프랜시스 카터는 감옥에 있었다. 그리고 어맨다는 놈을 잡은 사람으로 기억될 것이다. 어맨다는 자신을 뼈까지 갈아 넣었다. 할 수 있는 모든 일을 했고 능력을 입증했다. 중요한 순간에 단 1초도 허투로 흘려보내지 않았다. 제기랄.

결국 어맨다는 마음을 강철처럼 굳히고 편지를 뜯었다. 이젠 어차피 취기가 오를 만큼 올라서 프랭크 카터가 뭐라고 했든 무심히 넘길 자신이 있었다. 놈이 무슨 대단한 존재라고? 그 개자식은 끼적이고 싶은 만큼 실컷 끼적이라고 하자. 놈의 글은 그대로 퉁겨나가 버릴 테고, 어맨다에게는 아무런 영향도 없을 것이다. 피트의 경우와는 달랐다. 카터에게는 어맨다를 협박할 거리가 아무것도 없었다. 어맨다를 상처 입힐 방법이 없었다.

거의 백지에 가까운 종이 한 장.

카터는 이렇게 썼다.

피트가 아직 들을 수 있다면, 고맙다고 전해줘요.

69

프랜시스는 자기 감방에 앉아 기다리고 있었다.

지난 2주를 교도소에서 대기 상태로 보냈지만 오늘은 어딘가에서 톱니바퀴가 딱 맞물렸고, 프랜시스는 마침내 그때가 왔음을 알았다. 소등 시간이 지난 어둠 속에서 참을성 있게 침대에 앉아 기다렸다. 옷은 낮에 입은 그대로, 양손은 허벅지에 올린 채였다. 주위의 다른 재소자들이 외치던 금속성 소음과 야유의 메아리도 점차 잦아들었다. 반대편 벽을 응시했지만 거의 아무것도 보이지 않았다.

기다리는 중이었다.

이제 어른 남자인 프랜시스는 두렵지 않았다.

사람들은 물론 프랜시스에게 겁을 주려고 안간힘을 썼다. 처음 교도소로 끌려왔을 때, 교도관들은 직업정신에 위배되는 짓은 하지 않았지만 프랜시스에 대한 증오심을 숨기지 못했다. 아니, 어쩌면 일부러 숨기지 않았으리라. 누가 뭐래도 프랜시스는 어린 남자애를 죽였고, 거기다 경관을 죽인 건 교도관들이 보기에 아마 그보다도 더 큰 죄였을 테니까. 몸수색은 지나치다 싶게 철저했다. 구속 중이라 이미 판결을 받은 재소자들과 분리되어 있어야 하는데, 재소자들은 끊임없이 프랜시스의 감방 문을 쾅쾅 두들기고 잡아 흔들고, 이를 드러내고 낮은 목소리로 위협했다. 교도관들은 이따금씩 그만두라고 소리치는 것을 제외하면 막으려는 노력을 거의 하지 않았고, 별 관심도 없어 보였다. 프랜시스가 보기엔 오히려 즐기는 것 같았다.

그러라지.

프랜시스는 기다렸다. 감방 안은 따뜻한데도 살갗에 소름이 돋았다. 몸이 살짝 떨리고 있었다. 하지만 공포 때문은 아니었다.

이제는 어른 남자니까. 어른 남자는 두려워하지 않으니까.

아버지를 본 건 일주일 전, 교도소 구내식당에서였다. 심지어 식사 시간에도 프랜시스는 다른 재소자들과 거리를 두었고, 그래서 혼자 앉아 교도관의 감시를 받으며 자신에게 배정된 음식물찌꺼기를 먹어치웠다. 프랜시스는 그들이 일부러 자신에게 가장 역겨운 부분을 배급했을 거라고 짐작했지만, 그게 사실이라 해도 한방 먹은 건 그들 쪽이었다. 자신은 그보다 훨씬 심한 것도 먹어 왔으니까. 그리고 이보다 훨씬 가혹한 취급도 당해본 터였다. 차갑게 식은 매시드 포테이토를 한 스푼 뜨면서 프랜시스는 자신에게 이 모든 건 그저 시험에 불과하다고 백 번째로 말했다. 그들이 무슨 짓을 하든 난 견뎌낼 것이다. 뭐든 견뎌낼 것이다….

그리고 그때 프랜시스는 고개를 돌려 아버지를 보았다.

프랭크 카터는 마치 교도소 전체가 제 집인 양 거들먹대며 구내식당으로 들어섰다. 고개를 숙이고 문간을 넘은 순간 그곳은 즉시 그 남자의 어마어마한 존재감으로 가득 찼다. 산 같은 남자. 대부분 머리통 하나만큼 작은 교도관들은 경외하듯 카터와 거리를 두었다. 양옆에 거느린 재소자들과 동일한 오렌지색 죄수복 차림인데도, 아버지는 그 가운데서 혼자 두드러졌다. 무리의 우두머리임이 분명했고, 늙지도 않은 것 같았다. 프랜시스의 눈에 비친 그 모습은 거의 초자연적인 존재처럼 커다랗고 강력해 보였다. 마치 마음만 먹으면 교도소 벽을 그대로 통과해 상처 하나 없이 먼지만 뒤집어쓴 채 반대편으로 나올 수 있을 것 같았다.

그 남자에겐 뭐든 가능할 것 같았다.

"서둘러, 카터."

교도관이 프랜시스의 등을 쿡 찔렀다.

프랜시스는 감자를 먹으며 교도관이 곧 그 행위를 후회하게 될 거라고 생각했다. 왜냐하면 내 아버지는 이곳의 왕이고, 따라서 나는 이곳의 귀족이니까. 밥 먹는 내내 아버지가 신하들을 거느리고 앉아 있는 식탁을 몇 번이고 거듭 훔쳐보았다. 그곳의 재소자들은 왁자하게 웃고 있었지만, 그들의 말소리는 다른 소음과 뒤섞여 멀리 있는 프랜시스의 귀에는 들리지 않았다. 하지만 아버지는 웃고 있지 않았다. 그리고 다른 재소자들은 이따금씩 프랜시스 쪽으로 눈길을 보냈지만 아버지는 한 번도 그러지 않았다. 그저 식사에만 열중했다. 이따금씩 냅킨으로 수염을 톡톡 두드리는 걸 제외하면 똑바로 앞만 보며 음식을 씹었다. 마치 머릿속으로 진지한 사업 생각을 하고 있는 사람 같았다.

"서두르라고 했을 텐데."

교도관이 다시 재촉했다.

그 후로 며칠 동안 아버지를 몇 번 보았지만 매번 동일했다. 그 남자의 덩치는 몇 번을 봐도 감탄을 금할 수 없었다. 마치 아이들에 둘러싸인 아버지처럼, 늘 주위의 다른 인물들 위로 우뚝 솟아 있었다. 그리고 매번 프랜시스 따위는 전혀 안중에도 없는 듯 보였다. 자기 주변의 알랑거리는 아첨꾼들과는 달리 절대 프랜시스 쪽을 보지 않았다. 하지만 프랜시스는 아버지의 존재를 끊임없이 느껐다. 밤에 혼자 감방에 누워 있으면 아버지의 존재가 물리적으로 느껴졌다. 두꺼운 문과 강철 복도 너머, 바로 손닿는 곳 바깥에서 꿈틀거리는 그 존재가.

기대감은 점점 커져갔다. 그러다 오늘, 프랜시스는 그 순간이 다가오고 있음을 감지했다.

난 다 큰 남자야. 프랜시스는 생각했다.

그리고 난 두렵지 않아.

교도소는 그 어느 때보다도 조용했다. 여전히 먼 곳에서 소음이 들렸지만 이 감방 안은 너무 조용해서 자신의 숨소리까지 선명히 들렸다.

프랜시스는 기다렸다.

그리고 또 기다렸다.

마침내 바깥 통로를 다가오는 발소리가 들렸다. 조심스러우면서도 들떠 있는 발걸음이었다. 프랜시스는 희망으로 가슴이 부풀어 오르는 걸 느끼며 일어섰다. 이제는 좀 더 주의 깊게 귀를 기울였다. 한 사람이 아니었다. 부드러운 웃음소리에 이어 쉿 하는 소리들이 뒤따랐다. 달그락거리는 열쇠 소리. 그야 당연하지. 아버지는 이곳에서 원하기만 하면 뭐든 손에 넣을 수 있을 것이다.

하지만 그 소음에는 또한 조롱처럼 느껴지는 구석도 있었다.

감방 바깥에서 누군가가 그의 이름을 속삭였다.

프래애애앤시스.

자물쇠에 열쇠가 들어갔다.

이윽고 문이 열렸다.

프랭크 카터는 감방에 발을 들여놓았다. 그 남자의 커다란 덩치가 문간을 가득 메웠다. 희미한 조명 속에서 프랜시스는 아버지의 얼굴을, 거기에 떠오른 표정을 간신히 알아볼 수 있었다.

그리고….

프랜시스는 다시 어린아이로 돌아갔다.

그리고 겁에 질렸다.

아버지의 얼굴에는 프랜시스가 선명히 기억하는 표정이 떠올라 있었다. 한밤중에 프랜시스의 방으로 들이닥쳐, 봐야 할 게 있으니 일어나서 아래층으로 내려오라고 명령할 때 늘 짓고 있던 그 표정이었다. 당시 아버지는 증오심을 억눌러야 했고 그래서 다른 아이들을 과녁으로 삼아야 했다. 하지만 지금 여기에서, 그 증오심은 더는 억누를 필요가 없었다.

도와줘. 프랜시스는 생각했다.

하지만 이곳엔 도와줄 사람이 아무도 없었다. 그 옛날에도 마찬가지였지만. 도와달라고 외쳐도 와줄 사람은 아무도 없었다.

처음부터 없었다.

위스퍼 맨은 프랜시스를 향해 천천히 걸어갔다. 프랜시스는 떨리는 양손을 아래로 내려 티셔츠 밑단을 쥐었다.

그리고 얼굴에 뒤집어썼다.

70

"괜찮아요, 아빠?"

"뭐라고?"

난 고개를 가로젓고 정신을 차렸다. 난 제이크의 침대에 앉아 《셋의 힘》의 마지막 장을 펼쳐 든 채 멍하니 허공을 바라보고 있었다. 우린 방금 책을 다 읽었고, 그 후 난 잠깐 딴 데 정신이 팔렸다. 생각에 잠겼다.

"아빤 괜찮아."

나는 대답했다.

제이크의 표정을 보아하니 내 말을 믿지 않는 게 분명했다. 그리고 물론 그 애가 옳았다. 난 괜찮은 것과는 거리가 멀었다. 하지만 그날 병원에서 내 아버지의 마지막 모습을 보았다는 이야기를 아이한테 하고 싶지는 않았다. 아마 언젠가는 결국 하겠지만, 아직 제이크가 모르는 일이 너무 많았고, 난 그 애한테 그 이야기들을 어떤 식으로 해야 할지 엄두가 나지 않았다. 그 애를 어떻게 이해시켜야 할지도.

그 부분에서는 아무것도 달라진 게 없었다.

"그냥 이 책 때문에 그래."

난 책을 덮고 골똘히 생각에 잠겨 손으로 표지를 쓸었다.

"어렸을 때 이후로 이걸 읽은 건 처음이라, 옛날 기억이 떠오른 것 같아. 아빠가 다시 네 나이로 돌아간 것 같은 기분이 조금 들어서."

"난 아빠가 내 나이였다는 게 안 믿어져요."

나는 소리 내 웃었다.

"그지, 믿기 힘들지? 안아줄까?"

제이크는 이불을 걷고 침대에서 나와 내 무릎에 올라앉았다. 난 책을 내려놓으며 말했다.

"살살."

"미안해요, 아빠."

"괜찮아. 그냥 알려주는 거야."

조지 손더스의 칼에 찔린 지 거의 보름이나 지났다. 난 이제 그 남자의 본명이 프랜시스 카터였다는 걸 알고 있다. 하지만 내가 그날 죽음에 얼마나 가까이 갔었는지를 생각하면 아직도 실감이 나지 않는다. 심지어 그 상황의 대부분이 기억에 없다. 그날 아침 일어난 일의 많은 부분이 흐릿하다. 마치 그때 겪은 패닉이 내가 그일을 기억하지 못하도록 모든 걸 담요처럼 덮어버린 것 같다. 병원에 입원한 첫날도 거의 비슷했다. 내 인생은 아주 느릿느릿 헤엄치듯 초점을 되찾았다. 나는 몸 한쪽이 붕대로 친친 감겨서 그쪽 발은 제대로 디딜 수도 없는 상태였고, 기억은 흐릿한 꿈보다 선명할 게 없었다. 날 부르던 제이크의 고함 소리, 내가 느낀 좌절감, 그 애한테 가야만 한다는 간절함.

그 애를 위해서라면 언제라도 내 목숨을 바칠 거라는 깨달음.

제이크가 날 아주 조심스럽게 껴안았다. 그럼에도 나는 움찔하지 않으려고 안간힘을 써야 했다. 이 집에서는 그 애를 안고 계단을 오르내릴 필요가 없다는 게 정말 고마웠다. 그 일이 일어난 후로 난 제이크가 전보다 더 겁이 많아지면 어쩌나 그리고 예전 버릇이 돌아오면 어쩌나 하고 걱정했다. 하지만 알고 보니 그 애는 그 날의 공포를 내 생각보다 더 잘 견뎌냈다. 아마 나보다도 더.

난 가능한 한 조심스럽게 그 애를 꺼안았다. 그게 내가 할 수 있는 전부였다. 그리고 아이를 도로 침대에 눕힌 후, 문간에 서서 잠시 지켜보았다. 너무도 평화롭고 따뜻하고 안전해 보였다. 침대 옆 바닥에는 보물 꾸러미가 놓여 있었다. 그날 아침 내가 그 안을 들여다본 건 제이크에게 말하지 않았다. 그 안에서 뭘 봤는지도 그리고 그 여자애가 누구인지도. 그것 역시 내가 어떻게 말해야 할지 모르는 것 중 하나였다. 적어도 지금으로서는.

"잘 자렴, 친구, 사랑한다."

제이크가 하품을 하며 대꾸했다.

"저도 사랑해요, 아빠."

아직은 계단을 오르내리기가 힘겨워서, 불을 끈 후 잠시 내 방에 가서 그 애가 잠들기를 기다렸다. 침대에 앉아 노트북을 열고 가장 최근 파일에 적힌 걸 읽었다.

리베카.

난 당신이 어떻게 생각할지 정확히 알아. 당신은 늘 나보다 훨씬 현실적이었으니까. 당신은 내가 인생을 계속 살아가길 원하겠지. 내가 행복하길 원하겠지….

그런 내용이었다. 분명히 내가 쓴 건데, 무슨 내용인지 잠시 이해가 가지 않았다. 안가에서 보낸 마지막 밤 이후로 그 문서를 건드리지도 않았기 때문이다. 이제는 마치 전생에 있었던 일처럼 느껴졌다. 캐런 때문에, 캐런에게 마음이 가는 데에 죄책감을 느껴서

쓴 거였다. 그것 또한 아주 먼 옛날이야기 같았다. 캐런은 병원으로 날 보러 왔다. 나 대신 제이크를 학교에 데려다 주고, 내가 회복하는 동안 그 애를 돌보는 걸 거들어주었다. 우리 사이는 점차 가까워지고 있었다. 그동안 일어난 일은 우리를 서로 가깝게 만들어주었지만, 한편으로는 예측 가능한 궤도에서 약간 더 멀어지게 만들기도 했다. 그리고 그 키스는 아직 실현되지 않았다. 하지만 난 그게 여전히 거기 있다는 걸…, 때가 오길 기다리고 있다는 걸 느낄 수 있었다.

당신은 내가 행복하기를 원했을 거야.

그래.

난 리베카의 이름만 남기고 나머지는 전부 지워버렸다.

원래 처음에는 리베카와 함께한 내 인생에 관해 쓸 생각이었다. 리베카의 죽음으로 느낀 슬픔과 사별이 내게 어떤 영향을 미쳤는가에 관해서. 그 생각은 여전히 변함없다. 내가 뭘 쓰든 리베카는 거기에서 중요한 부분을 차지할 거라고 느껴지기 때문이다. 리베카가 죽었다고 해서 그것으로 끝은 아니다. 유령 같은 게 존재하지 않는다 해도, 그냥 세상은 원래 그런 식으로 돌아가지 않기 때문이다. 하지만 난 이제 훨씬 많은 게 있다는 걸 알고 있고, 그 모든 것에 관해 쓰고 싶다. 일어났던 모든 일의 진실에 관하여.

한밤중의 신사.

바닥의 남자애.

나비들.

이상한 옷을 입은 어린 여자애.

그리고 물론, 위스퍼 맨.

그 생각을 하면 주눅이 드는데, 모든 게 아직 다 뒤죽박죽이고,

내가 아직 알지 못하고 아마 앞으로도 끝내 알지 못할 일들이 너무 많기 때문이다. 하지만 다시 생각해보면 그래도 별 문제 없을 것 같기도 하다. 진실은 꼭 사실만이 아니라 느낌일 수도 있으니까.

난 화면을 응시했다.

리베카.

단 한 단어. 그리고 심지어 그것조차 틀렸다. 제이크와 나는 새로운 출발을 위해 이 집으로 이사 왔고, 물론 리베카는 그 이야기의 필요불가결한 일부이다. 하지만 난 이제 그 이야기가 리베카를 위한 것이어서는 안 된다는 사실을 알게 됐다. 그게 핵심이다. 난 이제 다른 집중해야 할 곳이 있다.

난 리베카의 이름을 지웠다. 그리고 망설이다 이렇게 썼다.

제이크.

하고 싶은 말은 너무 많지만, 우린 서로 대화하는 게 늘 쉽지 않았지. 안 그러니?

그래서 대신 이렇게 편지를 적어본다.

거기까지 썼을 때, 제이크의 속삭임이 들렸다.

난 그 자리에서 얼어붙은 채 뒤이은 침묵에 귀를 기울였다. 집 안을 뒤덮은 정적 속으로 불길함이 번져가는 듯했다. 몇 초가 똑딱똑딱 지나갔다. 내가 잘못 들은 건가 싶을 만큼 긴 시간이었다.

하지만 이윽고 그 소리가 다시 들렸다.

복도 다른 편에 있는 그 애 방에서, 제이크가 아주 나지막한 소리로 누군가에게 말하고 있었다.

난 노트북을 한쪽으로 밀어놓고 가만가만 일어선 후 가능한 한 소리를 내지 않도록 주의하며 복도로 나갔다. 심장이 살짝 내려앉았다. 지난 2주 동안 그 여자애나 바닥의 남자애의 존재감은 전혀 느껴지지 않았고, 난 그 사실에 안도하고 있었다. 제이크가 자기 자신으로 사는 데는 아무런 불만도 없지만, 그들이 돌아올 수도 있다는 생각은 썩 달갑지만은 않았다.

난 복도에 선 채로 귀를 쫑긋 세웠다.

"좋아."

제이크가 속삭였다.

"잘 자."

그리고 침묵.

조금 더 기다려봤지만 대화는 끝난 게 분명했다. 몇 초쯤 더 기다린 후 복도를 건너가 그 애의 방에 들어섰다. 등 뒤에서 들어오는 복도 조명을 통해 침대에 꼼짝도 하지 않고 누워 있는 제이크가 어렴풋이 보였다. 그 애는 혼자였다. 난 다가가서 속삭였다.

"제이크?"

"네, 아빠?"

어딘가 먼 곳에서 들려오는 듯, 가냘픈 목소리였다.

"너 방금 누구랑 얘기한 거니?"

하지만 아무런 대답도 없었다. 난 아이의 고른 숨소리에 맞춰 이불이 부드럽게 오르락내리락하는 걸 지켜보았다. 어쩌면 단순한 잠꼬대였을까.

이불을 좀 더 제대로 덮어주고 뒤돌아 문간으로 향하려는 순간, 제이크가 다시 입을 열었다.

"아빠가 어렸을 때 아빠의 아빠가 그 책을 읽어주곤 했죠."

난 잠시 아무 말도 하지 못하고 내게 등을 돌린 채 누워 있는 제이크를 멍하니 내려다보았다. 침묵이 귀를 먹먹하게 했다. 불현듯 방 안 공기가 조금 전보다 차가워진 것 같았고 소름이 온몸으로 번졌다.

그래. 난 생각했다. 그분은 아마 그랬을 거야.

하지만 그건 질문이 아니었다. 그리고 제이크가 그 사실을 알았을 리는 절대 없었다. 심지어 나조차 제대로 기억하지 못하는데. 하지만 어릴 때 그 책을 제일 좋아했다는 말을 제이크에게 한 적이 있으니까, 그 애가 그렇게 생각한 것도 어쩌면 당연하겠지. 거기에 꼭 무슨 의미가 있어야 하는 건 아니다.

"그랬지."

난 텅 빈 방 안을 둘러보았다.

"그 이야기는 왜 했니?"

하지만 내 아들은 이미 꿈을 꾸고 있었다.

감사의 말

큰 도움을 주신 고마운 분들이 너무 많다. 우선 내 굉장한 에이전트인 샌드라 사위카에게 그리고 리 미들턴을 비롯한 마르자크의 모든 분께 감사드린다. 마이클 조지프 사의 내 담당 편집자인 조엘 리처드슨은 감히 가치를 따질 수 없는 인내심과 조언을 거듭 베풀어주셨다. 또한 아낌없는 수고와 지지를 보내주신 엠마 헨더슨, 세라 스칼렛, 캐서린 우드, 루시 베레스퍼드-녹스, 엘리자베스 브랜든과 알렉스 엘람과, 오류를 잡아주신 샌 몰리 존스, 그리고 아름다운 표지를 그려주신 리 모틀리에게 감사드린다. 그분들을 생각하면 그 감사를 어찌 말로 다할까 싶어 말문이 막혀버린다.

덧붙여, 범죄소설 공동체는 따뜻하고 포용하는 분위기로 유명하다. 수많은 굉장한 작가들과 독자들, 그리고 블로거들의 지지와 우정을 누릴 수 있다는 데 항상 감사하고 있다. 다들 정말 최고다. 블랭킷스에게는 아주 큰 잔을, 아니 아예 피처를 통째로 들고 건배를 해야 한다. 누군지 아실 것이다.

마지막으로, 린과 잭에게 모든 것에 대해 압도적인 감사를 드린다. 날 참아주신 것은 말할 것도 없고. 이 책은 두 분에게 바친다. 너무나 많은 사랑을 담아.

"낯선 이에게 아이가 유괴 당한다는 것은 온 세상 부모들의 가장 끔찍한 악몽이다. 하지만 통계적으로 볼 때 그런 사건이 일어날 가능성은 매우 드물다. 실상 아이들이 다치거나 학대당할 위험이 가장 큰 곳은 가정이다. 진실은, 바깥세상이 아무리 위험해 보여도, 길에서 마주치는 모르는 사람들은 대부분 무해한 반면 가정이야말로 가장 위험한 곳이기 쉽다는 것이다."

본문에 나오는 위의 문장에서, 아마 독자 여러분은 이 책이 책장을 덮고 나면 바로 잊어버리는 그런 종류의 스릴러가 아님을 단번에 예감할 수 있었을 것이다.

이 책에는 자신으로부터 아들을 지키기 위해 아들과 남남이 되어야 했던 아버지, 아들을 지키기 위해 뭐든 다 하려 하지만 도무지 갈피를 잡지 못하는 아버지, 그리고 그와는 철저히 대비되는 또 다른 부자관계가 등장한다. 제이크에게는 악몽에서 깨워주는 아버지 톰이 있었지만 그와는 반대로 아버지의 존재 자체가 악몽이었던 프랜시스 카터는 진즉 벗어났어야 했을 어린 시절의 악몽에서 벗어나지 못해 같은 잘못을 반복한다. 그리고 결국 무고한 타인에게 끔찍한 비극을 초래하는 것은 물론, 자신의 남은 삶을 스스로 악몽으로 바꾸어놓고 만다.

노스는 이처럼 아버지와 아들이라는 가깝고도 어려운 관계를 중심으로 초자연적인 공포와 현실적인 공포를 자유자재로 다루며 어느새 독자를 점점 조여 오는 심리적 디테일들을 짜 나간다. 그리고 마침내 서로 얼기설기 맞닿아 있던 현실과 초자연 사이의 틈새를 딱 맞게 메워주는 마지막 퍼즐 조각은 사랑, 그것도 가족애다. 진부한가? 어쩌면. 그럼에도 감동적이지 않다고는 절대 말할 수 없을 것이다.

　독자 여러분도 이미 눈치채셨을 테지만, 이 책의 큰 특징 한 가지는 잔인하고 선정적인 디테일을 최대한 배제하고 있다는 점이다. 소설을 비롯해 수많은 창작물들이 현실을 고발한다는 핑계로 서로 경쟁이라도 하듯 점점 더 잔혹한 디테일들을 그려내고 추구하고, 또 그것을 소비하는 사람들은 그걸 견딜 수 있는 비위를 자랑하는 듯한 경향이 갈수록 심해지는 듯하다. 이 책에 나오는, 유령의 집에서 담력 시합을 하는 초등학생들도 아닌데 말이다. 그런 와중에 절제된 서술과 분위기만으로 손에 잡힐 듯한 공포를 전달한다는 쉽지 않은 일을, 그것도 첫 작품에서 성공적으로 해낸 작가의 뚝심과 재능에 존경을 표한다.

　아울러 어찌 보면 스릴러답지 않은 유려한 문체에 관해서도 한마디 하고 싶다. 책의 서평을 찾아보면서 가장 흔히 접한 어구들은 '아름답게 쓰였다, 문체가 유려하다' 같은 것들이었다. 전적으로 동의하지만, 종종 아름다운 것들은 손을 대기가 더 쉽지 않다. 원문을 살리려 최선을 다했으나 그런 아름다움이 고스란히 전해지지 않는다면 말할 것도 없이 옮긴이의 부족함 때문일 텐데, 너른 양해를 부탁드려야겠다.

　끝으로, 다양한 아버지와 아들의 관계에 주로 초점이 맞춰진 이

책에서 여성 등장인물로는 유일하게 큰 비중을 차지하는 어맨다 백 경감의 활약이 조금 아쉬웠거나 이후의 이야기가 궁금한 독자분들도 있을지 모른다. 다행히 작가의 다음 책인《The Shadows》가 어맨다에 관한 이야기라고 하니 거기서 아쉬움을 달랠 수 있지 않을까 싶다.

김지선

위스퍼맨

초판 1쇄 인쇄 2022년 1월 3일
초판 1쇄 발행 2022년 1월 12일

지은이 알렉스 노스
옮긴이 김지선
펴낸이 유정연

이사 임충진 김귀분
책임편집 조현주 **기획편집** 신성식 김수진 심설아 김경애 이가람 **디자인** 안수진 김소진
마케팅 박중혁 김예은 **제작** 임정호 **경영지원** 박소영

펴낸곳 흐름출판(주) **출판등록** 제313-2003-199호(2003년 5월 28일)
주소 서울시 마포구 월드컵북로5길 48-9(서교동)
전화 (02)325-4944 **팩스** (02)325-4945 **이메일** book@hbooks.co.kr
홈페이지 http://www.hbooks.co.kr **블로그** blog.naver.com/nextwave7
출력·인쇄·제본 상지사 **용지** 월드페이퍼(주)

ISBN 978-89-6596-489-6 03840